自由からの逃走

伊東 良

自由からの逃走

伊東　良

目次

プロローグ……5
第一章……25
第二章……87
第三章……151
第四章……195
第五章……277
第六章……321
エピローグ……471

プロローグ

「久しぶりに朝日食堂に行ってみようよ」

待ち合わせ場所の御茶ノ水駅改札で、優子が開口一番そういった。

「エッ、あの定食屋？」

「そう、その定食屋よ」

夕闇迫る御茶ノ水駅に二〇分も待たされたのに、優子は怒ろうともせず、意味深な笑顔を見せ、

「久しぶりに行ってみると何か新しい発見があるかもよ」

と朝日食堂のある神保町方面に向けて歩き始めた。

…今日に限って、なんであの店なんだ？…

〝朝日食堂〟それはなんの変哲もない定食屋である。最近、流行のレトロな感覚をおしゃれに演出するレストランというわけではない。やる気があるとは冗談にも思えない老夫婦が細々と営む小さな店で、焼き魚定食だとか肉じゃが定食が店定番メニューである。常連客のほとんど

どが若いサラリーマンか学生というその店は安いというだけで味は決していいとはいえない。しかも、店にはいつも独特の臭いが漂っていて、衛生状態も決して良好とはいえなかった。朝日食堂は彼女を誘うにはかなり勇気を要する店である。その店は若いカップルが週末に足を運ぶような場所ではない。

…今日に限ってなぜあんな店に行きたがるんだ…

「達也君はやく、はやく」

乗降客で混雑する御茶の水駅改札付近で優子が手招きして急がせる。急がされるまま、わけもわからず彼女の後ろ姿を追いかけていた。それは、もうすぐ夕暮れを迎えるある日曜日のことである。

あれから何年が過ぎたんだろう。御茶の水駅前で、優子と待ち合わせしていた、あの頃の自分。つい最近のように思っていたけど、あの頃の自分は、遠い昔の自分になっている。考えてみれば、あれから、世の中のほうはずいぶん進歩した。ネットショッピングなんて、ごく一般的になっているし、ケータイの高機能化には目を見張るものがある。スマホと呼ばれるあんな小さな箱が、今やパソコン並の機能を持ち合わせ、動画だって送ることができるようになっている。子供の頃に見たウルトラシリーズでは、腕時計に映し出される隊長と会話するウルトラ警備隊の隊員の姿がよく挿入されていたけど、それが今では夢物語じゃない。考えてみれば、これは驚きに値する話だ。

優子と御茶の水駅で待ち合わせしていたあの頃、ケータイは、もう、かなり普及している。しかし、あの頃のケータイには、まだ、メールの機能さえ一般的ではなかった。インフラもまだまだ十分でなかったから、地下での使用はまず無理だったし、通話も途切れがちだった。考えてみれば、二人のやりとりがうまくいかなくなるようになったのも、ちょうどそんな時分の話だ。連絡がうまく取れなくて、待たされたり、待たせてみたり。新聞記者志望で、まだ現役の女子大生だった優子は、就職試験を間近に控え、あの頃、予備校通いに励んでいた。こっちも、社会人だから、平日にそうそう電話なんてしてられないのに、週末になると彼女のほうが予備校の教室で、ケータイの電源をＯＦＦにする。ケータイに問題があったかどうか別にしても、これじゃ、連絡を上手に取り合えるわけがない。別にどっちが悪いというわけじゃないんだけど、知らず知らずのうちに、待たされたり、待たせてみたり。そんなことがごく普通のことのようになっていた。

それでも、あの日は……優子が待ちぼうけを食らわされたのは自業自得というやつだ。あの日はこちらも用心して、彼女の授業が始まる前に電話を入れたのに、その電話にも出ようとしなかった。日曜日の早起きなんて、慣れないことをするもんだから、たぶん、朝寝坊でもしたんだろう。おくびにも出そうとしなかったけど、たぶん、授業にも遅刻したんじゃないのだろうか。

大学のゼミナールで僕はそんな優子の先輩だった。二年上の僕は、一足はやく社会に出ていたわけだけど、学校に行けば顔を合わせることができた学生時代と違い、優子に会うためには、こんな風に時間と場所を事前に決めなくてはならない。当たり前のことだけど、あの頃の僕は、それが、ひどく窮屈なものに感じていたものだ。

これは、僕が大学を離れて二年目に入った頃の話である。考えてみれば、二人のつきあいは、もう四年目を迎えていたわけだ。

「達也君、朝日食堂に行くの何年ぶり？」

楽器店が続く坂道を歩きながら、優子が僕にそう尋ねた。

「そうだな、大学を卒業して以来かな」

「そう、それじゃ、あのお店の味も忘れているんだ」

確かに僕はあの店の味を忘れている。学生時代、学食と朝日食堂が毎日の食卓のようなものだったのに大学を卒業して以来、一度もかつての食卓には足を運んでいない。卒業してしまえば学食に顔を出すわけにはいかないというのはわかるけど、学生限定というわけではないあの食堂に入れない理由はない。優子に会うために、こうして大学の近くに来ることも多かったのに、どうして朝日食堂の名前さえ思い出さなかったんだろう。

大学から離れて、二年が過ぎた、あの頃、僕の週末は大きくさま変りしていた。自分で稼げるようになって、週末のデートにもちょっとだけお金をかけるようになったからだ。主に御茶の水周辺という学生街がデートコースではあったけど、あのあたりには雰囲気のある店も多い。本屋街には普段ほとんど口にすることのない、ベトナム料理やロシア料理を食わせる店があったり、ちょっと足を伸ばせば東京大空襲にも焼け残った、昭和初期そのままの料亭街があったりする。お金のなかった学生時代から街で見かけるそうした店に一度は、入ってみたいと思っていたのだが、そんな僕が、それなりのサラリーを得るようになれば、優子を連れ出さないわけがなかった。学生だった頃、足を向けることさえできなかった、そうした店の料理は、食材にこだわりがあるし、下味もしっかりしている。今まで、口にしていたうわべだけの味とまるで違う。

けれども、週末ごとにおいしいものを食べ歩けば、舌が慣れて、感動は薄れてくる。おいしいものを前に会話が弾まないと、空しさだけが記憶に残る。考えてみれば優子はあの頃、就職試験を目の前にしていたのだ。どんな店に連れて行っても、こちらが期待するほど喜んでくれなかったのも当然だったのかもしれない。

「あそこの味噌汁は薄くってお吸い物みたいだったよな」

学生時代、うまくもなんともないあの食堂に足しげく通ったのは旺盛な食欲を可能な限り安く満たすためだった。しかし、そのうまくもなんともない味噌汁の味に、なぜ、懐かしさなんて覚えるんだろう。優子とつきあいはじめたのは、大学三年になって早々のころだ。しかし、仲間から大いにうらやましがられた優子とのつきあいが始まっても、朝日食堂通いが途絶えたわけではない。いや、むしろ足を運ぶ回数が増えたくらいだ。なにしろ、学内史上最大とまでいわれたアイドルが、なぜか、このうらびれた定食屋を妙に気に入り、彼女のほうから誘ってくるくらいになっていたんだから。

大学から少し距離があるせいで、朝日食堂には、仲間達はほとんど来なかった。しかも、客が少ない店だから、二時間粘っても三時間粘っても、いやな顔一つされることもない。あの店は大学のそばで二人きりでゆっくりするには都合のいい場所でもあった。

しかし、何事にも失敗はつきものである。仲間は来ない。そう過信したばっかりに、痛い目にあうことがなかったわけではない。

「そういえば朝日食堂に田口が来た時のこと覚えている」

「田口さんが来た時？」

「伊豆旅行の前に、待ち合わせた時だよ」

二人は伊豆まで足を運ぶ計画を立てた。もちろん仲間には内緒で。二人っきりで旅行したなんてことがばれると、後でなにをいわれるかわかったものではない。しかも、優子のほうは女友達と伊豆に行くと両親に嘘をついている。秘密はそれを知っている人間が少なければ少ないほど守りやすいものである。

待ち合わせ場所は、もちろん朝日食堂だった。だれが見ているかわからない大学の校内で待ち合わせするなんて危険なまねを避けたのだ。大学の講義が引けた後、二人はそこでおちあい、夕方の電車で目的地に向かう。順調にことが進めば秘密はバレないはずだった。

けれども、二人の目論みは、最初から狂ってしまう。

「なんだ、田中じゃないか」

そういって朝日食堂の暖簾をゼミ仲間で最もおしゃべりな田口がくぐってきたのだ。

「なんだ田中じゃないか。こんなところで何してるんだ」

「お前こそ、どうしてこの店に？」

考えてみれば、朝日食堂に仲間うちが現れたのはその時が初めてだった。

「前から気になっている店だったんだ。飯の量が多そうだから一度入ってみようと思って」

幸いなことに、優子はまだ来ていない。優子のその日、最後のフランス語の授業は、担当講師が変に熱心で終了時間が二〇分は延長されてしまうことになっている。その間に、場を取り繕い、このおしゃべりを退散させなければ……

「お前、注文した？」

「いやまだ、でも、ここで友達と待ち合わせをしているから、注文は友達が来てからにするよ」

「友達？」

「うっうん、友達だよ」

「そう、それじゃー俺は先に肉じゃが定食でも注文するか」

彼が店で一番はやく出て来る肉じゃが定食を注文したことに安堵していた。この男は飯を食うのがとにかくはやい。出されたものはたいてい五分でたいらげてしまう。だから、優子が来る前にこの店からも消えてくれるだろう。ところが、この目論みも……こんな時に限って、目論みというものは二重三重に狂ってしまうものである。あの時も二〇分遅れるはずの優子が肉じゃが定食が出て来る前に、

「達也君、お待たせ」

と元気よく店に現れてしまったのだ。

「あっ、田口さん！」

優子が絶句する。

「なんで、お前がこんなところに？」

幽霊でも見たような表情を浮かべ田口がそういった。そういいながらも、彼の視線は優子の旅行バックに向けられる。

…このままだと、秘密がばれてしまう…

その場をなんとか取り繕わなければならなかった。しかし、この難しい状況を瞬時にごまかす言葉がどうしても思いつかない。その時だった。優子がとんでもないうそを言い放ったのだ。

「違うの田口さん、私ね、今日からこのお店で住み込みで働くことにしたのよ」

「エッ、住み込み？」

「それがねえ、お父さんがリストラで会社を首になったの。私も家計を助けなきゃいけないの。それで荷物をまとめて、この店に来ることに……」

…この店の住み込み従業員になる！…

それは、なんとも大胆なうそである。優子は顔に似合わず豪傑な人物で、何にでも大胆に挑戦する女の子だった。後先、何も考えないのが、彼女の大胆さの秘訣なのだが、そのうそにも後先考えた痕跡がまるでない。あの時、なぜ優子はもう少しまともなうそが思いつかなかったのだろう。有名製薬会社のエリート社員の父親が失業者になった？　しかも、その娘があんな店の住み込み従業員になる？　どうせ働くことにするんだったらもっといいところで働くことにしておけばよかったのに。

「あんなうそで田口はよく騙されたよな」

田口の真意はわからない。人一倍世慣れした彼が優子のくだらないうそに騙されるはずがないのだが、それでも、この件に関しては不思議と口を閉ざしてくれた。そのお陰で二人の秘密は守られた。

「私、そんなこと覚えてないわ」

御茶の水の坂道を歩きながら、優子はそう強がりをいった。僕は思わず噴き出していた。

「あの食堂には二人の思い出がつまっているよね。昔はほんとうに楽しかった」

確かに、あの食堂には色々なことがあった。朝日食堂を思い出す時、僕にも楽しかった学生時代の記憶が蘇ってくる。

「達也君、覚えている？」

「何を」

「朝日食堂は二人の最初のデートの場所だったんだよ」

「エッ、そうだった？」

とぼけていたわけではない、ほんとうに覚えていないのだ。いや、覚えていないというよりも、僕も優子も同じゼミに在籍していたわけだから、大学では毎日のように顔を会わせていた。その二人の関係が単なる先輩・後輩関係からいつ彼氏、彼女の関係に変ったかなんて、答えを出すのは難しい。なにしろこちらには〝僕とつきあって下さい〟なんてラブコールを送った覚えがない。知らない間につきあい始めていたというのが、僕の素直な感想である。しかし……

「なーんだそんな大切なことも忘れているの」

優子には、その答えがわかっているようだった。

「別に忘れているわけじゃ……」

今度は僕が苦笑する番だった。

朝日食堂がある神保町にたどりついた時、

「私ね、昔の気持ちをもう一度、取り戻したくなったの」

と優子がつぶやいた。

「昔の気持ち？」

「昔の私は、人間、なりたいと思えば何にでもなれる、そう素直に信じていたわ」

彼女の口から〝人間なりたいと思えば何にでもなれる〟という言葉がもれた時、あの味噌汁の懐かしい味が遠のいたような気がした。そして、その時、やっと朝日食堂に誘った彼女の意図が読みとれた。

「予備校で今日面接があったの。今の成績じゃ絶対に新聞社は無理だっていわれたの」

彼女の子供ぽい作為が僕を不愉快にさせる。優子は〝人間なりたいと思えば何にでもなれる〟そういわせたがっていた。しかし、そんな甘ちょろいことを今の自分にいえるだろうか？　そんなことくらいなぜわかろうとしないんだ。


四年という歳月は男女の関係を変化させてしまうものだろうか。

「それは、コミュニケーションギャップってやつですよ」

会社の後輩、藤原君がそう解説してくれたのは僕が、

「この頃、些細なことでよく喧嘩するんだ」

と何の気なしにいった時のことだった。喧嘩することなんてめったになかったのに、あの頃の二人は、ちょっとしたことですぐに大喧嘩するようになっていた。

「そりゃー田中さん、男と女は別の生き物なんです。普段から十分コミュニケーションを取ってないと喧嘩もしますよ。特に女は〝自分は注目されている〟って感じさせなきゃ、意味なく怒ったりするものです」

藤原君にそういわれて女なんてそんなものかなと思ったのを今でもよく覚えている。

二人がよく喧嘩をするようになったのも、ちょうど優子が週末にマスコミ予備校に通い始めるようになってからだ。彼女が、予備校に通うようになって以来、確かに二人の会話はめっきり少なくなっていた。こちらも社会人だから、顔を合わせられるのは週末くらいなのに、その週末に彼女は一日中予備校に缶詰になってしまう。二人で映画を見に行くことも、ましてや旅行することもない。昔は連日、連夜だった長電話さえ途絶えがちになっている。あの頃、二人が、いっしょに過ごすのは日曜日の夕方、予備校の授業が終わった後、こうして夕食をいっしょにするくらいになっていた。

〝コミュニケーションギャップ〟

そういわれれば確かにそうだった。しかし、けんかの原因をその一言で説明することができるのだろうか？　学生時代のようにいっしょに過ごす時間を取り戻せば、二人は昔みたいに仲のいいカップルに戻れるのか？

「達也君、覚えている？　なりたいと思えば何にでもなれるって、私はあの食堂で達也君に教わったのよ」

……この僕が教えた？……

優子の口からよくもれる〝なりたいものなら何にでもなれる〟というフレーズ。それは、僕が教えたことだった？　もし、だれもが、なりたいものになれるとするなら、どうして、やりたくもない仕事をやらざるをえない人間が存在するのだろう。望んでもいない仕事につかざるをえない人間がいるんだろうか。今の自分にそんなノーテンキなことをいえるはずがない。僕が教えただなんて、なにかの間違いだ。

実は僕は、優子の新聞社受験には反対だった。いや反対というより、新聞記者なんて彼女には無理だと思っていたのだ。文系の学生にとって最も難易度が高い就職先は新聞社やテレビ局などのマスコミ関係である。特に新聞社は合格倍率が千倍に及ぶこともあり、常人ではそうやすやすと入れる世界ではない。ゼミには一人、S新聞社に入った同期がいるが、彼は大学入学と同時にマスコミ研究会に所属しOBを中心にこねを探して奔走する。大学一年の終わりにはマスコミ予備校に通い始め、日夜、作文を書き、常識問題を解き、一身に勉強に励む。遊びに出かけることもほとんどなく、友人とろくな思い出も作らず、ただひたすら新聞記者になるために四年間を費やしたのだ。それに引き換え優子といえば、映画サークルの先輩に騙されて危うくアダルトビデオに出演させられそうになったり、そうかと思うと子供の教育を考えるボランティア団体に所属して子供と遊ぶことに期末試験そっちのけで熱中してみたり、そんな学生生活を過ごしながら、大学三年の終わりになって初めて〝新聞記者〟になるといい始め、付け焼刃的にマスコミ予備校に通いはじめた。彼女が新聞記者になるためにやってきたことって何なんだ？　そのまるで脈略のない学生生活を知っている僕には、彼女が新聞記者になるために努力してきたなんて冗談にも思えない。

神保町の古本屋街にたどり着いたのは夜の帳が下りた頃だった。日曜日ということもあり、多くの店がシャッターを閉め、人通りはもうまばらになっている。その夜の通りを優子が小走りに走っていた。無口のまま早足で歩く僕。そんな僕に追いつくために。優子の息づかいが激しくなっても、足を緩めようとはしない。新聞記者の夢が挫けそうになっていることくらいわかっていた。挫けないようにだれかに励ましてもらいたいという彼女の気持ちもよくわかる。しかし、それでも僕は足を緩めたりはしない。もう喧嘩するのはこりごりだから……

〝人間、なりたいと思えば何にでもなれる〟

その言葉が優子の口からもれるとき、なぜか僕は、いらいらしてくる。二人の喧嘩が始まるのはいつもそんな時だった。

神保町の古本屋街のせせこましい路地のつきあたりにあの店はあるはずだった。しかし、二人はその晩、朝日食堂をついに見つけることができない。いや、見つけることができなかったわけではない。ただ、もう朝日食堂は……朝日食堂のシャッターは閉められていた。そして、そのシャッターには、〝長年お世話になりましたが平成××年×月をもって……〟という挨拶文が書かれた古びた張り紙が貼り付けられている。朝日食堂は閉店になっていたのだ。

「優子、知らなかったのかよ？」

「私も達也君としか来なかったもん」

しかたなく、路地を出て、大通りに出た時、O屋という定食屋チェーン店の看板が二人の目に入った。定食屋なんてあまり儲かる商売ではない。しかし、デフレ不況が続き、物が売れないあの時分、そんな定食屋マーケットにも大手企業が参入してきている。僕も何度かO屋のチェーン店に入ったことがある。店は清潔で味も悪くない、しかも、どんな店より安い。朝日食堂が太刀打ちできるはずがなかった。それが時の流れというものだった。その時の流れなかで朝日食堂は消え去っていたのだ。

二人はあてもなく夜の大通りを歩き始めた。

「これからどこに行けばいいいんだろうね？」

優子がふと口にする。しかし、僕は無言のまま何も答えようとしない。優子の疑問には僕にも答えられなかった。あたりはすっかり夜の闇に囲まれていた。夕食の時刻はもうとっくに過ぎているのに二人はただ、神保町の街をさまようばかりだった。

第一章

あの頃の僕の出社時間は七時半。朝寝坊の常習犯が、七時半には出社する。考えてみれば、僕の社会人生活は、まず、その高いハードルを乗り越えるところから始めなければならなかったわけだ。とにかく、遅刻は許されない。朝にめっぽう弱いこの僕には、七時半出社で遅刻なしという条件が、とんでもなく高いハードルに見えたものだ。

さて、当時の僕が、出社してすぐやることは経済新聞を広げることだった。一面から紙面を開き、次から次にページをめくり、記事を飛ばし読みする。ネタがなければこの商売は成立しない。そのネタが経済新聞のここかしこに潜んでいるのだ。もちろん、ねぼけ眼の飛ばし読みじゃ、難しい記事を読み砕けるわけがないのだが、新聞をめくるそのスタイルだけはもう板に付いている。それが、社会人二年目のキャリアというものだった。

もっとも、当時の僕の頭では時間をかけてじっくり読んだところで理解できる量なんて限られていたわけだけど……

あの月曜日の朝も、いつものように、七時半には出社し、新聞紙面を広げていた。一週間の始まりだ。気合を入れなければ。そう思って……

…岡村？…

しかし、商売ネタを拾い集める僕の動きも、〝ベンチャー企業の旗手の一日〟という特集記事が目に入った瞬間、止まってしまう。そのシリーズは毎日一人ずつ、ベンチャー企業の起業家を会社の事業内容とともに紹介する企画記事なのだが、連載企画七回目が掲載されたあの朝、記事のなかに見覚えのある顔を見つけたのだ。

〝岡村隆太郎二五歳

大学在席中にＥＣシステムのビジネス特許を取得。卒業後ベンチャーキャピタル各社から三億円の資金を調達し起業へ〟

顔写真の下には彼の紹介がそう簡潔に記載されていた。

…彼も日刊紙に取り上げられるようになったか…

記事を読み終えた時、ため息がもれた。

…岡村君は起業家で、僕はしがない証券マンか…

新聞に目を通し終わった時、時計の針は七時五〇分を指していた。営業開始の時間まで、後わずか、証券市場の最前線に立つ証券マンにはため息なんかついている暇はないはずだった。

「Ｔ通信が二〇円高で寄りつきました。本格的な買いが始まったみたいです。今、買いを入れないと相場に乗り遅れてしまいます」

取引所が開かれる、場中と呼ばれる時間帯、相場の動きを電話で伝えながら株のセールスをする。それが当時の証券マンの一般的な営業スタイルだった。僕もあの日、九時の営業開始時間から、数件の客に電話をし、型どおりのセールスに励んでいた。けれども、商売なんてそう簡単なものではない。

「この会社は情報回線で使用される電線をつくっている会社でして、高度情報化社会を迎えようとしている今……」

なんて必死のセールスにも、電話の向こうのおばさん客は乗ってこない。

「確かに、この間の銘柄には、私も騙されました。しかし、今回のT通信は市場のテーマ性にも乗った王道銘柄なので……」

それどころか、損をさせた銘柄の件で文句をいわれ、いいわけするのに大わらわ。しかし、どんないいわけも受注にはつながらず……

「そんなことおしゃらずに……もう少しお話を……」

というかいわないうちに、受話器をガチャンと切られてしまう。

支店に供え付けられた巨大な株価表示ボードは、その日も数百に及ぶ銘柄が、赤と青に激しく点滅し、相場の動きが激しいことを示していた。

「S電子成り行きで一〇〇〇株買いですね、わかりました」

証券マンが必死になって株のセールスを進める中、株価表示ボードを獲物を狙う狼のように眺めていた営業課長の滝口さんが、時計に目をやると、自分の机に戻り、不器用な手つきでパソコンの画面を開いた。

「I商事、一万株成行き買いですね」

「はっ、一〇〇円で指すんですか？」

客と忙しくやりとりする証券マンの声が飛び交い合い、支店はその時刻、喧騒の中にあった。

滝口さんが開いた画面には、各証券マンの手数料収入の一覧が表示されていた。証券マンが商内を成立させると、瞬時にこの画面がその金額を表示する。この画面さえあれば、証券マンの手数料を把握するなんて簡単な話だった。しばらくの間、鋭い目つきで滝口さんは画面を眺めていた。しかし、管理者の沈黙は長くは続かない、数分後、彼は突然、席を立ち、

「田中、お前」

とドスの聞いた声を張り上げた。

「しのぎがあがってないじゃないか」

彼はこのパソコンの画面をほぼ三〇分おきに開き、手数料が上がっていないセールスを見つ

けるとこうして激しく怒鳴り散らす。そうやすやすと手数料なんて上げられるものではないことくらい彼だって、わかっているはずなのに、決して容赦はしない。それが彼の仕事なのだ。

「とっとと、しのぎをあげるんだ」

〝しのぎ〟

それは手数料収入のことである。滝口さんはやくざ言葉で社員を怒鳴る。品格ある一部上場企業の営業課長だなんて、どこ吹く風、彼はかたくななまでに自分の流儀を守った。だれになにをいわれても、彼の口から、やくざ言葉が消えたことはない。

「田中、お前、この俺にしばかれたいのか」

けれども、そんな風にやくざ用語で怒鳴られてみても、客が降って沸いてくるわけではない。

「とっとと客に電話しろっていってんだ」

どの客に電話していいか迷ったその瞬間、滝口さんの激がまた向けられた。条件反射するかのように僕は受話器をにぎりしめる。考えている暇はなかった。もう、自分の客に片っ端から電話するしかない。客がいやがることはもちろん承知である。しかし、激をかわすには、もう、これしか方法はなかった。

あの頃、僕はある中堅証券会社で営業の仕事に就いていた。いわゆる証券マンというやつだったわけだ。もっとも、当時の僕は株のことなんかまるでわからなかったし、自分のアカウントも満足に稼げなかったから立派な証券マンだったなんて冗談にもいえない。せいぜい証券マンの卵ぐらいの存在だったのかもしれない。

新人社会人なんてみんなそうなんだろうけど、あの頃の僕も、ご多分に漏れず社会の厳しさってやつに打ちひしがれていた。わずかな給料を稼ぐために、詐欺まがいの商売に勤しむ。人間、食ってくためにはここまであさましくなれるんだなんて、日々、驚かされ、心が寒寒する毎日を過ごしていた。もちろん、そんなことを会社の人間の前で口にはしない。〝なんで、こんなことまでしなきゃいけないんだ〟なんていおうもんなら、証券業界って世界にどっぷりと浸かり、一般人には想像も及ばない悪戯な商売をしている周りの先輩達から、それこそ半殺しにされてしまうだろう。

先輩達だって、好き好んで、そんなことをやっているわけじゃない。詐欺まがいの商売をだれが好き好んでやるというのだろう。彼らだって、証券会社なんてところで働き始めた頃は〝なんで俺がこんなことを……〟なんて悩んだはずだ。しかし、悩んでも悩んでもどうにもならなくてしだいに諦めがつき、食うためなら、どんな悪戯なことでもやらなきゃならない、それが世の中だって悟るようになる。そして、しだいに、数字の奴隷になりさがっていることにも気づかなくなる。そんな世界で自分だけいい子ちゃんぶってどうなるというのだろう。自分も、先輩たちと同様、もう、かたぎの世界にいるわけではないのだ。

「すみません、今日はS不動産が動かなくなりました」

支店のトップセールス宮崎さんが頭を下げた時、

「チェッ」

と滝口さんが舌打した。それは、後場がはじまってすぐのことだった。S不動産は店の大口顧客である。本業そっちのけで、億単位の売買注文を連日のように出してくれる、店にとってたいへんありがたいお客様だった。そのありがたいお客様が今日に限って、なぜか、売買注文を指し止めたというのだ。

宮崎さんの報告を聞いた後、滝口さんが怒ったように席を立ち、支店長室に向かった。営業課長の場中の中座なんて異例中の異例だった。場中に席を立つなんて、銃を捨てて戦場から逃げ出すようなものだ。当時の証券マンには、そんな意識がある。最前線の現場指揮官の彼はそれでも、席を立つ。それだけ事態は切迫していたのだ。しかし、いくら、支店長と話し合ったところで、あの支店長がS不動産から注文を取れなくて、今日はノルマを達成できませんなんて報告を受け付けるはずがない。どだい、支店長も会社の歯車に過ぎない。彼にとっても、本社から与えられたノルマは絶対なのだ。S不動産に代わる大口注文を取りつけられればいいのだが、支店長と営業課長の力をもってしても今日の今日ではそれも難しい。こうなると、二人が取れる手はただ一つ。営業マン一人ひとりの締め付けを厳しくする。それしか方法はない。僕はあせっていた。どんなに厳しく締め付けられても、そうやすやすと注文が取れるわけではない。朝方から必死になってセールスに励んでいるのに、この僕ときたら、まだ一円ものぎを稼げないでいるくらいなんだから。

…あんなめだけには会いたくない…

その時、僕の脳裏にある出来事が蘇った。

「証券マンは奴隷なんですか？」

その出来事が起こった直後、後輩の藤原君がそういったのを覚えている。

つい三ヶ月前のことである。あの日の相場は前場から荒れ、後場には大幅な下げ相場になっていた。相場がどこまで下がるかわからない状態では、株を買おうなんて奴がいるわけがない。当然、買注文のキャンセルが続出する。しかし、それでも、目標は下がらない、与えられたノルマは絶対だった。

「おい、坂口」

そんな状況にあった、あの日の午後、滝口さんが入社四年目の坂口さんを自分の席に呼びつ

けた。そして、

「ところで坂口、お前、前場でしのぎはいくら稼いだんだ？」

と何事もなかったように話を切り出した。その声は、実に穏やかなものだった。こんなに穏やか声を出す滝口さんに会うことはめったにない。けれども、その穏やかさには……課長の穏やかな声は恐ろしい出来事の前触れを意味する。実は、この〝課長の猫なで声〟こそ支店の人間が、最も恐れていることだった。

「はっ、それは……」

滝口さんの机の前で棒立ちになっている坂口さんはおどおどとするだけで、質問に応えようとしない。彼もまた、何かが起こることを予感している。それが自分の身の上に降りかかることだということも、彼には、たぶんわかっている。

「エッなんだって、全然、聞こえない、もっと大きい声で」

滝口さんも滝口さんである。手数料収入なんて、わざわざ聞かなくてもパソコンを見れば一発でわかるのに……

「坂口、そろそろげろしてもいいんじゃないか」

「そっ、それは……」

滝口さんの問いかけが執拗に繰り返されていた。その執拗な問いかけに、坂口さんはもじもじするばかりで、肝心なことを答えようとしない。

「なー、どうなんだ！」

「それは……」

その時だった痺れをきらしたかのように、滝口さんが、

「エッ、いくらなんだ、みんなに聞こえるように大きな声で答えてみろ」

とドスの聞いた声を張り上げた。

「うじうじしてねぇで、さっさと答えろっていってんだ！」

「そっ、それはボーズです」

滝口さんの迫力におされて、坂口さんは思わず応えてしまう。

ボーズ、それは業界用語でゼロのことである、坂口さんは、まだ一円も稼いでいない。下落する一方の相場を前に買注文のキャンセルが続出し、もう、電話をかける相手もない。下落を続ける相場を前に、彼には、ただ呆然とすることしかできなかったのだ。

「お前、それでよく人間の顔してられるな！　整形して豚にでもなりやがれ」

滝口さんの声が響いた。その面相はすでに鬼と化している。滝口さんの本当の攻撃が始まったのは、実はこの後のことである。

「朝からお前は何やってたんだ」

鬼のような面相になった滝口さんはそう叫ぶと、激しく席を立ち、机の前で立ちすくむ坂口さんの腕を素早くつかむ。

「今日何件電話したんだ、何件電話したかいってみろ」

今度は歯軋りでもするようにそう連呼しながら、坂口さんを腕を引きずり、本人の机までひきずっていく。

「この俺がな、この俺が仕事のやり方ってもんを教えてやる」

机に到着するやいなや、鬼が坂口さんをはげしく机のうえに押し倒す。そして、

「お前はな、受話器が手から離れると思っているからいけないんだ」

そういいながら、受話器を乱暴にとり、坂口さんの左手に押し付け、ガムテープで巻きつける。

「これで、お前の左手は……」

すると、坂口さんの左手は、

「その左手でお前の客全員に電話しろ」

そう、坂口さんの左手は受話器になっていたのだ。ガムテープで受話器を貼り付ける。それが、その日の滝口さんの生贄料理のメニューだったのである。

「さー、お前らもはやく仕事に取り掛かれ」

滝口さんの声が、今度は支店の人間全員に向けられた。

支店の人間は、坂口さんのその姿を見て、俄然、電話を入れ始める。

…なんで、あんなことまでして、数字をあげさせようとするんだ…

客先にあらためて電話を入れ始めた僕は、電話を入れながらも、そう思った。しかし、だからといって坂口さんへの同情の気持はない。あの時、胸に去来していたのは、ただ、

…あーはなりたくない…

という思いだけだった。

「相場が下がっている今が買い時なんです」

坂口さんの悲惨な姿を脇にした、そのセールストークには悲壮感さえ漂っていたに違いない。それは僕にとっても瀬戸際のセールスだった。


ところで、受話器をガムテープで貼り付けられるというみじめな姿の坂口さんは、しかしあの日、意外にも落ち着いていてうわずった声も、ましてや半泣きの声も出していない。それどころか、

「今度はこれでいきましょう」

なんていつもと変わらないセールスに励んでいたのだ。受話器を握りしめながらふとながめ

た坂口さんのその姿に僕は唖然としてしまう。彼の姿はまさに、足枷をはめられながら、なお、強制労働に勤しむ奴隷そのものだった。受話器という足枷を貼り付けられているのに、彼は、なお客から注文をとろうとしている。

…惨めだとは、思わないのか？…。

僕の視線に気づいたのか、坂口さんがこちらに顔を向け弱々しく微笑んだ。その微笑みに、怖いものでも見たように目を伏せて、応える。自分のすぐそばに彼のような人間がいることが耐えられなかった。

「おい田中、ちょっとこっちに来い」

その日、支店長室から出てきた滝口さんがまず最初に呼んだのは僕の名前だった。その呼び出しが僕を顔面蒼白にさせる。

…今日の生贄はこの僕？…。

脳裏にあの日の坂口さんの姿がよぎる。このままでは自分が坂口さんになってしまう。

…なんとかしなきゃ…

「田中さー、お前はどうやって今日のノルマを達成させるつもりなんだ」

机の前に立った僕に、滝口さんが、何事もなかったようにそう尋ねた。いかにもしらじらしい態度である。滝口さんが、僕の稼ぎを知らないはずはなかった。彼はもうすでに営業マン締め付け作戦を実行に移しているのだ。そして、この僕をその生贄に……

「なーどうなんだ？」

…ここで、もじもじするわけには…

「ハッ、野々山さんのK製鉄を売らせて、T通信に乗り返させます」

営業課長の質問に間髪入れずにそう答えた。

「必ずノルマを達成させます」

大きな声でそう宣言する僕の姿に、営業課長はただあっけにとられるばかりだった。それは、課長も予想しない答えだったに違いない。手詰まりの田中には質問に答えられない、滝口さんが、そう考えていたのは間違いない。今日の生贄料理のメニューも彼は、もう準備していたのかもしれない。しかし、こっちだって、プライドがかかっている。営業課長の思惑通りにことを進めさせるわけにはいかないのだ。

「わかった。それじゃーその線でやってみろ」

神にささげる生贄から〝必ずノルマを達成させる〟なんていわれてしまっては、いかに滝口さんといえども、ご自慢のメニューを、披露するわけにはいかない。営業課長の第一次作戦は明らかな失敗に終わりを告げることになる。

野々山さんのK製鉄を売らせて、T通信に乗り返させる。それは、僕の最後の手段だった。

野々山という老人はこの街で複数のマンションを経営する一人暮らしの淋しいお金持ちで、僕が開拓した数少ないお客さんの一人である。約半年間、この老人宅に足を運び、そして、最近やっと口座開設にこぎつけていた。

「あんたは人のよさそうな顔してるから、人を騙すようなまねはしないだろう」

取引口座を開設するため、わざわざ支店を訪ねて来た老人がそんな言葉を僕にかけてくれたのを覚えている。それは、僕にとって、入社して以来、初めての努力が報われたと感じた瞬間だった。

老人には、まずK製鉄という銘柄を買ってもらうことにした。地味な銘柄ではあったが血の出るような経営努力を続けた結果、長きに渡った赤字を解消させ、黒字見とおしが立っている。すぐには動かなくても、いずれ、この会社は上昇してくるだろう。


そんな銘柄を売ってしまうなんて大もうけのチャンスをみすみす手放すようなものだった。

…でも、そうしなければ…

そうしない限り、こちらの手数料は上がらない。

そうしない限り、滝口さんからは逃れられない。

それに、最近客になったばかりで野々山さんはまだ僕のことを信用しているから、

「K製鉄が動き出す前に、T通信で一儲けしておきましょう」

くらいのことをいっておけば、おそらくこの話にも乗ってくるだろう。T通信が思ったように上がるとは限らない。けれども、その対策は、また明日にでも考えればいいことだった。どだい、いやがる客に一件一件電話したところで、奇跡でも起こらない限り、数字はあがらない。ノルマを確実に達成させるには僕にはもうこの方法しか残されていないのだ。

僕はなんとか、無傷で机に戻ることができた。とにかく、奴隷になることだけは、免れることができたのだ。しかし、ほっとするのもつかの間、机の上の顧客カルテを開き、受話器を手に取った。課長の前でノルマを必ず達成させるなんて宣言した以上、この作戦を決行しないわけにはいかない。こんなことで、野々山老人の家に電話を入れるなんて、あまり気乗りしないが、そうしなければ、今度は自分が坂口さんのようになってしまう。

「お前もよくやるよなー」

そんな僕に一年先輩の内村さんが声をかけてくる。

「お前、そこまでして手数料あげるのかよ」

滝口さんとのやり取りを見ていたこの先輩が、こちらの気持ちを見透かすようにそういった。

「これじゃーうちの信用がたおちだな」

あきれたように捨て台詞をはくと、彼は、後ろ姿を見せ、僕の元から去っていった。だれに、いわれるまでもなく、せっかくつくった客を騙すようなまねはしたくはない。しかし、そうしなければ……

……自分は奴隷になるわけにはいかないんだ……

先輩の後ろ姿に心の中でそう叫ぶと、僕は受話器を握りなおしていた。

「君の研究発表を聞かせてもらったよ、すごくおもしろい研究だったね」

岡村隆太郎にそう声をかけられたのは、あるレセプション会場でのことである。

「いや、それほどでも」

この人物から、突然、声をかけられた僕は、たじたじになるばかりだった。彼はこの式典で一番の話題をとった人物である。このレセプション会場にも数人の記者達が姿を見せ、さっきまで彼はその対応に追われていたはずだ。彼の研究は、特に経済系マスコミ関係者からの注目を集め、会場にまで押し掛けた記者たちの取材にも熱気がみなぎっていた。彼に比べると僕の研究は地味なもので、決してマスコミ関係者から注目されるようなものではない。

「僕も君の研究発表を聞かせてもらったよ、たいへん興味深いものだった」

しかし、それでも僕は彼と同等の立場にある。僕も彼と同じ優秀論文賞の受賞者なんだから。

それは、大学三年の秋のことである。僕の大学では、学術振興を目的にした一般学生の論文コンクールが開催される。研究論文は春に募集が開始されるのだが、応募論文は、まず、学部選考を受け、優秀論文候補として、論文コンクール運営委員会に推薦され、運営委員会の選考を経て、二〇〇〇を超える論文のなかから四本の優秀論文賞が選ばれる。秋の優秀論文賞の受賞式典は学祭が霞んで見えるほど華やかなものだった。大学の記念講堂で開催される優秀論文賞授与式に引き続き、優秀論文賞受賞者がそれぞれの研究を約一時間に渡って講演する。そして最後に記念レセプションで式典は締めくくられる。僕の論文もあの秋、優秀論文の一本に選ばれていた。岡村の「ＥＣシステムの考察」という論文が、理工学部が推薦した優秀論文だったのに対し、僕の論文「ナチスの情報操作が人間心理に及ぼした影響」は政治経済学部が推薦した優秀論文だった。

「君の人間心理に対する洞察力には感服したよ。特にヒトラーの演説が当時のドイツ人の気持ちにどう働いたかってあたり、あの辺の分析は絶品だった」

その話から彼が真面目に僕の研究発表を聞いていたのがよくわかる。

「いや、君の新システムも……」

しかし、僕のほうは、彼の論文なんて、せいぜいインターネットを利用した楽しいショッピングの研究程度の認識しかない。あの日の僕には他人の研究発表なんて聞いている余裕はなかった。発表会前に所属ゼミナールの青木教授の指導のもと入念なリハーサルを何度も繰返したのだが、人前で一時間も話すなんて初めてのことだったから、極度の緊張感をしいられていた。順番を待つ僕の耳には彼の研究発表なんてほとんど何も入っていない。

「君は政治学科の学生なんだろ、どうやって心理学なんて勉強したんだい」

彼が話題を僕の研究に戻してくれたことに救われていた。自分の研究に関心をもってくれたかどうかなんて彼にはどうでもいいことのようだった。

レセプション会場には、二〇〇人を超える出席者が集まっていた、大学の教職員をはじめ、他大学の研究者やマスコミ関係者、財界で活躍するOB連中や政治家達が会場には集まっている。そんなレセプション会場にあって、僕は、料理を乗せた皿を片手に、堂々と自分の研究を語っていた。後に二五歳にしてベンチャーを立ち上げることになる岡村隆太郎に。会場に集まったお歴々も、あの日はすべて脇役だった。

「君は田中君と同じゼミなの?」

僕との話に区切りがついた時、僕の隣にたっている女の子に岡村が声をかけた。

「えーそうです。田中さんが優秀論文賞を受賞するってずーと信じていたから、今日はそのご褒美なんです」

優秀論文受賞者のレセプション同伴者は一名に限られていた。会場には定員があり、主役といえども無制限に同伴者を連れて来させるわけにはいかないらしい。そして、僕はその同伴者に優子を選んだ。

「君はほんとうに幸せものだ、こんなにかわいい彼女がいるんだもんな」

岡村は、あの時ほんとうにうらやましそうにそういった。


「田中さん、何かおもしろい記事でも載っているんですか」

午後三時半、僕と藤原君は、近くの喫茶店でお茶を飲んでいた。証券マンは場が締まる三時を過ぎると外に出る。本来、この時間は電話でのやり取りしかない客先に直接出向き、セールスする時間だが、その日は藤原君と喫茶店で一休み。要は営業をサボったわけだ。仕事をサボったからといって二人には罪悪感はない。終日緊張感をしいられている証券マンには、気を抜く時間も必要である。管理者だってこれくらいのことには目をつぶってくれるものだ。しかし、藤原君といっしょに喫茶店に入ったというのに、持って来た新聞を広げた僕は、声をかけられるまで彼の存在を忘れてしまう。今朝読んだ岡村隆太郎の記事が気になっていたのだ。

まだ、この同僚には知人が経済新聞に載ったなんて話していない。まわりの人間にべらべら話す気はないが、藤原君には、岡村隆太郎について少しは話していいかもしれない。

「田中さん、さっきデブから何かいわれたんですか？」

しかし、そのチャンスはこなかった。

「エッ、デブに？」

「田中さんが滝口さんのところから、戻ったときですよ、デブが、田中さんの机のところまで行ったでしょ。たまたま通りかかったように装って……」

彼の気持ちが新聞記事の話を聞くより、内村先輩の悪口をいうことに傾いていたからだ。

「田中さん知ってます？　実は、野々山さんのところに、あのデブも通っていたそうですよ」

「エッ」

ウェイトレスがコーヒーを置き、二人のテーブルを後にすると藤原君が捲したてるように、話し始めた。

デブが野々山さんの家に通っていたなんて話、僕も初耳である。野々山さんの口からは内村なんて名前は出ていないし、内村先輩からも野々山さんのことなんて聞いたことがない。そんな話、彼はどこでつかんだんだろう。

「だから、店の信用ががたおちだなんていったのはあのデブのやっかみですよ」

しかし、その話はうそではないだろう。開拓に失敗した客を後輩に取られてしまう。後輩に先を越されるなんて、ひどくみっともない話だがら、野々山さんのことなんておくびにも出そうとしない。けれども、やっかみだけは募っていく。そこで、後輩が苦しい立場に立たされたとき〝店の信用〟なんて美名をちらつかせ、さりげなく仕返しをする。内村先輩ならやりそうなことだ。

「僕の顧客の佐久間さんがそういったんです。ほら野々山さんの家と佐久間さんの家は目と鼻の先でしょ。野々山さんが、デブのことを愛想はいいけどずるそうな奴だっていっていたことを、佐久間さんが教えてくれたんですよ」

「野々山さんがそんなことをいっていたんだ。でも、やっぱり人間、年齢を重ねると人を見る目もしっかりしてくるんだな。さすが野々山さんだ」

「田中さん、何をいっているんですか！　あんなの一目見れば、わかるじゃないですか。野々山さんじゃなくても、だれだってわかりますよ」

当時、いっしょに仕事をサボるくらい、僕と藤原君は仲がよかった。けれども、この信頼関係も、考えてみれば、共通の敵が存在したからできたものだったような気がする。

高血圧が自慢のデブの先輩は、何かにつけて僕ら後輩に小言をいった。しかも、小言をいった後、必ず、

「俺だって大声を出すのはいやなんだ。でもなー、後輩を教育するためには仕方がないんだ」

と付け加えるのを忘れない。自称、体育会育ちの彼は、後輩教育がよほどお好きなようである。

だが、困っている後輩を、手助けしようともせず、〝お前の人間性に問題がある〟なんてことを長々と聞かせるこの態度を後輩教育というのも……それは、むしろ後輩いじめといったほうが適切なような気がする。


裏に何が隠れているかわからない、デブの後輩教育なんて信用してはならない。それが僕と藤原君の共通認識になっている。三人の間で、実はこんなこともあった。

それは、藤原君が入社してまだ間もない頃の話だ。支店に配属されて、数日後、見るもの、聞くもの、すべてが初めてで、不安でいっぱいになっているそんな彼が先輩社員から初めて喫茶店に誘われる。

…店のことをいろいろ教えてやるから…

そういって藤原君を誘ったのは、何を隠そうこのデブの先輩だった。

「お前を直接指導するのは一年先輩の田中なんだが、田中は問題が多い奴だから、わからないことは俺に聞いてくれ」

さて、喫茶店のテーブルにつくとこの先輩は、さりげなく僕の名前を口にした。

「問題ですか?」

「そうなんだよ、問題だらけの奴なんだよ」

後になって聞くことになる、デブがいった問題なんて、ここでいちいち書く気にもなれない。勤務時間中に、風俗店に足を運ぶような奴だとか、現金を集金すると必ず、いくらかちょろまかすとか、うそ、思い込み、憎しみが混ざり合い、もはや、そこには、真実のかけらもない。彼のいう問題児が、もし、ほんとうに、会社にいたとしても、そんな奴は、疾うの昔に懲戒免職になっているはずである。

彼はその後も、一年下の後輩の細かなミスや失敗をこそこそと告げ口していたらしい。判子ももらわず客先に売り代金を置いてきて、総務の女の子に怒鳴られ、なきそうになっただとか、おかきを食べながら客に電話する姿を支店長に見られて、大目玉をくらっただとか、あることないこと大げさに話し、いつも最後に、

「あいつは問題が多い奴だからなー」

と口にしていたのだという。

ちょうど、その頃、僕のほうも、

「お前は藤原をちゃんと指導しているのか」

とこの先輩にやじられていた。やじられるだけではない。朝の挨拶の仕方から上司に対する対応の仕方まで藤原君の会社での生活態度を細かくチェックし、新人の態度のどこがいけないの

か、ご丁寧に説明したうえで、

「お前、俺のいったことを藤原にちゃんと守らせるんだぞ」

と念を押す。この男がこんな風に念を押したらもう最後、藤原君の態度がちょっとでも自分のいった通りになっていなかったら、たとえば藤原君のお辞儀の角度が自分のいった通り四五度に傾いていなかったりでもしたらそれこそ血相を変えて、

「お前は社会人にもなって、後輩教育の一つもできないのか」

と藤原君ではなくこの僕を叱った。

…二人を仲たがいさせる…

彼の思惑は明らかだった。こうしておけば、僕がいらだち、藤原君に当たるようになる。藤原君の方でも問題ありと思われる先輩に理不尽な説教をされて頭にくる、しだいに二人の関係は悪化していく。後輩いじめが生きがいのこの男にとって二人の後輩の結束だけはなんとしてでも避けたい事態だったに違いない。


しかし、事は彼の意図したようには動かない。

デブの生活態度チェックは細かいばかりか、現代の若者には信じられないものばかりで、常人にはそう簡単に受け入れられるものではなかった。彼がこんなことを真顔で言ってきた時は、

さすがの僕も驚いたものだ。

「上司が疲れた表情を見せたら〝肩でもおもみしましょうか〟といって上司の肩に手を伸ばす。それが下の人間の務めだ。そのことを藤原にも教えてやれ」

口うるさい先輩社員からこんなことをいわれたら、後輩社員はどうしたらいいのだろう？そんなお務め、自分の後輩にまで押し付けていいのだろうか？

当時の僕は、それでも、まだ純真で先輩のいった若手社員のお務めやらに悩まされる。自分一人で、抱えるには重過ぎる悩みだ。だれかに相談したほうがいい。しかし、こんなことをだれに相談すれば……

「スーツ姿のサラリーマンが上司の肩なんかもんでる姿を見たことある？」

「エッ」

「実はねぇ、内村さんにいわれたんだけどさー」

実は、この僕が相談相手に選んだのは藤原君、本人だったのだ。

「やっぱり、内村さんはそんなことをいう人だったんですか。僕も、最初から変な奴だとは思っていたんですよ。」

僕の話を聞いて、後輩君はこちらの立場を瞬時に理解した。いい相談相手を思いつかなかったから、藁をもつかむ思いでつい話してしまったのだが、僕の選択に間違いはなかった。彼もまた、内村先輩がちょっと変だと思っていたのだ。

こうして二人は、二人の共通の敵がデブだったということを発見することになる。以来、二人は影でこそこそ悪口を言い合うようになり、内村という敵を前に、しだいに結束していくことになるのだ。

証券会社というところには内村タイプの人間が多いのは事実だった。デブは盛んに後輩教育という美名を口にし、下の人間を怒鳴りつける。しかし、その美名に惑わされ、彼のいうことを文字通り実践したらどうなるだろう。たとえば、その日、野々山さんから無理な注文を取らなければ僕はどうなっていただろう。彼は自分が先輩だと二言目には口にする。しかし、その言葉を決して信じてはいけない。この男は人の足を引っ張ることしか考えていないのだから。

「ところで、田中さん、優子ちゃんとは仲直りしたんですか？」

「はっ」

藤原君の不意打ちに、コーヒーカップに口をつけたまま僕には何も答えられない。

「また、けんかしたんでしょ。ちゃんと顔に出てますよ。田中さんねぇ、あんなにかわいい子はこの世には滅多にいないんですよ。だからはやく結婚でもして自分のものにしなきゃダメじゃないですか」

そういうと藤原君は屈託のない笑顔を浮かべた。数字に追われ、社内の敵との戦いに血眼なまこになる。そんな状況にあっても、藤原君という同志が存在する。それがあの頃の僕の救いだった。

その日、自分のアパートに戻ったのは一一時過ぎのことだった。結局、その日もたいへんな一日になった。藤原君と喫茶店から帰ると、滝口さんに明日の株の予約を取れと厳命される。相場のよしあしは、相場が動き始めて、初めてわかるもので、明日の相場がどう動くかなんてまるでわからない。にもかかわらず、売買注文だけは出しておけという。それは本社からの命令だった。明日は社長の誕生日だから、今年最高の手数料収入でお祝いしたいのだという。そんなことのために、結局、僕ら営業マンは家に帰れない。あの年老いた社長がまた一つ年を重ねたといってだれが喜ぶというのだろう。死へのカウントダウンといっても過言ではない誕生日なんて、社長本人さえ喜ばないにきまっている。だれも喜ばないお祝いを祝うために現場の社員が生贄になる。サラリーマンとは哀れなものだった。

一一時過ぎに、家に帰ってもうなにもできない。シャワーを浴びて、髪の毛を乾かせば、それで終わりになってしまう。明日もはやい、一刻もはやく寝床につかなければ、眠い目のままでは社長のお祝いもあったものではない。それでも僕はパソコンを立ち上げ、メールボックスを開いた。こればっかりは習慣だからどうにもならない。

けれども面倒というものはこんな時に限ってやってくる。

…なんだ、また優子かよ…

その日のメールボックスにも〝添削のお願い〟というタイトルの優子からのメールが届いていた。

…悪いんですが、あさって予備校に提出する作文を見てくださいよろしくおねがいします…

彼女のメールにはワードの添付ファイルの他、簡単なメッセージが添えられていた。

…あさって提出？ それじゃ、今晩中に仕上げなければならないじゃないか…

今日みたいな日に限って、なぜか優子は、こんなメールを送ってくる。こんな風に突然、作文の添削を頼まれても、こちらは、途方に暮れるだけなのに。のっけの最初から、彼女が新聞記者になれるなんてこちらは思っていない。予備校から出された宿題を添削するのも、気休めくらいにしか思えない。そんなことのために、睡眠時間を削るなんてばかばかしい。

…いつになったら見果てぬ夢を諦めてくれるんだ…

そもそも、優子は間違っていた。作文の添削をこの僕に頼むなんて。この僕はしがない証券マンにすぎない。大学を卒業して以来、もう随分長い間、文章なんて、ろくに書いていないのだ。

「関口にでも頼めばいいだろう」

喧嘩したのに、それでもなお、添削を頼んできた時、捨て台詞でもはくようについそんな風にいったことがある。しかし、それは、僕の案外素直な気持ちでもあった。優子がもし、本気で作文の腕をあげたいなら、僕の同期で彼女にとっても先輩の関口に頼んだほうがいい。彼はS新聞社の記者で、日夜文章を書き、腕をあげている。彼ならプロの視点で彼女の作文を添削してくれるだろう。けれども優子は、

「何をいっているのよ、私が信じているのは達也君なのよ、関口さんなんかじゃダメなのよ」

と引こうとしなかった。

藤原君がいうように、確かに優子は綺麗な女の子だった。まわりを明るい気分にさせる子だった。学生の頃、僕が彼女とつきあいはじめた時、だれもがまずおどろきの表情を浮かべたのを覚えている。彼らがなぜおどろいたのか、その理由は僕にだってわかっている。彼女は僕にはもったいないくらいの子なのだから。

…なぜ優子は自分なんかに振り向いたんだろう…

二人の間には、もう四年もの歳月が流れていた。それなのに、僕には依然、彼女の気持ちがわからない。彼女は僕の何を信じているというんだろう。

「政治学科一年の南優子です。高校の時に政治について関心を持つようになって、もっと勉強しようと思い、このゼミに入室しました」

透き通るような白い肌。目鼻立ちのすっきりとした容貌。その子はとびきりきれいな女の子だった。優子を初めて見たのは、ゼミナールの新人歓迎会の席のことである。その席で、自己紹介する彼女の姿につい見とれてしまったのを覚えている。自己紹介するため、彼女が立ち上がったとき、場は一瞬静まりかえった。男子学生達の視線が彼女に釘付けになる。優子に見とれたのはなにも僕だけではない、ゼミ生の男子学生のほとんどが彼女に見とれていたのだ。当時の優子は着ているものはどこかやぼったかったし、言葉使いも女らしいとはいえない。しかし、そんなマイナスポイントさえボーイッシュな雰囲気がみごとにカバーする。優子の場合、何を着ても、何をやってもその美しさを際立たせてしまう。

新人歓迎会の居酒屋のあの席では、優子の周りに先輩諸氏が陣取り動こうとしない。本来、歓迎会の新人達は先輩達のまわりを飛びまわりコップにビールをそそぎ、自己紹介し、じっとなんかしていられないはずなのに、彼女の場合、逆に先輩達が周りにずっしりと腰をおろし、身動きがとれない。あの日、優子を囲む集団からは、明るい笑い声が沸き起こっていた。彼女を囲む集団が場の中心にさえなっていた。

そんな居酒屋のなかで僕はといえば、その輪からだいぶ離れたところで、石丸という真面目そうな新人と話をしていた。先輩達への挨拶も一通り終わったのか、もう他の新人はやってこない。僕のそばに残ってくれたのは、石丸ただ一人だった。

「僕は、地方行政に興味があって、このゼミに入ったんです」

「そう、地方行政といっても幅が広いよね。たとえば国と地方の権限の問題だとか、地方行政の国際比較だとか、切り口にはいろいろあるよねぇ」

「明治から平成までの地方行政の歴史について勉強しようと思うんです。僕が知りたいのは……」

その時、優子の輪からまた、大きな笑い声が上がった。その笑い声が石丸の声をかき消してしまう。

…自分は笑いの輪にいない…

笑いの渦の中で会話が中断したとき、その自分の姿が、はっきりと浮かび上がったような気がした。

…何を気にしているんだ…

大きな笑いが続く、あの居酒屋の席で自分は自分にそう言い聞かせていた。自分は人の注目を集めるような人間ではない。そんな人間が一人、皆の輪の中にいなくても、だれも気にしたりしない。そんなことは最初からわかりきっているじゃないか。

「ごめん、ちょっと聞こえなかったんだ、最後のところもう一度話してくれる」

「えー、僕が勉強したいのは、住民の自治意識なんです。明治時代、日本は廃藩置県を実施して、それまでの自治単位だった藩をずたずたにした。その結果、郷土意識まで薄れてしまい、それが今の日本人の地方自治体への無関心につながっているんじゃないかと思って……」

石丸は、勉強熱心な奴らしく、その話は意外に面白かった。こちらの話にもそれなりの反応を示してくる。二人はつい話に熱中し、新人歓迎会の騒がしさから離れ、しだいに別のグループのようになっていた。優子の輪の中にいなくたって、気にはならない。そんなことはもうどうでもいい。

…どうせ、彼女が僕なんかに振り向くはずもないんだから…

そもそも、僕のほうはそんな風に最初から諦めている。諦めがはやいのは、むしろ当然のことだった。

男子学生たちの優子に対する攻勢にはすさまじいものがあった。学内史上最大のアイドルは教科書を買う必要がない。彼女が選択した講義の教科書なら、先輩諸氏が競い会って渡してくれるから。財布をわすれても、困らない。お昼をごちそうしてくれる男子学生なら両手で数えて足りないくらいいるんだから。史上最大のアイドルを自分の彼女にするために、あの頃、学内の男子学生たちは、こんな風に涙ぐましい努力をそそぎつづけていた。もちろん、我がゼミの同期連中も例外ではなかった。彼らは、毎日のように、講義をサボって学食に集まり、優子がどの講義を選択したか、だれが今、強力にアプローチしているのかなんて、学内で集めた情報を交換しはじめる。情報交換なんて、何の意味があるのだろう？　優子の彼氏の座は一つしかない。たとえゼミ仲間といえども、椅子取りゲームを前にすれば、敵味方。大切な情報を皆の前で明かすなんて、敵を利するだけの話である。情報交換につかれると、

「我がゼミの優子ちゃんをだれにもわたさない」

なんて奇声を発し、ゼミの団結を誇示して見せる。仲間が団結して目標に突き進むのは大切なことだけど、団結してことにあたるというのはこの場合、どうだろう？

しかし、そんな仲間の姿を遠巻きにながめながらも、彼らの会合に僕は加わろうとはしなかった。

…手の届かない女の子に熱中しすぎると空しい気持ちになるだけなのに…と傍観するだけである。当時の優子は僕にとってテレビに映し出されるアイドルのようなものだった。追いかけたところで手にすることができない虹のような存在。僕は、昔からアイドルに熱中するような人間ではない。

論文コンクールの締めきりが数ヶ月後に迫ったあの頃、学内史上最大のアイドルに熱を上げる仲間達とは一線を画し、僕は図書館通いに励む毎日を過ごすようになっていた。論文コンクールは政治学科でも春に募集が始まり、募集開始から締め切りの夏休み直前にかけて多くの学生が論文執筆に当たるようになる。この僕もそんな学生の一人になっていた。

論文コンクールに参加しようなんて、どうして思ったのだろう。詳しい事情は今となってはもう思い出せない。たぶん、そのきっかけはごくつまらないものだったに違いない。

新学期に入り、学生課の掲示板で論文募集の広告を見て、〝後で苦労するくらいだったらちょっと早めに手をつけるのも悪くない〟とでも思ったのかもしれない。自分の論文が優秀論文に選ばれるとはもちろん思わなかった。けれども、コンクールの論文の枚数は、卒業論文とほぼ同じだから、書き上げれば卒論代わりにはなる。別に途中で断念しても構わなかった。原稿が一部でも残っていれば卒業直前に書かなければならない論文の枚数をその分減らすことにもなる。こんな風にほんの軽い気持ちで始まった図書館通いではあったけど、朝から図書館が閉館になる夜八時まで、参考文献を読み、辞書を片手に時のドイツの新聞を悪戦苦闘しながら翻訳するうちに、自分の研究に本心からのめりこむようになっていた。

論文を執筆していたあの頃、僕のバッグの中にはいつも手垢のついた『自由からの逃走』という本が入っていた。ナチズムを文明論的に批判したとされるこの本は、僕が高校時代に始めて読んだ学術書である。同時にこの本が、論文のベースにもなった。『自由からの逃走』は社会心理学の視点から第二時大戦前夜、全体主義に魅了されていくドイツ人を分析し、ナチスがなぜ産み出されたのかその背景を人間心理の視点から解説したものである。僕の論文はこの本の考え方を基本に時のドイツ人の心理を自分なりに解釈し、ドイツの歴史と重ねながら、ナチスの台頭とナチスの情報操作について考えるものだった。

連日のように図書館通いを始めて、しばらくたった頃のことである。閲覧室で参考書を読むのにつかれた目を、ふとまわりに向けたとき、優子が遠くにぽつんと座る、その姿が見て取れた。彼女は僕の席からもそう遠くない席に一人座り、何か本を読んでいた。彼女の存在が気にならなかったといえばうそになる。しかし、結局、声をかけることはなかった。学校中が注目する女の子に声をかけること自体、勇気のいることだった。特に彼女の場合、学内の男子学生に四六時中つきまとわれているわけだから、一人になりたくなることだってあるはずだ。たぶん、彼女は一人になるために図書館に逃げ込んできたのだろう。こういう時は、そっとしてあげておいたほうがいい。

しかし、よほど本が好きなのか、優子は、その後も、連日のように図書館に姿を現すようになっていた。大学一年の彼女には語学のような出席をとる授業も多いのに、きまって昼過ぎに図書館に姿を現し、閉館間際まで閲覧室で本のページを繙いていた。本を読むのにつかれ、ふと顔を上げた時、彼女と目が合うことがあった、そんな時、彼女は鬼ごっこをして鬼につかまった少女のような微笑を浮かべる。彼女も僕の存在に気づいているようだった。

「あー、ちょっと田中君」

国際政治論の講義が終わった後、図書館に向かう僕をゼミの同期、吉岡が呼びとめた。

「君はナチスの情報操作で論文コンクールに投稿するんだって？」

同じゼミに在籍しながら彼とはほとんどつきあいがない。その吉岡が、なぜ僕の論文のテーマを知っているのだろう。いつ断念してもいいように論文のことはごく限られた仲間にしか話していないのに。

「それじゃー、まず君の論文の構成について聞こうか」

その日、僕は吉岡からかなり強引に喫茶店に連れこまれていた。

…どうしても君の論文の話が聞きたい…

彼があまりにしつこくそういうから、しょうがなくついてきたのだが、正直なところ迷惑な話だった。この吉岡のことを僕は、あまりよく思っていない。彼はゼミの嫌われ者だから。

その年の春合宿のことである、ゼミ生たちは青木教授から現代の日本政治について討論する時間を与えられた。政治学のゼミ生である以上、日本の政治についても自分なりの意見を持つ必要がある。そのために皆と議論しながら日本の政治についての見識を高める。それが教授の意図した討論の目的だった。しかし、その場は討論の場にはならない。ゼミ生一人ひとりが自分の意見を発言することが目的の討論会だったのに、吉岡が一人でしゃべりまくり、他のゼミ生の発言を受け付けようとしなかったからだ。

「吉岡さー、ちょっとは他の奴にも話させろよ」

そんな彼に参加者も苛立ち、ゼミ生の一人がそういうと、

「君達の議論にはレベルに問題があるからねぇ。僕にとって君達の意見なんて意味がないんだ」

彼は平然とそう応えた。

…自分の親父が、有名人というだけでそんなに偉いというのか…

あの時、すべてのゼミ生がそう思ったようだ。吉岡の親父は選挙解説などでよくテレビにも顔を出す、有名な政治学者だった。政治腐敗を嘆き、多くの政治家を罵倒し、時に実際の政治に大きな影響を与えることがある。その有名学者の息子は自分のおやじを鼻にかけ、周りの学生を馬鹿にするような奴だったのだ。彼の前で政治学の話でもしようものなら、話の途中で

「君達の知性を疑うよ」

と罵詈雑言を浴びせられるのは必定である。有名学者の息子の自分は特別な存在で、回りの人間はすべて劣った存在だ。その態度にはそんな彼の思い込みがはっきりと出ていた。


「論文の構成？」

「そう、論文コンクールに投稿するくらいだから、構成はきちっんとしているんだろ」

「それは……」

この吉岡の問いかけに答えようかどうか躊躇した。もちろん論文にはそれなれの構成がある。しかし、この男に下手な説明すると何をいわれるかわかったものではない。

「論文の骨ぐみがない！」

答えを躊躇する僕を見て、この男は大袈裟に驚いて、

「骨組みもろくにできてない論文ねぇ、君の論文はその程度のものか。いっとくけど思いつきで論文を書いたってうまくいかないものだよ」

と一方的にまくし立てた。彼にとって、答えようとしないのは答えられないのと同じことなのだ。

「でも、まー君も無理をして時間を作ってくれたようだし、研究動機でも聞かせてもらおうか」

いつものことながらこの男のいいまわしは不愉快なものだった。そもそも、こちらには話を

聞いてくれなんて頼んだ覚えはない。喫茶店に無理に連れ込んだのは、自分のほうではないか。

「研究動機だよ、それくらいは答えられるだろ」

…僕の研究動機？…

僕は、あいかわらず、口を開こうとはしなかった。

…研究動機なんていわれても…

しかし、それは、答えるか答えないかで、躊躇したからではない、話すことができない。なぜナチスの情報操作なんかを研究しようなんて思ったのか、今まで考えたこともない。

「なーんだ、君は研究動機さえ話せないのか、君はあのゼミのなかでは、少しはまともな奴だと思っていたけど、結局その程度のものだったのか」

吉岡は別に僕の研究に興味をもったから話を聞いているわけではない。僕をバカにするため、傷つけるため研究を引き合いに出しているに過ぎない。

「政治学者は、皆、多くの人が苦しむ社会問題を解決したという強い気持ちや、新しい時代を生みだそうとする使命感をもって研究にはげんでいるものなんだよ。それを、君みたいな人が……」

何をいっても、何を話してもこの男は罵詈雑言を浴びせてくるだろう。

「君みたいな人が政治学を研究していると風評し歩くなんて……君は学問を馬鹿にしている

し、そもそも不純だよ」

　こんな奴のいうことなんか気にする必要はない。しかし、そう自分に言い聞かせながらも、悔しいという気持ちが湧き出してくる。この罵詈雑言に抗弁することもできない。自分がなぜ、ナチズムの研究をしなければならないのかなんて考えたこともない。それは、紛れもない事実なのだから。

「でも、まあー君にしちゃーよく考えた手だね、南さんの気を引くのにこんな方法を思いつくなんて……」

　…南さんの気を引く？…

　さらに、ひどい言葉を吐きかけられるそう思っていた僕にとって、吉岡のその一言は拍子抜けさせられるものだった。南さんの気を引くために研究するふりをしているといわれても何のことだかわからない。それは意味不明なだけで、こちらを傷つけることもない。

「南さんのことは諦めた方がいいよ。君が何をやっても彼女は君なんかに振り向かないんだから」

　吉岡にいわれなくても優子が自分なんかに振り向かないことくらい、最初からわかっている。

「僕も前々から暖めてきたテーマがあるんだ。まだ発表するには早いと思っていたんだけど、父と相談して今回発表することにしたよ。君も知っているだろ、僕の父のことを。父も全面的バックアップしてくれるらしいし、君なんかには僕は負けないよ」

今更、なぜ彼が、論文コンクールに参加するなんていいだしたのだろう。自分の政治学の見識を自慢してはばからないこの男は、大学を挙げての論文コンクールでさえ、

…あの程度のコンクールに僕の論文を出す必要は感じないねぇ…

と馬鹿にしていたはずだった。

「君もやる気になったんだ」

彼の豹変は意外なものだった。何をいわれても無言のままやり過ごそうと思っていたのに、その意外さに、僕はつい口を開いてしまう。

「それで、どんなテーマで論文を？」

この場合、そのテーマに興味を持つのは当然である。しかし、そんな僕にこの男は、

「君なんかになんで話さなきゃならないんだ」

と応えた。

「どうせ、君に話したってわからないよ」

無理に喫茶店に誘い、こちらには別に聞く必要もない論文投稿の話を聞かせておきながら、肝心なことは話そうとしない。それがこの男のやり方だった。人を馬鹿にする手立てを研究しつくしたこの男に、この僕が勝てるはずがない。

「参考までに言っておくけど、僕はこの間、南さんを自宅に招待して父にも会ってもらったんだ。彼女は僕の研究にも興味を示してくれてねぇ、これから協力してくれるって約束してくれたよ」

…それがどうしたというんだ…

「あっ、そう」

僕は、ただそう一言をいうのがやっとだった。

…自分の研究動機ねぇ…

吉岡の言いがかりは意味不明ではあったが、研究動機をはっきりいえない自分も、やはり情けない。

僕の研究課題はナチスの情報操作にある。ナチスは情報を操作することで、数百万人にも及ぶユダヤ人の虐殺にドイツ人自身を加担させることに成功した。二〇世紀最大の怪物・ヒトラーはユダヤ人を劣勢民族であるとし、虐殺されて当然の民族だと決めつけていた。彼は、同時に天才的なデマゴーグでもある。そのデマゴーグにドイツ人の多くが騙され、ユダヤ人虐殺行為に駆り立てられていく。これがユダヤ人虐殺への一般的な認識である。しかし、こうした解説を前に、すべてをヒトラーという天才的なデマゴーグのせいにするのは無理があるのではないか、僕にはそう思えてならなかった。むしろ、ヒトラーの演説はただ単に人間の内側に存在するある衝動を煽りたてた程度のことではなかったのだろうか？　時のドイツ人はその衝動をユダヤ人にぶつけたに過ぎない。だれかを劣った存在として扱いたいという衝動はどんな人間にも秘められている。その衝動は人間の理性的な判断を押さえこみ、科学や宗教を利用し、虐殺を肯定しない論理的根拠はすべて黙殺してしまう。ヒトラーの非科学的で非人道的な演説はこの種の衝動に働き掛ける事に成功したからこそ、時のドイツで受け入れられたのではないだろうか。そう考える方が、僕にはしっくりした。

僕の論文の命題もそんなところにある。しかし、自分がなぜこんな研究をしなければならないのか、なぜこんな研究をしてみようと思ったのかはっきりと答えることができない。

…なんで、ナチズムの情報操作なんてテーマに選んだんだろう…

そんなことを考えながら、学食で、お昼を食べていた時のことだった。いつものようにたぬきうどんをすすっていると、ゼミの後輩連中数人が店内に入ってきた。大声で声をかけあいながら学食に入ってきたその一団にはあの石丸の姿もある。ゼミの新歓コンパで、「地方行政」について熱っぽく語ってきたあの後輩である。大学に入学して間もない彼にも数人の仲間ができて、その輪に溶け込んでいるようだった。注文カウンターに仲間と向う途中、石丸はこちらに気づいたらしく、たぬきうどんを食べる僕に微笑みを向け、軽く会釈してくれた。こちらも、慌てて頭を下げたのだが、こちらが頭を上げても彼はなお、親しげに微笑みを向けていた。

……素直な奴なんだな……

しかし、僕のほうはこの後輩のように親しげな表情を浮べることはなかった。石丸が、どんな奴なのか、まだ、はっきりとわからない。二人が話したのはあの新人歓迎会の席が初めてのことで、つきあいはまだ、短い。あの会話だけでは、彼の人となりがわかるはずはなかった。けれども、それは石丸にとっても同じことである。あの会話で彼のほうは心が通じたと感じ、もう一方の僕はそんな風には考えない。その違いが二人の表情の違いとなって現れたのだ。別に彼のことを嫌っていたわけではない。むしろこの後輩君には好感すら持っている。おとなしそうで、人の影に隠れてしまうようなところもあるが、ずるいところをまるで感じさせない。いや、嫌っているどころか、あの騒がしい新人歓迎会の席で真面目に懸命に自分のテーマを語る彼の姿に、僕は自分と似たものを感じた。

「僕の父がH市で市議会議員をやっているんですけど、あの仕事もたいへんなんですよ」

「それで将来は君も政治家を目指しているの？」

「いや、僕は政治家なんてなるようながらじゃありません。ただ、一生懸命に地方行政に携わる父を少しは支えられるんじゃないかと思って……」

なぜ地方行政について勉強しようと思ったのかその理由を彼はそう話した。

…お父さんを支えるために地方行政を勉強する、か…

自分と似たものを感じたとはいっても、ほんとうのところは、彼の気持がわからなかった。僕がナチスの情報操作に興味を持ったのだって、父とはまるで無関係なんだから。僕には父とまともな会話をした記憶がない。忙しくてほとんど家にいることのなかった父のことなんて、たまに会うおじさんくらいにしか思っていなかった。そんな親父のために大学生活をかけて勉強するなんて、僕には信じられない。

「お父さんとは政治の話なんかもよくしたの」

「政治の話というより、ご近所話みたいなものですよ。近くにプールのない小学校があれば、水泳教育の大切さなんてことを延々と話すし、バス停にベンチがなければ老人の足腰の弱さについて語るんです。そんなことを幼ない僕に延々と話すんですよ。たぶん、おやじはそんな日常のごく細かなところから政治を考えていたんでしょうね」

仕事のこともご近所のこともなんでも包み隠さず息子に話してしまう父親。石丸のその話は、彼のお父さんがどんな人物かを十分に感じさせてくれるものだった。

…それに引き換え、自分の親父は…

そんな父ではあったが、転校してもらうという話を切り出す時だけは、

「日本全国を小さい時から冒険できてお前はいいな」
と幼い息子にすりよるような声をだした。たまに顔を合わせても、新聞に目を通し、テレビに顔をむけたまま、息子に話しかけようともしない。そんな父が、この話だけは、なぜか自分から切り出したのだ。

僕はよく能登半島のK市出身だと思われる。しかし、そこは僕の故郷ではない。中学・高校の三年半を過ごし、僕にしてはちょっと長く住んだ、ただ、それだけの場所である。銀行員だった父の転勤につきあわされ転校を繰返さなければならなかった僕には、中三の秋、K市に転校するまで、二年以上一箇所に留まった経験がない。

…日本全国を小さい時から冒険できてお前はいいな…

父の口から出る、その言い草を僕は何度聞いただろう？　転勤の話を切り出す日の父は妙に優しかった。わざわざアイスクリームを買って帰ってきたり、いつもは決して譲らないテレビのチャンネル権を僕にまわしてくれたり、妙に気を遣う。普段、ほとんど接触のないこのおじさんの優しさに、僕は逆に戸惑ってしまった。けれども、父が優しい態度をとると、必ず転校しなければならなくなる。そうしたことが何度も繰り返されると、父のやさしさに戸惑うこともなくなり、しだいに、諦めに似た気持ちが呼び覚まされるようになっていく。また、苦しい思いをしなければならないんだという諦め。

…日本全国を小さい時から冒険できてお前はいいな…

と息子に話しかけたとき
…そんなに甘いものじゃない…

と幼い息子が思っていたなんて父は知っていたのだろうか？　子供の世界は大人が考える程、牧歌的なものではない。子供だって人間社会のなかで生きている。二年に一度新参者にならなければならなかった僕にとって、子供たちが見せる冷淡さや残虐さは、ほんとうに恐ろしいものだった。新参者にとって、新しい世界に入っていくためには、いかなる扱いもまず甘んじて受け入れなければならなかった。どんなに合理的な主張も受け入れられることはない。転校は確かに冒険である。人間の剥き出しの破壊衝動に一人で立ち向かうという冒険。

…そうだ、この非合理な衝動だ…

目の前のたぬきうどんをぼっと見つめている時、頭のなかで、ひらめきが走った。

人間には皆、非合理な衝動がある、それは破壊衝動ともいえるものだが、この衝動が国家をつき動かした事例は何も時のドイツだけのものではない。国家を突き動かすほどでなくても現代においてさえこの種の現象は社会の隅々に頻繁に起こり、多くの人間を苦しめている。それは、自分の少年時代のことを考えれば明らかなことだった。

仲間から呼ばれたのか、石丸がもう一度頭を下げ、その場を立ち去っていく。食べ残していたたぬきうどんは、完全に冷めている。そのとき、僕は自分の研究動機がわかったような気がした。

吉岡から言いがかりをつけられて数日が過ぎたある日のことだった。その日、閲覧室はめずらしくすいていて、数人の学生がまばらに座っているだけになっていた。閉館時間を知らせるベルが館内に響き渡った時、いつものように、優子が座っていることに気がついた。ベルがなっているのに彼女は席を立とうとせず、本から目を上げようともしない。

…もう、閉館なのに…

これだけ人数が少ない閲覧室から声をかけないまま立ち去ってしまうと、意識的に無視したように思われるかもしれない。ゼミでは、いつも顔を合わせているのに、声をかけないまま立ち去るほうが、かえって不自然だ。

「もう閉館時間だよ」

こちらから、優子に声をかけたのはそれが初めてのことである。

「閉館時間？」

声をかけた時、彼女がはっとしたようにこちらを見る。その表情を僕は未だに覚えている。

…あれが二人の最初のデートだったのか…

優子の作文を読みながら、僕はふとそう思った。二人で朝日食堂の暖簾をくぐったのは、あの時が初めてだ。しかし、あれが最初のデートだったとは？

そういえば、朝日食堂の店先に立った時、優子が驚いた表情を浮かべたようにも思える。

「この店でいいかな」

と一応は尋ねてみたものの、果たしてこんな時、後輩の立場にある女の子が、

…私、こんな店いやです…

なんて断れるものだろうか？

「えー、いいです」

という優子の応えにすっかり安心して僕は、朝日食堂に入ったのだが、もし、あれがデートだという認識があったなら、僕だってあんな店を選んだりはしない。

あの夜、優子を誘ったのは、ゼミの後輩をお茶に誘うような軽い感覚で、それ以上のものではない。いっしょにお茶を飲んだり、晩御飯をご馳走したり、とにかくコミュニケーションの機会を作って　話を聞いてやる。それが先輩の役割というものである。男であろうが、女であろうが、分け隔てなく面倒を見てやるのが正しい先輩のあり方というものだ。朝日食堂を選んだのだって、後輩におごる適当な店を他に思いつかなかったというそれだけのことだ。しかし、

実際のところは、学内史上最大のアイドル、優子をどんな思いで食事に誘ったのかなんて、一昔前の話だから、自分の本音は、もうわからない。

「この間、吉岡先生に会ったんだって?」

さて、二人で始めて暖簾をくぐった朝日食堂では、当然のごとく、僕のほうから話の口火を開いた。こちらは彼女の先輩なのだ。

「エッ?」

当時の僕は〝先輩なんだから〟という思い込みでもなければ、女の子に声もかけられない男だった。女の子が笑ってくれるような冗談一ついえないような奴である。そんな僕が、二人きりになれた最初の夜に選んだ話題が、吉岡の例の話だったわけだ。学内史上最大のアイドルと二人になれた最初の夜にわざわざあの嫌われ者のことを口にするなんて、確かに自分は野暮な男である。しかし、こちらは、彼女のことなんて実は何も知らない。しかも、ここしばらく図書館に缶詰になり、ゼミ仲間とも疎遠になっている。そんな僕の手元には、数日前、吉岡本人から聞いた例の話くらいしか優子の情報はない。けれども、こちらが軽い気持ちで切り出した、その話に、優子が、

「えっ、田中さんがなんでその話を知っているんですか?」

と、なぜか表情を曇らせた。

「その話、だれに聞いたんですか？」

「吉岡本人だよ」

「吉岡さん本人が？」

…まずいことを聞いてしまったかな…

彼女の様子を見て、そう思った。しかし、鈍感な僕には何がいけなかったのか依然、わからない。吉岡は確かにいやな奴だった。けれども、彼だって、優子のゼミの先輩である。他に適当な話題を思いつかなかったのは事実だけど、政治学の世界でよくその名を聞く吉岡先生に僕が興味を持っていたのも間違いなかった。教授に会った、優子に話を聞いてみたくなるのは、むしろ当然の話である。

「でも、私吉岡さんとは何でもないんです」

狼狽しながら優子は、なおもそう続ける。

「何でもない？」

二人の間に何かあるなんてこちらもはなっから思っていないのに。

「吉岡は南さんが研究を手伝ってくれるっていっていたけど」

「私、そんなこといっていません。それは、吉岡さんが勝手にいっているだけの話です」

「吉岡が勝手にいっているだけの話?」

優子が半泣き状態になっていた。その表情を見て、鈍感な僕にもやっと彼女の立場が理解できたような気がした。

「人気があるってのも大変だねぇ、アイドルはきっと君と同じような苦労をしているんだろうな」

「エッ、私がアイドル?」

優子の表情に笑みが戻る。アイドルという一言が彼女の気持ちをやわらげたようだった。

「私、自分がアイドルだなんて思ってないんですけど、ただ吉岡さんは……」

アイドルという一言に安心したのか、優子は吹っ切れたように話し始めた。吉岡の特異なアプローチについて。夜おそく、突然電話してきて長々と話しこんでみたり、講義が終わって教室から出ていくと、待ち伏せでもしていたかのように教室の外に立っている。そして〈今から映画を見に行こう〉としつこいほど誘ってくる。そこまで話し終えると、優子の表情がおびえたものになり、

「私、吉岡さんには怖いものを感じるんです」

とささやくような声をだした。彼女は他のゼミ生からもアプローチされていた。確かに、他の

ゼミ生だってかなりしつこい奴もいる。しかし、どんなにしつこいアプローチも、きっちりとした対応を取れば身に危険を感じるようなことはない。けれども、吉岡だけはそんな風には思えなかったのだという。特に優子は〈僕の父だったらこの程度のことはすぐにできてしまうな〉だとか、〈僕の父はそんなことを許してくれないよな〉と二言目には自分の父親の話をする吉岡を奇異に感じたそうなのだ。もういい大人なのに自分の父親の話ばかりする吉岡に何か気持ち悪いものを感じたのだという。

「吉岡はファーザーコンプレックスなんだよ」

優子の話が一通り終わった時、僕がポツリとそうつぶやいた。

「ファーザーコンプレックス？」

『自由からの逃走』のなかに権威主義的性格構造についての記述がある。優子の話を聞きながら、僕はそのことを思い出していた。この本のなかで権威主義的性格構造は欠くことのできない重要なポイントだが、それを僕はファーザーコンプレックスと解釈していた。テレビでよく見る吉岡教授は神経質そうな人物だった。多くの政治家を罵倒するその姿が彼の人気の秘密で、政治家という権威者に歯に衣着せぬ物言いをする吉岡教授にテレビの視聴者は、壮快さを感じるらしい。けれども僕は、テレビ画面に写し出されるその姿に別なものを感じてしまう。

…もし、彼が自分の親父だったら…

吉岡先生の父親としての姿を想像していたのだ。おそらく吉岡には学歴コンプレックスがあるのだろう。祖父の代からT大学を卒業するのが慣わしの彼の一族にあって、彼の入学した大学は、かなり見劣りする大学だった。

…お前はできそこないだ…

そして、おそらく吉岡は親父にそう怒鳴られ続けたにちがいない。多くの政治家が罵倒されるように。彼が我々ゼミ生をバカにするのも、自分が劣った大学の学生の一人だと思いたくないからなのだろう。我々ゼミ生をバカにし罵声を浴びせ、そうすることが自分を受け入れようとはしない父親が自分を認めてくれる方法だと信じているのかもしれない。

「そんなやり方で、お父さんが認めてくれるって、吉岡さんは本気で思っているんですか？」

優子が驚いたようにそういった。

「本人もわかっていないと思うけど、たぶん、そうだと思う」

「でも、私のことは、お父さんの前で随分褒めていましたよ」

「だって、自分の彼女だもん。彼の場合、まず親父が認めてくれるかどうかが最大の問題だったんだと思うよ」

「私は吉岡さんの彼女じゃありません」

優子が怒ったようにそういった時、僕は思わず噴き出していた。

ヒトラーは常にゲルマン民族の優越性を語っていた。しかし、彼は、その一方で神の前ではゲルマン民族ですらまるで無力であることも訴えていたのだ。ヒトラーは、ゲルマン人が優越民族であるがゆえに劣勢民族であるユダヤ人を浄化しなければならないと訴えた。けれども、神は、また、同じ状況にゲルマン民族をも追い落とすかもしれない。ゲルマン民族もまた神の前では劣った存在に過ぎないのだから。ヒトラーの根本にあるのはある種の不安感だった。彼は自分自身もまた浄化という名の元に虐殺されることを恐れていたのかもしれない。人間の中のあの衝動が呼び起こされるのはそんな時だ。そんな時、だれかを陥れたいという衝動が生まれる。


「そんなことより田中さんは今度のコンクールに論文を出すんでしょ。私、その話が聞きたいんです」

「興味ある？」

「えー、すごく」

うれしかった。政治学のゼミに在籍しながら、自分の研究に関心を持ってくれる仲間なんてほとんどいない。しかし、やっと初めてまともな関心をよせてくれる人物が現れた。それがなんと、ゼミ一番の人気者の優子だったのだ。

「僕のテーマはナチズムの情報操作なんだけど、僕は情報操作でドイツ人を騙したという視点には立っていないんだ。むしろ時のドイツ人の深層心理を刺激したという視点にたって情報操作を考えている。つまり……」

よせばいいのに僕はとうとうと語りはじめていた。優子のほうもこちらの話に真剣に聞き耳を立ててくれるから、こちらは、益々饒舌になっていく。

「田中さんは、現代でも、たとえばユダヤ人虐殺のような事態が起こる可能性があると思っているんですか?」

話に一応の区切りがついたのはどのくらい後のことだったのだろう。長い話が終わって一息ついている僕に、それでも彼女がそう尋ねてきた。

「可能性は否定できないと思うよ。だから僕はこんな研究をやっているのかもしれないねぇ」

僕がそう答えたとき、優子はニコリと微笑んだ。

「参考までに、田中さんはどうやったらその可能性を根絶できるとお考えなんですか」

それは案外難しい質問だった。

「フロムは人間一人ひとりがより積極的に自由を追い求めるべきだといっているねぇ、彼は『自由からの逃走』という著作の中で、規制や拘束から解き放たれるという〝……からの自由〟という消極的な意味での自由ではなく〝……への自由〟という積極的な自由を追求すべきだといっている。どっちにしても人間一人ひとりが自分の意識をかえていかない限り、その可能性を根絶することはできないと思うよ」

僕は自信満々にそう答えた。しかし、自信満々を装って答えてはみたものの、その答えに自信があったわけではない。高校時代から何度も目を通した『自由からの逃走』の中で、実はこの〝……への自由〟という用語だけは、読み砕けていない、そう感じていたからだ。〝……への自由〟という用語はフロムの研究の中核にあることだけはわかっていた。しかし、あの頃の僕にはその意味を解釈しきれていない。

「それを聞いて安心しました」

それでも、優子は、僕の答えに満足したようだった。

朝日食堂を出た時、優子は、

「今日は有難うございます。たいへんためになりました」

と微笑んだ。

「実は私、石丸君から、ちょっと田中さんの話は聞いていたんです。石丸君がゼミ生のなかで田中さんがいちばんよく勉強しているっていっていたから」

彼女は、最後にあの石丸のこと口にした。新人歓迎会の席で、彼に自分の研究について話していたなんて覚えてもいない。

「へえー石丸君がそんなことをいっていたんだ」

駅の改札についた時、優子はもう一度ぺこんと頭を下げると
「田中さんは、私の思った通りの人でした。よかったら田中さんの研究を私にも手伝わせてください」

そういうとはにかむような表情を浮かべ、改札口の向こうに小走りに走っていく。その後ろ姿を僕は、見送った。


…あれが二人にとって初めてのデートだったのか？…

パソコン画面を見ながら、僕は、また、そんな風に思った。

ゼミ仲間の間ではあの頃すでに〝優子は田中さんにお熱らしい〟という噂が広がっていたようだ。〈研究に励んでいる田中さんの姿がかっこいい〉と彼女があたりかまわず話していたというのだ。図書館に缶詰になり、仲間うちと疎遠になっていた僕が、その噂を知るのは随分後になってのこととなる。実は、この噂を吉岡はいち早くキャッチしている。そしてあんな行動に出た。それは、いわばフェイントのようなものだったのだ。その事情を知ると、彼の取った行動もあながち理解できないわけではなかった。

優子はその翌日から、僕の研究を手伝うようになった。論文の草稿をパソコンに打ち込んでくれたり、ドイツ語の参考文献の翻訳を手伝ってくれたり。時には人間にとっての自由とはなんてことを議論しあったり、彼女の献身ぶりは僕を驚かせた。

そして、僕は優秀論文賞をとった。僕が優秀論文賞を取ったことで彼女との関係は決定的なものとなる。

「私が信じた田中さんは、やっぱり私が信じた通りの人でした。私、田中さんのことが大好き」

作文に目を通し終わった時、時計を見ると深夜一時を回っていた。明日の朝も早い、もう床につかなければならない時間だった。

第二章

証券マン二年目を迎えたあの年、東京証券取引所から、立会い所が廃止された。立会い所とは株取引の仲介所のようなものだが、巧みな手信号で売買注文を送り、注文を受け取った場立ちと呼ばれる屈強な男達が、立会い所中央にいる才取会員と呼ばれる仲立ちに持っていくことで、取引を成立させる。人間の手によって株取引を成立させるこの立会い所では、市況が活況になれば、我先に注文を通そうとする場立達が場内で乱闘さえ繰り広げたという。この国では何十年とそうやって株取引を成立させてきた。そして、日本の経済を支えてきたのだ。その立会い所が廃止になる。それはこの世界で長く生き抜いた人々にとって感慨深い出来事だった。しかし、この出来事は、マスコミで大きく取り上げられる一大セレモニーにはならなかった。小さな新聞記事で取り上げられた程度で、テレビで特番が組まれるようなこともない。

立会い所が廃止になるといっても、ここで取引されていたのは、かなり前から、ごく一部の銘柄に限れていた。もう、ほとんどの銘柄が人間の手が介在しないシステム取引に移行している。技術的にはシステム取引という便利な取引が可能なのに、立会い所取引のような原始的な仕組みをなぜ、残したのか、そちらのほうが不思議なくらいである。立会い所の廃止なんて、もう、ことさら大騒ぎするほどのニュースではなかったのだ。

「何がネットトレードだ！」

さて、そんな、ある日のこと、部下の前で滝口さんがそういきり巻いた。

「俺達の客がそんな小難しい取引をやると思うか！」

これが〝個人投資家の大部分が四、五年のうちにネット取引に移行するだろう〟という新聞記事を読んだ後に、滝口課長が見せた反応である。確かに、結果からいえば、新聞記事の予想は外れることになる。しかし、それは、この営業課長の見とおしが正しかったからではない。個人投資家のネットへの移行は新聞の予想をはるかにしのぐすさまじい勢いで進むことになるからだ。

かつて、証券会社が個人に対して圧倒的な力を持てたのは、株の世界では決定的な役割を果たす情報を独占できたからである。しかし、インターネットの急激な普及によってだれでも簡単に情報を入手できるようになり、情報格差が事実上、解消されてしまうと、証券会社のその優位性は覆ることになる。パソコンがあれば、たいていの情報は入手できる。もう、証券マンの押し売り商売に応じなくてもいい。彼らから聞かなくても、株価情報くらいならネットで簡単につかめるんだから。立会い所の廃止はまさに時代の象徴的な出来事だった。ネットの普及に加え、あの年の秋には手数料の完全自由化が控えていた。証券各社の経営環境はこの後激変することになるのだが、当時の証券会社は依然としてそのことを正確に理解していない。伝統的な流儀に則ってさえいれば自分達の商売も続けられる。彼らは、そう信じていたのかもしれない。

「田中さん、お客さんです」

その日の朝、僕のところにある男が訪ねてきた。

「エッ、今日は約束はないんだけど、お名前はなんていってました？」

店頭の女の子に訪問者の名を尋ねると、

「鈴木っておしゃってましたけど」

と彼女は答える。

「鈴木さん？」

僕の顧客リストには鈴木という名前はない。男が何者かわからない。

「田中と申します。私にご用でしょうか？」

男は店頭のカウンターに腰を下ろしていた。情報端末を不慣れな手つきで操作する鈴木という男に声をかけてみたものの、やはりその顔には見覚えがない。年の頃は僕より二つ三つ上だろうか、よく日焼けしたところをみると、たぶんガテン系の仕事をしているのだろう。

「俺だよ、忘れたのか鈴木だよ」

こちらの杓子定規な挨拶に、男はなれなれしくそう応えた。

「鈴木さん？」

「ほら、中学の時、同じクラスだった」

「同じクラス？」

…そうだ、鈴木だ…

男の細いずるそうな目を正面から見た時、彼の記憶が蘇った。中学時代、父親の転勤で、この支店からもそう遠くない東京郊外のN市の中学に通ったことがある。その中学の同じクラスにこの男も在席していた。思い出せないのは当然だった。あの中学での生活はわずか一年半。中三の秋には能登半島のK市の中学に転校し、それ以来、N市の中学のことなんて思い出すこともなかった。あの学校の記憶は僕の頭の中に長い間、封印されたままになっていたんだから。

「いやーな、お前がここで働いているって福島から聞いたんだけどな、戻ったんだったらちゃんと連絡してくれよな」

「ハアー」

彼がこんなことをいってくるのは意外だった。あの中学の関係者でこちらが連絡を取ったのは福島だけである。その頃司法試験を目指して大学院に進学した福島には大学生になって東京に戻ってきた時、こちらから連絡を入れたのだが、僕のほうは、彼以外だれにも連絡を入れていない。鈴木だって、僕と連絡を取り合いたいなんて思っていなかったはずだ。

「そういえばお前、安川のことを覚えているか。ほら、中二の時、お前と同じクラスの……あいつは俺達の中学で今教師をやっているんだぞ」

「俺たちの中学?」

〝俺たちの中学〟といわれても、一年半しか通わなかったあの中学を、僕にはそんな風に呼ぶことができない。安川という名前だって覚えていない。おそらく顔を見ても安川なる人物を思い出すことはないだろう。

「それで、今日のご用向きは?」

いつまでたっても中学時代の思い出話をやめようとしない彼に代わって、僕のほうから話題を切り出していた。こちらは忙しいのだ。

「あーそうそう、お前が証券マンをやっているって聞いたからな。俺もいっちょ儲けさせてもらおうと思って……」

鈴木はそういうとにんまりと笑った。

「いやな、俺も最近、色々、勉強していてな……ほら、最近本屋で、株で一億円儲けたっていていう奴が書いた本が結構売れているだろ、俺もそいつらにあやかって一億円儲けさせてもらおうと思ってな」

鈴木が言うとおり、あの頃、本屋には株で大儲けしたという人間が書いた本が何冊も並べられ、そんな本が案外、売れていたのだ。しかし、それは……同級生を名乗るこの男の顔を見ながら、〈あんな本にこの男も騙されたのか〉と思った。書店に数多く陳列された一億をキーワードにしたタイトルのそれらの本は、眉唾ものばかり。証券会社に二年しか勤務していない僕の目を通しても、その程度のことはわかる。

「俺にも夢があってな、三〇までに一億を手にしたいんだ。だからお前に頼んでみようと思ってな」

しかし、それでも、僕は、

「一億円儲けるのは夢ではないと思います。株には可能性がありますからね。しかし、株で儲けるにはもとでも必要です。今日はいくらかお持ちですか？」

と仰々しくそう尋ねた。飛んで火に入る夏の虫とはまさにこのことである。自分から株を買いたいという人間にわざわざ冷水を浴びせる必要はない。

たぶん、この風采だったら高校卒業と同時に働きはじめたはずだ。もう七、八年は貯金してきているはずだから、結構いい客になるかもしれない。

「そうそう、一儲けさせてもらおうと思って、今日は大事な虎の子も持ってきたんだ」

そういうと、彼はサイドバッグの中から銀行の紙封筒を取りだし、カウンターのうえにおく。

そして
「五〇万ある」

鈴木はそういうと自慢げな表情を浮かべた。

……たったの五〇万円！……

鈴木の自慢げな表情には、テーブルの上の封筒から目を背けて応えた。こちらの落胆を見抜かれてはならない。証券マンががっかりした表情を見せれば客のほうはバカにされたと思ってしまう。五〇万では買える株も限られていた。その限られた銘柄の中から値上りしそうな銘柄を探すこと自体、至難の技だった。

「さて、この虎の子をどうやって一億にしてくれるんだい？」

幸いなことに、鈴木にはこちらの落胆を見抜けない。鈴木は、にんまりとした表情のまま、こちらを眺めている。この五〇万円が一億になるなんて本気で思っているのだろうか？　まさか、あんな眉唾ものの本を、ほんとうに信じてしまったのか？　陽によく焼けた男を前に、僕は彼の真意を探しあぐねていた。

鈴木の問いかけには〈すぐには無理だ〉とだけ答えた。しかし、それでもその金は一応預かることにした。この金を預からない理由もない。

「まー、私のほうでも銘柄研究してみますから、ちょっと時間を下さい」

彼の夢をぶち壊すようなことだけは口にしなかった。こっちは商売なのだ、客の夢をぶち壊すような真似をしてはならない。けれども、これ以上この男につきあう気もなかった。五〇万で株を買っても五〇〇〇円程度の手数料しか入らない。こちらは忙しいのだ、その程度の手数料のためにこれ以上時間を割くわけにはいかない。


時の証券会社が時代を見誤った背景には、後にネットバブルと呼ばれるようになる一大相場の存在がある。ＩＴ関連の銘柄が軒並み上昇したあの相場は、バブル崩壊以来、下落相場しか見てこなかった、市場関係者に雪解けの季節を感じさせた。彼らは一〇年前のバブル再来をその相場に見たのだ。市場関係者の期待にすばやく反応し、世にも浮かれたムードが現れた。一億円もの大金を労せずして儲けられるなんて本がベストセラーになったのも、まさにその現れだったのだが、今にして思えば、それは、ほんとうにばかげた話だった。この雪解けの季節は長くは続かない。わずか一年後の翌年の春にはネットバブルは崩壊する。ネットバブルが崩壊することで、証券業界は、その傷口を、むしろ広げることになる。それればかりか、日本経済にも暗い影を落とすことになるのだ。

「ところでお前、山川のこと覚えている？」

「山川？」

カウンターを立った時、鈴木は思い出したように、あの中学の人間の名前を、また、口にした。

「ほら、山川だよ。お前、仲がよかっただろ、あいつ駅前でパン屋の修行やっているんだぞ」

「パン屋で修行？」

なぜ、この男は僕と山川が仲がよかっただなんて思っているのだろう。あの男のことはよく覚えている。しかし、仲がよかっただなんて。あいつとは決して好き好んでつきあっていたわけではない。それが証拠に、あれ以来、彼には連絡さえ入れていない。あの中学を離れて以来、アイツとは顔を合すこともなかった。

なかなか帰ろうとしない鈴木に僕は苛立っていた。この程度の客に割ける時間は限られている。こちらは忙しいのだ。


立会い所が廃止されたあの年は、時代の大きな節目の年だった。バブル時代に設定された投資信託が大量に償還されたのも立会い所が廃止された、あの年のことである。投資信託とは証券会社が一般の投資家から広く資金を集め、専門機関に運用を任せる金融商品である。専門家が一般の投資家に代わって運用するため、リスクは低く、リターンが高いというのが売り文句になっていた。しかし、約一〇年の運用期間を経て、償還されることになった投資信託は、専門家が運用したにも関わらず、元本の三割程度にまで値下がりしたものもめずらしくなかった。

バブルの頃、四万円近くまで値上りした日経ダウは、その後の一〇年で、ピーク時の四分の一近くにまで値下がりする。急速に市場が冷え込んでいくバブル崩壊後の投資信託の歴史は、まさに苦難の歴史で、どんなに優秀なファンドマネジャーも、元本を維持することさえままならなかったのだ。

僕には、むしろ八〇年代後半のバブル経済末期のあの時期に数十兆円もの資金を集め、投資信託の設定を決定した、当時の証券会社の首脳陣に問題があったように思える。バブルの宴に酔いしれ、四万円近くまで値上りした株式市場がさらに値上りを続けるなんてばかげた話を彼らは信じていたのだから。

その日の午後、僕は、ある初老の未亡人の家を訪ねた。

「M証券の田中です」

表札の隣にあるインターホン越しにそう声をかけると、

「あー、田中さんねぇ、ちょっと待って下さい、今、玄関を開けますから」

と菅沼さんのうれしそうな返事が戻ってくる。アポなしの訪問だったのに、彼女は扉を開けてくれる。それが、僕を安堵させた。

証券マンを茶の間まで迎え入れるお客さんなんてめったにいるものではない。菅沼さんはそのめったにいないお客さんだった。その日も、彼女は、僕を茶の間に通すと、いつものように、お茶とお菓子をテーブルに並べてくれた。

「いつもすいません。それじゃ遠慮なくいただきます」

こちらが、お菓子に手をつけた時、この家の女主は、

「ちょうど、いいところに来てくれたわ」

と、話の口火を開いた。

「今日は渋谷の先生の家でお茶会があってね、お茶会に持っていくために、そのお菓子、銀座の××屋で買ったんだけど……今日はお弟子さんたちが多くて、しかも、みんなお菓子をもっていったもんだから、私のお菓子、だれも食べてくれなかったのよ」

お茶の話題から今日の話も始まった。それも、いつものことだった。

「今日のお茶会はほんとうに盛大でねぇ」

老人の話に、耳を傾ける。話を聞くだけで彼女は喜んでくれる、余計な口出しは必要ない。たぶん、彼女は僕のことを近所の若いお兄ちゃんくらいにしか思っていないのだろう。こんな

風に突然、顔を出しても無邪気に喜び、こちらの用向きを尋ねてくることもなかった。

菅沼さんはある有名な茶道家のお弟子さんである。お弟子さんといっても、一〇〇〇人近くいる門下生の一人にすぎないのだが、それでも、この有名茶道家の弟子の称号が、彼女の自慢のねたになっていた。彼女自身、自宅でお茶の教室を開いていた。教室といってもごくささやかなもので、近所の嫁入り前の娘さんや奥さん連中が一〇人ほど週二、三回、彼女の決して大きいとはいえない家に訪ねてくるのだという。

昔、小学校の教員だったといえ、今の彼女は仕事らしい仕事をしていない。収入といえば年金とこの小さな教室に通うお弟子さんたちのささやかな月謝くらい。にもかかわらず、師匠への上納金やらお茶会に着て行く着物やら、彼女はお茶というお稽古ごとにたいへんな出費をしていた。収入の道が限られているのにどうしてこんなに贅沢なことができるんだろう？　当時の僕はそんなところから、亡くなったご主人がかなりの財産を彼女に残してくれたのだと思っていた。

「実はね、今日のお茶会で私がお茶を立てたの」

からっぽになった僕の茶碗に入れたての緑茶をそそぎながら菅沼さんが、自慢げに笑った。

その笑いの意味がわからない。何を自慢しているんだ？　そう思いながらも、彼女に合わせて微笑んでいた。

「今日のお茶会は正式なお茶会だったの。その席でお手前を披露することができるなんて思ってもいなかったわ」

師匠の前で、お手前を披露する。しかも、今回のお茶会でお手前を披露できたのは、一〇〇〇人近くいる弟子のなかでもただ一人。考えてみればこれが名誉でないはずがなかった。

…これじゃセールス失格だ…

菅沼さんの微笑みの前に、僕はふとそう思った。

老人相手の商売をしているのに、老人の名誉がわからない。これではセールス失格である。

しかし、それもしょうがない話だった。こちらはさっきから彼女の話なんて、ろくに聞いていない。ニコニコと微笑を浮かべながらも、頭のなかでは別のことばかりを考えている。

…こんなもの、どうやって売りつければいいんだ…

僕の頭にあったのは、投信販売のただ一点だけなんだから。

その日の朝のミーティングのことである。

「今月は、米国のGファンドが支店に割当てられることになった。金額は全体で五〇〇〇万円なんだが、各人に数字を割り当ててるから必達するように」

僕ら、男子セールスは滝口さんにそう厳命された。

「また、やっかいな奴が復活したか」

営業マンへの割当金額を読み上げる滝口さんの声が響き渡る。そんな会議室で、証券マン二〇年の古橋代理の独り言が、僕の耳に入ってくる。

…今は、まだ楽な方だよ、投信がないんだもんな、俺達は投信でどれだけ苦しめられたか、お前達には理解できないだろうな…

と彼は、普段からそんな風に話し、若い頃に苦しめられたこの金融商品を恐れていた。〝専門家が運用するから安全性は株より高い〟それが投信のセールスポイントである。しかし一〇年前に設定され、償還を迎えた投信は元本の三割程度しか戻ってこない。そんなことが、その頃、続出している。悪いのは証券マンではない、運用に失敗したのは専門家というわれる連中なのに、三割になった元本を受け取った客からは証券マンが怒鳴られる。バブル時代には、そんな投信のノルマが毎月最低一本、ひどい時には三本も証券マンに課せられていたという。

…バブルの時みたいに、これからは投信にもノルマが割り当てられるようになるのかな…

そう思うと、僕もまた、ゆううつになった。一〇年ぶりに株式市場が元気を取り戻し、証券各社が投信販売を積極化する。その頃、そんな記事が経済新聞を賑わしていた。一〇年後の証券マンも日々の株のノルマで汲々となっていることには変りはない。そのうえ更に投信のノルマまで課せられれば、仕事が益々きつくなることは目に見えていた。


割り当て金額を読み上げた後、気乗りしない表情をうかべる男子セールスたちの姿を前に、

「なんだお前ら、そんな顔して投信が売れると思っているのか」

と滝口さんが声をあげる。

「わかった、それじゃー俺がお前達の目標をもっとはっきりさせてやる」

彼はそういうとなぜか、会議室に備えられたホワイトボードの前に立ち、

「まず、藤原からだ、お前、今日はいくら売ってくるんだ」

と声を荒げた。

「はっ、今日の販売金額？」

何を答えていいかわからない、そんな藤原君に、

「自分の販売目標を自分で立てろといっているんだ。お前、今日はいくら売ってくる気でいるんだ」

と滝口さんが怒ったような声をあげた。

「はー五〇万円くらいを目標に……」

鬼の管理者はこんな風に、その日の販売目標を半ば強制的に藤原君に宣言させると、その数字をホワイトボードに書きとる。そして、

「次は田中だ」

「はっ、私もですか？」

「何を寝ぼけてるんだ。当たり前の話だ」

「はー、それじゃー目標は八〇万円で……」

と年次の下の人間から順番に販売目標を宣言させていった。年次が下の人間より、少ない金額をいうわけにはいかなかった。上に行けば行くほど、金額を大きくしていかなければならない。販売目標を自分で立てるといっても、この場合、金額の自由裁量はないに等しい。

「いいかお前ら、今いった数字は絶対に達成させてこい。達成できなかった奴は支店に帰ってくる必要はない」

全員の目標金額をホワイトボードに書き取った後、滝口さんが営業マン全員にそう叫んだ。これに異を唱える者は一人としていなかった。

これが俗にいう〝旗を揚げる〟行為である、皆の前で販売目標を宣言させ、逃げるに逃げられない状態に追いやる。あの頃の証券会社には、まだそんな風習が残っていたのだ。

菅沼さんが入れてくれた緑茶の香りが漂っている。

…今、僕は、この老人に八〇万円も投信なんかを買わせようとしているんだ…

その緑茶に手をつけたとき、この家に来た目的が蘇る。八〇万円も販売するなんて、皆の前で宣言したところで、こちらの都合で、今日中に約定してくれる客なんてそういるもんではない。しかし、十分な商品説明をしなくても、僕がいうものならなんでも買ってくれる菅沼さんならこの話にも乗ってくれるかもしれない。いや、乗せられるかもしれない。

…しかし、それは…

菅沼さんに今まで、買ってもらったものは債券だったり、国債だったり、利率が悪くても、元本割れだけはないものだった。けれども、自分が今日売ろうとしている投資信託には、その保障がない。元本の三割しか戻ってこないことだってあるくらいだ。この商品は確かに大きく値上りすることもある。しかし、それさえ、この老人に買ってもらう理由にはならない。大もうけするなんて初老の未亡人にはどうでもいい話だった。老人にとって大切なことは資産を目減りさせないというところにある。大きく儲けることにはあまり意味がない。

…やっぱり、投信はやめといたほうが……

「この着物をちょっと見てみてよ」

話のきっかけがつかめないまま、無言のまま、彼女の話に耳を傾けていると、

「この着物はねぇ、今日のお茶会のために新調したものなの」

と、菅沼さんが、お茶会で着たという着物を広げてくれた。

「この着物をお茶会で?」

目の前で着物を広げられれば、何か一言、上手な褒め言葉で応えるのが社会人のマナーというものだ。しかし、僕にはそれがいえない。気の効いたほめ言葉の一言が出てこない。男の僕には、そもそも着物なんて興味もないし、感じるものもなにもないのだ。

「そう、この着物を着てお茶を立てたの、とても綺麗でしょう」

「そっ、そうですね」

必死になって言葉を探しても、言葉が出てこない。そんな自分に、ただ、あせるばかりだった。

ボーン、ボーン
柱時計の五時を告げる鐘の音が部屋の中に静かに響き渡る。菅沼さんと僕の間には、気まずい沈黙の時間が流れていた。自慢の着物を見せても相手が興味を示さなければ、控え目な老人には、これ以上、自慢話は続けられない。さりとて、こちらも、着物以外の老人が気に入りそうな話題もきりだせない。

老人が着物を片付けはじめたとき、この家の飼い猫が老人の足元で「ニャー」とものほしそうな鳴き声をあげた。しかし、飼い猫の鳴き声も、この静寂を打ち破ってはくれない。むしろ、この家の静けさを際立たせるばかりだった。

老人は、この家に一人で住んでいた。菅沼さんには、娘さんが一人いる。しかし、その娘さんも、四年前に結婚し、今はご主人と大阪に住んでいるのだという。没交渉というわけではないけど、顔を合わせられるのは、年に数回。大阪の娘さん以外に、彼女には、身寄りらしい身寄りはない。肉親を頼ることができない彼女は、だから、神に寄りすがる。

菅沼さんは、ある宗教団体の活動にも熱心に取り組んでいた。若い頃は、宗教なんて見向きもしなかったという菅沼さんが、神におすがりしようなんて気になったのは、六〇代に入って、ご主人を失ってすぐのことだった。

「主人は空気みたいな人だったのね、亡くなるまでは気づかなかったけど、亡くなってしまって、何か心にぽっかり穴が開いたような気になってね」

そんな話を彼女が僕に聞かせてくれたのは、この家に足を運ぶようになって一年を過ぎた頃のことである。彼女は今、朝五時には、教会に出向き祈りを捧げ、その後、教会主催の街のそうじに午前中いっぱい励む毎日を過ごしていた。

しかし、熱心な信者であるにも関わらず、彼女は僕に入信をすすめるようなことはしなかった。六〇になってすぐに、生涯の伴侶を失い、残された長い人生を一人で生きていくという運命。彼女はその運命を神とともに乗り越えようとしている。菅沼さんにはよくわかっているのだ。彼女に背負わされた運命は、彼女一人で背負わなければならないということを。

けれども、そんな彼女も、ごくたまに彼女の所属する宗教団体の会報を買ってくれと頼んでくることがあった。おそらく彼女にも何冊かノルマが課せられていたのだろう。

「ほんとうに、こんなことをお願いするのはなんなんだけど……」

奥ゆかしい彼女にはたった三百円の負担をこの僕にしいらせることさえ重たいノルマだった。たった三百円のその雑誌をほんとうに悪そうに買ってくれと頼んでくる。そんな時、僕は決して読むことのないその雑誌を必ず買うことにしていた。

この家に来ると、僕は、必ず、T商事という詐欺集団のことを思い出した。T商事が暗躍したのは僕が幼い頃のことだが、総帥がマスコミ人達の見ている前で日本刀を持つ右翼の人間に斬殺されたのは有名な事件である。彼らは金に投資するといって孤独な老人達から老後資金を巻き上げた。この集団はその後、警察に摘発され、被害者たちも騙し取られた金の一部を取り戻すことにはなったのだが、しかし、取り戻せたのは被害金額の一割に満たない額だったのだという。

なぜ、T商事のことなんか思い出すんだろう。僕は詐欺なんて働いてはいない。お客さんから預かった資金を着服するようなことは決してしない。しかし、もし、八〇万円が三〇万円になってしまったら、菅沼さんはそのときどう思うだろう。

今にして思えば、彼女の生活は質素なものだった。老人の家の家具はどれも古めかしいものばかりだったし、彼女が普段、着ているものも決して贅沢なものではなかった。サラリーマンだったご主人に残せる遺産なんて限度がある。高価な着物を買ったといっても、彼女が、その分、生活を切り詰めていたのは間違いない。生涯の伴侶を失い、これから一人で生きていかなければならない老人には無制限な贅沢なんて許されるはずがない。

彼女の元には僕以外にも、銀行の営業マンや生保のおばちゃんが金融商品のパンフレットを持って、現れているはずだった。しかし、それでも彼女はこの僕にお金を預けてくれた。彼女はこの僕を信頼している。けれども、投信を売りつけてしまえば、二人の信頼関係が自分の力が及ばない投信の運用成績に握られてしまうことになる。それは、老人の信頼を赤の他人に売り渡すようなものだった。

「あら、もうこんな時間」

菅沼さんが驚いたような声をあげたのは、六時を回った頃だった。

…やばい、もうこんな時間じゃないか…

菅沼さん以上に僕の方が驚いていた。六時半には支店に戻らなければならないのに、セールスらしいセールスをまだ何一つしていない。

「晩御飯よかったら食べて行きなさいよ」

こちらのあせりに気づかないのか、菅沼さんは、のんびりとした口調でそういった。

「ちょうど、今日はいいお魚が……」

「いいえ、もう戻らなければなりません…」

そのお誘いを、僕はきっぱり断った。

…いつまでうじうじしているんだ。他に客の宛てはないんだ…

これから先、約二週間、僕は毎朝、滝口さんに投信販売の目標金額を宣言させられることになる。菅沼さんは最も可能性の高いお客さんのはずだった。もし、ここで数字をあげられなかったらいったいどこで数字が上げられるというんだ
「菅沼さん、帰る前にちょっとよろしいですか、今度、ちょっと、いいやつが出たんですよ」

僕は、結局、菅沼さんとの信頼関係を天の声に預ける道を選択していた。

支店に戻った時、営業課の壁にかけられた時計は七時を指していた。三〇分もの遅刻である。その日、特別召集がかかっていたミーティングがもうとっくに始まっている。滝口さんから怒鳴られる。

「すいません、遅くなりました」

しかし、あせって、会議室に飛び込んではみたものの、男子セールスの視線をこの僕が集めることはない。男子セールスの視線は会議室正面のやり取りに釘付けで、セールスが一人、会議室に飛び込んできたことにも、だれも気づかなかったのだ。会議室正面には、滝口さんが足を投げ出しどかっと座る姿がある。その傍らに坂口さんが立っていた。狼があわれな子羊を今まさに食らいつかんとする。二人の姿を前に、そんな状況が僕の頭に思い浮かんだ。

「田中、戻ってきたのか」

獲物に飛び掛ろうとしたその時、この狼が新しく飛び込んできた別の子羊に気がついた。

「ずいぶん、遅かったじゃないか」

目の前の子羊は逃げたりはしない。目の前の子羊に食らいついても満腹にならなければ、この獲物にも食らいつこう
…そのためには新しい獲物に逃げられないようしなければ…

狼はそう考えたのかもしれない。

「それでどうだったんだ」

「すいません。客とのやり取りに手間取ったもんで」

とんでもない場所に飛び込んでしまった子羊は狼のその眼光に驚きおどおどそう答えると、

「俺はそんなことを聞いていない。お前の数字を聞いているんだ。今日のノルマは達成できたのか！」

狼がいらいらした表情を浮かべる。

「はい、なんとか八〇万円達成させました。」

「そうか」

こちらの報告に、狼はただ一言、そう答える。そして、僕に向けた、にらむような表情をそのまま坂口さんに向け直してしまう。

……えっ、怒鳴るんじゃないの？……

僕はあっけにとられた。鬼の管理者は部下の遅刻を咎めていたわけではない。その険しい表情も坂口さんに向けたものをそのまま僕に向けただけのことだったのだ。

二人のやり取りが終わった時、ちょうど正面の席を陣取っていた内村さんが腕時計を指差しながら、僕をにらんだ。男子セールスが全員集まった会議室のなかで、僕の遅刻を咎めたのは、結局、この男、ただ一人だった。

「お前のやる気がどこにあるのか、裸にでもなって見せてみろ！」

僕が腰を下ろすと同時に、中断していた滝口さんの叱責が再開した。坂口さんに対する今日の叱責は、営業マンが一人遅刻して帰ってきたくらいでは、終わるようなものではないらしい。

「なんで怒鳴られいるの？」

内村さんのしかめっつらを無視し、ミーティングの状況を小声で藤原君に尋ねると、

「また、坂口さんやっちゃんたんですよ……」

彼は、会議の経緯をそう話しはじめた。


このミーティングでも、滝口さんはその日の販売金額を、一人ひとり、報告させていったのだという。仰々しく緊急ミーティングといってはみても、その趣旨は投信販売の進捗状況を営業マンに報告させることにあったわけだ。

「まず、藤原だ、お前の販売金額は……」

朝のミーティングと同じように、報告一番手は一年生の藤原君だった。

「はい、申し訳ありません三〇万円しかできませんでした」

藤原君は勇気を出してそう報告した。

…これで、怒鳴られる…

彼はそう思ったのだという。五〇万円の目標を掲げたにもかかわらず、三〇万円しかつめていない。ノルマが達成できなければ、支店に戻ってくる必要はない、そこまでいわれていたのに、結局、ノルマを達成できなかったんだから。

しかし、藤原君のこの報告を聞いても、鬼の管理職は、大きな声を出そうとしない。厳しい表情をちらりと見せたものの、

「田中はまだ戻ってきてないから、次は内村だ」

と、藤原君を怒鳴る代わりに内村さんを指名した。

…エッ、どうして?…

肩すかしを食らった藤原君は、ただあっけにとられるばかりだった。

さて、次に指名された内村先輩も、

「はい、八〇万です」

と目標の一〇〇万円を達成できなかったことを報告してしまう。

「なんだ、八〇万か!」

滝口さんがそういった時、会議室に緊張が走った。立て続けに二人も朝の約束を守らない。これでは鬼の管理職の雷が落ちてもおかしくない。

「次は」

それでも滝口さんは大声を出そうとしない。彼はここでも大声を出さず、次の人間を指名する。

「次は、坂口だ」

しかし、次に指名された坂口さんは、

「はあー」

と聞かれたことに即答しない。

「だから、何を寝ぼけているんだ。俺はお前の今日の販売額を聞いているんだ」

滝口さんから大声が出たのは、この時が初めてだった。この大声に、しかし、問題の坂口さんは、

「今日は投信販売には手をつけていません」

と答えてしまう。

「エッ、なんだって？」

会議室に一瞬、沈黙が走った。数字を埋められなければ、支店に戻ってくる必要はない。そこまでいわれていたのに、〝まるでやっていない〟と坂口さんは答えてしまったんだから。

〈今日は投信販売に手をつけていない〉なんて答えたら、それこそ半殺しの目に会ってしまう。いかに空気が読めない坂口さんとはいえ、それくらいのこと、わかっていたはずである。実は、彼がそう答えたのには、そう答えざるを得ない彼なりの事情というものがある。僕にはその事情がなんとなくわかっていた。

今朝、彼は二日前に買った株の代金を現金で払うから今日中に家まで取りに来てくれというある老人客からの電話を受ける。そもそも、株取引の精算は集金ではなく銀行振込の約束だったはずである。その約束を気まぐれな老人が一方的ひるがえしてしまったわけだ。悪いことにこの老人はH市なんてところに住んでいた。H市は、電車で往復、二時間半もかかる場所にある。証券マンが外に出られる時間は場が閉まる三時から六時のたった三時間。そんなところに、のこのこ出向むくようなまねをすれば、投信販売には、まず、手をつけられない。しかし、この老人を無視するわけにもいかなかった。いいだしたら聞かないあの老人のことだ。いう通り今日中に集金に行かなければ〈もう払わない〉なんていいだしかねない。

さて、坂口さんはこの難局をそれでも、なんとか乗り切ろうとしていた。幸いなことに、H市は電車の乗り継ぎが悪いというだけで、車で行けば往復三〇分しかかからない。支店に一台ある社用車を使えばいいのだ。社用車を使えば老人の要求にも応えられるし、投信営業もできる。そこで彼は、ちょうどその時刻、車を押さえている後輩の内村さんに頭を下げた。

「内村君、悪いんだけど今日車を回してくれないか」

しかし、この申し出を、

「悪いんですけど、今日は私も車が必要なんです」

と後輩君が受け付けない。それだけならまだしも、

「坂口さんも社会人だったらもっと計画的にスケジュールを立てるべきですよねぇ、今日の今日では調整つけようにもつけられませんよ」

と先輩である坂口さんに説教さえしたのだ。

……何が計画的なスケジュールだ！……

二人のやり取りを遠巻きに眺めながら、あの時、僕はそう思った。

車の使用表にびっしりと記入された名前の半分はいつも内村という名前だった。車を使う用があろうがなかろうが、週初めにスケジュールに開きがあると、彼は、必ず自分の名前を書き入れる。もちろん、だれかに、

「内村、車貸してくれ」

と頼れれば、

「はい、わかりました」

と、いともたやすく車の使用権を譲ってしまうのだが、何があっても、藤原君と僕、そして、坂口さんの三人だけは、車を譲ろうとしない。デブはこんなことまでいじめの材料にする男である。窮地を救ってくれるはずの社用車も、デブのいやがらせで使えない。こうして、坂口さんは午後の投信営業を諦めざるをえなくなる。

「坂口、聞いているのか、ここで裸になって皆の前でお前のやる気を見せてみろ」

依然として会議室では滝口さんの大声が響きわたっていた。

「はあー」

どんなに怒鳴られても、坂口さんは、ただ、間延びした答えを返すことしかできない。できない事情があったから正直に〝やっていない〟と報告したのだ。これ以上、彼に何を話すことができるだろうか。

「俺のいっていることがわかんないのかよ」

けれども、鬼の管理者は、ますます声を荒げ、半狂乱のようになっていく。

「裸になってやる気を見せろっていってんだ！」

男子セールス達には、滝口さんの狂乱を無言のまま眺める以外、できることは、もう何もなかった。

しかし、その狂乱も……

「お前はバカか」

それは、坂口さんが上着に手をつけた時だった。狂乱状態にあった滝口さんが突然、あきれたような声を出す。

「だれが、お前のちっぽけなやつをほんとに見たいといったよ」

恫喝されて、本気で裸になろうとする部下。その姿を前にして、さすがの滝口さんも熱が冷める。

「もういい、お前の顔なんか見たくもない。もう下がっていろ」

滝口さんが投げ捨てるようそういった。

「次は宮崎だ、なんでもいいから数字をいえ」

鬼の管理者は次の宮崎さんを指名すると、もう二度と坂口さんを見ようともしなかった。

よくも悪くも滝口さんは血の気が多い人である。そんな彼を投信販売、初日からこんな風に投げやりにさせてしまうなんて。

…なんで、もう少しうまい言い方ができなかったんだよ…

皆から見捨てられたように離れた場所に腰を下す坂口さんの姿を見ると、事情はわかっていても、そう感じてしまう。あの頃の坂口さんは、いつもこんな風に怒鳴られていた。そのたびごとに、彼は怯えたような表情を浮かべる。当時の僕にはそれがダメな人間の証のように思われていた。

ところで、その翌日のこと、

「なんであいつはあんなにバカ正直なんだろうな」

と業界の隅々まで知りぬいた支店のホープ、宮崎さんが坂口さんをそう評した。彼にいわせると、この夕方のミーティングでは、その日の販売実金額を正直に報告する必要なんてなかったのだという。むしろ、うそをつくことをしいられていたというのだ。

「だいたいよ、まだ投信販売は始まったばかりだぜ、そんなにあせって数字をつめてどうするんだ」

確かに、投信販売初日に、朝の目標数字を夕方までに達成させる必要はない。投信の締めきりは二週間先の話で、数字はそれまでにつめておけばいいのだ。それでは、なぜ滝口さんはわざわざミーティングなんて開いたのだろう？　営業マン一人ひとりからうその数字を報告させるなんて時間の無駄というものだ。僕のそんな疑問に宮崎さんは、

「あの席で滝口さんは皆に空を振らせようとしていただけなんだ」

と答えてくれた。

〝空を振る〟、それは証券業界の業界用語である。当時の証券マンは管理職に攻められて、攻められて、しょうがなくできてもいないうその数字を報告するなんてことをよくやったのだが、このうその数字を報告することを業界関係者は空っぽの数字を振る。空を振ると呼んだ。もちろん、まだ販売していない数字でも、いったん口にしてしまえば、その瞬間できていると見なされてしまうから、もう、その数字からは逃げ出せない。毎朝目標数字を宣言させられ、夕方

までにやってこいなんて無理難題を突きつけられれば、空を振りたくなるのはわかるけど、そんなことばかりをやっていると、数字は、雪だるま式に膨らんでいき、どうにもならないものになってしまう。だから、証券マンは、何があっても、サボってはならない。無理をしてでも今日の目標は今日中に達成させなければならないのだ。実は滝口さんの狙いもここにかくされていた。無理やり空の数字を報告させることで、より強く数字に縛り付ける。夕方のミーティングの真の目的もそこにあったわけだ。

半ば強制的に旗を上げさせたり、無理に空を振らせたり。証券会社では、証券マンを追い詰める手法にはことかかない。それが、証券会社の管理者に代々受け継がれた伝統の技でもあった。

「でもさー、あれだけ見事な演出をして、営業マンを締め上げようとしているのに、やってないなんていわれたら、それだけでセレモニーは台無しになってしまうだろ。滝口さんのやる気もなくなっちゃうよな」

宮崎さんは最後に、滝口さんの心情をそう説明してくれたのだが、投信販売に手をつけなかったことが問題だったのではなく、考えに考えぬいた演出を台無しにしてしまったことが問題だったという、滝口さんが投げやりになったそのわけを聞くと、坂口さんがますますダメな人に見えたのは不思議な話である。

「古橋、お前な」

さて、この日のミーティングの最後に、めずらしく古橋代理に滝口さんが大きな声を出した。

「いつまで市況が悪いなんて言い訳が通用すると思っているんだ。お前もそろそろ自分の立場ってものを考えろよ」

確かに古橋さんが報告した数字は、朝立てた目標数字をやや下回るものだった。これじゃァやってないのは見え見えである。

「男子セールス筆頭の立場にある人間なんだぞ、なのに、なんだよその数字は、それじゃァ下の人間にしめしがつかないじゃないかよ」

皆の見ている前で古橋さんに大声を出すなんて……今日の滝口さんは、ちょっと変だ。裏でどんなことをいっているかは知らないけど、下の人間が見ている前で男子セールス筆頭の人間を大声で怒鳴るようなことはしない。この鬼はそんな配慮ができる管理者だったはずである。

ところで、古橋さんは、この叱責に、顔を下に向けることで応えた。皮肉や小言程度のものではない。ここまで真剣に大声を出されては、もうお得意の冗談で切り返すこともできない。あまりにみっともない数字しかできなくて、はずかしくなって顔も上げられない。その姿は確かにそんな風に見えなくもなかった。しかし、これもまたこのおじさんの手なのである。彼は下を向いたままべろでも出しているのかもしれない。このミーティングが後三分もすれば終わりなることを彼は、知っている。何をいわれても、たった三分間だまっていれば、嵐は勝手に過ぎ去ってくれる。勤続二〇年を迎えるこのおじさんは、さすが、よく心得たものだった。けれども、その古橋さんも、

「ちょっとはまじめにやれよ！　いつまでゲンさんなんかと遊んでいるつもりなんだ」

という吐き捨てるような叱責には、

「エッ」

思わず、顔を上げて応えてしまう。ゲンさんと近くの雀荘でマージャンに興じるという、古橋さんの内緒の話がなぜか滝口さんにばれていたのだ。

「くそー、この俺がなんであんなことをいわれなきゃならないんだ」

夜も更けた、とある居酒屋で古橋代理が雄叫びをあげた。

「坂口さんが、あんな、とんまな報告をするから、滝口さんもいらだっていたんですよ」

と内村さんが、なだめてみても、代理は聞こうともしない。それどころか、

「おーいもう一杯もってこい。今日は朝まで飲んでやる」

と内村さんの声をかき消すように、また大声を出した。それは深夜一時を過ぎた頃の話である。

古橋さんの雄叫びを聞いて、僕は不安になった。酒癖の悪い古橋さんのことだ、朝までつきあ

わされるということもありえないことではない。会社のトイレで顔を洗い、そのまま翌日の業務につく。そうなることだけはなんとか避けたいのだが……

「いいか田中、滝口なんて処世術にたけているだけなんだぞ」

店員が持ってきた、ビールをイッキ飲みし、代理は息もたえだえそう続けた。

「奴のことなら、俺はなんでも知っているんだ。あーあー、見せてやりたかったよ。あいつが新人だった頃の情けない姿をな」

興奮ぎみに古橋さんがそう叫ぶ。その姿を横目に、

…こういうのが、犬の遠吼っていうんだ…

と僕は思った。彼のこんな姿を見ていると、

…何が情けない姿を見せてやりたかっただよ。あんたに滝口さんと正面きって争う勇気があるの？　所詮、若手相手に深酒して、こんなところで奇声を発するのがいいところじゃないか…

なんていってやりたくなる。

…年次二年目のこの僕から追い抜かれることだってあんたにはあるくらいなんだよ。男子セールス筆頭の立場にある人間が、それでよく恥ずかしくないよね…

もちろんこんなこと口に出していうことはできない。仮にも、このお方は勤続二〇年の大先

輩なのだ。

「あんな奴の部下だなんて、お前らも可愛そうだ。なー田中」

こちらの思いなんてお構いなし、酒臭い息を吐きかけながら彼は、なおもそう言い寄ってきた。

「ハアー」

肩を引き寄せる彼を無視するかのように、僕はグラスを手に取った。まともに受け答えするのもばかばかしかった。古橋さんが上につくことを考えれば、滝口さんなんてまだかわいいものだ。このおじさんときたら、常識にも欠けるし、責任感のかけらもない。そんな人間にトップを責める資格があるのだろうか。後輩社員というだけのことでこんな人間になぜ、つきあってやらなければならないんだろう。ここまでつきあって何の得になるというんだ。

…でも、そういえば…

とはいっても、僕はもうここまでこんな人間につきあっていた。ここまでつきあって、ただいやな思いをするだけだったというのもばかばかしい。

…そういえば、ゲンさんとマージャンしたなんて話、どうしてばれたんだろう…

ここまでつきあっている以上、せめて、この疑問くらい解き明かしておかなければ……

僕は、そう気を取り直し、グラスに口をつけていた。

ゲンさんが店で一位、二位を争うほどの大口顧客だった頃、古橋さんの営業時間のマージャンは、半ば黙認されていたのだという。時のゲンさんは、支店のノルマの一週間分を一日で稼がせてくれるほどの大口顧客だったから、仕事をサボって雀荘に通う営業マンの愚行くらい、会社も目をつぶらざるをえなかったわけだ。

しかし、古橋さんにとって願ってもないこの黙認期間は短い。どだい、ゲンさんは素人に過ぎない。運よく一発当てて大口顧客になれたものの、つきから見放されれば、それっきり。大口顧客の座を再び手にすることはない。このお得意さまが、下落相場で損をして注文を出せなくなった時、黙認期間は終わりを告げる。かねてより二人の関係を苦々しく思っていた時の支店長から〈ゲンさんとは二度と会うな。今後、営業時間中にマージャンは許さない〉というマージャン禁止令が出されてしまったのだ。

もちろん、こんなことくらいで、古橋代理は怯まない。三日間一睡もせず雀荘にこもるほどのマージャン中毒に、一度でも勤務時間中のマージャンを許したことがそもそもの過ちだったのだ。とはいっても、古橋さんのほうだって、もう、大手を振って雀荘に行くわけにはいかない。なにしろ、会社の目が光っている。性懲りもなく、雀荘通いを続けていることがばれてしまえば、ただではすまされない。いかに非常識な彼だって、それくらいのことはわかっていた。そこで、彼はどんなに雀卓でエキサイトしても、夕方六時には一旦、切り上げ支店に戻る。支店に戻ると、わざとらしく顧客リストに目を通して如何にも営業してきたように見せかける。そんな小細工で雀荘通いをごまかそうとしたわけだ。どんなところでも、だれになにをいわれてもゲンさんのことなんておくびにもだそうとせず、秘密が漏れないよう、日々注意を重ねる。それは、口が軽くて、うっかりものの古橋さんにしては、徹底したやり方で、どこか涙ぐましささえ感じさせるものだった。

しかし、それでも、あの滝口さんは秘密をつかむ。古橋さんが努力に努力を重ね隠しとおそうとした秘密をいともたやすく暴いたのだ。

…あの管理者はいつもどうやって部下の秘密をつかんむんだろう?……

実は滝口さんが、部下の秘密を見破ったのは今回ばかりではない。この管理者は、次から次に秘密を見破り、部下たちを追いつめていく。しかも、その情報ソースがまるでわからない。僕は不安だった。会社にいても、生きた心地がしない。滝口さんにいついかなる時も監視されているような気がするからだ。しかし、彼の情報ソースさえつかめれば、この不安感からも解放されるかもしれない。今回の件で、関係者から話を聞けば、謎を解く手がかりくらいつかめるかもしれない。

「俺は雀荘で客をつかんできたんだ、それが俺のやり方なんだ。それがどうしていけないんだ」

こちらがそっけない態度を示しても、この中年男はなおも吠え続けていた。そんな古橋さんの傍らで、

「滝口さんの情報ソースがどこかにあるはずなんですよ」

と内村さんに耳打ちした。

「今日のゲンさんとのマージャンの件、もちろん古橋さんはだれにも話してないですよね。なのに課長はどうして知っていたんでしょ？　何か思い当たることがありませんか」

しかし、この質問に内村さんは、

「そんなの知るかよ、お前がばらしたんじゃないのか」

と怒ったようにそう答え、相手にしてくれない。それどころか、

「お前なー、場の空気ってものがあるだろうが」

「場の空気？」

「今は滝口さんのことなんてどうでもいい話じゃないか」

なんて説教される始末だった。内村さんがいう通り、ここは確かに、酒を飲んでストレスを発散する居酒屋である。上司を誹謗中傷して楽しむ場所である。そんなところで滝口さんの謎を解き明かそうとするなんて、考えてみればバカなことである。しかし、

…じゃー僕らは何のためにここにいるんだ…

こんなところにいても、若手がストレスを発散できるわけではない。いや、ストレス発散なんて、事実上、古橋さんにしか許されない。こんなところにいると、こっちのストレスはむしろ、溜まる一方だった。

…だからさー、ちょっとくらい、いいたいことといったっていいじゃんかよ…

先輩にしかられ小さくなりながらも、心の底で僕はそう叫んでいた。


居酒屋から客が一人ひとり消えていき、店内にはこの中年男の一群だけが取り残されていた。

「雀荘でつかむのが、俺のやり方なんだ」

中年男の遠吼は続いていた。けれども、この遠吼もしだいに、勢いがなくなり、夜が更けるにつけ、遠吼というよりもただのぼやきに変わっていく。

「なんでアイツはわかろうとしないんだ」

彼は独り言のようにそういうと、うなだれたままグラスに口をつけ、

「マージャン一つできない男がよ、客のハートをつかまえられると思うか」

と繰り返し繰り返しつぶやきつづけた。しかし、そのつぶやきも、

「株の商売なんてもんはよ、一生懸命にやればいいってもんじゃない」

といったか、いわないうちに突然、途絶えてしまう。彼のぼやきは、いつのまにやら、

「グーヒュー」

という鼾の音色に変わってしまう。

……エッ、寝ちゃったの……

さんざんぼやきを聞かせ、若手社員を深夜までつきあわせておきながら、この中年男は一人眠ってしまったのだ。

「グーヒュー」

鼾をかくこのおじさんには、もう、あきれてものがいえない。高校一年の女の子を頭に四人の子供がいて、バブルの頃に身のほど知らずにも建てた、今では売却しても、手元に借金の山だけが残る、7LDKの大豪邸のローンに苦しめられているくせに、この人は、どうして居眠りなんてしていられるんだろう？　ろくに仕事もせず、酒とマージャンにおぼれる中年男をいつまでも雇い続ける会社なんてあるはずがない。四十の大台に乗れば、転職も難しい。リストラされたらたちまち行き場がなくなってしまうというのに……

「今日は藤原はどうしたんだよ」

威勢だけはいい中年のおじさんが、鼾を掻いて、静かになっても、これで僕の一日が終わったわけではない。古橋さんが鼾をかいて、てもちぶさたになったのか、今度は内村さんが、僕にそう声をかけてくる。

「はー、今晩は用があったみたいで……」

なんてへたなうそだ。我ながらそう思う。藤原君が今日、会社を出たのは一一時。夜の一一時にどんな用があるというんだ？

「こんなに遅くから用があるのか？　藤原はほんとうに忙しい奴なんだな」

内村さんも内村さんだった。わざとらしく皮肉なんていわなくても、こっちのへたなうそがばれていることくらいわかっている。僕と藤原君の密約を彼が知らないはずがないんだから。

古橋さんには、週のうち五日、毎晩三時までつきあわされるなんてこともあったくらいである。もちろん、こんな殺人的なスケジュールにつきあう義理はない。けれども、いいだしたらきかない凶暴極まりない男のことだから、お誘いを無下に断われば、何をされるかわかったものではない。そこで、僕と藤原君はどうしても逃げ切れなくなった場合、つきあうのはどちらか一人という密約を取り交わすことにした。今晩、僕がこんなところに来たのも自分の当番だったという以上の理由はない。二人はこんな風に交代制にすることで古橋さんがつきつける、殺人的なスケジュールから身を守ろうとしたわけだ。

「上の人間に誘われたら、断らないものだ」

しかし、そんなやり方、この内村先輩のお気に召すはずがない。

「上の人間の命令は絶対なんだぞ。なのになぜ、奴は来ないんだ」

中年男の遠吼が、やっと終わったと思ったら、今度は、デブの説教だった。一難去って、また、一難。

「お前らみたいな軟弱な奴らがやることは、体育会育ちの俺には、どうしても許せん」

…ここは学生さんの世界じゃないんだよ…

鼻息荒い、デブの脇で僕はそう思った。

…どこの社会人が明け方三時まで続く強制労働を週五日も受け入れるというんだ。そんなことしたら、体を壊してしまうだけじゃないか。体調管理も社会人の立派な義務なんだよ。いい社会人にもなって、どうしてそれくらいのこともわからないんだよ…

しかし、そう思いながらも、僕は口をつぐんだまま、声を出そうとはしない。この男の説教は長く、しつこい。説教をたれ始めたら、二〇分は続くのが普通である。抗弁なんてしてしまえば、話はその分伸びてしまう。何を言われても、だまって聞き流したほうが身のためだった。

古橋さんが眠ってしまった以上、お開きの時間も近い。もう、深夜二時を過ぎている、下手に抗弁なんてして、ただでさえ短い睡眠時間を削られてしまうのもばかばかしかった。

けれども、どんなときでも、くどくどとしつこいデブの説教が、なぜか、今晩に限って、

「まあー今日はこれくらいにしておこう」

とあっさり終わりになってしまう。それどころか、

「実はな、俺だってこんなに遅くまでつき合わせてしまって、悪いとは思っているんだ」

と詫びとも受け取れる言葉をはいた。

「だけどな、今日は大目に見てやってくれよ。お前だって、古橋さんがどんな気持でいるかわかっているはずだろう」

彼はそうしみじみというと、チューハイを口にした。


同期が上司になり、部下になる。サラリーマンの世界ではよくあることだった。夜の居酒屋には若手相手にぼやくネクタイ姿の中年男というのが一人や二人必ずいるものだが、そんなおじさんたちは、間違いなく同期に抜かれた悔しい思いを隠しているものである。滝口さんに天と地ほどの差をつけられた古橋さんにとって、その思いは一入だろう。将来の役員候補とまで目されるようになった滝口さんとリストラ寸前の古橋さん。新人だった二〇年前、この二人が、机を並べて働いていただなんて、だれに想像できるだろうか。それにしても、会社はどうしてこんな落ちこぼれ人間を、雇ったのか。今の古橋さんを見ているとそんな風にも思えてくる。勤続二〇年選手であるにもかかわらず、彼は、入社二年目の人間より稼げない証券マンだった。そんな人間、わざわざ雇わなくても……

「でもな、田中……」

そういったのは、意外なことに、支店のホープ宮崎さんだった。

「古橋さんだってな証券マンとして輝いている時期があったんだぜ」

宮崎さんによると、このおじさんだって最初からこんな感じではなかったのだという。いや、それどころか、バブルの頃の古橋さんは滝口さんなんて足元にも寄せ付けない、優秀な証券マンだったというのだ。

「エッ、ほんとうですか？」

古橋さんなんてダメ証券マンの代名詞くらいにしか思っていない僕には、にわかには信じられない話だった。そんな僕に宮崎さんは、

「お前も〝株の商売は一生懸命にやればいいってもんじゃない〟って古橋さんから聞くことがあるだろ。そんなことよほどの成功体験がなきゃいえるようなもんでもないんだぞ」

と続ける。宮崎さんのいう通り、古橋さんはよく〝株の商売は一生懸命に……〟というフレーズを口にする。しかし、それは、強がりでいっているわけではない、その一言にも、優秀な証券マンといわれた頃の彼の成功体験の裏打ちがある。

「そんなこと、めったやたらにいえるようなことじゃないんだぜ」

若手を前に支店のナンバーワンセールスはそう力説した。

宮崎さんによると、雀荘で街の人間とマージャンするというのも、滝口さんをはるか下に見ていた頃から続く彼独自の営業スタイルなのだそうだ。株の話題は、昼日中からマージャンをする博打好きの小金持ちと仲良くなるきっかけにもなるし、雀卓を囲めば、客の信頼を勝ち取ることだってできる。このおじさんは、汗水かくこともなく、マージャンしながら手数料もちゃっかり稼ぐ。そんな夢のような商売を実践していたというのだ。

「お前も、古橋さんをあんまりばかにしちゃいけないぞ。あの人にも教わることは多いんだ。だから、内村みたいにたまにはとことんつきあって少しは話を聞いてみろよ」

宮崎さんにそこまでいわれれば古橋さんにも栄光の日々があったことを認めざるをえない。しかし、だからといって、とことんつきあうというのも……いずれにしても、それは、バブルの頃のお話だ。もう、遠い昔の話である。

バブルが破裂して一〇年。時は移ろい、ＩＴの時代のことである。雀荘仲間を手間暇かけて客にするなんてやり方じゃ、一〇〇年たっても客はできない。古橋さんの営業成績が下降していくのも当然だった。ごくたまにゲンさんのような人間が現れて一時的に成績がはねあがることがあっても、彼の下降トレンドに歯止めがかけられるわけもない。そんなふざけたやり方が通用したバブルの時代がはるか昔の話になった頃、雀荘に足しげく通う彼の姿は仕事をサボるダメ証券マンの典型にしか思われない。いや、マージャンしながらついでにセールスなんて、楽な営業が染み付いたお蔭で、このおじさんには、一件一件、個別訪問して客をつかむなんてことも、もうできない。同期の上司に皮肉をいわれても、彼にできることといえば、後輩社員と深酒して、

「今に俺だって……」

なんて虚勢を張って自分を慰めるくらいのことである。それがバブル時代の証券マンの末路だった。

「グーヒュー」

古橋さんのすさまじい鼾が依然、響いていた。

「姉ちゃん……姉ちゃん、酒・酒、いっしょに……」

鼾だけだと思っていたら、中年男は、こんなところで、寝言までのたまった。彼は今、どんな夢をみているんだ。品性下劣な夢であることは、疑うまでもないのだが……

「人間には大底の時期だってあるんだよ」

そんな、古橋さんの傍らで、内村さんが、また、口を開いた。

「大底?」

「この世界には激しい浮き沈みというものがあるんだ」

内村さんがいうまでもなく、証券界が浮き沈みの激しさでは有名な業界である。

「お前だって、わからないんだぞ。一発大きい客をつかめばダメ証券マンから一躍、ヒーローになることだってあるんだ」

営業成績なんて、たいして変わらないこの男から、ダメ証券マン呼ばわりされるのは、納得できないが、昨日までの貧民が今日の王ということだってこの業界にはよくあることである。それは紛れもない事実だった。そして、昨日の王の古橋さんが大貧民に成り下がっているということも……

…この人は、なぜ、こんなおじさんにここまでつきあってやるんだろう…

嫌な顔一つせずこのおじさんとつきあう内村さんを見て、僕はいつもそう思う。先輩風を吹かせるものの、この人だって年次でいえば、僕の一年上に過ぎない。古橋さんの輝いていた時期なんて知らないはずだった。古橋さんは依然として週五日、深夜三時まで続く夜のお務めを、後輩社員に突きつけている。彼はそんな古橋さんに文句もいわずつきあっていた。このおじさんにそこまでつきあうのは、もうこの男くらいである。

「俺はなー、沈んでいる人間を見ると放っておくことができなくなるんだ。まー、それが俺の性分みたいなものだ」

チューハイのグラスを空にしたデブがふとそんなことを口にする。

「まっ、お前みたいな人生経験の足りないアマちゃんには俺の気持ちなんて、まだわからないだろうけどな」

…何が人生経験の足りないアマちゃんだ…

自分にどんな人生経験があるというのだろう？　同好会に毛が生えた程度のサッカー部のことを体育会といい、副主将を二年務めたくらいのことで自慢する。それくらいの人生経験しかないくせに。

このおじさんに、これ以上、気を遣ってやる必要なんてなかった。もう十分すぎるくらい、周りから気を遣ってもらっているんだから。今まで、同期の上司、滝口さんが、古橋さんを邪険に扱ったことがあるだろうか。部下にあれだけ厳しい滝口さんがこの古橋さんには大声一つ出したことがない。しかも、支店の幹部会議メンバーとしても据え置き、もう終わっているとまでいわれている同期の面目をなんとか守ってやろうとしている。

確かに、今日はめずらしく皮肉の一言がもれはしたが、それすら、甘さがある。滝口さんが他の社員にどんな罵声を浴びせているか。そんなことは、この古橋さんだってわかっているはずだ。それなのに、彼は、一向に反省しようとしない。滝口さんが上司じゃなければ、古橋さんなんて疾うの昔に、まちがいなく処分されていたというのに……滝口さんを酒の肴に大酒を飲んで大荒れに荒れる。彼は、まるでわかっていない。問題は自分自身にあるということを。

…だれにも相手にされない人だっているのに…

「君は九州のF県出身なんだって？」

「一応そうなんですけど、ただ……」

僕の瞼に、その時坂口さんの姿が蘇っていた。

今日の古橋さんへの皮肉なんて比にもならないくらい、彼は毎日のように罵声を浴びせられていた。連日のように怒鳴られ、後輩からも嫌がらせをされ……しかし、それでも、彼を慰める人間はいない。鬱憤晴らしを深夜までつきあってくれるような人間が彼にはいない。

「君は九州のF県出身なんだって？」

「一応そうなんですけど、ただ……」

それは、僕が支店に赴任した早々の頃の話である。普段、自分から声をかけることがめったにない坂口さんがめずらしく、この僕に話しかけてきたのだ。どこでつかんだのか坂口さんは支店に赴任した新人が九州のF県の生まれであることを知っていた。

「坂口さんは問題が多いから気をつけたほうがいい」

支店に赴任して、すぐに、内村さんからそんな忠告を受けた。しかし、その頃の僕には、まだ、その意味がわかっていない。

「親不孝通りって知っているだろ……俺あそこの予備校に通ったんだ」

坂口さんも九州出身者だった。彼はF県の大学を卒業した後、東京のこの会社に就職したのだという。

「親不孝通り？　すいません僕はよく知らないんです」

同郷のよしみ。彼がこの僕に声をかけたのは、そんな理由からだったのか？　しかし、そんな彼の話に僕は結局、つきあわなかった。いや、つきあえなかった。F県で生まれたといっても幼稚園に入園する前にそこを離れた僕がF県の話についていけるはずはない。くしくもそれは内村さんの忠告を守ることでもあった。

「屋台街は知っているだろ」

それでも、彼はこの僕に執拗に声をかけてきた。何度〝F県は小さい時に離れた〟と説明しても、日が改まると忘れたように、彼はF県の話題を持ちかける。

「学生の頃、あそこでよく飲んだんだよ」

「そうですか」

「あそこのもつなべがうまくてね、君ももつなべ、食べたことあるだろ」

「いえ、ほとんど」

「そう……」

そんな空しいやり取りが数ヶ月続いただろうか。さすがの坂口さんもあきらめたのか話しかけてくることも少なくなり、しだいに、口も聞かなくなっていく。支店の人間から無視される彼は同県人の僕からも無視されたと思ったのかもしれない。

居酒屋には、もう客はいなかった。深夜二時半を回ろうとするこの時刻、店の中では中年男の鼾だけが響いている。わずかに残った店員たちも迷惑げな表情を浮かべ、こちらの様子を遠巻きに眺めていた。閉店時間が三時の店とはいえ、一刻も早く帰ってくれという彼らの声にならない声が聞こえてくるような気がした。そんな店のなかで、内村さんが、また、

「こんな風に沈んでいるとき、慰めてやろうという気になるのがまともな人間ってものさ」

とつぶやいた。

「まー、お前にもいずれわかるさ、人の道ってもんがな」

…人の道?…

この男の口から洩れたその一言に、僕は自分の耳を疑った。

…そんなこと、車をわざわざ移動させるような人間が、よく…

古橋さんから絶対の信頼を得ているこの男は、実は、ゲンさんとの今日のマージャンにも加わっていた。予約を入れた社用車だって、仕事をサボって雀荘に行くために使ったのだ。

…いや、それも違う…

彼らが今日行った雀荘は支店からわずか五分で行ける駅前のビルのなかにあった。そんなところに車で行くバカはいない。彼は、車をどこかに移動させ、隠してしまったのだ。坂口さんに車を使わせないために、坂口さんを窮地に追いやるために……

…そんな人間が〝人の道〟だなんて…

善行を施したつもりでいるのか、古橋さんの寝顔を満足げにながめなら、チューハイを口にする、そのデブの姿が鼻についた。この男に何がわかっているというのだろう。人のことをアマちゃん呼ばわりし、自分だけは一人前の人間でいるつもりのこの男。坂口さんにあんな嫌がらせをしておきながら、苦しんでいる先輩を慰めるのが人の道だなんて平気で説教できるこの男。そんな男に何がわかるというんだ。

「これが人の道なんですかね？」

「エッ」

「古橋さんのことを、ほんとうに考えるだったら、もう、突き放したほうがいいんじゃないですか」

夜の強制労働から、後二〇分もすれば、無事、解放されそうだというのに、僕はこの苛立ちを抑えることができなくなっていた。

「突き放す？　お前、ずいぶん生意気な口を利きやがるじゃないか」

突き放すという一言に、デブの表情が急に険しくなった。

「それが先輩に対する口の聞き方か？」

「先輩に対する口の聞き方？」

僕は思わず、聞き返していた。先輩の坂口さんに〈社会人だったら、もっと計画的なスケジュールを立てるべきですよ〉といったのは、この男のほうである。

「あなたが先輩に対する口の聞きかたをいうんですか？」

「エッ」

デブが、一瞬沈黙した。彼はこの時初めて、車の一件が、知られていたことに気づいたようだった。

人の道の何たるかなんて説教したのに、説教するだけの資格がある人間だと、この僕に知らしめようとしていたのに、坂口さんに使わせないために、車を隠したなんてことがばれてしまえば、それですべてが否定される。これじゃ、笑い話にもなりはしない。

しかし、デブはこんな時の対応もよく心得ていた。

「さすが田中だ、忠義に厚いよ、同県人の仲間は守らなきゃならないからな」

彼はちゃかしたようにそういうと、

「そうだよな、お前と坂口さんは親友同士だからな」

と声をたてて笑った。

…親友同士？…

デブの笑いの前に僕は、ふと、我に返った。自分は、坂口さんを仲間だなんて思ったことはない。確かに、デブのように影でこそこそいやがらせするようなこともなかったが、それすら、決して誇れる話ではない。自分はただ、社会人としての最低限の品格を守っただけのことなのだから。

…いや、自分は彼を軽蔑しているのかもしれない…

惨めな敗残兵には奴隷の道しか残されていない。坂口さんは、惨めな敗残兵だった。何があっても、決して負けてはならない。どんなに狡猾に仕組まれたわなでもはめられてはだめだ。どんなに理不尽なことにも、あらゆる手をつくして対抗しなければならない。坂口さんに対する同情は禁物だった。同情なんかしていたら、こっちまで、敗残兵になってしまう。

坂口さんくらいのことで、これ以上イライラするのはバカバカしかった。飲めない水割りのグラスを口にし、僕は口をつぐんでしまう。デブに対する抵抗もそれまでだった。

先輩の名の下に、説教をたれまくる自分が、先輩いじめをするような人間ではお話にもならない。そんなことを僕に感づかれたことは、たぶん、この男の手痛い失敗だったに違いない。

しかし、それでも、僕はデブにかわされる。この男はやはり、僕より一枚上手なのかもしれない。

いや、かわされる程度で済まされればよかったのだが……

「ここは」

鼾の音色が止まったのは、それからしばらく経ってのことである。

「ここは……どこだ」

よだれをふきふき、古橋さんが目を覚ました。寝ぼけているのか、彼には、自分の状況が把握できない。そんな代理に、

「古橋さん、聞いてくださいよ」

とデブが叫んだ。

「古橋さんが滝口さんから怒鳴られたのは当然だってこいつが、いうんです」

デブが突然、そんなことを言い出したのだ。僕には、身に覚えのない話だった。

「エッ、僕はそんなこといっていません」

もちろん、それがデブの言いがかりだということはわかっている。しかし、黙っているわけにはいかなかった。黙っていたらほんとうにいったことになってしまう。

「そんなことがよくいえたな、お前、さっき、古橋代理のことを〝こんな奴は突き放せばいい〟っていったじゃないか。お前は代理をバカにしているんだよ」

しかし、それでも、デブはやめようとしない。

「いや、それはそうじゃなくて」

「何がどうちがうんだよ、古橋代理は大先輩なんだぞ、そんな人に向かって冗談にも〝突き放せ〟だなんていえるものか」

こちらの一瞬の隙をつき、デブが必要以上の大声を出す。デブの目的は、僕の口を封じることにあった。説教をたれるだけの資格がある人間かどうかなんてもう、どうでもいい。デブにはもう車を隠したことを隠蔽しようという思惑しかない。そのためには、この僕の口を封じなければならない。

「僕は、そんな風にはいっていない。バカにしているから突き放せだなんていったわけではない」

負けてはならなかった。敵の声がどんなに大きくても簡単に負けるわけにはいかない。

しかし、この争いの軍配は……二人が言い争いつづける、その脇で、寝ぼけ眼だったはずの古橋代理が、

「田中、お前は俺のことをそこまでバカにしていたのか？」

と僕を睨みつけていた。

テーブルの上にはなみなみとウィスキーがそそがれたグラスが置かれていた。

「さあー、俺をバカにしてないんだったら、俺の酒が飲めるはずだ」

代理はそういうとふらふらの手つきでグラスを突き出した。なみなみ注がれた琥珀色の液体は急性アルコール中毒さえ引き起こしかねない量である。それをこの男は飲めという。

「さあー、はやく飲めよ。お前には飲むしかないんだよ」

はやし立てるようにデブがいった。この男は自分の秘密をばらしたら、ひどい目に会うんだと、この僕に思い込ませよとしている。そして、ことは、デブの思惑通りに運んでいく。

「とっとと飲めよ」

デブが必要以上に煽ったお陰で、もう、代理の怒りを、押さえ込むことができなかった。この液体を飲まなければ、この後、代理に何をされるかわかったものではない。

…自分は、敗残兵ではない。ここで負けるわけには…

僕は琥珀色のグラスを手に取った。


「すいません、ちょっとトイレに……」

しかし、僕はグラスの液体を半分も口にしないうちに、トイレに駆けこんでしまう。古橋さんがよく飲むウィスキーは、劇薬のようなものだった、飲みなれない、そのアルコールが、激しい吐き気をひきおこす。トイレに向けて駆け出した時、古橋さんが、しらけた表情を浮かべた。彼には、何が起こったのか、まるでわかっていない。

「田中、大丈夫か?」

トイレの中で、胃の中のすべての内用物とともに琥珀色の液体を吐き出す僕の耳にデブの声が聞こえてくる。

「まー、酒が飲めないお前にしてはよくやったよ、今日のところはこれで許してやる」

その声は、この男にしてはめずらしく優しいものだった。

…こいつは何をいっているんだ…

その優しさが逆に僕を苛立たせた。彼らに許しを求めなければならないようなことをこの僕は、何一つしていない。許しを乞わなくてはならないのは自分のほうじゃないか。

入社当時、僕は連日のように、こんな男達に一人で向き合わなければならなかった。朝はやくから、夜は夜で、深夜までつきあわされ、ダメだダメだと怒鳴られる。一日中、ダメだ、ダメだといわれ続ければ、どんな人間だって自分はダメな奴だと思いこんでしまうだろう。そして、車を隠して先輩を困らせるような人間の人の道なんて説教にもしだいに、素直にうなずくようになってしまう。この呪縛から僕が、なんとか解き放たれたのは、藤原君が入社した一年後のことである。

…達也君のことを私は信じている…

トイレのなかで、僕はふと優子のことを思い出していた。あの頃の僕にとって優子の言葉が救いだった。自分は二千に及ぶ論文のなかから数本しか選ばれなかった論文を書いた人間。そのことを思い出させてくれたのだから。

「お前ももう少し、酒を飲む訓練をしろよ」

トイレから戻った時、デブ野郎が何事もなかったようにそういった。傍らでは、古橋代理がまだ、鼾を掻いている。時計の針は深夜三時をさしていた。この店の閉店時間だ。これでやっと今日一日から解放される。

第三章

日曜日の朝だった。つかれているのか、目が覚めても体がいうことを聞いてくれない。布団から抜け出す気になれない。

…これじゃまるで病人だ…

そう思いながらも、僕は布団のなかで、ただ、うずくまっていた。今日は日曜だ、別に無理をして起きる必要もない。

…きっとデブのせいだ…

そんな布団の中であの先輩の姿がふと僕の頭に浮かぶ。別に風邪をひいているわけでもないのにここまでけだるいのは、きっと神経をやられているせいだ。あの男の言い草がこちらの神経をおかしくしたのだ。

デブような人間は一様に饒舌だ。そもそも坂口さんに向けられる、彼の陰湿ないじめは体育会精神の名をもってしても正当化できるものではない。にもかからず、自分の過ちを認めようとしないから、べらべらと屁理屈をこねなくてはならなくなる。相手に考える隙を与えてしまえば、自分の過ちがすぐにばれてしまう。デブにはそれがよくわかっているのだ。そんなデブの屁理屈に深夜までつきあえば、神経がおかしくなるのも無理もない。

考えてみれば、デブは不思議な奴だった。なにしろあの男は、坂口さんのような人畜無害な人間を標的にする一方で、連日連夜、明け方近くまで連れまわす古橋代理には従順なのだ。あの男に不利益をこうむらせているのは明らかに酒癖の悪い中年男ほうである。それなのに彼は、代理には抵抗も反抗も試みようとしない。横暴な人間を前にすると、卑屈なまでに従順なくせに、坂口さんのような弱々しい人間に牙をむく。デブはそんな奴だった。

…でも、デブみたいな奴って案外、多いんだよな…

布団のなかで、僕はふとそう思った。どんな学校にも多かれ少なかれいじめは存在する。子供ならたわいのないいたずらくらいだれもがやってしまうからだ。しかし、時にいじめのレベルを踏み外し、人間として許せないほどの行為に及ぶ連中が登場することがある。いたずら程度だったいじめを虐待に近いものにエスカレートさせ、もはや犯罪といって過言ではない残虐な行為におよぶ連中。そんな連中のなかには必ずデブのような奴がいた。

この種の連中も一様に饒舌だった。たまたま選ばれてしまっただけの、むしろ善良な人間であることが多いスケープゴートに〝お前がやられるのは当然だ〟と言い放つ。論理的には完全に破綻をきたしているにも関わらず、それでも一方的にしゃべりまくり、殴るけるを繰り返しながら、いじめられっこに自分がいじめられるのは自分のせいだと思わせようとする。

しかし、自分のやっていることの正当性をこれだけ強く主張する割には、この種の人間にとって、何が正しくて、何がまちがっているかなんてどうでもいい問題なのだ。彼らにとって、最も重要なのは、どちらに力があるかという点だ。力さえあればほしいものはなんでも手に入る。思いのすべてを叶えることができる。彼らは、証を求めてスケープゴートに牙をむく。何の努力をしなくても、厳しい世間を生き抜いていける。それだけの力が自分にはある、そう信じるために……


デブのような人間が徘徊する、いじめが頻発する荒れた学校では、不思議と〝自分の義務も果たさないような奴に自由なんてない〟なんてことをいいだす教師が幅を利かしはじめるものだ。彼らは決まって、校則で生徒をがんじがらめにし、罰則で生徒の行動を縛ることで荒れた教室を抑え込もうとする。しかし、それが状況をますます悪くしてしまう。陰湿ないじめは、教師に見えないところで繰り広げられるものだが、横暴な教師が幅を利かせば利かすほどいじめはより深く地下に潜行し、むしろ尖鋭化するからだ。

善悪の判断は、校則や罰則によって導き出されるものではない。それは生徒個々人の良心や倫理感にゆだねられるものである。横暴な教師は、従順な生徒を育成しようとするあまり、生徒の良心や倫理感を育むことを忘れ、恫喝や体罰が教育だと思い込んでしまうものだが、その教育が良心をもたない、倫理感の欠如した生徒を生み出していることに気づいていない。力こそすべてだという思想を植えつけてしまっていることにも気づかない。

自由に考えるという精神がなければ、内面の良心や倫理感は育まれないのだ。自由な精神が人間を高めていく。自由な精神がなければ、力こそすべてという思想を抑え込むことができないのだ。

…自分の義務も果たさないような奴に自由なんてない…

寝返りをうった時、教師のその一言がまた蘇る。僕が自由について勉強しようなんて思ったのは横暴な教師のそんな一言がきっかけだったのかもしれない。

知らない間に、僕はまた眠ってしまったようだ。目が覚めた時、時計は午後一時を回っていた。はやく起きて掃除と洗濯を終わらせなければ……夕方五時には家を出なければならないのだから……

その日曜日もいつものように、予備校帰りの優子と食事をすることになっていた。しかし、約束の夕方六時をすぎても、優子が現れない。たぶん、彼女は講師との話に夢中になって時間を忘れているんだろう。こちらは大急ぎで掃除と洗濯を済ませたきたのに、連絡もなく遅れるなんて……最近、僕はいつもこんな風に待たされる。ひどいときには三〇分も駅改札で待たされたこともあったくらいだ。でも、今日は……お茶ノ水の駅前で、ドラムとギター、サックスの三人組のストリートパフォーマーたちが彼らの演奏を繰り広げていた。この演奏を聴いていれば、この待ち時間も、退屈ではないだろう。

多くの人が行き交う、駅前広場で僕は、ストリートパフォーマーの演奏に耳を傾けていた。彼らは、ジャズの一節を奏でているのだろうか……曲名がわからないのは、ジャズに詳しくない僕の問題なのか、それとも彼らの腕前の問題なのか。しかし、曲名がわからなくても、それがジャズだということだけははっきりとわかる。

……これは？……

ジャズの音色は、時間つぶしには好都合だった。しかし、こちらは、それ以上の何も期待していない。失われた記憶の扉を開いてくれなんて頼んだ覚えはない。

……この曲は、青木教授の研究室で聞いた曲だ……

「このレポートは何なんだ！」

サックスの音色が教授のいらだつ、声の向こうから聞こえていた。たぶん、それは、野外練習する軽音楽部の演奏だ。

「この一年近く、君はいったい何をやっていたんだ」

新人君の演奏だろうか。安定しないサックスの音色が研究室にも響いていた。けれどもその安定しない音色も、よくよく聞いていれば、ある楽曲を形作ろうとしていることだけはわかる。だが、その曲名がわからない。

「これでどうやって卒論を書くつもりなんだ」

夏の夕陽が入る研究室の教授の机の上にはあるレポートが投げ出されていた。卒論の骨子をまとめた僕のレポート。それは、卒論指導の参考にするために、学生一人ひとりに教授が提出を求めたものである。

「優秀論文賞受賞でゼミ活動も終わったとでも思っていたのかね」

机のうえに投げ出されレポートを前に、教授はそう冷たくいった。

「いえ、そんな風には……」

「そんな風には？　それじゃ、このレポートはなんなんだ！」

教授はあきれたような表情を浮かべ僕の顔を見た、そして、

「このレポートは、私には、まるでわからない。私には、君が去年の秋からサボっていたとし

か思えないよ」

と吐き捨てる。

「まるでわからない?」

確かにそのレポートは、冗談にもよく出来ているとはいえなかった。構成も下手だし、文章もたどたどしい。自分の意見が中心でそれを裏づける参考文献の引用も少ない。けれども僕は、僕はサボってなんかいない。それどころか、ほかのどんな学生よりも勉強してきた。それなのにどうして……


「メンバーは食事のため中座します……たった今、演奏は打ち切られました」

ストリートパフォーマーの演奏に聞き入る僕に、声をかける者がいる。

「さーてと、今日はどこに連れて行ってくれるのかな」

振り返ると、そこには優子が立っていた。

「ごめんなさい、また、遅刻しちゃったみたいね」

優子が、お茶ノ水駅前に現れたのは約束の時間の二〇分後のことだった。

後楽園を通り一つで区切った、地下にあるその店は豚肉料理で有名な店だった。とんかつが大衆化したのは随分昔の話なのに、この豚肉専門店にはある種の高級感が漂っている。内装から食器に至るまで、店にはこだわりがあり、そのこだわりが、店内を異国の深い森にでも入り込んだような空間に仕上げていた。その日、僕が選んだ優子との食事の場所は、そんな店だった。

「この間、添削有難う。達也君の添削のお陰で、この間の作文は好評だったのよ」

ボーイに案内され、店内中央のテーブルに腰をおろすと、優子が思い出したように、この間の僕が添削した作文の話を始めた。

…僕が添削したから、作文が好評だった？…

優子が、そんなことをいうのは、意外だった。僕がやったのは、せいぜい「て、に、を、は」を直した程度のことである。その程度の添削でまずい作文が突然、よくなったりすることはない。もともと、彼女には、文章の才能がある。奇抜な視点から書かれる文章には、ハッとさせられるものがある。確かに独り善がりなところはあるが、彼女の書く文章からは、いつも若い女性の素直な気持ちが伝わってくる。新聞記者の文章として、それがいいのかどうかはわからないけど、あんな文章を書ける人間はそうそういるものではない。

「この間の作文……」

添削がよかったからほめられたのか、それとも、ほめられる文章が最初からできていたのか？

それは、マスコミを目指す学生には最も気になる話だろう。

「よくできていたよ、別に僕が添削しなくても、よかったんじゃないかな」

しかし、

「あら、そう」

とマスコミ志望の女子大生のほうが、この話にそっけない反応しか示さない。

「どうもありがとう」

お褒めの言葉に彼女は、とおりいっぺんの礼をいうと、

「さてと、今日は何をごちそうしてもらおうかな」

なんていいながら、テーブルの上に立てかけられた巨大なメニューに顔を向け、

「いつも、豚肉だから、たまには牛肉もいいかな」

と今日の料理を選び始めた。この後、彼女が、自分の作文を話題にすることはない。僕のような素人の評価なんて、彼女には、どうでもいいのだ。

…だったら最初から添削なんてさせなければいいのに…

テーブルの上には、背丈六〇センチもあろうかと思われる巨大なメニューが立てかけられていた。テーブルの上に屏風のように立てかけられた、木製のメニューを見上げ、料理を選ぶ。

それがこの店独特のスタイルである。メニューを見上げる客の姿は、しだいに、ケヤキやむくなど、木を基調にした店内に奇妙に溶け込み、地下にある異空間の一部になっていく。

「私、今日、しゃぶしゃぶが食べたいわ、オーダーしていい？」

「別に、いいけど……」

「ほんとうに、いい？」

今日に限って、優子は、なぜか申し訳なさそうに念を押した。ここは思ったほど高い店ではないし、勘定はこちらもちというのもいつものことなのに、なぜここまで申し訳なさげにするんだろう。

…まー、それも当然か…

考えてみれば、今日の優子の債務超過はちょっと大きかった。添削してもらって、遅刻したうえに、そのうえ、おごってもらうんだから。この場合、優子じゃなくても申し訳ない気分になるものだろう。

「でも、私、しゃぶしゃぶなんて久しぶりだわ。最近、家族とはすれ違いばっかりで、鍋物なんかほとんど食べていないのよね」

「そう……」

「達也君だってそうでしょ、だから今日は二人でおいしいお肉を堪能しましょう」

…二人でおいしいお肉を堪能する？…

人におごらせておいて、よくもまー二人で堪能しようなんて……

しかし、それが優子だった。ごちそうを前にすると、自分の立場も、こちらの気持ちも忘れてしまう。作文の件でこちらが、気分を害したなんてことにも気づかない。

「テーブルを準備させていただきます」

肉と野菜をのせた皿を持ってボーイがテーブルに現れた時、僕に向かって、優子がにんまりと笑う。彼女の気持ちはもう目の前のしゃぶしゃぶから離れない。

…人生の岐路なのに、どうしてこんなにノーテンキでいられるんだろう…

そんな優子に、僕はただそう思うばかりだった。文章の才覚が、マスコミ人の死命を制するものなら、自分の才覚が確かなものなのかどうか、眠れないくらい悩んでもおかしくないはずだ。しかし、その苦悶の跡を優子には感じない。

青木教授の講義には緊張感があった。教授の教室で学生の私語を聞くことはまずない。穏やかな人物と評されることも多い青木教授が教室で大きな声を出すことはもちろんないのだが、それでも学生は私語に興じようとはしない。教授の前ではその余裕を奪われてしまうのだ。身のこなしから、表情一つに至るまで教授のその姿には、いつも自信がみなぎっていた。ホップスの『リバイアサン』とロックの『市民政府二論』を対比させながら近代の国家観を述べ、アメリカ合衆国成立の裏話を織り交ぜながら民主主義成立の歴史を教授が繙きはじめると、学生たちは手に汗をにぎり、彼の一挙手一投足に目を奪われる。一〇年にも及ぶイギリス留学経験と多くの独創的な論文を通して、若くして近代政治思想の第一人者という立場に立った彼は、この大学では、数少ない世界に通用する学者である。その天才的な学者の姿に学生たちは圧倒されてしまう。

…あんな風に大学の教壇に立ってみたい…

僕の中にそんな気持ちがあったのはうそではない。

…学生たちに尊敬のまなざしを向けられる学者になりたい…

それが、大学に入学して教授の講義を始めて受けて以来の僕の思いだった。

…しかし…

教授は高校時代にはすでに『市民政府二論』や『リバイアサン』を原書で読んでいたのだという。高校時代の自分といえば、ロックの存在も、ホッブスの名前さえ知らなかった。原書なんてもちろん目にしたこともないし、その翻訳版を読んだところで、僕にはたぶん、理解することもできなかったただろう。学者になるなんて、そう簡単な話ではない。いくら努力したところで、だれもがプロ野球選手になれないように、最終的には才能や素養が大きくものをいう世界なのだ。それだけの才能や素養が、この自分にあるのだろうか？

学者の道は茨の道でもあった。研究論文を書いている頃、教授の指導を受けるため何度も研究室に足を運んだ僕には、多くのオーバードクターたちが不安と絶望に取りつかれていることがわかっていた。大学で職を得ることができる人間はごく限られている。大学院に進学し、マスターで二年、ドクターで三年勉強しても、大学で職を得られる保証なんてどこにもない。大学院で勉強したくらいで大学の教壇に立てるわけではない。あの教壇に立つためには、多くのライバルを蹴落とし、学会の厳しい評価を勝ち抜かなければならないのだ。しかも、大学で職を得ることができず、すべてをあきらめざるをえなくなったとしても、彼らにはもう戻るところも残されていない。政治学が社会に何の役に立つというのだろう。どう利用できるのだろう。そんな学問に何年も身を投じてしまった人間を受け入れてくれる一般企業があるだろうか？先が見えない自分の将来に不安を感じながらも、彼らにはもはや身動きもとれない。身動きがとれないまま、あの暗い研究室のなかで絶望に取りつかれてしまう。

しかし、そんな研究室の惨状を目にしながらも、優秀論文を受賞した後の僕は、自分には追及すべきテーマが与えられている。そんな風に思うようになっていた。このテーマを追求することが自分の人生の目的だとさえ考えるようになっていた。

自由という概念は、近代ヨーロッパで生まれたものである。自由という思想が、人間を封建的な身分制から解放し、市民革命を育んでいく。同時に、自由が迷信や神話の世界から人類を解き放ち、科学的な大発見や芸術的な偉業に導いた。近代ヨーロッパの歴史は、まさに戦いの歴史だった。王の圧政から、教会の支配から、ときの人々は〝……からの自由〟を求めて戦い続けた。他人の意志ではなく、自分自身の意志に従わない限り、人間は自らの可能性を追求することはできない。自らの可能性を追求しない限りその偉業も成しえなかったのだ。

しかし、自由には別の側面もある。自由は人間に耐えがたい孤独と不安に陥れる。それは、成長し一本立ちしようとする子供の心理によく似ている。彼はもう親には頼れない、今まで自分を育んできた親もとから離れ、複雑な社会やその英知が及ばない自然現象にたった一人で立ち向かっていかなければならない。

王や教会の呪縛を解き放ち、他人の意志ではなく、自分自身の意志に従って生きることができるようになった時、人間は自分がちっぽけな存在に過ぎなかったことを思い知らされることになるのだ。

フロムはこの孤独と不安から逃れるための特殊な心理的メカニズムの存在に着目する。複雑な社会やその英知が及ばない自然現象。自分を飲み込んでしまうような圧倒的な恐ろしい力から、自分の身を守るために、むしろ、積極的に大きな力の一部になろうとする、あるいは、自分自身が大きな力そのものになろうとする、不可思議な心理的メカニズムに……それは、いわば力の信仰ともいうべきものである。かつて人類は、自由のために戦った。しかし、自分の思いや考えが何物からも束縛されなくなったとき、むしろ、自由を否定しようとする衝動が現れたのだ。個人の意志や思いを支配する、あるいは圧殺するだけの力を求めて。フロムが、その著『自由からの逃走』を発刊した頃、ドイツでは、ユダヤ人への迫害が開始されている。時のドイツ人は、証を求めてスケープゴートに牙をむいた。自分たちが大きな力の一部になったという証を求めて、いや、自分たち自身が大きな力だと信じるために。

現代においても、この種の衝動が国家や組織を突き動かす事例は多い。長い戦いの末に勝ち得た自由を捨て去ろうとする、自由から逃走するかのような行動。そんな行動が依然として世に蔓延している。

自分は学問的立場から、こうした事態に警鐘を鳴らしていかなければならない、それが人生の目的だと、そう信じてしまう。

「おいしいわ、このお肉」

豚肉専門店なのに、この店の牛肉は予想外においしかった。霜降りの肉は、口に入れた瞬間、とろけていく、しっかりとした肉のうまみが口中に広がっていく。

「私、今まで、こんなにおいしいお肉を食べたことがない」

その肉をかみしめながら、陽気な声を出し、

「きっと、このお肉は最高級品よ、日本の総理大臣だってめったに口に入らないお肉かもしれないね」

とまた、優子が勢いよく鍋に箸を入れる。その姿に苦笑いを浮かべて応える自分。彼女は、目の前に置かれた高級な肉に浮かれて、自分の置かれた立場を忘れている。成績も良くないくせに、合格倍率千倍にも及ぶマスコミに就職活動を絞りこみ……今のままじゃ就職浪人まず間違いなしという状況にあるのに、どうしてこんな風に、すべてを忘れることができるんだ？　しゃぶしゃぶの肉くらいですべてを忘れるなんて自分には、できそうもない芸当だ。いや、できなかった。

…もし、学者になりたいなんて思わなければ…

優子の傍らで、鍋に箸を入れたとき、僕のなかで、ふとそんな思いがよぎった。もし、学者になりたいなんて思わなければ、自分だってもっと違う道が開けただろう。田口たちのように、懸命に就活に励み、まともな会社に入る。そうすれば、詐欺のような営業やノルマの重圧、上の人間との愚劣な争いになんてことに、ここまで悩まされなくても済んだかもしれない。確かにどんな会社に入っても、悩みはあっただろう。しかし、あんな会社に入らなければ、一人暮

らしの老人を騙すようなまねはしなくてすんだはずだ。休みの日だというのに、ノルマのことが頭から離れず、家のなかでボーっとしているなんてこともなかったかもしれない。

…何が人生の目的だよ…

僕は、勢いよく鍋に箸を入れ、まだ、ほとんど煮えていない肉をつかんだ。そして、やけくそにでもなったように、その肉を口の中に放り込んだ。

実際、人生の目的を達成させるための作業は順調には進まない。僕の研究はその後すぐに壁にぶつかってしまうんだから。東欧やアジアの国々で見られた独裁政治の実態を調べるだけでは、政治学の研究にはなりえない。それでは、ただのニュース解説だ。自由から逃走したいという個人の衝動から生まれた体制を否定したいのなら、まず、個人にいかに自由が大切であるかを、自由がもたらす不安や孤独をいかに超克していくのかを、その見解を示す必要があった。そう考えた僕は、フロムのいった〝……への自由〟という用語の解釈を再度、試みることにした。自分の思いや考えを縛ろうとする、王や教会からの自由ではなく、何かに向う〝……への自由〟これが、自由がもたらす孤独や不安を超克し、力の信仰という悪魔的な誘惑を断ち切るものなのだと確信して……僕は、図書館の閲覧室でフロムの著作に目を通し、近代政治思想家が述べた自由とを比較検証しながら、その意味を探し求めていた。しかし、この〝……への自由〟という用語をどうしても定義づけられない。フロムが何をいっているのかまるでわからない。その後、読んだフロムの著作にも科学と呼べるようなものが見つからなかった。『自由からの逃走』では精神分析学や歴史学を駆使し、社会現象とその基盤となる人間心理とを鋭く分析していたのに、年老いた老人の説教のような、愛や自由の大切さを訴えるものばかりで、政治学への応用が効かない。

友人たちの多くが就職活動を開始する、大学三年の終わりに入っても、僕は、図書館通いに励んでいた。あの頃の自分は、大学院への進学を自分の進路として考える一方で、図書館通いにかまけて就職活動のためのエントリーシート一つ出していない自分の姿にも焦っていた。いくら本を読んでも、結論に、たどりつかない。〝……への自由〟という言葉の納得のいく解釈がどうしてもできない。

「そういえば達也君、達也君ってジャズが好きだったけ?」

昔のことを思い出しながら、ぼんやりと牛肉を口にする。そんな僕に、優子が声をかけてくる。

「エッ、どうして?」

「だって、駅前で、あんなに熱心にジャズバンドの演奏を聴いていたじゃない。実は私、声をかけづらかったんだ」

「別に好きというわけじゃ……」

「でも、最後にやっていた曲、ちょっとだけ季節はずれだったわねぇ？」

「季節はずれ？」

「あら、達也君知らないの、あの曲、〝枯葉〟っていうのよ、ジャズのスタンダードだけど、あの曲はやっぱりもうちょっと秋が深まった晩秋の曲よね」

…晩秋の曲？…

あの曲を青木教授の研究室で聞いたのは、確か大学四年の初夏のことだ。


…あの時も季節はずれの曲が演奏されていたのか？…


青木教授の研究室に呼び出されたのは、大学四年の初夏のことだった。

「このレポートは、私にはまるでわからない。私には、君が去年の秋からサボっていたとしか思えないよ」

ジャズの音色が、教授の声の向こうから聞こえてくる。しかし、ジャズの音色は、しだいに大きくなる教授の声にかき消されていった。

「このレポートでどうやって卒論を書くつもりなんだ。君の個人的な意見がつらつら書かれているが、私が求めていたのは、政治学の論文の骨子だ。しかも、その意見も政治学的な意見になっていない。これはもはや、君の信仰のようなものだ」

教授のいう通りだった。〝より積極的な自由について〟なんて、確かに政治学の論文のテーマとはいえない。教授のいう通り、これは自分の信仰のようなものだ。

けれども、すべての学問は、信仰から始まるのではないだろうか。自分の信仰を科学の手法を基に論理づけていく、それが学問というものではないだろうか。自分は、その論理づけに手間取っているにすぎない。大きな壁にぶつかって、それを、まだ、乗り越えられない。ただ、それだけのことではないだろうか。

「申し訳ありません。しかし、私はこの一年近くの間、自分のテーマについて、懸命に考えてきました。しかし、大きな壁にぶつかってどうしてもその壁を乗り越えられなくて……」

僕は、自分の思いを、自分の状況を教授にぶつけていた。自分は生涯をかけてでも、あるテーマを追いかけようとしている。一生をかけてでも解き明かせねばならないテーマがあるからこそ、百数十枚にも及ぶ論文を仕上げたし、出された厳しい課題にも歯を食いしばって応えてきた。教授のゼミで優秀論文賞を受賞した学生は僕以外にはいない。ここまでやった学生は僕以外にはいない。どんなにいらだっても、教授なら、自分が壁にぶつかっていることを理解してくれる。僕はそう信じていた。しかし、彼は……

「それは、君の言い訳に過ぎないよ」

そう冷たく言い放った。

「言い訳！」

「そうだ、言い訳だよ、君がそんなくだらない言い訳をするような人間だとは思ってもいなかったよ」

その突き放した言い方に僕は衝撃を覚えた。僕の苦境を見ようともせず。この一年間、がんばってきたことさえ認めず。彼は〝言い訳〟の一言でかたづけようとしている。

「君は、確かに優秀論文賞をとった。だが、あんなものはたいしたものではない。その程度のことで自分は選ばれている人間だなんて思っていたのではないのかね？」

「いえ、そんな風には、ただ、私はこれが自分の人生のテーマだと思って」

教授は、あの時、軽蔑したようなまなざしを僕に向け、

「人生のテーマ？　君のような若輩者がそんな言い方をするのか？」

とあきれたような声を出した。しかしこの後、彼の声は次第に大きくなり、

「身の程知らずもいい加減にしたまえ、この世には、政治学を志す、多くの人間がいる。彼らは皆、血の出るような努力をし、研究活動に励んでいるんだ。それを、自分だけが選ばれてい

るような言い方をするなんて……もういい、帰りたまえ」

と追い討ちをかけた。このまま、引き下がるわけにはいかなかった。まだ、こちらの思いを何一つぶつけていない。最も尊敬し、最も信頼した人物に、こちらの本意を伝えられていない。

「教授、私は決して自分だけが選ばれているなんて思っていません。ただ……」

この訴えに、僕の存在を無視するかのように机の書類に目を通しはじめた彼は、

「いい加減にしたまえ。もう君の話なんて聞きたくない」

と再度大声で制した。しかし、その声のトーンが次第に弱くなり、彼は最後に一言こういった
「まー、安心したまえ、君は優秀論文賞を受賞したんだ。卒業単位はあげよう。しかし、私の指導にこれ以上、期待しないでくれ」

そういうと、ドアの方角を指さした。


「達也君、もうお肉は食べないの」

「肉？」

「達也君どうしたのよ」

「エッ」

「だって、さっきから全然楽しそうじゃないんだもん」

確かに、優子のいう通りだった。せっかくこうして二人の時間を作っているというのに、僕は、さっきから別のことばかりを考えている。

「あっ、悪かった、ちょっと考え事してたもんだから」

「考え事？　仕事のことでも考えていたの？」

「仕事のこと？　そう仕事のことだよ」

いい加減な応えだった。頭に浮かんでいた情景を一つ一つ話してもしょうがない。今のこの自分の気持ちが、優子にわかるはずがないんだから。

あの論文を執筆している頃、僕は約二ヶ月間、青木教授の指導を受けた。教授の指導はほんとうに厳しいものだった。彼の指摘に十分な答えを返さなければ、分厚い専門書のタイトルを二、三冊挙げて、翌日までに読んで、答えを探してこいと命じてくる。しかし、その命令に徹夜で応えても、彼はねぎらいの言葉もかけようとしなかった。優秀論文賞を受賞したことを知らせた時も、受賞式典の論文発表が終わった時も〝よくやった〟の一言を彼は決して口にはしなかった。彼は大学でも学生の人気が高い教授の一人だった。けれども、彼はたかだか一学生の悩みに耳を傾けるような人間ではない。

僕が教授に再び会ったのは、ゼミで行われた暑気払いの席だった。数日前にあんなやりとりをした僕は、多くのゼミ生と談笑する教授の席から、だいぶ離れたところにぽつんと一人座っていた。しかし、いつまでも意地をはっているわけにはいかなかった。指導教授にあいさつもしないで別れるわけにもいかなかった。

「ゼミで就職が決まっていないのは、君くらいのものじゃないか……皆も心配しているんだよ」

教授のコップにビールをそそいだ時、彼は何事もなかったようにそういった。

「それで、君はどんな仕事をしたいのかね」

…どんな仕事？……

教授のその一言が僕の胸を締め付ける。教授は僕がどんな仕事をしたかったのか関心さえ持っていなかったのだ。、他の学生と同じようにこの僕が就職を考えていると思っていたのだ。

「私は今、自分に何がむいているか悩んでいるところです」

そもそも、僕は就職なんて考えていない。僕の目指したのは、教授のような学者の姿なのだ。

しかし、その思いとは裏腹に僕の言い回しはあまりに婉曲なものだった。

「むいているかどうかなんてどうでもいい問題だよ。問題なのは、どんなところでもベストを尽くすということなんじゃないかな」

…どんなところでもベストを尽くす？……

それが、青木教授のアドバイスだった。教授の下に日参し、過酷な命令にも応えたこの僕に対するそれが、青木教授のアドバイスだった。

なべのなかで野菜が煮えている。優子はおいしそうに肉を口にし、煮えたぎる白菜の存在に気づかない。その白菜をなべから取り出し、ゆっくりと口にした。

自分は学者にはなれない。自分の無能さを棚に上げ、言い訳ばかりするような人間には学者になる資格なんてない。そもそも、自分には学者になる素養なんてのっけからなかったのだ。学者の道が閉ざされたとき、自分にはもうやりたいことは何も残されていなかった。その後、僕は就活に乗り出し、一番最初に内定が出た、証券会社に就職することにした。何をやればいいのかわからなくなっている以上、何をやっても同じだった。

就職氷河期といわれたあの頃、しかし、入りたい会社に入れた人間のほうが少ない。それが現実だった。自分は別に不幸なわけじゃない。入りたい会社に入れなかった他の多くの人間と同じように僕もまた、希望した職種につけなかった。ただ、それだけのことだ。自分自身にそう言い聞かせながら、僕は社会人生活の扉を開くことになる。

「二人でいっしょにいても、仕事のことが頭から離れないんだ」

いつも陽気な優子が、なぜか、その日、そんないじわるな口調を僕に向ける。

「あー、悪かった。でも、もう大丈夫。今日は二人でおいしいお肉を堪能する日だったんだよね」

気分を入れ替えなければ、僕はそう思った。それはもう遠い昔の話だ。遠い昔の話をいくら振り返っても何もはじまらない。しかし、

「たぶん、今の仕事、達也君に合ってないんじゃないかな」

「エッ」

「だって、そうでしょ。毎日、毎日、博打みたいなことをするなんて、達也君には全然、合っていないわ。自分に合っていないことをやっていれば、つらいことばかりで、楽しくないのは当たり前よ」

こちらが気持を入れ替えようとしているのに、今日の優子はそれを許してくれない。

「もともと達也君は学者さんになりたかったんだもん。そんな人が証券マンになったってうまくいくはずがないもん。証券マンなんて、そもそも達也君にはむいていないわ」

「僕が証券マンにむいていない？」

自分のなかでめらめらと怒りの火が燃えたぎりはじめていた。

「自分に合わないことをやっているんだもん、楽しくないのも当たり前よ」

「何をわかったようなことをいってんだ」

執拗に食い下がる、そんな優子に僕は、つい大きな声をあげてしまう。

「毎日、楽しく生きられるなんて、現実を知らないからいえることなんだ」

証券マンが合っていないなんて、優子にいわれるまでもなく自分でもよくわかっていた。しかし、僕はそれでも、懸命に励み、会社というジャングルで日夜サバイバルしている。それがすべての社会人の現実だからだ。それが現実だから自分に合わない仕事にも懸命に励んでいるのだ。優子は現実を何も知らない。そんな優子に〝仕事が合ってない〟なんていわれたくはない。

「現実を知らないから新聞記者になれるなんて夢みたいなことばかりいってられるんだ」

「何よ、その言い方。それじゃ私は絶対に新聞記者になれないみたいじゃない」

勢い余って、いってしまったことだけど、確かに、僕も言い過ぎていた。その言い方では、暗に新聞記者になんてなれるはずがないといっているようなものだった。けれども、もう僕のほうも抑えが効かない。

「優子もそろそろ現実の壁ってものを知るべきだねぇ」

一方の優子もブレーキを踏んでくれるわけではなかった。

「現実の壁？　いっとくけど達也君は現実の壁なんかにはぶつかってなんかないわ。達也君はただ一方的に諦めただけなのよ」

……一方的にあきらめた？……

「達也君には、弁護士を目指して大学院に進学した福島さんってお友達だっているんでしょ、どうして彼を見習おうとしなかったの」

「福島？」

優子の口から、福島の名前が出るなんて思ってもいなかった。

……俺はお前を信じているからなー……

その時、あの男が残した言葉が僕のなかで蘇った。

福島は、中学時代の友人だった。彼は僕にとって兄のような存在で、強くて、激しくて、それでいて優しさを持った男だった。しかし、ここしばらくの間、そんな彼とも顔を会わせていない。

「彼は弁護士になるために、大学を卒業した後も大学院で勉強に励んでいるのよ」

「もう、だまってくれよ」

福島という男の名前を聞いた時、僕にはもう何もいえなくなっていた。

「いいえ、今日は私も……」

「わかったよ。だからもう黙ってくれ」

自分はあの男とは違う。あの男のようにはなれない。どんなに努力しても、福島にだけはなれない……地下にある、その店は客を深い森林の奥地にいざなっていく。テーブルという森林のテントを訪ねるものは少くない。だれも訪ねてこないテーブルで二人は、言葉をかけ合うきっかけをつかめなくなっていた。二人の沈黙は長く長く続いた。

翌週、僕は、ひどく忙しい一週間を過ごすことになった。午後三時まで、株のセールスに追われ、三時以降は投信の販売に追われる。それでも一日二回のミーティングは必ず開かれた。どちらかというと動きが鈍いこの僕が、そのハードなスケジュールを無難にこなせるはずもない。朝のミーティングで目標金額を宣言し、夕方のミーティングで今日の販売達成金額を空を含めて報告する、そんなことを毎日、繰返すうち、目標金額と空の数字と実数がこんがらがり、自分でもわけがわからなくなっていた。

「田中、お前、それでいいのか。昨日までに、お前は三〇〇万円達成させていることになっているんだぞ。今日、一五〇万も売ってくるなんていったら、ノルマに五〇万程上乗せすることになるじゃないか」

滝口さんが、朝のミーティングであきれたような笑いを浮かべた。

「まー、お前がやるっていうんだったら、俺は止めたりしないけどな」

会議室に内村さんのわざとらしいくすくすという笑いが響いた。今回の僕のノルマは四〇〇万円だった。二五〇万円分の販売はすでに終わらせているから、残りは一五〇万円。四、五件の客から二、三〇万ずつ小口のお金を集めれば、ノルマは達成できる。さてこんな風に実数ばかりに気を取られていた僕が、昨日の朝のミーティングで五〇万程空を振ったなんて覚えているはずがない。昨日の時点で三〇〇万円販売したことになっていたなんてすっかり忘れていたわけだ。

「田中が五〇万も余分にやってくれるっていっているんだ、お前達も田中に見習って自分のノルマを上回る金額を売ってくる。それくらいの気持ちでがんばるように」

滝口さんは、そういうと、朝のミーティングを締めくくった。褒められているのかけなされているのか、これではまるでわからない。

それでも、僕の投信販売は、順調に進んでいるほうだった。営業マンのほとんどが依然としてノルマ達成の目途が立てらない。そんななか、この僕は、なんとかその見通しが立っているのだから。もっとも入社年次が若い、僕のノルマはごく軽いもので、真面目に客先に足を運び、小口のお金を集めれば、なんとか達成できる。しかし、入社年次が古くなれば古くなるほど、目標金額は膨らんでいき、小口のお金を集めるくらいで達成できるようなものではなくなるのは間違いなかった。二、三年もたてば、僕もまた、ほかの営業マンと同じような立場に立たされるのは目に見えていた。一日の半分以上を株取引に費やさなければならないというのに、投資信託の巨大なノルマにも時間を割かなければならない。どうやれば、そんな神業ができるのだろう？　古橋さんはあいかわらず赤い目で出社していた。つかれきったその表情を見れば、アルコールの量が増える一方だということがよくわかる。どんな時でも声だけは大きい彼はよくも悪くも、支店のムードメーカーだった。その彼が、元気を失いはじめると、陰鬱な雰囲気が漂いはじめる。

…僕はいつまで、こんな仕事を続けていられるんだろう…

年次を重ねるごとにノルマの金額は膨らんでいく。ノルマはいずれ天文学的な金額になるだろう。今年一年なんとか生き長らえることができても、翌年も同じように生き長らえることができるとは限らない。ノルマを達成させることができなくなると、会社側は容赦なくリストラの魔の手を伸ばしてくるのだから。

夕方のミーティングで坂口さんが怒鳴られることもなくなっていた。後で帳尻を合わせさえすれば、実数なんて、どうでもいい。適当な数字を報告し、とにかく全体のバランスを崩さない。それが、証券会社の暗黙の了解というやつである。残りの販売日数で頭割りした販売目標を朝のミーティングで宣言し、夕方のミーティングでは、朝の目標金額よりやや少ない数字を滝口さんに報告する。実際の進捗状況はどうであれ、表情一つ変えることなくそんな報告をする坂口さんの姿を見ていると、やはり、五年のキャリアを感じてしまう。彼は、なぜ、投信販売初日にあんなとんまな報告してしまったのだろう？　証券会社の不文律を理解していなければ、これほどそつのない報告ができるはずがない。

忙しかったせいか、その週は、藤原君といっしょに喫茶店でサボるということもなかった。家に帰っても、シャワーを浴びてすぐに布団に入った。

その後、優子からは、電話もメールも入ってこない。週末のスケジュールはどうなっているんだろう。もっとも僕のほうも、インターネットで週末を過ごすレストランを探すようなこともしていないし、こちらから連絡を取ろうともしない。

…達也君は現実の壁になんかぶつかっていない。一方的に諦めただけなのよ…

優子の言葉が、つかれきった僕の心に蘇ってくる。家に帰ってシャワーを浴び始めると、優子のその声が耳鳴りのように、必ず聞こえてきた。

…この状況が現実の壁じゃないなんて、どうしていえるんだ…

心のなかで僕は、ついそんな反駁を試みてしまう。しかし、つかれた僕は、それ以上何も考えようとはしない。

…優子は現実のほんとうの姿を知らないだけなんだ…

そう思ってしまえば、すむことだった。優子のいったことをいちいち気にしていては身がもたない。

そんなある夜のことだった。一一時過ぎに家にたどり着いた僕を電話のベルが待っていた。

「はい、田中です」

部屋に入ってすぐに受話器を取ってみたものの、相手がほんとうに出てくるなんて思っていなかった。電話の音はかなり長い間なりつづけていた。これだけ長い間、電話に出なければ、普通なら相手は不在だと思うだろう。しかも夜は遅い。

「随分、帰りが遅いんだねぇ。忙しいんだ」

受話器の向こうの声を聞いても、声の主がわからない。親しげに話し掛けてくるその声には、聞き覚えがない。

「あのー、どちらさまでしょうか?」

「あれ、忘れちゃったの? 僕だよ、吉岡だよ」

「エッ、吉岡!」

聞き覚えがないのも無理はなかった。彼とは今まで、一度も電話で話したことがない。いや、そもそも、現役時代から彼とはほとんどつきあいがなかった。考えてみれば、彼のことなんてほとんど何も知らない。僕が知っていることといえば、せいぜい、親父が有名政治学者でプライドだけは高い奴というくらいのものだ。大学を卒業した後、この男がどこで何をしているのかそんなことさえ知らないくらいなんだから、いや、卒業後は確か……

「そういえば、君、大学院に進学したんだって。どう、うまくやっている？」

彼は、その頃、大学院の学生だった。学者の道を目指し始めたのは僕ではなく彼のほうだったのだ。

「まー、ぼちぼちだね。学部学生の頃とは違って、やはり大学院に進学してくるような連中はレベルが高いから」

学部学生の選ばれた人間だけが大学院に進学できる。そして今、自分はレベルの高い人間達の世界にいる。そう彼はいいたいようだ。

「君がこっちに来なかったのはわかるような気がするなー、僕だって皆のレベルの高さに逃げ出したくなることがあるくらいだもん。証券会社で営業やっているほうがまだ楽かもしれないね」

電話の向こうから吉岡の勝ち誇ったような笑いが聞こえてくる。その笑いに、レベルの高い人間として選抜されたのは僕ではなく自分だという彼の声にはならない声を感じた。

…なんで、今更、吉岡からこんなことをいわれなきゃならないんだ…

「それで、今日は？」

こんな不愉快な電話、はやいとこ切りたかった。明日もはやい、貴重な睡眠時間をこんな男に削られるのもしゃくだ。

「いやね、君にとっては一大事なんだと思うんだけど……」

吉岡の口調は思わせぶりなものだった。

「南さんは、どうも別の男ともつきあいはじめたみたいだね」

「別の男？」

「君のためだと思って、わざわざいいつけるようなまねをしているんだけど、その男と南さんが日比谷公園を歩いている姿をたまたま目撃してね」

「日比谷公園？」

「二人の姿は恋人同士にしか見えなかったな」

…なんのために、わざわざこんな電話を…

彼のその思わせぶりな口調にいいかげんうんざりしていた。大学に入学した当初、学内史上最大のアイドルといわれた優子も、大学四年になった今では、学内最大のおてんば娘と称されるまでになっている。男まさりな優子は女友達といっしょにいるより、男友達といしょにいることのほうが多い。つい話に熱中し、男子学生のアパートで、朝まで過ごすなんてことも、この女の子にはよくあることだった。しかし、僕は、そんなことで目くじらを立てたことはない。ましてや、たかだか男友達と二人で歩いていたくらいのことで……吉岡の意図が、僕の学生時代の栄光に泥を塗ることにあるのは明らかだった。彼にとってこの僕は、優秀論文賞を奪い取り、そのうえ、意中の彼女さえ拐っていった憎い男だった。


優秀論文賞の栄冠を僕に奪われた後の彼のみじめな姿が目に浮かぶ。ゼミナールでは、

「あいつ、あんなにえらそうなことといっていたのに、投稿した論文は親父の文章をそのまま抜粋したり、どうもデータも捏造していたみたいだぜ」

という陰口さえ叩かれるようになっていた。ゼミ討論の席でも、司会者が彼に発言のチャンスを渡すこともなくなっていた。仮に、この男が無理に割って入って発言しても、司会者は必ず、この僕に反対意見を述べさせた。あの頃、青木ゼミの一番の権威者は彼ではなく、僕だった。皆は彼の意見ではなく僕の意見に賛同する。彼は発言すればする程、赤恥をかくことになったのだ。彼の悔しい気持ちはわからないでもない。しかし、そこまで彼を追い詰めたのは、僕ではない。その責任は彼自身にある。いずれにしても、それは遠い昔の話だった。かつてのライバルは、もう、彼の前にはいない。姿を消したライバルの栄光に泥を塗って何になるというんだろう。それで、何が変わるというんだろう。この男には、僕は怒りさえ感じない。もはやそ

こには哀れみしか残されていない。

「だれだと思う、その男　君も知っている奴だよ」

「だれなんだよ」

しかし、僕の吉岡に対する哀れみも、日比谷公園をいっしょに歩いていたという男の名前を聞いた瞬間、別の感情が取って代わる。

「後輩の石丸だよ」

…石丸？……

石丸はゼミの後輩だった。後輩の中でも、僕が特に好感をもった男だ。おとなしくて人の影に隠れるようなところもあったが、外見からは想像できない情熱を秘めたあの男。地方行政を勉強するため大学に入った彼には地方議員の仕事に情熱をそそぐお父さんを支えてやりたいという気持ちしかない。それ以外に、彼には野心らしい野心はなかった。そんな彼に僕は、自分と同じ匂いを嗅いだのだ。確か、日比谷公園には図書館が隣接され、そこには、他の図書館にはない地方新聞が閲覧できるようになっている。参考資料を取りにその図書館にはよく足を運ぶと石丸がいっていたのを思い出す。

…石丸の研究を？……

たぶん、優子はそんな石丸につきあい日比谷図書館に足を運んだのだろう。

……石丸の研究を手伝う気でいるのか？……

その姿はちょうど、四年前、この僕が図書館通いを始めた頃の姿と同じものだった。

「まあー、気落ちしないで……石丸は南さんの同期で毎日顔を合わせられるから、物理的に君にはかなり不利だってことはわかるけど、せいぜい悔いを残さないように、頑張るといいよ」

僕は、ふと、吉岡教授の姿を思い出した。鬼のような顔をして政治家を罵倒する、吉岡教授のその姿を……教授はその鬼のような表情を向けてこの男を何度もぶった。僕には、それが手に取るようにわかる。


「達也、そんな情けないことでどうするんだ、敵はどんな手も使う、お前も同じことをやれ。とにかく負けちゃいけないんだ。どんなことをやっても勝たなきゃいけないんだ、わかったか」

親父は、あの時、泣き喚く僕を怒鳴りつけ、何度も手を上げた。

「ごめんなさい、ごめんなさい、もうしません」

いくら謝っても、親父は聞き入れようとはしない。

「敵はどんなことでもしてくる、なんで、お前はそれがわからないんだ」

手を上げる親父の恐ろしさ。考えてみれば後にも先にも、親父からぶたれたのはあの時以外にはない。しかし、親父は、僕の中で感情の赴くまま、激しくなぐる、凶暴な男になっていく。

それは小学校四年の頃のことである。父親が転勤になり、家族はS県に移り住むことになる。実は僕も坂口さんの生まれ故郷のS県に二年ばかり住んだことがあるのだ。保守的で閉鎖的なあのS県に……

S県の学校に転校した早々、僕は戸惑っていた。同級生の言葉がわからない。S県のなまりは特にひどい。それに、当時、関西なまりだった僕を、クラスメートが陰でこそこそと笑う。それどころか〈あいつは生意気だ〉となぜか彼らの怒りを買っていた。こちらにはもちろん身に覚えはなかった。彼らの怒りを買うようなことは、何一つしていない。転校して間もない頃、悪ガキ連中が僕の習字道具を隠し、習字の授業を受けられないということがあった。授業開始直後、僕は教師に習字道具を隠されたと訴えていた。しかし、あのS県の教師は、

「お前は自分の責任ば人のせいにするとか」

と転校生の訴えに耳を貸そうとしない。

「いえ、僕は今日、ちゃんと習字道具を……」

「お前は大阪で、どげん教育ば受けてきたとや」

彼は、転校生が、習字道具を忘れた言い訳をしているのだと思い込んでいたのだ。

「お前んみたいな大阪で教育ば受けた奴にはわからんようばってん、このS県じゃ、そぎゃん言い訳通用せんと」

教師は、教室のなかで転校生に大声を出した。そして、くどくど怒鳴り続ける。教師から大声で怒鳴られる僕を、クラスの人間が冷たい眼差しで眺めている。このクラスのほとんどの人間が、悪ガキ連中のいやがらせを知っているはずなのに、理不尽に怒鳴られるこの転校生に、一人として同情の眼をむけようとしない。その冷たい眼差しが堪えられなかった。

…自分は、なぜこんな学校に通わなければならないんだ！…

その翌日、登校途中の僕に身体の震えが襲う。クラスの人間のあの冷たい眼差しが蘇り、体がぶるぶると震えだしてしまったのだ。学校に行こうとしても、足が自然と逆のほうに向いてしまう。どうしても学校に行くことができない。

その日を境に、朝、家を出ても、学校には行かず、学校とは逆方向にある小さな公園で一日を過ごすようになっていた。公園のブランコに一人座り、昼ごはんも食べず、ただ時間が過ぎるのを待つ。こんなことをいつまでも続けるわけにはいかない。そんなことくらい、子供の僕にもわかっていた。しかし、自分には動くことができない。もう自分からあの学校に足を向けることができない。僕はあの時、待っていた。何かが変わることを……

しかし、僕の待ち時間は思ったよりも短い。変化はすぐにやってくる。数日後の夕方、担任教師からの一本の電話が入ってくる。その電話で学校をサボっていることがばれてしまったのだ。そして、その時、僕は、自分に待っていたものが何だったのかを知ることになる。夜、父親が家に帰ってきた時、それでも僕は自分が学校で受けた理不尽な扱いを泣きながら訴えていた。悪ガキ連中が習字道具を隠したこと、教師に訴えても受け付けてもらえず、逆にこちらが怒鳴られたことを、しかし、その訴えに、おやじは鬼のような面相で応える、鬼のような面相を浮かべた親父は、

「そんなことはわかっている」

そういいながら僕に手を上げた。

「それがお前の現実なんだ」

涙ながら訴えに親父は平手打ちで応えたのだ。

「君の健闘を祈っているよ」

電話口で最後にそういうと吉岡はやっと電話を切ってくれた。

吉岡の僕の栄光に泥を塗るという思惑は、あるいは成功したのかもしれない。

…自分はいつまでこんな奴に付きまとわれてしまうんだ…

受話器を置いても、僕は、なお同じことばかりを考えていた。

第四章

その朝、僕は、内村さんに急がされていた。

「今日は注文取るなっていわれていただろ」

買注文の入力に手間取る僕に内村さんが大声を出す。

「はやく、しろっていってんだ」

売買注文の入力は、注意を要した、データを送信してしまった瞬間に商内が成立してしまうから間違いは絶対に許されない。どんな時でもこの作業は慎重にやらなければならない。

「なにやっているんだよ、はやくしろよ」

それでも、彼は僕の耳元で大声を出す。

…僕だって、こんな注文を取りたくて取ったわけではない…

その朝、内村・田中・藤原の三人はすぐに外出するように支店長から命令されていた。

「田中、じゃーすぐ出るぞ」

そう内村さんにいわれた時、僕宛てに一件電話が入ってくる。

「お前、いつまで客を待たせるんだ。いつになったら一億になる銘柄を見つけるんだよ」

電話の主は、数日前に五〇万円ほど預かった鈴木だった。この男のことを僕はすっかり忘れている。毎日、数百万・数千万円の金を動かさなければならないこの僕が五〇万くらいの預かりを覚えているはずもない。

「いやー、悪い。なかなかいい銘柄が見つからないんだ」

「俺はそんな言い訳聞きたくない。お前、自分が何様だと思っているんだ。この俺はお客様なんだぞ」

すぐに外出しなければならなかった。こんなケチな客を相手にしている暇はない。ごねられるくらいだったら適当な銘柄を買わせてこの場をしのいだほうがいい。僕はそう思い、数日前の朝のミーティングで、滝口さんが口にした注目銘柄を買わせることにした。

「お前、わかっているのかよ、坂口さんが死んだんだぞ、こんな時に商売する奴がいるかよ」

入力を終わらせて、支店の出口に、たどり着いた時、内村さんが、激しく怒鳴った。

…そんなこと、お前にいわれなくてもわかっている…

彼の叱責には応えなかった。デブのいうことなんかいちいち応えている暇はない。何も応えないまま僕は、駐車場に向けて小走りに走った。

事故が起きたのは、投信販売が終了した翌日の朝、未明のことだったのだという。

「今朝五時ころだったと思います」

その朝、支店長室で緊急ミーティングが開かれた。人があふれかえるせまい部屋で坂口さんが亡くなった経緯を支店長が話し始めた。

「坂口君の部屋が火事になり、坂口君が亡くなったという知らせを警察から受け……」

早朝の突然のミーティングに意味もわからず支店長室に集まった、支店の人間は、坂口さんの訃報を聞かされても、ただあっけに取られるだけで、口を開こうとはしない。それは、あまりに突然のことだった。昨日まで、いや、つい一二時間前まで、彼はこの支店にいた。この支店のなかで、客先に電話を入れ、滝口さんから怒鳴られ、お茶を飲んでいた。その坂口さんが帰らぬ人になったという。そんなこと突然、いわれても、にわかには信じられない。

「今日一日、皆さんにも色々とご面倒をおかけすることになると思いますが、坂口君との永久の別れですので、どうか悔いの残らないよう一致団結して協力いただきたい」

そういって、支店長が緊急ミーティングを締めくくっても、支店の人間は状況を正確にはつかみきれず、ただ呆然とするだけである。

営業課の坂口さんの机が、まだそのままの状態になっていた。内村さんが〈ほんとうに坂口さんはだらしないよなー〉と陰口をたたいた、書類や本が積み重ねられた坂口さんの机。坂口さんの日常生活がそのままになっているのに、彼がその机に座ることは二度とない。人間の死。それは悲しさよりもまず驚きを感じさせた。人はだれもが日常が永遠に続くかのように思っている。しかし、日常生活にも終わりがある。終焉はこんな風に突然やってくる。

営業課では、滝口課長から、

「今日は支店も喪に服す、だから、株の取引は停止する」

と伝達された。その日は支店の人間すべてが日常を離れ、死の一連のセレモニーに駆り出されることになる。

反対車線は都心に向かう車で渋滞している。まだ早いこの時刻、こちらの車線はまだ順調に流れているが、もうしばらくすればこちらも混雑しはじめるだろう。

…タッチの差だったんだな…

若手三人は、出火したアパートの一室を片付けるようにと支店長から指示されていた。駅から遠い現場にいち早く到着するには車を使うのが一番いい。しかし、後一〇分遅れれば、渋滞に巻き込まれ、到着時間は大幅にずれ込むことになっただろう。鈴木の電話を早めに切り上げたのは、間違っていなかったのだ。鈴木のクレーム処理に手間取って、出発を遅らせでもしたら、何時に現場に到着したかわからない。そうなればこのデブの先輩に何をいわれたか……反対車線のひどい渋滞状況を眺めながら、僕は安堵感を覚えた。

「出火したのは、どうも……」

車の中で、今朝の火事の様子を内村さんが話しはじめた。出がけに、あれだけ大きな声をだしていたのに、その激しさがなくなっている。ハンドルを握って、気分が落ち着いたのだろうか?

「たばこの火の不始末だったらしいんだ」

社会悪のようにさえ扱われるようになった今と違い、あの頃、喫煙はまだまだ一般的だった。この僕でさえたばこを手放せないくらいだったから、たばこを吸わない人間のほうがむしろめずらしいくらいだったような気がする。振り返れば、内山さんがそのめずらしい人間の一人だったのだ。彼はたばこに決して手を付けようとしなかった。たぶん、体質に合わなかったのだろう。しかし、そんな彼も二人の喫煙について、口を出すことはなかった。何にでも口を出し、がみがみうるさいのに、喫煙に関しては不思議なくらい何もいわなかった。

「お前らもたばこには注意しろよ」

その男が初めて二人の喫煙のことを口にする。

「まだ、若いのに、たばこの火の不始末で命を落とすなんて、ばかげているだろ」

…ばかげている?…

陰でこそこそ嫌がらせをし、坂口さんのことを、それこそ人間扱いしてこなかったこの男が こんなことをいうなんて思ってもいなかった。二〇代のこれからという人間が、たばこの火の不始末くらいのことで、死んでしまうなんて。確かにそれはばかげているとしかいいようがない。彼にとっても坂口さんの死は、やはり、衝撃的な出来事だったのだろうか？

「寝たばこでもしてたんですか？」

後部座席から藤原君がそう尋ねた。

「そうらしい、どうもたばこが枕に落ちたらしいんだ」

「枕に落ちた？」

僕の口からふと、そんな一言が漏れる。

「なぜ、気づかなかったんですかねぇ」

眠りに入る前に布団でたばこを吸う、たばこの火が落ちて、枕が燃え上がる。その炎に気づかないまま、眠ってしまう。そんなことがありえるのだろうか。

「酔っ払っていたんだよ」

「酔っ払っていた？」

「そうだよ、憔悴しきっていたから気づかなかったんだよ」

坂口さんはよく赤い目で出社してくる人だった。赤い目で出社するだけならまだしも、遅刻することもめずらしくなかった。飲みすぎて朝寝坊してしまうくらい、彼は酒飲みだったわけだ。もちろん、遅刻すると滝口さんに怒鳴られる、しかし、忘れた頃に彼は、また、遅刻する。怒鳴られるのがわかっているのだから、少しは自制すればいいのに、それでも、彼は酒を手放せない。多くの証券マンがそうであるように、彼もまた、酒なしには生きていけない体質になっていたのだ。

…そういえば、この男…

「あーいうのが、社会人の風上にもおけない奴っていうんだ」

そんな坂口さんをこの男が見逃すはずはなかった。遅刻したことで滝口さんに怒鳴られる坂口さんを目にすると、この先輩は必ず、後輩二人にそう言った。そして、

「いいか、飲んだ翌日はいつもより五分はやく来る、それが社会人ってもんだ」

といつもの説教をはじめる。この説教には、確かに二人は何もいえなかった。坂口さんと同じように連日連夜深酒しているのに彼は一度も遅刻したことがない。それどころか、どんなに深酒しても、支店のだれよりもはやく出社する。自分のいったことをこの先輩はきっちりと守っていたわけだ。けれども、後輩たちは、そんなお説教、素直になんて聞いていない。いや、声には出さなくても、心の底であざ笑っている。〈遅刻さえしなければいいってもんでもないだろう〉と。

深酒した翌日の昼間、カプセルホテルに直行する自分の姿が何度も目撃されていたことに彼は気づいていない。深酒した翌日、仕事をサボってカプセルホテルで惰眠をむさぼるなんて、本末転倒もはなはだしい話だった。

「まっ、命を落とすことだってあるんだ、お前らも少しは考えろよ」

ハンドルをにぎったまま、この男はなおもそう続ける。

「前からいっておきたかったんだ、俺はお前らの煙には迷惑しているんだ。だいたいたばこなんてものは……」

この男は、やはりただの俗ぽい説教を垂れたかったに過ぎない。考えてみれば、男子セールスのなかでたばこを吸わないのはこの男くらいのものである。そんな支店のなかで、たばこの件でやかましくいってしまえば、自分が浮いた存在になってしまう。彼が喫煙について、いいたくても何もいえなかったのは、それ以上の理由はない。人間の死を前にしているというのに、たばこの件をここぞとばかり持ち出し、俗っぽいお説教でうっぷんをはらそうとするこの男。彼は坂口さんの死を前にしても衝撃なんて覚えていない。そんな人間に人間の死を語る資格があるはずがない。

「よほど、深酒したんでしょうね」

「そうだろうなー」

「火事に気付かないほど酔っぱらうなんて、どんだけ飲めばそうなってしまうんでしょうね?」

「そうだな、まーそれは個人差の問題もあるし……」

「個人差ですか?」

「そりゃー酒に強いか弱いかでずいぶん違いが出てくるだろ」

車のなかでいろいろと考えてみても、坂口さんが昨晩どの程度飲んだのか、まるでわからなかった。三人がいくら考えたところで答えが出るはずがなかった。この三人は坂口さんといっしょに飲んだことがない。酒に強い人だったのか、弱い人だったのか。そんなことさえわかっていない。

…それにしても、彼はなんでこんなに火事のことを知っているんだ…

ハンドルを握る、デブの横顔を見ながら、僕はそう思った。支店長の朝の報告には寝タバコが原因で出火したなんて話はなかったはずだった。

そのアパートにたどり着いたのは、九時ちょっと前のことだった。

車を降りた時、このアパートの物音一つしない静けさに気がついた。ここには人がいる気配がまるでない。住人たちはどこに行ったのだろう。

…まさか、火事の直後に会社だなんて…

それは僕には信じられない話だった。火事の後始末もしないまま、出勤するなんて……

管理人さんが坂口さんの部屋のカギをあけた時、僕らは、まず言葉を失った。その部屋の惨憺たる状況を前に三人は一言も発することができない。

「これを片付けろといわれても……」

管理人さんの前で藤原君が、悲鳴のような声を上げる。まったく、僕も同感だった。それは最初から無理な話だったのだ。遺族が来る前に見られる程度に片付けてやってくれといわれた時から、そんな離れ業、できないことはわかっていた。部屋は火事で焼け落ちている。つい数時間前まで、消防署がその鎮火にあたり、部屋の原型さえ留めていない。それを見られる程度に片付けろといわれても。しかし、そんな二人に初老の管理人は、

「男の一人住まいなんて、皆、こんなものですよ」

と、馬鹿にしたような返事をかえした。

「あんたらの部屋だって似たようなもんでしょ」

そう、最近のアパートは火で燃え落ちるようなことはないのだ。防火材を使用したアパートは有毒ガスを出すことがあっても燃え上がるようなことはない。部屋には確かに数時間前まで行われていた、消防署の鎮火作業の痕跡が随所に残されていた。洋服ダンスは水浸しになって

いるし、倒れた食器だなから皿や茶碗やらがこぼれだしている。しかし、それは僕らが想像した部屋の原型を留めないといった類のものではない。あえて言うなら、泥棒に荒らされた部屋といったところだろうか。けれども、部屋が原型を留めてしまった分、この部屋の住人のだらしない生活が見透かされることにもなる。部屋の中央に置かれたまんねんコタツの上には、ダイレクトメールやら本やらがうずたかく積み上げられ、部屋中にカップラーメンのカップや飲みかけの缶ジュースの缶が散乱し、足の踏み場もない状態になっている。それは、まぎれもなく坂口さんの生活の痕跡だった。泥棒が部屋を荒らしまわったところで、この生活の痕跡だけは消し去ることができない。コタツの上になぜか一本ローソクが立っていた。それは、クリスマスシーズンにアンティークショップで見かけるようなしゃれたローソクなのだが、ローソク一つ飾ってみたところで、この部屋のだらしなさを覆い隠せるはずがない。初老の管理人がいうように、僕の部屋もまた、かなり散らかってはいた。しかし、いくらなんでもこんなにひどくはない。

「お前らいつまで突っ立っている気でいるんだ」

立ち竦むだけの二人に激をむけたのは内村さんだった。

「四の五のいってないで、とっとと片付けるぞ」

内村さんが僕らに号令をかける。この男の精神力にはすごいものがある。この部屋の惨状を前にしても、動じることがないんだから。

「焼酎のビンは外に出すぞ」

「エッ、捨てちゃっていいんですか」

「しょうがないだろう。そうしなきゃ片付かないんだから」

僕と藤原君はしぶしぶながら、デブの指示に従っていた。しかし、この男の指示は、案外的確だった。僕ら二人は部屋の惨状にただ驚くばかりで、完全に思考停止の状態になっているのに、彼の言うとおり片付けていくうち、部屋はそれでも見られる程度のものになっていく。このデブは意外に手際のいい男だった。

坂口さんとは対照的にデブの机の上はいつもきちんと整理され、チリ一つ落ちていない。仕事ができるかどうかはさておいても、彼の机の上の整頓だけは見上げたものだった。何事にも妙に細かい奴というのは片付け上手なものなのだろうか？

「まー、遺族が来る前に片付けるわけだから、極力、捨てないほうがいいんだが……」

しかし、この片付け上手のデブでさえ、一升瓶の山の処置には手を焼くことになった。台所の水道台の下から出てきたかと思うと、トイレの空きスペースからも現れる。そうかと思うと今度は洋服ダンスからも現れた。焼酎の一升瓶は部屋のそこかしこにしまいこまれ、部屋中から瓶が湧き出してくるような有様である。缶ジュースの缶といっしょにそのゴミダメのような部屋には、焼酎の瓶も数本、ころがってはいたが、部屋の表面からは、こんなにいっぱい一升瓶が隠されているなんてだれに想像できただろう。

なぜ、坂口さんはここまで一升瓶を溜め込んでしまったんだろう。週に一回、燃えないごみの日にでも捨ててしまえば、こうまで溜まらなかったはずなのに。

「坂口さんはよほどの大酒飲みだったんだなー、おそらく毎日、一升くらい飲んでいたのかもしれないな」

バケツリレー式に焼酎瓶を外に出している時、内村さんがそういってため息をついた。

「一日、一升も？」

「でなきゃ、一升瓶がこんなにたまるはずないだろう。たぶん、坂口さんは、ほとんど毎日飲んで、酔っ払っていたから、一升瓶をごみ置き場にもっていくのも面倒になっただったんだ。だから、こんな風になっちまったんだよ」

毎日、へべれけに酔っ払って、週一回のゴミ捨てさえ億劫になるなんて……一升瓶が湧き出してくるほど、彼はなぜそこまで飲まなければならなかったのだろう。

内村さんに怒鳴られながら部屋の片付けに入り、二時間程たった頃だった。

「田中さんって方がこちらにいらっしゃるって聞いたもんですから」

と男の声が僕の名を尋ねた。

「はい、田中は私ですが……」

とわけもわからず玄関に歩み出た僕の目に二人の男の姿が入る。この男たちには見覚えがなかった。彼らはどうして僕がここにいることを知っていたんだろう。いや、それより、いったいこいつらは、何者なんだ。

「あなたが田中さんですね」

くたびれスーツを着た、しかし、どこか、人のよさそうな中年の男が品定めするかのように、こちらを見ると、胸ポケットに手を入れ、手帳のようなものを取り出した。そして
「私達はこういうものです。ちょっとお話をうかがいたかったので、こちらまで来させてもらったしだいです」

彼はそういいながら、取り出した手帳を開いてみせた。僕は、思わず、藤原君に顔を向けてしまう。藤原君も驚いたような表情で僕に応えた。中年の男が胸ポケットから取り出したものは警察手帳だったのだ。

古びた建物だった。天井は低く、建物全体が黄ばんでいるように見える。しかし、古びた建物の割には人の往来だけは激しかった。幹線道路沿いにあるこの建物を僕も何度か目

にしたことがあった。だが、その内部に足を踏み入れたのは、その日が初めてのことである。まさかこんな形でここに来るなんて思ってもいなかった。

「たいへん申し訳ないんですが、ちょうどうちの署が近くにありますから、そこでお話をうかがわせてもらいますか」

そう中年刑事にいわれた時、僕の頭に、取調室に入れられ、刑事に追い詰められる自分の姿が思い浮かんだ。刑事に尋問されるなんて初めての経験だった。刑事に尋問されるのは殺人事件の容疑者。なぜか僕はそう思いこんでいる。刑事ドラマでは、容疑者は必ず取調室に閉じ込められることになっているから、自分もあそこに閉じ込められるのは間違いない。

…取調室で刑事に攻められたら、自白してしまうかもしれない…

しかし、警察署に到着しても、刑事達は、容疑者を取調室に連れて行こうとはしなかった、彼らは人の往来が激しい、受付け脇のソファーに座るようにというと、メモの準備をはじめる。

…殺人事件の容疑者をこんなところで?…

「ここで殺人事件を取り調べるんですか?」

僕は、思わずそう声を上げてしまう。この声に、中年刑事が初めて笑みを浮かべ、

「いや、いや、これはとんだご心配をおかけしました。我々はこの件に関して、殺人事件とは考えておらんのです。ましてやあなたを殺人の容疑者として疑うようなまねはしておりません」

そういうと、こちらの気持ちを見透かすように、声を立てて笑った。刑事の笑いの前に、僕は我に返った。考えてみれば、自分には警察に追われるような疾しいことはない。

…この刑事に僕は何を自白しようとしたんだ?…

そう思うと、自分自身おかしくなった。


「ところで、田中さん、我々株屋さんと聞くと、どうも濡れ手に粟で金をつかんでいる情景を思い出してしまうんですが……実際、皆さんの給料はどんなもんなんですかねぇ」

受付の脇にあるソファの取調べは、中年刑事のそんなたわいのない話から始まった。

「給料ですか?　決して多いとはいえないと思いますよ」

坂口さんが亡くなったその日に、なぜ、こんな世間話につきあわなければならないんだ。刑事の話につきあいながらも、僕はそう思った。

「そうですか、やはり株屋さんも不況なんですねぇ。でも、電気代やガス・水道代・電話代も払えない程薄給というわけでもないでしょう」

当たり前の話だった。光熱費も払えないような給料で、こんな仕事、だれがやるものか。実は、僕は入社以来、生活が苦しいと思ったことがない。確かに手取の給料は世間相場並みではあったが、アパートが独身寮扱いになっていて、家賃は会社が負担してくれる。家賃負担がないのは案外大きくて、優子との贅沢なデートもそれがあったからできたようなものだった。

「それがねぇ田中さん、坂口さんは相当お金に困っていたみたいなんです。お気づきかどうかわかりませんか、坂口さんの部屋の電話と電気が止まっていたんです」

「エッ、電気も止まっていたんですか!」

僕はここでも大声を出していた。

坂口さんの部屋の電話がよく止められるという話は、内村さんから何度も聞かされていた。

「坂口さんもだらしないよな」

と、彼は、坂口さんの部屋の電話が止められていることを、支店の人間にだれかれかまわず言いふらした。

料金未納のため電話が止められなんてみっともない話がばれてしまったのは、つい最近のことである。あの朝、遅刻するというアクシデントさえ起こさなければ、このみっともない坂口さんの話がばれることもなかっただろう。深酒でもしたのか、その朝、彼はいつまでたっても出社してこない。滝口さんが、そんな彼を心配し、電話して様子を調べろとある社員に命じた。

その社員が、何を隠そう内村さんだったわけだ。デブはさっそく電話を入れた。しかし、悪いことに坂口さんの家の電話が料金未納のためとめられていてつながらない。以来、デブは坂口さんのアパートに用もなく電話を入れ、電話が止まっていることがわかると、

「また、坂口さん電話を止められているよ。あの人にも、本当に困ったもんだな」

と当たりかまわずいいふらすようになったのだ。鼻息荒く鬼の首でもとったように坂口さんの失敗を言いふらすデブのその姿に僕はおぞましいものを感じた。しかし、おぞましさを感じながらも、坂口さんは、そこまで、だらしない人なんだ、と思うようになったのもまた事実である。そして、その思いが支店の人間の共通認識にもなっていく。あの当時、携帯電話を持っていない人がまだまだいて、固定電話は必需品だったのだが、独身男性の場合、その料金は三、四〇〇〇円が相場である。飲みに行くのを一回控えるだけで十分捻出することができる程度の電話料金が払えないなんて、何に使っているかは知らないけど、よほどむちゃくちゃなお金の使い方をしているとしか思えない。これでは、坂口さんがだらしない人間だと思われるのもしょうがなかった。しかし、その思い込みが坂口さんのほんとうの苦境を覆い隠していたのだ。電気が止められているなんて話はだれも知らない。内村さんも知らなかったはずだ。電気は電話とではわけが違う。家の電話がなくても日常生活にはほとんど支障が出ないものだが、それが電気となると……暗闇のなかでは、夜、家に帰っても身動きがとれない。電気なしには通常の

社会生活は営めないはずだ。

電気が止められているということを、もし、内村さんがつかんでいれば、支店の人間もお金に貧窮する坂口さんの苦境に気づいたかもしれない。内村探偵の中途半端な情報提供が、かえって真実を見えなくしていたのだ。

「もう二ヶ月ちかく、坂口さんは電気なしの生活をしていたみたいですねぇ」

「二ヶ月も電気がない？」

……あっ、あのローソク……

僕は、その時、坂口さんの部屋で見た、散らかった部屋には不釣合なあのローソクを思い出していた。坂口さんはあのローソクの火で夜を過ごしていたんだ。

「ところで、株屋さんはやはり生命保険会社の方達ともおつきあいなさるんですよねぇ」

中年刑事が突然、話題を変えた。

「エッ」

「あなたも生命保険に入っていますか？」

「エー」

「何本入っていますか？」

「何本？　僕は一〇〇〇万円の死亡給付金が出る、終身保険の一本にしか入っていません」

なぜ、刑事はこんなことを聞いてくるんだろう。

「そうでしょうねぇ、それが普通ですよねぇ、でもね、田中さん、坂口さんは本数でいえば四本。死亡時の給付金をトータルすると二億円もの保険に入っていたんですよ」

「エッ、二億？」

僕は絶句した。二億円もの生命保険。その金額は独身のただのサラリーマンがかけるような金額ではなかった。

「それでね、田中さん、我々が今調べているのは、坂口さんは、事故死だったのか、自殺だったのかということなんです。遺書も出ていませんし、死亡時の状況から考えると、この場合、事故死と考えるのが妥当なんですが、ふに落ちない点がいくつか出てきましてね」

この中年の男はやはりベテラン刑事だった。世間話でもするように話をはじめ、こちらの気分を落ち着かせたうえで、ことの核心に迫る。一般人は、刑事から尋問されることなんてほとんどない。強面の刑事がいきなり核心に迫ってくれば、ただ、取り乱すだけで、何も答えられなくなってしまう。この刑事はそのことを熟知している。彼は意味もなくたわいもない話をしていたわけではない。勤務時間中、無駄話で費やすようなことをしていたわけではなかったのだ。

「保険金の総額が二億円。保険料の支払いのために電気が止められるほど生活に貧窮していた。

坂口さんがお金に貧窮していた事情は他にもあると我々は考えているのですが……保険金を残すため事故に見せかけて自殺したという線が考えられたもんですから……何か思い当たることはありませんか」

「思い当たるところ？」

そう刑事に質問された時、僕は一瞬言葉を失ってしまう。

…思い当たることなんて…

しかし、この件に関して、ベテラン刑事は、もう、何も聞いてこなかった。僕のその様子に何も感じなかったのだろうか。

「それでね、田中さん、今日我々があなたからお話をうかがうことにしたのは、あなたの会社の総務課長の杉崎さんから、昨日坂口さんに最後に会ったのがあなただと聞いたもんですからね」

これが取り調べの本題のようだった。中年の人のよさそうな刑事は、昨晩、会社を出て自分のアパートに戻るまでの坂口さんの足取りを調べていたのだ。

「お宅の支店では、昨日は皆さん六時には帰られたと杉崎課長から聞いたんですが、あなたと坂口さんだけが八時過ぎに帰ったそうですね、何かお仕事が残っていたんですか？」

「えー、ちょっとお客さんに呼ばれて」

「六時過ぎに、外出されたんですね。それで支店にもどったのは何時くらいでしたか」

昨晩、確かに支店の人間は皆めずらしくはやく家に帰った。投信の販売を無事終了することができたからだ。今回の投信販売は最後の瞬間まで難航した。しかし、支店のトップセールスの宮崎さんが一五〇〇万円もの大口約定を取ってくれたお蔭で、状況が急速に好転する。


昨日のことである。

「お前ら、宮崎に感謝するように……宮崎が一五〇〇万取って来たんだ。でもなー、最後にお前らの実数を聞かなきゃならないんだ。うそいつわりなくきっちりと報告するように」

管理者である滝口さんには、実数を正確に把握し、支店全体のノルマが達成できているかどうか確認するという最後の業務が残されていた。滝口さんだって、男子セールスが水ぶくれさせた金額を報告していることくらいわかっている。しかし、管理者である彼でさえその実態を正確にはつかんでいないのだ。

「空を振っている奴は正直に手をあげるように」

その時、古橋さんが我先に手を上げた。

「自分は五〇〇万しか実数を詰めてません」

……エッ、たったの五〇〇万なの？……

その数字を聞いて驚いていたのは僕だけだったのだろうか。彼は自分のノルマを三分の一もつめていない。しかも、一〇〇〇万円販売済みという報告まであげているのに、その半分もやっていなかったのだ。営業マン筆頭の立場にある彼が、最悪の成績であるにもかかわらず、本来、彼が面倒を見なければならない後輩社員を差し置いてここぞとばかり手を上げる。その姿は情けないとしかいいようがないものだった。

「私は四〇〇万です」

次に声をあげたのは内村さんだった、彼もまた二〇〇万程自分のノルマをショートさせている。よくもまー今まで平気な顔でいられたものだ。こんな風に、次から次に営業マンが自分の投信販売の実数を報告するうち、支店全体に割り当てられた目標数字まで販売実数が落ちていった。

「なんだ、ぎりぎりじゃないか」

その数字を見て、滝口さんは苦い表情を浮かべた。けれども、彼が大きな声を出すことはもうない。

「田中と藤原はだいじょうぶだなー」

と彼は僕ら若手二人に確認すると、

「まー一応、支店のノルマは達成できたみたいだから……これで、今回の投信販売は打ちきりだ」

と宣言した。

「あーあ、やっと終わったなー、今日は飲みに行くぞ」

ミーティングが終わった会議室で古橋さんがそう叫んだ。その声を聞いて、〈それじゃーあんたが飲まない日はいつなんだよ〉と思った。彼はどんな時だって飲まなかったことなんてないんだから。


しかし、このミーティングでも坂口さんは一言も発しようとはしない。他の営業マンのように、八〇〇万円販売済みの数字を修正しようとしない。

…ほんとうにできたのかなー…

会議室を出る坂口さんの後ろ姿を見ながら、あの時、僕はそう思った。


「昨日、僕は客先から、多分八時前に支店に戻ったと思います」

刑事の質問に僕はそう答えた。

「その時、営業課には坂口さんだけが残っていたんですすねぇ」

「エー、そうです」

昨日の夕方、僕がわざわざ外出したのは、古橋・内村両君からの夜のお誘いを避けるためだった。ほんとうはその日の当番は藤原君だったのだが、

「こんな日はいっしょに逃げましょ」

と彼のほうが言ってくる。藤原君がそういうのもごもっともな話だった。投信販売が終わって、ほっとしているのに、夜中まで彼らのくだらない説教を聞かされるのはばかばかしかった。とはいっても、若手二人が二人ともつきあわないなんていいだしたら、凶暴極まりない彼らが何をいいだすかわからない。それこそ、皮肉やいやみを並べられ、結局つきあわせられるのがおちだった。そこで僕は、一計を案じ、別にたいした意味のない用事をこじつけ客先に出向くことにした。二人は今日六時には会社を出る、彼らが八時にしか戻ってこない僕を待つなんてまず考えられない。

「その時、坂口さんとはどんな話をしましたか?」

刑事がそう尋ねている。

「それは……」

そういわれても、坂口さんと、どんな話をしたかなんて、ハッキリ覚えていない。

…あの時、坂口さんは支店で一人、何をしていたんだろ…

どんな話をしたか、思い出せないのに、頭のなかである疑問が浮かびあがる。投信販売が終わったというのに、なぜ、彼は帰ろうとしなかったんだろう。店に一人残り、坂口さんは、何をしていたんだろう。


「ただいま戻りました」

そういって僕が支店に戻った時、坂口さんははっとした様子でこちらを振りかえった。それこそ心臓がとまるほど驚いたような表情を浮かべ。営業課にはもうだれもいない。僕のこともとっくの昔に帰ったと思っていたのかもしれない。しかし、そこまで、驚いたにも関わらず、気を取り直したかのように彼は、

「田中おそいじゃないか。投信はとうに終わっているんだぜ」

となぜか陽気な声を出した。こんな風に陽気な声を出す坂口さんなんて見たことがない。その態度は、むしろ不自然なものでさえあった。

こちらが机に腰を下ろすと、坂口さんはそそくさとパソコンの電源を落とし、慌てたように席をたつ。そして、

「さー、ノルマも達成できたし、今日は飲むぞ」

と、また陽気な声を出した。独り言のつもりなんだろうけど、その割には声が大き過ぎる。僕

のことを意識しているのは明らかだった。

…今晩つきあえ…

彼は、暗にそんな風にいっているのかもしれない。坂口さんだって、たまにはだれかと飲みたいのだ。しかし、つきあってくれる相手がいない。この状況は〈飲みにいこう〉と誘うには打ってつけの状況だ。でもそれは、僕には迷惑な話だった。内村・古橋両先輩をさしおいて坂口さんと飲みに行ったなんて話がばれてしまえば後で何を言われるかわかったものではない。そもそも坂口さんと飲んだっておもしろくもなんともない。彼と飲むくらいだったら家に帰ってテレビでも見たほうがいい。

しかし、この誘われるという危惧は杞憂に過ぎない。坂口さんがその後、声をかけてくることはない。声をかけるどころか、無言のまま外に出ようとする。

…なんだ、帰るのかよ…

「あっ、お疲れ様です」

出口から出ようとする坂口さんに僕のほうから声をかけた。その声にハッとしたように、彼がこちらをふりかえる。二人の間には沈黙の時間が流れた。弱々しく苦笑いでもするかのようなあの微笑みを浮かべ、彼が僕をみつめている。

「君もはやく帰れよ」

坂口さんは、こちらにもう一度、背を向けると、

「それじゃ、お先に」

と営業課を後にした。

「それが何時くらいのことですか」

「確か八時をちょっと過ぎたころ、たぶん八時一〇分か一五分だったと思います」

それが、坂口さんを見た最後の姿だった。そして、それが、彼がこの会社の人間に見せた最後の姿だったのだ。

「田中君、君は刑事に何を話したのかねぇ」

「はあー、特に何も……」

二人の刑事から僕が解放されたのはお昼前のことだった。警察署から急いで戻った坂口さんのアパートでは、内村さんと藤原君が、まだ、悪戦苦闘中だった。

「あー田中か、お前は運がいい奴だな、たった今、支店長から連絡があってな」

しかし、部屋に戻った僕を見て、悪戦苦闘中の内村さんがすぐに支店に帰れという。僕だけ

が、なぜか支店長じきじきに呼び戻されたというのだ。

「エッ、なんでですか？」

「俺が知るかよ、警察に呼び出されたんだろう、お前、何か悪いことやったんじゃないか」

と内村さんがいった時、藤原君が心配そうに顔を向ける。その顔を見てますます不安になった。

なぜ支店長じきじきに呼び戻されなければならないのか、そんなこと僕にもわからない。


支店に戻ると、すぐ支店長室に来いといわれ、支店長と滝口さん、それに杉崎課長に僕は取り囲まれてしまう。

坂口さんのアパートの後片付けに行ったかと思うと、警察署に連れ出され、刑事に尋問される。刑事からやっと解放されたかと思うと、今度は、刑事に代わって、この三人に尋問されるというのだ。

…なぜ、自分がこんな目にあわなきゃならないんだ…

「特には何もって、君は警察署に三〇分はいたんだぞ」

支店長が怒ったように、僕の顔をにらんだ。

「はー、でも、私が聞かれたのは昨夜の坂口さんの帰り際の様子くらいで、どうも刑事さんたちは、昨夜の坂口さんの足取りを調べているみたいです。」

「昨夜の足取り？　なぜ警察が坂口君の昨夜の足取りなんか調べる必要があるのかねぇ」

「はー」

そんなこと僕にいわれてもどうしょうもないことだった。

二人の埒のあかない会話を横から聞いていた杉崎課長がその時、助け舟でもだすかのように
「やはり、警察は坂口君は自殺だったと考えているのでしょうか？」

と口をはさんだ。自殺という言葉が課長の口から漏れた時、支店長の表情に苛立ちの色が浮かぶ。

「それで、投信の件については聞かれたのかねぇ」

しかし、彼は課長には何も応えようとはせず、感情を押さえ込んだ冷たい口調でまた、別な質問を僕にぶつけた。

「投信？」

支店長が何を聞いているのか、僕にはわからなかった。なぜ、刑事が投信のことなんか聞かなければならないのかまるでわからない。実は、刑事は坂口さんとは関係ない投信の不正な販売でも調べているのか？　世間でも証券会社の詐欺まがいの商法に批判がある、刑事たちはその証拠をつかむために捜査に入った。いや、それとも……頭の中で憶測だけが錯綜し、僕にはもう何も答えられなくなっていた。そんな僕に、

「いいか、田中、支店長はな、昨日の夜、坂口が客先回って投信を売っていたかどうか聞かれたのか、そうおしゃっているんじゃないか」

と支店長の質問を滝口さんが、補足した。

「エッ、なんで昨日の夜、投信のセールスなんか」

滝口さんの補足説明を聞いても、僕には、まだ事情が飲み込めない。投信販売は終わっていたはずだ。この支店の人間が販売の終わったその日の晩に投信セールスなんてするはずがない。

「だって、昨日の夕方には投信は終わったじゃないですか」

逆に問いただされることになった滝口さんは、しかし、表情を急に険しくさせ、

「お前もわからん奴だな。坂口はできてなかったんだよ。奴は自分がいった数字の半分もできてやしない、俺ができてない奴は正直に報告しろっていったのに、最後までアイツは俺にうそをついていたんだ」

と大声を出した。

「あの数字はうそだったんですか？」

「そうだよ、うそだったんだよ、あいつは最後までうそつきだったんだ」

…やっぱり、そうだったんだ…

坂口さんは、数字を詰められなかった。その事実を打ち明けることもできかなかった。それ

は、僕が想像した通りの状況だった。大きな声を出したことで、抑えていた感情が爆発したのだろうか、滝口さんは支店長にまで、

「坂口は自殺なんかじゃありませんよ。アイツは俺にうそつくくらい、神経が太い奴なんです。そんな奴が自殺なんかするわけがない」

と食い付くような大きな声を出した。しかし、この声に支店長は、

「そんなことはわからんじゃないか、自分でなんとかしようとして結局できない、それを苦にして覚悟の自殺を図る。考えられんことはじゃない」

と冷たい口調で応えた。滝口さんの勢いは、その一言で萎んでしまう。

「バカな奴だ」

彼は肩をすぼめて、そういうと、目を伏せ口を閉ざし、もう何もいおうとはしなかった。

坂口さんがうその報告をしても、支店全体に影響が出たわけではない。坂口さんがショートさせた分は滝口さんがなんとかしたからだ。彼はここでもその情報収集力を発揮し、坂口さんのうそも、昨日の時点で見抜いている。部下の失敗は自分の失敗に他ならない。そこで彼は、その分を先回りして手当した。営業マンが穴を開け、店のノルマを落とすという最悪の事態は滝口さんの気転で未然に防がれていたのだ。

「まー、坂口君の死を自殺と疑う理由は他にもある。私のところにも保険会社から問い合わせがきている。あの年でだれが二億円もの保険をかけると思うかね」

無言まま目を伏せる滝口さんに追い討ちをかけるような支店長の声が響いた。

「事態は冷静に受け止める必要があるんだよ。もし坂口君が自殺だったなんてことになると雑誌のスキャンダルネタにもなりかねん。そうなると、店の信用はがたおちだよ」

しかし、支店長がいくら追い討ちをかけても、滝口さんは、もう何も応えようとはしない。うなだれたまま、顔を向けようともしない彼の態度は、支店長に無言の抵抗を試みているようにも見える、いや、こみ上げてくる涙を抑えているのかもしれない。

「まっ、遺書がでてきていませんから」

この場を取り持ったのは、また、杉崎課長だった。

「そうそう、その件は大丈夫かね」

杉崎さんのこの一言で支店長の関心は別なところに向けられた。

「はい、坂口君のパソコンや机の周りは一応、調べましたがそれらしいものは出てきていません。それに内村君からもさっき連絡がきまして、それらしいものは出てこないと報告してきています」

杉崎課長がそう手短に説明すると、

「そうか、それはよかった。ただ油断は禁物だ、もう一度坂口君関連の場所を調べるように……とにかく、遺書らしきものがあれば警察よりはやく入手しなければ……」

と支店長は独り言でもいうかのように小さな声でつぶやいた。

僕はその時、部屋の後片付けの本当の目的がなんだったのかわかったような気がした。内村さんが坂口さんの事件をなぜあんなに詳しく知っていたのかそのわけもおぼろげながら見えていた。考えてみれば、遺族が来る前に部屋を片付けるなんて不自然な話だった。

営業課に戻った時、支店に残された男子セールスは皆、受話器を握っていた。支店長が株取引を停止させたその日、支店の人間が株のセールスのために客先に電話を入れる必要はない。彼らの電話の目的は坂口さんのお客さんに彼の訃報を連絡することにある。

「田中もどってきたか。それじゃーお前はこのリストの客に電話してくれ」

客のリストは宮崎さんから手渡された。僕の次の仕事は、坂口さんの訃報を連絡することだ。

今日は、ほんとうに忙しい。

リストを片手に受話器を握った時、坂口さんのパソコンをいじる古橋さんの姿が目に入った。彼は、なぜか受話器をにぎっていない。いつものように仕事をサボっているのだろうか？　しかし、僕には、彼がサボっているわけではないことくらいわかっている。彼には別のミッションが与えられているのだ。

…よりによってなぜ彼なんだ…

その任務は特命を帯びている。だから、年長者の彼に任務遂行が命令されたのだろう。

「私は五〇〇万円しか出来ていません」

ミーティングで我先に恥も外聞もなく、そういってノルマから解放された、彼の姿が思い出された。坂口さんが、昨晩、最後の営業に臨んでいた頃、彼は酒を飲み、歌でも歌って騒いでいたのだろう。そう思うとやりきれない。そんな彼がなぜパソコンをいじり、坂口さんが残したかもしれない最後の文章を探しているんだ。彼はその文章を消去することさえ命じられているかもしれない。彼の任務は、坂口さんの最後の思いをもみ消すことにあるのだ。夕べ飲みすぎたせいか呆けた顔のこの男を殴りつけてやりたいそんな衝動が沸き起こる。しかし、僕はその衝動を押さえつけた。それは社会人としてあるまじき態度というものだから。

「もしもし、片山さんですか、O支店の田中と申します」

「実は坂口の件ですが、坂口は昨晩、自宅の火事で……」

…自分が使えない二億円か…

坂口さんのお客さんに彼の訃報を連絡している時、ふと、僕の頭に二億という金額が浮かんだ。

…妻も子もいない、二十代の男が何のために二億円も残す必要があったんだ…

彼がなぜ二億円もの保険をかけたのか、しかし、その事情が自分にはわかるような気がした。

…数字を上げるためには仕方がなかったんだ…

それは、若手証券マンならだれでもわかることなのかもしれない。若手証券マンはたいていの場合、百戦錬磨の保険屋のおばちゃんのターゲットになる。

「あなたの苦しい立場は私だってわかるわ、私にも少しはお金があるから助けてあげてもいいのよ」

彼女達は大金をぶら下げながらそういって若手証券マンにいいよってくる。しかし、彼女たちだって人助けのために投信を買うわけではない。

「でもね、世の中は厳しいの。一方的に助けてもらえるなんてことはないのよ、どうバーター取引を考えてみない」

どう考えてもそれは証券マンに不利な取引だった。長期契約が基本の保険屋の商売と違って、証券マンの商売は短期取引が中心だ。投信はすぐに解約することも可能だし、一ヶ月で解約したからといって、大損することもあまりない。実際、保険屋のおばちゃんたちは終身保険の契約に成功しさえすれば、すぐに資金を引き上げようとする。すぐに解約されて、困るのは証券マンのほうだ。会社に入ってきた資金がすぐに出て行ってしまうようなことになれば、若手証券マンは必ず怒鳴られるのだから。しかし、保険屋のおばちゃんに、資金を引き上げないように頼んだら、彼女達は別の保険契約をしないと取引には応じられないといってくるのは間違いない。証券マンにとって、それは、まさに蟻地獄だった。彼女達のあまい話に乗せられれば、身を滅ぼすことになるかもしれない。しかしそれでも、若手証券マンには、この話を拒否することができない。

「ノルマを達成するまで戻ってくるな」

といわれた若手証券マンが、彼女達のぶら下げた大金に飛びつかないでいられるはずがないんだから。坂口さんは何も親御さんに残すために保険に入ったわけではない。彼はただその蟻地獄にはまったにすぎないのだ。この蟻地獄を上の人間はわかっていない。いや気が付かないふりをしている。

三時過ぎに坂口さんのご遺族は支店に姿を見せた。今朝はやく事故の通報を受け、どんなに大急ぎで準備しても、こんなにはやくO市まで来るのは至難の業である。S県に住んだことのある僕には坂口さんの実家の交通事情までわかるのだが、それは、まさに奇跡だった。

坂口さんのご両親とお姉さんは、支店に現れると、支店長と滝口さんの二人に出迎えられ、支店長室に案内されていった。涙にぬれるお母さんが、お姉さんに抱きかかえられるように支店長室に入っていく。それが､息子の死という衝撃的な出来事に遭遇した母親の姿なのだろう。しかし、もう一方の坂口さんの親父は、毅然さを装っているのか、涙の跡がない。

…彼らはS空港を利用したのだろうか…

この家族がどうやってここまで来たのか、その道のりを考えた時、僕の頭のなかでふとS空港のことが思いうかんだ。S県でつい最近、開港したあの空港のことを。

…九州で唯一空港がない県…

まだ空港がなかった時代、S県の人間はそういわれるとなぜか敏感に反応した。空港がない県なんていくらでもあるのに〈九州で唯一空港がない県〉そういわれるだけで彼らはプライドを傷つけられる。もちろん、かなり以前から空港建設の予定だけはある。僕がS県に住んだ、一〇数年前には、建設予定地も有明海の干拓地に確保されていた。確か、あれは社会見学の授業だった。担任教師に連れられ、その空港予定地に足を向けたことがある。空港予定地と聞いて、期待してバスに乗ったものの、そこは、ただ、大きな野原が広がるだけの場所で、辺りには何もない。

「皆が将来、大学生にでもなって東京に行く時は、ここから飛行機に乗るとばい」

バスを降りて、雑草が生い茂る、空港予定地を歩きはじめた時、担任の教師が自慢げにそういった。

…こんなところに空港なんか作ってどうするんだろう…

担任の話を聞いても、まだ、子供だった僕でさえそんな風にしか思えなかった。

…この家族は、あの空港を利用したのだろうか…

交通の便も悪く、最も近い街からだって、車でたっぷり三〇分はかかる場所にある。東京行きの便なんて一日数本しかないあの空港。この、家族だって、今日は隣りのF県の空港を利用したはずだ。F県の空港ならほぼ一時間おきにすべての航空会社が東京行きの便を出しているから、今日みたいに一刻もはやく上京したい日は、F県の空港を利用しなければならないはずだ。いや、あの毅然さんを装う坂口さんの親父の場合……

「S県人はS県の空港を利用するものだ。S県の空港はどんな空港より優れているんだから」

あの親父ならそういって無理をしてS県の空港を利用するかもしれない。どんな時でもくだらないプライドを捨てようとしない、それがS県人なのだから。

坂口さんは高校を卒業するまでS県に住んでいた。彼はS県をどう思っていたんだろう。決してS県のことは語ろうともせず、あたかも自分がF県人であるかのように振舞っていた坂口さん。坂口さんのその気持ちはなんとなくわかる。S県とはそんなところだった。

「それじゃー、今日の仮通夜の役割分担表を配布する」

その日の夕方、近くのお寺で坂口さんの仮通夜が執り行われることになっていた。

杉崎課長が、お寺とのやり取りを済ませ、役割分担表を作り、仮通夜に備える、それが、彼の仕事だった。受け付け、弔問客の誘導、電報の整理と役割は細かく決められていた。杉崎課長は、普段、営業マンからバカにされていたのだが、この分担表を見ると実は彼も仕事ができる人だったということがよくわかる。短い時間でよくこれだけのものが作れたものだ。

「田中さんの役割は何ですか？」

藤原君にそういわれて、改めて役割分担表を見てみると、なぜか自分の名前だけが載っていない。

「杉崎課長、あのー、私の役割は？」

「あー田中君ねぇ、取り敢えず、君はしばらく支店に残ってくれるか。君にはご遺族を私といっしょにお寺まで連れてってもらうから」

支店の人間が出払った後、僕はぽつんと自分の机に取り残されていた。坂口さんの直属の上司だった滝口さんが、皆といっしょにお寺に向かったというのに、ご遺族はまだ支店長室に残っている。支店長はいったい何をご両親に話しているのだろう。

……支店長は坂口さんの部屋の電話が止められていたことを知らなかったのか?……

電話がない以上、坂口さんとご両親の間には、ここ一、二ヶ月やり取りはなかったはずだ。支店長がいくら、坂口さんの死前後の様子を聞き出そうとしても、ご両親には何も話せない。その行為は、ご両親の悲しみを深めるだけのものだった。

「誠は、皆さんにご迷惑をおかけしてたんじゃなかとですか?」

車のなかで、坂口さんのお母さんが、会社での息子の様子をしきりに尋ねてくる。

「あの子は昔からだらしなかところがあったけん、皆さんにもご迷惑ばかけよったっちゃーなかとでしょうか?」

「いえ、坂口君は優秀な証券マンで、真面目だったんで、皆に迷惑をかけるようなことは……」

そう応えたのは杉崎課長だった。彼はどんな時でも無難に事をすすめる総務の人間である。その答えも、教科書通りのものだった。

「支店長さんは、あんなにいろいろと聞きよんしゃりよーやったけど、あの子はなんか悪かことばしたとじゃなかとでしょうか?」

「まさか、坂口君に限って。職務上、支店長はこういう場合、関係者の方からお話をうかがうことになっているんです。あくまで形式的な話なので、どうかお気になさらないでください」

支店長が何をいったのかはわからない。しかし、必要以上の心配をかけたことが、彼女の話ににじみ出ていた。

…会社の体面のために、なぜここまで遺族を苦しめなくてはならないんだ…

「そやけど、あの子は昔からだらしなかところがあったけん」

坂口さんのお母さんは同じようなことばかり尋ねていた。その問いに杉崎課長も同じような答えを返す。さっきから車内では二人の単調なやり取りだけが続いていた。車の中には、坂口さんのお父さんとお姉さん、そしてこの僕が乗っているのに、二人以外だれも口を開こうとはしない。ハンドルをにぎったまま、僕も、また、二人の単調な会話に耳を傾けていた。総務の人間で、営業マンとは普段、接触がない杉崎課長に坂口さんの様子を答えさせてもあまり意味がないことはわかっている。しかし、それでも、僕は二人の会話に加わろうとはしなかった。

「それにしても、なんであの子は二億円も保険ばかけ取ったとでしょうねぇ」

何度、聞いても同じような杉崎課長の答えに納得したのか、それとも諦めたのか？　彼女は別な話を持ち出した。

「お母さん、我々金融関係の人間は保険に入るのは常識なんです。坂口君の場合、確かにちょっと金額が多かったんですが、それはご両親のことを思ってのことだと思います」

二人の会話に加わる気はなかった。しかし、杉崎さんのその答えを聞いた時、
…それは違う…
と声をあげそうになった。坂口さんがどんなにひどい目にあっていたか、このご両親は何も知らない。証券マンは日夜、数字に追われる。数字を上げることができないセールスは奴隷扱いされる。傍目から見れば彼は、すでに奴隷だった。しかし、それでもなお〝自分は奴隷なんかじゃない〟そう信じて日々の数字をなんとかこなそうとする。そんな彼が、保険屋のおばちゃん達の毒がにはまっていくのは時間の問題だった。だれが好き好んで、ローソクの灯りを頼りにした生活なんてするだろうか。数字に追われてつかれきった彼が、テレビも電話もないアパートに一人戻り、どうやって疲れを癒せたというのだろう。彼女の息子は、会社でも内村のような人間に苦しめられていた。あのデブ野郎は、後輩であるにも関わらず〈坂口さん、もっと社会人らしくしてください〉と説教を垂れた。〝後輩から説教される自分〟坂口さんはそんな自分をどう見つめていたのだろう。

「でも、あの子はいつからそんなにお酒ば飲むようになったとでしょうねぇ」

車の中で、坂口さんのお母さんが、また、別の質問を杉崎課長に向けた。

「実家におるときは、コップ一杯で真っ赤になっとったとですよ」

東京で自分の息子が大酒飲みになっていたことさえ、彼女は気づいていなかったのだ。

…息子さんがなぜ、そんなに酒を飲むようになったのか、その理由も僕は知っています…

僕は、また、声にはならない声で、彼女に話しかけていた。

あの暗い部屋に戻っても〝自分はダメな人間だ〟という苦悶だけが待っていた。その苦悶に坂口さんは酒といっしょに向き合った。浴びるように飲み、飲めるだけ飲み、そうすることであらゆる苦悶から逃れよとした。彼には酒以外に友がいない。苦悶から逃れるためにはアルコールの力を頼ることしかできない。そして、彼はしだいに大酒飲みになっていく。

「ほんとうにビール一杯で顔が真っ赤になって……」

彼女の執拗な質問が続くなか、杉崎課長が、

「それは、我々の責任だったかもしれませんねぇ」

と応えた。僕は、思わず課長に顔を向けてしまう。

…杉崎課長、それはまずい…

ハンドルを握ったまま、心のなかで課長にそう訴えていた。彼女にほんとうのことを教えてはいけない。そんなことをしたら、彼女の悲しみが深まるだけではないですか。彼女をこれ以上悲しませてどうするんですか。けれども、この問いかけに杉崎課長は、

「我々がよく連れ回しましたから」

そう答えた。

「つきあえといえば、彼は必ずつきあってくれたんで、彼は皆からよく連れ回されていたんですよ。坂口君はほんとうにいい奴でした」

それは、明らかなうそだった。坂口さんはだれからも飲みに行こうなんて誘われたことはない。課長自身、夜どころかお昼さえ坂口さんといっしょしたことなんてなかったはずだ。

これが、杉崎課長という人だった。今更、そんな、うそをついて何の意味があるんだろう。なにが変わるというのだろう。しかし、うそをつかなければ、この場を無難に収めることができない。この場を無難に収められるのであれば、杉崎さんはいくらでもうそをつく。

「そうですか、あの子はそげん皆さんにかわいがってもらっとったとですか？」

車の中が、静寂に包まれる。執拗なお母さんの問いかけが、その時初めて途切れた。

お母さんはこんな話で納得してしまったのだろうか？　その場しのぎの課長の作り話なんかをほんとうに信じてしまったのか？　それでは、坂口さんがあまりに可哀そうだ。彼の苦悶の色が課長の安っぽい作り話に塗り替えられてしまうなんて……けれども、僕は口を開くことができない。ここで声を出して何が変わるというのだろう。ほんとうのことを話してどうなるというのだろう。今更、ほんとうのことを話しても、もう手おくれだ。それは、ただ、お母さんの悲しみを深めるだけのことじゃないか。

……その酒も昨晩限りで……

ハンドルを握ったまま、僕は、坂口さんの最後の姿を思い出していた。

支店でいい加減な報告をしてしまう、数字はできていない。一晩でなんとか、数字を埋めなければならない、逃げ出すわけにはいかなかった。たとえ逃げても、奴隷への道から逃れられるわけではない、古橋さんや内村さんが酒を飲み、歌さえ歌っていた頃、彼は命がけの営業展開を図っていたのだ。

「もう二度と来るな」

遅い時間のことだから、客の方だって驚いただろう。客から怒鳴られることもあっただろう。彼は玄関先で土下座さえした。必死の思いで頭を下げた。しかし、それでも……それでも数字は埋まらない。決死の覚悟の営業も結局、失敗の一言で終わりを告げる。すべての営業を終えた後、彼は、あの暗い部屋に一人戻り、最後の酒を口にする。そして……

「そうですか、あの子はそげん……」

途切れていたお母さんの声が、また聞こえてくる。

「そげん……」

それはおそらく杉崎課長の予期したものとはまるで正反対の反応だったに違いない。

「そぎゃん、可愛がってもらとったとに、なんでこぎゃんことに……」

彼女が突然、泣き崩れたのだ。

その時だった、それまでまるで口を開こうとしなかった坂口さんの親父が、

「お母さん、いい加減しんしゃい！」

と声を上げた。

「泣いったちゃ、誠は戻ってこん。だいたい誠は昔からだらしなかったけん、こぎゃんことになったと。タバコの不始末で死んでしもうたやら、だれが人にいえっと思うか！　あいつが死んだとは天罰やったと、神サンがばちあてよんしゃたったい」

車の中で、息子の同僚の前で、親父がそう言い放ったのだ。

坂口さんの死の一連セレモニーのなかでこの時程、僕が感情を昂らせたことはない。それは悲しみだったのだろうか、同情の気持ちだったのだろうか。いや、そうではない、僕に沸き起こっていたのは激しい怒りだった。

…なんで坂口さんが神様から罰せられなければならないんだ。自分の息子なのに、最後の瞬間まで、なぜ悪者にしようとするんだ。だめな奴にしようとするんだ…

「そぎゃん言い訳聞きたくなか、お前は悪かことばしたと、お前がいかんけん、こぎゃん先生にしかられようたい」

登校拒否の一件がばれて、呼び出しを受けた僕は、職員室でもう一度、担任に習字箱の話を

訴えた。しかし、教師はこの訴えに平手打ちで応えた。S県の教員達は体罰を躊躇したりはしない。そして、それは僕にとって教師に叩かれた初めての経験だった。

「お前が悪かったと、お前はそれば素直に認めんばいかんったい」

あの教師も何も聞こうとしなかった。僕がどんな思いで学校をサボったのか、親にうそをつき、ひどい罪悪感を覚え、勇気を振り絞って学校に行こうとしているのに、それでもどうしても校門をくぐれなかった僕の気持ちを……

「お前が悪かったと」

こちらの話を一切聞こうともせず、白髪の教師は大声をあげ、手を上げる。児童の思いを封印するかのように。

それがS県人だった。彼らはどんな時でも、プライドだけは捨てようとはしない。その偏狭なプライドのために、人の思いに目を背け、だれかを必ず悪人にしようとする。どんな事情があっても、どんなに苦しくても、彼らには関係ない。自分の大切な息子さえ悪人にしたててしまうような奴らなのだから……

お坊さんの長いお経が続いていた。斎場には支店の人間と坂口さんのお客さんが弔問客として集まり、長い長いお経を目を伏せながら聞いている。

……坂口さんは自殺だったのだろうか……

お経を聞きながら、僕は再び、坂口さんの死について考えていた。警察は依然その結論を出していない。警察の捜査でも、また支店の人間の必死な探索でも、坂口さんの遺書らしきものは発見できなかった。遺書という決定打に欠く捜査は難攻を極め、結論が出せない。

……坂口さんは結局何も残さなかったのか？……

僕は、改めてそう思った。

お経のあの独特のふし回しが続くなか、職員に誘導され、弔問客が席を立ちはじめる。しばらくすると、斎場の中に、お焼香の長い列ができあがる。僕はその時、昼間会った、一見人のよさそうな刑事がこの通夜に参列していることに気がついた。刑事のほうもお焼香の列に並ぶ僕に気づいたらしく、軽く頭を下げてきた。刑事の会釈にこちらも目を伏せて応えた。

……この刑事は坂口さんの死を自殺と断定するのだろうか。事故死と断定するのだろうか……

彼の結論がすべての結論だった。彼の結論ですべてが決まり、そして、すべてが終わる。しかし、彼がいずれの結論を出したとしても、おそらく、この僕を納得させることはできないだろう。

なぜ、坂口さんは最後まで何も語ろうとはしなかったのだろう。自分の死を予期できなくても、昨晩の別れ際にでも、彼の生身の気持ちをこの僕にぶつけることだってできたはずだ。一言でもいい、自分の置かれた状況や自分の心情を語ってくれれば、この僕が、これほどまでに彼の死について考える必要はなかったはずだ。ましてや自殺であれば、紙と鉛筆さえあれば、自分の思いなんていくらでも吐露できたはずじゃないか。

坂口さんの口からもれた言葉はあまりに少ない。彼の回りにいる人間を納得させる言葉を何一つ残していない。

いや、それはどうだろう。生前の坂口さんから話を聞こうとする人間があまりに少なすぎただけのことではないだろうか。自分だってそうだったじゃないか、彼の話を聞こうなんて気があったか?

長いお経が終わった時、支店の人間はそれぞれ菊の花を一輪手に持った。菊の花を手にした支店の人間達は、今度は坂口さんの棺の前に並び、一人ひとり、別れの挨拶を告げはじめる。明日、坂口さんの死にがらは荼毘にふされ、彼の生まれ故郷のS県に戻るのだという。もう二度と坂口さんの姿に接することはない。これが最後の姿だった。別れの挨拶の順番が一人ひとり進んでいくうち、参列者の目から涙がこぼれ始めていた。死の一連のセレモニーのなかで、このシーンほど物悲しいシーンはない。だれもが、普段決して涙することのない中年男性さえ、目頭を熱くする女の子達のなかにまぎれ伏目がちになり、込みあがってくる熱いものを押さえきれなくなる。

僕の順番は、しかし、なかなか来なかった。支店の女の子達が泣き伏せ、動こうとしない。最後尾に並んでしまった自分の順番は、この列が消えてなくなるまで来ない。

…皆は何を語っているんだ、今更どんな話ができるというんだ…

もう、すべてが手遅れだった。何をやっても、どんな話をしようとしても、受け入れられることはない。もう、終わってしまっていることなのだから。いけないのは自分たちなのだ、涙を見せたくらいで、自分たちの罪が許されるわけではない。


彼が横たわる小さな箱の中は菊の花でいっぱいになっていた。坂口さんがその中で静かに眠っている。遺体には損傷らしい損傷はない。彼は焼死したというより一酸化炭素中毒で死んだんだと後になって聞かされたのだが、その坂口さんの姿を見ても、これが人間の死にがらだとは思えなかった。あまりに安らかなその姿……半開きになった口元を見ていると、彼がこの小さな棺のなかで気持ちよく居眠りしているようにしか思えない。けれども、その口元が微動だにしないことに気づいた時、僕の中で彼の死が広がっていく。

…坂口さんは自殺なんかじゃない、ましてや神様が罰をお与えになったわけでもない…

安らかな坂口さんの死に顔が僕にそう感じさせる。そう感じた時、自分の中にも熱いものがこみあがってくる。

…坂口さんは自殺なんかじゃない、神様から召されたんだ…

そう思わなければ、自分のなかの熱いものを冷ますことができない。

…神様があまりに苦しいこの世から解放してくださったんだ…

そうでも思わなければ彼の死は、ただ空しいだけになってしまう。しかし、僕の中の熱いものも……

最後の挨拶を終わらせ、振りかえった時、そこにいたほとんどすべての人間が涙に濡れていた。あの内村さんや古橋さんさえ肩を寄せ合い、泣き崩れている。

…お前達がどうして…

その姿を前に、僕の中の熱いものが、別の熱さに変わっていくのが自分でもわかる。なぜ、お前らが涙することができるんだ。どうしてこの場にうずくまっていられるんだ。坂口さんに何をしてきたのかお前たちにはわかっているのか? なぜ、お前らが、逃げ出すこともなく、頭を下げるわけでもなく、こんなところで、うずくまり悠長に涙なんかしていられるんだ。それでは、お前らが、ただ坂口さんの死を悲しんでいるように見えるだけではないか。お前らには、感傷的な涙を見せる資格なんてない。お前らがここでやらなければならないことは、土下座して頭を下げることなんだ。泣くんじゃない。お前らが涙を見せれば見せるほど、坂口さんの死が汚されてしまう。

しかし、僕の中には、

…お前にそんなことをいう資格があるのか…

という別なだれかもいる。

…それじゃ、お前はどうだったんだ。お前が坂口さんに何をしたというんだ…

その声を聞いた時、二人を責める気持ちが急激に失われいく。

…他人が自分の前からいなくなっただけのことじゃないか…

参列者が涙する斎場なかに自分自身にそう言い聞かせる自分がいた。坂口さんは自分にとってただの他人に過ぎない。この支店に配属された最初の日から、昨日もそして今日、この時も。電車のなかで偶然目と目が合った他人、酒場のカウンターで隣り合わせに座った他人、坂口さんもそんな他人の一人に過ぎない。そんな他人と二度と会うことができなくなるといって、だれが涙するというのだろう。だれが悲しむというのだろう。

参列者の涙は、いつまでも続いた。しかし、そんなお寺の中にあって、僕はただ一人毅然さを装った。

…なぜ、他人の死にそこまで涙しなければならないんだ…

そう、自分自身に言い聞かせながら。ただ一人涙することもなく……

日常生活とは不思議なものだった。その朝も藤原君は、男子セールスに新聞を配り、女の子達は客が座るカウンターを片付けている。それは何年も前から続けられる朝の光景だった。坂口さんが亡くなったのはほんの数日前のことである。しかし、支店の人間から彼の名前を聞くことは、もうなくなっている。

「田中さん、聞いて下さいよ、優衣と昨夜ねぇ……」

僕の隣りに座っている藤原君が自分の席に戻るとすぐに、彼女と喧嘩した昨夜の電話のことを小声で話しかけてきた。二人はよく喧嘩するみたいで、その度ごとに、こんな風に話を聞かされた。そんな話、たいていの場合、僕は聞き流していた。二人の喧嘩の原因はいつもごくごく些細なもので、深刻さというものがない。その分二人の仲の良さが目に付いてしまう。まともに相談相手になってやること自体、ばかばかしかった。しかし、その朝の僕は、いつもは聞き流してしまう、そんな藤原君の話に軽い苛立ちを感じてしまう。

…坂口さんが亡くなってまだ一週間たってないんだぞ。今はまだ喪に服す時期じゃないのか…

そんな言葉が口から出そうになる。

その朝の女の子達もひどくにこやかで、彼女達の朝のミーティングでは明るい笑い声さえ沸き起こっていた。笑いを咎めるものはだれ一人いない。彼女達も坂口さんの棺の前で菊の花を握りしめ涙にぬれていたのだ。

「おはよう」

支店長の朝の表情もにこやかだった。今朝の彼は出社すると同時に支店の皆に明るく声をかけた。思いつめたような表情で何もいわず、出社すると、すぐに支店長室にこもってしまう彼のいつもの姿はない。彼はここ数日ひどく機嫌がいい。数日前、坂口さんの死が事故死だったと断定され、心の重荷から一つ解放されたのだ。

現実の生活。たぶんそれが現実の生活というものなのだろう。人にはそれぞれ現実の生活というものがある。非日常的な出来事にいつまでも関わりあっているわけにはいかない。

〝喪に服す〟なぜそんな言葉が自分の頭に浮かんできたのだろう。〝喪に服す〟それはひどく大袈裟な言葉だ。そして、なぜ自分が喪に服す必要があるのだろう。僕はふと坂口さんの通夜の席で自分自身に言い聞かせていた言葉を思い出していた。〈他人が自分の前にいなくなったくらいで、どうして泣かなきゃいけんだ〉という言葉を……

坂口さんをバカにし、陰でこそこそ悪口をいい、そのくせ坂口さんの死に際しては、だれよりも多く涙を見せた内村さんの脇で、僕は自分自身にひたすら言い続けていた。〈坂口さんは自分にとってただの他人に過ぎないのだ〉と。

電車の中で偶然目と目があった他人。酒場で隣り合わせに座った他人。坂口さんもそんな他人の一人に過ぎない。そんな他人と二度と会えないからといって、だれが涙するというのだろう。だれが悲しむというだろう。


しかし、僕だけは、まだしばらくの間、非日常的な出来事に関わらなければならなかった。

「おい田中、ちょっといいか」

その朝、管理者のミーティングを終えて、支店長室から出てきた滝口さんが、自分の席につくとすぐに、僕を呼出していた。

「あのなー田中、今日杉崎課長が運悪く、突然、本社から呼びだされたんだ」

その日、坂口さんのお母さんが、坂口さんの終わってしまった、東京での生活を片付けるため、上京してくるのだという。

「それで悪いんだが、今日一日、坂口のかあちゃんにつきあってやってくれないか」

「ハアー」

僕は、非日常との関わりを業務命令によって延長された。ノルマを上げるために血眼になるという日常に、僕だけはまだ戻ることができない。しかし、なぜ、そんな役割が、この僕に割り振られたのだろう。杉崎課長の都合が悪くなったとはいっても、他にも適任者がいるはずじゃないか。

「まあー、坂口の最後の後始末、きちっとつけてやって、奴を成仏させてやってくれ」

そういうと滝口さんは笑った。

…なぜ、僕が、坂口さんの後始末をつけなきゃならないんだ…

けれども、それが僕に与えらた業務命令だった。僕には、拒むことができない。

ＪＲ線のＯ駅の改札に、坂口さんのお母さんは九時半ごろやってくるのだと言う。その改札付近で彼女を待った。まだ通勤ラッシュが終わっていないその時間、駅はひどく混雑している。改札の向こうに飲みこまれていくように消えていく通勤客の姿に、僕は彼らの日常生活を感じた。彼らは日常生活が続くことに何の疑問も持っていない。日常生活にも終わりがあるということを、彼らは知っているのだろうか。人はなぜ、終わりがある生活をこんなに懸命に生き抜こうとするのだろう。会社に到着するとパソコンを立ち上げ、メールチェックし、客先に電話を入れ……そんな風に日常業務をこなし始める。その時刻、地球の裏側では戦争のため、子供たちが逃げ惑い、命を落としているかもしれない。いや、地球の裏側じゃなくても、この日本で、オフィスの裏手でも、交通事故で人の命が失われているかもしれない。それでも彼らは自分の仕事の手を緩めたりはしない。まさに自分の日常だけは、永遠普遍に続くと信じるかのように。しかし、それが現実だった。他人の日常生活の終焉なんてだれもがすぐに忘れてしまうことだ。多くの人々にとって他人の日常生活の終焉なんて自分とはまるで無関係のことなんだから。

…それじゃ、どうして自分だけがいつまでもこの非日常に関わりを持たされているのだろう…

通勤客が日常生活に飲みこまれていく、改札の向こうからそれに逆らうように非日常の中にいるあの人が現れた。九時半をちょっと過ぎた頃のことである。坂口さんのお母さんは、改札付近で僕の顔を見つけると、笑顔を浮かべる。そして、

「すいまっせん、ちょっと遅れてしもうたですかねぇ」

と頭を下げた。相変わらずお母さんのS県なまりはひどい。

…滝口さんが僕を指名したのは、僕がこのなまりを簡単に解読してしまうからか?…

そう思うと、おかしくなった。この役割をだれに割り振るかなんて、滝口さんはそれほど深く考えたわけではない。そのことを彼女のS県なまりが気づかせてくれたのだから。

「もう、朝は食べましたか?」

車の中で、坂口さんのお母さんが、そう僕に尋ねた。

「あー、いえ」

大学生になって一人暮らしを始めて以来、僕は、朝なんて食べたことがない。朝を食べるくらいだったらちょっとでも長く布団の中にいたほうがいい。

「残り物でわるかとですけど、もしよかったら食べませんか」

お母さんが、そういっておにぎりの包みを運転席の僕に差し出した。

…母親というものはこういうものだ…

差し出された、おにぎりの包みを手に、そう思った。母親はどんな時でも、子供の食事のことを考える。それが母親の習性というものだ。悲劇的な出来事に出会っても、その習性が休むことはない。食事を与える息子を失っても、その習性だけは生きている。

坂口さんのお母さんは、なまりの割には田舎臭さを感じさせない人だった。町の洋装品店でパートをしているという彼女が身につけているものは、趣味のいいものばかりで東京の主婦でもそう簡単に真似ができるものではない。

…坂口さんのネクタイはお母さんのお見立てだったんだ…

ぼさぼさ頭のまま出社することさえあった坂口さんではあったが、ネクタイの趣味だけはよかったのを思い出す。その理由が、その時、初めて飲みこめた。

「今日は朝はやかったでしょう」

「エー、今日は朝四時に家ば出たとです」

彼女はＳ空港を利用したのだろうか。それとも、Ｆ空港を利用したのだろうか。僕の中でふと、そんなくだらない疑問がまた、沸き起こる。

…それにしても、あの親父はどうしていっしょに来なかったんだろう…

息子が最後の時を過ごした、この町にもう一度来る機会があるとでもいうのか。この町には大切な息子の息吹が、匂いがまだ残っている。その息子の残像を跡形もなく片付けてしまう、この作業にどうしてあの親父は参加しようとはしないんだ。

「今日は、お父さんはどうされたんですか？」

「あん人は忙がしかけんですから」

そういうと、お母さんは苦しげな表情を浮かべる。

…市役所勤務のあの親父がなぜ、そんなに忙しいんだ…

そう思うと、僕はなぜかむしょうに腹がたった。

市役所の彼女の姿は、ほんとうに頼りないものだった。二つ三つの窓口を渡り歩き、結局、最初の窓口に戻ってしまう。しかし、僕は、その姿を待合室のソファーで眺めるだけで、決して、手出ししようとはしない。僕が手助けするわけにはいかなかった。彼女の息子さんの後始末は、他人の僕につけられるようなものではないのだから。

「転校そうそうだったから、たっちゃんもいやなことがあったんだよねぇ」

児童が学校をサボるなんて、あの田舎の小学校では、一大事件だった。こんなことは二度と起こしてはならない。そこで田舎教師たちは当人を、こっぴどく叱りつける。しかし、それでも、まだ足りない。今度はその母親まで学校に呼び出し、当人といっしょにお説教するといいだす始末だった。職員室で、あの白髪頭の中年教師は、まだ三十代半ばだった僕の母に、平気で大声を出した。それが父兄に対する教員の態度だとは、僕には今でも思えない。

「今回の件は、我々教員の問題というよりかは、親御さんの問題じゃと思うております。田中君は転校そうそうこげんことばやらかしよりよったとばってん。転校そうそうのことやから、我々も田中君のことがよーわかってなかとです。もちろん、学校側にはなんの落ち度もなかったと思います」

教師は、そう激しい剣幕でまくし立て、母を責めた。

「お母さんねぇ、この際、田中君の教育ば、もう一度見なおしたらどうですか」

教師の剣幕は、その前日、僕がそうされたように母さえ打つんじゃないかと思わせるほどだった。

…お母さんを打たないで…

僕は、心の中でそう叫んでいた。

…お母さんは何にも悪くない、打つんだったら、僕を打って…


しかし、この件で、母は僕を責めようとはしなかった。二人で学校を出た時、僕の手を握ると、

「転校そうそうだったから、たっちゃんもいやなことがあったんだよねぇ」

と母がいった。その母の言葉に、僕は思わず泣き出してしまう。

「お母さん、ごめんなさい。僕がいけなかったんだごめんなさい、お母さん」


市役所の手続きが、終わった時、ちょうどお昼になった。市役所に書類を提出するというだけの作業に、彼女は午前中いっぱいを費やしたのだ。

「それじゃー、お昼ばごちそうさせて下さい」

市役所の手続きに手間取って、多くの仕事を午後に積み残しているというのに、彼女がお昼のことを忘れることはなかった。僕に気を遣ってくれているのだろうか。

「どっか、よかところに連れて行ってくれませんか」

そういわれて、僕は、まず、ファミレスまで車を走らせた。ファミレスであれば時間も読めるし、値段も手ごろだ。ごちそうしてもらうといっても、彼女にあまり負担をかけるわけにはいかない。しかし、車がファミレスの駐車場に到着した時、

「もっとよかところに……」

と彼女が言い出した。懇願するようにそういわれてしまえば店を代えるしかない。しかたなく、僕はおそらくこの町で最高級のホテルのレストランまで車を走らせることにした。

「エッ?」

これは、僕の驚きの声だ。ボーイが持ってきたメニューを見れば、僕じゃなくても、だれもが声をあげただろう。なにしろ、いちばん安い日替わりランチの値段が、普段昼飯に使う金額より一ケタ多い。社会人になって高級レストランに足を運ぶようになったとはいっても、この値段を見ると上には上があることを痛感させられる。

「それじゃーランチで」

いちばん安い日替わりランチとはいっても、高いことには間違いはない。ボーイに、小さな声で注文したものの、親でも親戚でもない、坂口さんのお母さんにこんなに高いものをおごってもらうのはやはり気が引ける。しかし、それでも、彼女は、

「どうか遠慮ばせんで下さい」

と頼むようにそういった。

…この値段で遠慮しているといわれても…

「もし好き嫌いがなかようだったら、私の注文するもんば食べてくれませんか」

「好き嫌いは特に……」

あいまいな返事だった。しかし、彼女はその返事を聞いて〈アラカルトコースを二つ〉と注文し直してしまう。

…エッ、アラカルトコース？…

メニューに書かれた、アラカルトコースは、この最高級ホテルでも一番高い値段がついていた。

「お母さんいいんですか？」

新人社会人が着るスーツくらいなら、軽く買える価格を見て、僕はまた声を上げた。けれども、彼女はこちらの狼狽も意に介さず、

「よかとです。私達は田舎もんやけん、こぎゃんお金の使い方しか知らんとです」

と悲しそうな微笑を浮かべた。

〈私達は田舎もんやけん、こぎゃんお金の使い方しか知らんとです〉か。その時、僕は、坂口

さんが二億円もの大金を残したことを思い出していた。

…二億の大金を前にしちゃ、これくらいたいした金じゃないよな…

メニューから顔を上げたとき、そこには、窓の外に目を向ける母親の姿があった。

「なんで、あの子はあげんいっぱい保険に入とったとやろうか?」

彼女のつぶやくような声が漏れてくる。地上二〇階にあるこのレストランの窓からは町の風景が一望できる。息子が証券マンとして働き、苦しい日常を過ごし、そして死んでいったこの町。

「私らに、あんな大金ば残すとやったら、彼女にプレゼントの一つんでもこうてやればよかったとに」

坂口さんが二億円もの保険をかけたそのわけを彼女は何も知らない。しかし、ほんとうの理由を彼女に話す気はなかった。話してしまえば、きっと坂口さんだって悲しむだろう。それが僕には手に取るようにわかる。


母にうそをつくようになったのも、S県に転校した頃のことだ。あの事件の後、母が妙に話しかけてくるようになった。〈今日は学校で何があったの?〉とか〈今日は楽しかった?〉とか、学校から帰るとすぐに、母がそんな風に話しかけてくる。あの担任教師の〈これを機会にお子さんの教育を見直されたら〉という言葉を彼女は真に受けたのかもしれない。息子の状況を、息子本人の口から聞く、それが彼女の新しい教育のあり方だった。

しかし、母の新しいその教育方法が、僕を苦しめることになる。事件を引き起こして以来、僕の状況はむしろ悪くなっていた。クラスメートはほとんど口を聞いてくれず、お昼休みもだれにも相手にされない。

「田中と遊んだら、サボり病がうつるばい」

教室のなかで、僕に向けられるそんな陰口さえ聞いたことがある。いや、それは陰口でさえなかった。S県の方言を理解できないとでも思っていたのだろうか、僕の目の前で彼らは平然とそう声をかけ合う。小さな時から方言を聞き分ける訓練をしてきた、この僕には、S県の方言もちょろいものだった。S県のその奇妙な言葉も、ものの数日で、聞き分けることができるようになっていた。言葉は人と人の距離を埋める役割を担っている。しかし、時に真逆の役割を果たすこともある。S県の方言がわかるようになれば、なるほどS県人の視線が怖くなっていく。言葉がわかれば、彼らの冷淡さや、残虐さがはっきりと見えてくる。

だれもいない教室の片隅で、おもしろくもない本のページを繙く、それがあの頃の昼休み定番の過ごし方になっていた。それでも、母の〈お昼休みは何をしていたの〉という問いかけには、

「今日は昼休み、皆とドッチボールをやってねぇ、すごく楽しかったよ」

そんな風に応えた。母を悲しませたくなかった。ほんとうのことを話してしまえば、母は悲

しむに違いない。僕のことでため息をつき、僕のことで教師や親父から怒鳴られる。そんな母をだれが見たいというだろう。

遠足の日が近づくと子供たちから、落ち着きがなくなる。勉強そっちのけで遠足の話ばかりするようになる。どんな場所に行くのか、現地で何が待っているのかなんてことばかりを考え、胸ときめかす。子供たちが期待するのも無理はない。遠足とは、学校を離れ、何が待っているかわからない非日常の世界への冒険に出ることなんだから。しかし、あの頃の僕には、だれもが喜ぶ遠足さえ苦痛なものだった。非日常の世界が楽しいものだなんて思えない。場所を変えたところで、苦痛な日常が終わるわけではない。むしろ場所をかえた分だけ、日常の風景がはっきりと浮かびあがってしまう。

そんな息子の傍らで母は、はりきっていた。自分の息子も、他の子供たちと同じように遠足を楽しみにしている、そう信じて。

「遠足はねぇ、皆と仲良くなるチャンスなのよ」

母は、四日前には、この一大イベントの準備に取り掛かった。料理雑誌を読み、当日のお弁当のメニューを考え、材料を調達する。ついには、新しい弁当箱まで買いに行こうといいだす始末だった。

「今まで使っていたやつでいいよ」

といっているのに、

「何を遠慮しているのよ。新しいものを持っていったほうが楽しいでしょ」

と聞き入れてくれない。

「そうなんだけど」

母は僕のことを思っていってくれているのだ。そんな母に、この僕が何をいえるというだろうか。


「はい、これお母さんが焼いたんだよ、皆にも食べさせてあげてね」

遠足、当日の朝、母はお弁当箱以外にもう一つ紙袋を差し出した。中を見ると、母お手製のクッキーが山のように入っている。その朝、母は五時に起きて、ご自慢のクッキーを焼いたのだ。

「クラスの子に分けてあげてね。二つずつくらいはあげられるから」

母はそういって笑みをうかべた。

「有難う」

母の笑みの前に、その一言をいうのがやっとだった。

…そこまでしなくても…

なんて口には出せない。クッキーの紙袋を手にし、僕は無理にうれしそうな表情を作った。

「このクッキーは魔法のクッキーなんだよ。だれか一人にこのクッキーをあげれば、そのうわさを聞いて、皆がクッキー頂戴って、たっちゃんにお願いする。たっちゃんはたちどころにクラスの人気ものになるんだよ」

バスのなかにはぽつんと一人で座る自分の姿があった。そんなバスのなかで、母の言葉が蘇る。母の話は子供じみていた。魔法のクッキーなんて、この世にあるはずがなかった。クッキーくらいのことで、この僕に興味をもつような奴がいるはずがない。そう思いながらも、僕は焦っていた。母が考える無邪気な子供にならなければならなかった。そうしなければ、母の努力が報われない。せっかく朝五時に起きてこのクッキーを焼いたのに、何のためにそこまでしたのかわからなくなってしまう。たった一人に渡しさえすればいい。たった一人のクラスメートに渡しさえすれば、お母さんがクラスの皆を魔法にかけてくれる。僕は半ば自分を騙すように、自分自身にそう言い聞かせながら、あたりの様子をうかがった。

けれども、S県の小学生のバスの中は、不思議と静かだった。走行中に座席を立ち、バスの中を駆けずりまわって教師に叱られる、あのどこにでもいる小学生の姿がない。S県人は変にお行儀だけはよかった。彼らは、遊びに行くときも都会人なら静かに澄ましているものだとかたくなに信じていたのかもしれない。この田舎ものの見栄っ張りは、小学生にさえ彼らの幻想を押し付けていたのだろう。そして、その幻想を前に、僕は結局たった一人のクラスメートにさえ、魔法のクッキーを渡すことができない。

バスを降りた時、そこには非日常の世界があった。だれにも相手にされないという日常。ちっとも楽しくない日常。その日常をただはっきりと浮かび上がらせるだけの非日常。あの時、僕はどこに行ったのだろう。山登りに行ったのか、それとも、遊園地にでも行ったのか、それは、まるで覚えていない。でも、母の作ったお弁当のみごとさだけははっきりと覚えている。新しいお弁当箱に、四日前から研究に研究を重ねて作った、母のお弁当。そのお弁当がみごとでないはずがなかった。

お昼。クラスの人間が仲間達と輪になり、弁当箱を開きはじめた。お弁当を食べながらお母さんが作った料理を自慢する奴も中にはいるだろう。けれども、僕には自慢する相手がいない。たった一人で真新しいお弁当箱を開いた。遠足だというのに、いっしょに弁当箱を開いてくれる仲間がいない。それが、僕の現実だった。それが僕だけに課せられた現実だった。

この現実を目立たせるわけにはいかなかった。仲間がいない、一人で弁当箱を開く自分のこの姿が、いじめの口実になることだってある。人通りが少ない場所で、お弁当箱を開く自分。自分の現実を浮き上がらせないように、隠れるようにお弁当を食べる自分。皮肉なことに、あの時のお弁当はほんとうにおいしかった。母のお弁当に口をつけた時、朝早くからいっしょうけんめいお弁当を作る母の姿が目に浮かんだ。母は僕を喜ばせるためにこのお弁当を作ったのだ。しかし、母の期待に自分は応えていない。母がここまで努力しているのに、自分はそれに応えることができない。遠足だというのに、お弁当を一人で食べている息子。そんな息子の姿を知れば、母は悲しい気持ちになるだろう、あるいは自分の努力が足りないのだと、母はまた、自分を責めるかもしれない。母を悲しませないために僕が唯一できたことといえば、お弁当の中身を残さず食べることだけだった。いや、それだけではまだ足りない。この魔法のクッキーも……

お弁当を残さず食べて、おなかいっぱいになったにもかかわらず、僕はクッキーを口に投げ込んでいた。だれにも渡すことができず、山のように余ったクッキーを一人でたいらげる。そうしなければ、自分のうそがばれてしまう。うそがばれれば、母は悲しい気持ちになるだろう。しかし、食べても食べても袋の中身は減ってくれない。どんなに食べても紙袋の底が見えてこない。包みのなかのクッキーがちょうど半分になった時、僕のおなかはついにパンクしてしまう。

……もう、食べられない……

「今日は楽しかった?」

家に帰った時、僕にはひどい罪悪感があった。母の顔をまともに見ることができない。自分はクッキーを袋ごとゴミ箱に捨てていた。お母さんが朝五時に起きてせっかく作ってくれたクッキー。この僕を学校に馴染ませよとするお母さんの懸命の努力を袋ごとゴミ箱に捨ててしまったのだ。

「うん、すごく楽しかった」

しかし、僕はそれでもなんとかそう答えた。表情に微笑みを作り、考えられる限りをつくして最も子供らしい自分を演じて……そのうそは僕にとっても決死のうそだった。

「お母さんが作ってくれたクッキーねえ。魔法がほんとうに効いたみたいだよ、今日いっぱい友達ができたんだ。それで今から遊びにいくんだ」

そういうと、僕はリュックサックを投げ捨て、外に出た。母の顔を見ていられなかった。外に出なければ、罪悪感に打ちひしがれ、その場で泣き崩れてしまう。泣き崩れてしまえば、クッキーを捨ててしまったことがばれてしまう。僕は外に出て、行く宛てもないまままただ走り続けた。

…お母さんごめんなさい。こんなにいけない子になって、ほんとうにゴメンナサイ…

目には、涙があふれていた。ぬぐってもぬぐっても涙は後から後からあふれ、いつまでもとまらなかった。

坂口さんの後片付けが完了したのは、夕方、五時前のことだった。しかし、これですべてが終わったわけではない。

「最後に誠のアパートまで行ってやってくれませんか」

それが、彼女の最後の願いだった。僕には、まだ彼女の別れの儀式に立ち会うという重大な任務が残されている。息子が生きた最後の場所。そこに、もう一度足を運ばなければ、彼女は新しい日常を迎え入れることはできない。S県に戻ってしまえば、彼女が、再びこの地に来ることはないのだから。

ガランとした部屋だった。家財道具が何もない、ただ、古びた畳が広がるだけの部屋。仮通夜で上京した際、あの親父が息子の家財道具を廃棄業者にすべて処分させた。この家族にとってそれが最も現実的な選択だったのだ。もう息子が戻ってくることはない。そんな息子のだれも使うことのない本棚やタンスをわざわざ持ち帰って、何の意味があるのだろう。しかし、それでは彼の生きた証が残らない。彼が悩んだことも、彼が苦しんだことも、感じさせるものは残っていない。坂口さんが過ごした、この部屋ももう何も語ろうとしない。彼がここで死んだということさえ、焼け焦げた一畳ほどの畳がわずかに感じさせるだけになっている。

「ここも、明日には全然ちがう部屋になるとじゃろーねぇ」

部屋の中でお母さんがぽつりとそういった。警察の現場検証も荷物の廃棄も終わった今、この部屋は別な住民が入るのを待っている。近々リフォーム業者が入るという話を、大家さんの家まで挨拶にいって聞いたのだが、そうすると、焼け焦げた畳も、床の上の染みも数日後には、消えてなくなるだろう。坂口さんがそこに寝起きし、日常を生きてきたというわずかな痕跡が、それですべて洗い流されてしまう。

そんな、がらんとした部屋のなかで、

「もう、ここには来ることはなかとよね」

とお母さんが独り言のようにつぶやいた。

…お母さん、ごめんなさい…

その時、僕は坂口さんの声を聞いたような気がした。

…お母さんごめんなさい…

彼女の目には涙があふれていた。

…こんなにいけない子になって、ほんとうにゴメンナサイ…

彼女にも、息子の声が聞こえたのかもしれない。

駅の改札に到着したのは、六時を回った頃だった。彼女は八時の飛行機に乗る。もうあまりゆっくりしている暇はなかった。

駅の改札は会社帰りのサラリーマンや学生たちで混雑していた。その改札付近で今日のお礼といって彼女が小さな紙袋を手渡そうとする。

「どうか、お気づかいなく、それに私には受け取れません」

「いや、きっちとお礼もせんやったら、誠に叱られてしまいます」

それが、彼女から聞いた最後の言葉となった。その言葉を最後に、彼女はこちらに背を向け、改札の向こうに飲み込まれていく。

多くの昇降客で混雑する、そんな改札の向こう側に目をやり、しばらくの間、彼女の後ろ姿を追いかけていた。向こう側から来る中年サラリーマンとぶつかり、高校生の一群に背中を押され、そのたびごとに歩みが止まる、その頼りない姿を。彼女は東京の混雑に慣れていない。この調子で八時の飛行機に間に合うのだろうか。いや、息子に先立たれ、これから彼女は……決して出来がよかったわけではないけど、彼女を支えてきた息子。その息子を失い、彼女はこれから何を支えに……

ふと彼女が歩みを止めた。そして、思い出したようにこちらを振り向き、もう一度頭を下げた。忙しく多くの人が行きかう駅構内で、人影に隠れて時に彼女の姿が見えなくなる。しかし、僕にははっきりとわかった。彼女の表情に微笑みがあることを。そこには、斎場に向かう車の中で号泣した彼女の姿はない。がらんとした息子の部屋の中で見せた涙の跡はない。

その微笑みに僕は彼女の新しい日常を感じた。息子がいない日常。あの頑固な親父との二人きりの日常。その新しい日常を彼女もやっと……

…さようなら、坂口さんのお母さん…

その新しい日常にこの僕が立ち入る隙はない。

…さようなら、お母さん…

彼女を見送った後、渡された紙袋を開いてみた。中には封筒のようなものが二つ入っている。一つめの封筒は商品券だった。彼女は全国共通の商品券を今日のお礼のつもりで準備していたのだろう。そして、もう一つの封筒は、街の百貨店の商標が入っている。

…これは、さっき…

駅の改札に来る、ちょっと前、彼女はお土産を買いたいと構内にある百貨店に入った。しかし、そこで彼女はお土産なんて買っていなかった。お土産を買うなんていったのは僕に気をつかわせないためだったのだ。中にはネクタイが三本入っていた。趣味がいいネクタイだった。優子のお見立なんて足元にも及ばないネクタイ。あれだけ短い間に、よくこれだけものをさがしだしたものだ。

…魔法がかからないネクタイか…

彼女のネクタイを手にした時、僕は、しかし、悲しい気分になった。坂口さんの首にまかれたネクタイは一度として、奇跡を起こさなかった。母の願いは結局、息子には届かなかったのだから……

その日、僕は、いつもよりずっと早く七時には家に帰りついた。坂口さんのお母さんを見送った後、一応、会社に戻ったものの、帰っていいぞとの許しが出た。

「ご苦労だった、今日はもういいぞ」

滝口さんは、帰っていいぞなんてめったなことでいわない管理者だった。

それは、彼にしてはめずらしくあまい態度だった。

…あの時は気にならなかったのに…

家に帰ってすぐに浴室に入った。一日中、外にいたからといって別に汗をかいたわけではない。ただ、彼女の一言が……

…あー、あなたが田中さんだったんですね…

それは坂口さんのお母さんが僕に投げかけた一言だ。家に帰りついた時、彼女のその言葉が、ふと思い出された。あの時はほとんど、気にもならなかったのに、しだいにその声は、大きくなり、黙殺することができなくなっていく。

…あー、あなたが田中さんだったんですね…

彼女の声を洗い流そうとしているのに、どうしても僕の体から流れ落ちてくれない。シャワーを浴びても、僕の体に、しっかりとこびりつき、離れようとしない。

「そういえば、私うっかりしとったもんやから、まだ、お名前も聞いてなっかったですねぇ」

彼女が僕の名前を聞いたのは、アパートを出た後、帰りの車のことだった。通夜で顔を合わせたといっても、彼女は僕のことを何も知らなかったのだ。そんな人間とよく一日中いっしょにいられたものだ。たぶん、彼女は、今日一日、息子と過ごした気になっていたのだろう。自分の息子より二つ年下の若い男。二人で歩いている姿は親子といっても別段不自然ではない。

「はー、田中です」

ハンドルを握ったまま、僕は、何の気なしにそう応えた。彼女が僕の名前を知らなくても、驚いたりはしない。そんなこと、どうでもいい話だった。

「あー、あなたが田中さん」

しかし、彼女は僕が予想しなかった反応を示す。

「F県ご出身の、あの田中さん?」

「はー、そうですが」

「誠から、あなたの噂はよー聞いていたんですよ。同じ九州出身の真面目な後輩が来たって。どうりで、今日はほんとにご親切にしてくれたんですねぇ」

「はっ、私が?」

…坂口さんは、やはり、うそを…

浴室の中で、しだいに、坂口さんのうその輪郭が浮かび上がっていた。彼がどんなうそをついたか、僕にはもうわかる。一人前の証券マンになったんだと思わせるために、自分にも面倒をみなくちゃならない後輩ができたとうそをいった。東京に一人いる息子を心配する母親、その母親を安心させるために。しかし、それがどうして僕なんだ。僕は一度も坂口さんと酒を酌み交わしたことはない。それどころか、まともに話したこともなかった。他の人間と同じようにこの僕は、支店の人間の一人に過ぎない。その他大勢の一人に過ぎない。それなのに、なぜ、彼はこの僕を選んだんだろう。なぜ、藤原君でもなく、内村さんでもなく、この僕の名前を挙げたのだろう。

浴室を出て、濡れた身体をバスタオルでぬぐっている時、机の上の三本のネクタイが目に入った。

濡れたままそのネクタイを手に取り、タンスの奥にしまいこむ。彼女のネクタイが二度と陽の目を見ることがないように、すべてを記憶の奥底にしまいこんでしまうために……このネクタイが僕の首に巻かれることはないだろう。

第五章

優子とのやり取りは依然、途絶えたままになっていた。支店を襲った嵐のような出来事が過ぎ去り、僕自身が平静さを取り戻した時、あの噂話が蘇ってきた。いや、優子の顔が見たいという思いが……

…大学時代の自分に戻りたい…

周りの人間の顔色なんて、まるで気にもならなかった学生時代、思った通りのことを素直に話し、そしてそれが仲間たちから素直に聞き入れられた学生時代。自分自身のやっていることに疑問を持つことも、自分自身が通ってきた道のりを思い出すなんてこともなかったあの頃、そしてあの頃、僕の傍らには優子が立っていた。僕の仲間達と冗談をいい合い、そしていっしょに笑い。僕の隣にずーっといっしょにいたかのように、そしてこれからもずーっといっしょにいるかのように、彼女は傍らに立っていた。

…どうも石丸君とつきあいはじめたみたいだよ…

吉岡は、僕に泥を塗れば自分の学生時代の残像をも消し去れると思っている。彼は、僕の栄光に打ちのめされ、惨めな気持ちになり、たった一度しかない、学生生活を泥まみれにしてしまう。その僕が嫉妬に狂い、優子と醜くののしり会う姿を見たい一心で、彼は優子の浮気話を聞かせてきたのだ。しかし、今の僕を泥まみれにしたところで、過ぎ去った過去を、そして彼がおそらく苦しめられている自分の惨めな学生生活の残像を消し去れるはずはない。僕と優子がつかみ合いの喧嘩をし、ののしり合い、そしてみにくく別れていったとしても、彼の思い出が変わるわけではない。けれども、あの男にとっても空しい、そして何の意味もない、その作為に僕は乗せられ始めている。

…あの石丸に…

僕は、彼に自分と同じ匂いを感じていた。いや、自分が漂わせていた最もいい香りだけを、あの男に感じていたのだ。僕の香りは彼のものとは違う。もっと複雑で時に鼻をつまみたくなる不快な思いを感じさせることさえある。吉岡や内村さんは、その匂いを敏感にかぎ分けていたのかもしれない。今の僕は、学生時代の香りなんて漂わせていない、いや、もう不快な香りしか漂わせていないのかもしれない。

意地になって、優子には、こちらから連絡を入れようとはしなかった。しかし、そんな気持を無視するかのような優子のメールが届いた。

〝ご無沙汰してます。考えてみたら随分会ってませんねぇ。私、ここのところ勉強に気合が入っていて、大切な達也君のことをすっかり忘れていたんです。（笑い）今週末、また例の所で例の時間に待ち合わせしましょ！　後のことはぜーんぶ達也君にお任せしちゃいます〟

…優子のほうは意地を張っていたわけではなかったんだ…

相変わらず、優子のメールはノーテンキなものだった。そのノーテンキな文面を読んで、僕はやっと暗い気分からときはなたれた。

「あのー、田中さん。鈴木さんという方が……」

その朝、支店の女の子が、僕をカウンター呼び出していた。朝のカウンターに鈴木が来たというのだ。

…今日は約束はなかったはずだけど…

彼に株を買わせたのは、坂口さんが亡くなった当日の朝のことだった。この自己中で口うるさい男が、こちらの特殊事情を飲み込んでくれるわけがない。坂口さんが亡くなった朝に、わざわざ手数料を稼ぐ必要はなかった。にもかかわらず、株を買わせたのは、そうしなければ、彼から解放されないと思ったからだ。

席を立つ前に、一応情報端末で、彼に勧めた銘柄のその後の動きを追いかけた。

…買値より下がったか…

しかし、買値より下がったといっても、その下げ幅は小幅なものである。株価は毎日変動するものだ。株式投資の経験者はその程度の下げでいちいち驚いたりはしない。席を立った時、僕は改めて、彼は今日、何しに来たんだろうと思った。まだ、朝はやいこの時間に、ここに来るためには相当早起きしなければならなっかたはずだ。しかも、今日は平日だ。仕事はどうなっているんだろう。

「お前は何を考えているんだ」

鈴木が大声を出したのは、僕がカウンターに腰を下ろしたのとほぼ同時だった。

「お前、俺を騙したのか？　あの株、買ったその日から下がってんじゃないか！」

しかし、この男は株の素人だった。大きな声を出し、動揺するその態度に、彼がずぶの素人だったことに改めて気づかされた。買った株が少しでも下がると大騒ぎをする。それは、素人にありがちなパターンである。株式投資の経験者なら、わざわざ早朝の支店に乗りこんでくるようなことはない。この程度の下げで店に乗り込んで、いちゃもんをつけてくるなんて、世間知らずの素人さんがやることとだった。

「まー、鈴木さん、落ち着いて下さい、株なんてものは日々の動きに惑わされてはならないものです。日々の株価の惑わされると取れるものも取れなくなりますよ」

取り敢えず落ち着くようにと客にいう。それがこういう客を前にした証券会社の対応のセオリーだった。この銘柄を買ってまだあまり時間は経っていない。結論を出すにはあまりに早すぎる。日々の株価の動きに一喜一憂してはならない。株は大きく吹き上げる直前に大きく値を下げることだってあるものだ。それに値下がりしたといっても、たいした下げでもない。僕は淡々とそう鈴木に話した。株の動きに精通した証券マンが落ち着いた口調で、こんな風に言っておけば、たいていの素人は、落ち着きを取り戻すものである。

「何が落ち着けだ。これが落ち着いていられるかよ」

しかし、この素人は、そんなやり方が通用するような相手ではない。

「そもそも、お前がこの株を買えば、一億になるっていうから、わざわざ買ってやったんじゃないかよ」

男は支店全体にこだまするほど大声でそう叫ぶ。

「なんだよ、その他人事のような言い方は。俺はお前が泣いて頼むから買ってやったんじゃないないか」

……僕が、泣いて頼んだ？……

彼は自分から株を買いたいといってこの支店の門をくぐってきたのだ。こちらには泣いて頼んだ覚えなんてない。ましてや、一億になる銘柄だといってこの株を買わせたわけではない。

この客は相当癖が悪い。

「お前が、あんまりうるさいから買ってやったんだ。俺の一億どうしてくれるんだ。お前、弁償してくれれんだろうなー」

あまりに理不尽な話である。この男からはたったの五〇万しか預かっていない。その五〇万だって損失というほどの損失を出しているわけではない。たぶん、今売っても、一、二万の損で済むだろう。それを、この男は一億も弁償しろという。証券マンになって二年。僕だって色んな客から文句をいうわれてきた。しかし、ここまで理不尽なことをいう客は見たことがない。

「さあー、どうしてくれんだ!」

彼のむちゃくちゃな言い草に、僕は、ただ言葉を失うばかりだった。

…中学時代のままだと思っているんだ…

たかだか五〇万しか手持ちの資金はなかったのに、店先で〈俺の一億弁償しろ〉なんて大声で叫ぶ。これこそがまさに〝大人げない〟と形容される行為である。自分と僕との関係が中学時代のままだと思っている。そう信じているから、こんな態度が取れるのだ。ろくに勉強をしなかったから、大学にも入れず、ガテン系の仕事にしかありつかなかったこの男。一方、大学を卒業し、証券会社の社員となり、立派な社会人になった中学時代の同級生。まるで、違う世界を生きているのに中学時代の関係だけは残っていると信じるこの男の思い。それが、僕には許せない。

　中三の頃、同じクラスになったこの男に、僕はほんとうに手を焼かされた。東京のN市のあの中学でこの男はどちらかというと真面目なグループに入り、特に印象に残るような人間ではない。新しいクラスに編入された早々の頃、似たよう背格好をしたこの男と行動を共にすることも確かにあった。けれども、この男が自分の素顔を向けるようになった時、僕は距離を置こうと努めるようになる。横暴で我がままでほんとうにいやな奴、それが、この男のほんとうの姿だった。

　この男にうっかり消しゴムでも借りようものなら、まず翌日、僕の筆箱から消しゴムが無くなっていることを覚悟しなければならなかった。鈴木が勝手に持っていってしまうからだ。

「消しゴム持っていっただろう」

　犯人は明らかだった。僕の筆箱から消しゴムを持っていくのはこの男しかいない。

「返してくれよ」

　しかし、彼は、

「昨日、俺の消しゴム使っただろ、だから返してもらっただけさ」

と平気でうそぶき、自分が盗んだということを隠そうともしない。僕が彼の消しゴムを使ったのはたったの一回。そのたった一回の使用には消しゴムをまるごと一つ返さなければ返したことにはならないというのだ。

「そんな話があるかよ」

こちらは、その理不尽な話に怒っているのに、この男は、

「それが世の中の常識だよ、なんでお前はわからないんだ」

と追い討ちをかけた。

教師たちがこの男を、問題視することがなかったのは、この横暴さを僕にしか向けてこなかったからだ。この男は権威者には反抗しない。鈴木は教室の権威者、悪ガキ連中には、卑屈なまでに従順だったし、教師の前ではおとなしくていい子を装っていた。そのくせ、この僕には牙をむく。

僕にとって、鈴木はただ疎ましいだけの人間だった。友達でもなんでもないし、顔を見るのも口を聞くのもいやだ。しかし、こちらがいくら距離をおこうとしても、この男の方から言い寄ってくる。ちょうど今回のように……

「だいたい、お前は昔からずる賢いところがあったからさー、それにうそつきだったし」

鈴木は支店全体に響き渡るよう、そう大声でいった。

「はやく返してくれよ、俺の一億をな」

自分が支配者だと信じるために、実現不可能な要求をその下僕につきつける。それが彼の中学の頃から続くやり方だった。鈴木は何も変わっていないのだ。


「田中さん、ちょっと……」

怒鳴られつづける僕に、店の女の子が小声でそう声をかけてきた。

「滝口さんがお呼びです」

この呼び出しが、僕を理不尽な恫喝から解放してくれた。


どんなに横暴な管理者だってめったに接客中の部下を呼び出すようなことはしない。

「お前、ダマてんなんかしてないんだろうな」

そのめったにやらないことをした滝口さんは、まず、僕にそう一言、尋ねた。

「そんなことやってません」

しかし、部下がそうはっきり答えても滝口さんは、

「ほんとうにやってないだな」

と同じ質問を繰り返した。

「はい、やっていません」

僕はもう一度、はっきりとそう応えた。

〝ダマてん〟とは、日々、過酷なノルマに苦しめられ、手数料に困り果てた証券マンが、客の同意を得ずして株取引や投信売買をやってしまうことである。取引に当たって客に黙って伝票を出す〝黙って伝票〟がしだいに〝ダマてん〟と呼ばれるようになった。客のお金で勝手に取引したなんてことがばれてしまえば、証券マンの懲戒免職は免れない。会社のほうだって、その管理者責任が厳しく追求されることになるだろう。滝口さんが、何度も〈ダマてんなんてやっていない〉という確約を取ったのにもこうしたわけがある。

けれども、当時は、まだ〝ダマてん〟の事実が発覚でもしない限り、証券マンや証券会社の罪を追及するのも難しかった。あの頃、証券マンはよく〈この銘柄は絶対に値上がりする〉なんてことを平気で口にし、客から注文を取ったものだが、実はこの〝絶対に儲かる〟というセールストークも、断定的な判断に基く推奨販売にあたり、法律で厳しく禁じられる行為である。しかし、この違法なセールストークが原因で懲戒免職になるケースはほとんどなかった。株取引は口約束が基本である。推奨した銘柄が、仮に大暴落することがあっても、証拠が残らない口約束だから、いった、いわないの水かけ論に持ち込める。こうなってしまうと、客のほうは、もうどうにもならない。騒ぎすぎると、欲をかいて株なんかに狂うからいけないんだなんて、世間から白い目で見られることになりかねない。

まだまだ、株に偏見のある時代のことである。証券マンの数多くの悪事は、客の強欲さに問題がすり替えられた。そもそも株なんて博打に手を出したのがいけないというところで落ち着いてしまったわけだ。

もっとも、最近は、業界の自助努力も進み、電話のやり取りをすべて録音し、客が要求すれば録音テープを公開する証券会社も出ていると聞く。ネット取引が隆盛を極める現在、手数料の高い、相対取引はただでさえ敬遠されがちだが、そのうえ信用まで失ってしまえば客にそっぽを向かれるのは間違いない。証券会社が自助努力をするのは当たり前の話である。

「わかった、カウンターからクレームが来てるんだ、あんな客がいつまでもいたら商売にならないってな」

滝口さんが、接客中の部下を呼び出したのには、これ以外にもわけがある。

「とりあえず、あそこに通しておけ」

滝口さんは、鈴木を会議室に通すようにといった。彼はくせの悪い客を自分がなんとかする気でいるらしい。

二階にある会議室には、一般の客が入ってくることはない。おまけに窓もないから外からのぞかれることもない。その会議室は完全な密室の部屋だった。

「鈴木さんっていいましたっけ？」

会議室に入ると、滝口さんは、まず、胸ポケットから取り出したたばこに火をつけ、大きく足を組んだ。そして、天を見上げて、ゆっくりと煙を吐き出し
「あんた、うちの田中にダマされたって騒いでいたそうですね」

と鈴木に顔を向ける。たばこの煙が鈴木の顔に降り注ぐ。その煙が営業課長と客との近すぎる距離を物語っていた。しかし、滝口さんは、この状態でなぜか、口をつぐんでしまう。鈴木の顔を観察でもするように険しい目でながめるだけで、口を開こうとしない。おそらく、この沈黙の時間は一、二分。このわずかな時間がひどく重苦しく感じられた。

営業課長がこの会議室に入ったのは、客を通した一〇分後のことだった。その間、鈴木は会議室で一人待たされる。この部屋には、情報端末もなければ雑誌もない、おまけにお茶さえ出されず、一〇分も待たされたのだ。けれども、ぞんざいな扱いを受けたにも関わらず、滝口さんを前にした鈴木は声を出さない。さっきまであんなに威勢がよかったのに、膝の上に手をおいたまま滝口さんから目を反らす。

…今、自分はどこかの組の事務所にでも軟禁されているのか？…

鈴木がそう感じるのも無理はなかった。出口は一つしかない、おまけに窓もない。外界から遮断されたこの会議室で田中の上司を名乗る男からにらまれている。この男の鋭い目つきは素人衆のものとは思えない。鈴木が緊張しているのは明らかだった。これからどんなことが起こるのか、彼には何もわからない。もう、彼には事の推移を見守ることしかできなくなっている。

やくざが素人さんに手を出すなんて、まずありえない。違法金利で、やくざまがいの取立てをする暴力金融業者だって、客に手を出し、怪我させるようなことはしないものだ。彼らにも生活というものがある。そんなことをしたら警察につけこむすきを与えるだけのことで、金儲けの機会を失うことにもなりかねない。彼らの商売は、客を怖がらせることで成立するわけだから、もちろん、巧妙に暴力の影をちらつかせてはくるものの、暴力はあくまで見せかけだけのセールスツール。彼らはプロなのだ。ほんとうに手を出すようなばかなことはしない。だから、何かの間違いで暴力金融に関わることになっても、命をおとすようなことにだけはならないからご安心いただきたい。暴力の影に屈せず、前向きに対処すれば、必ず状況は好転する。勇気を持っていただきたいものだ。

しかし、商売を続けるうえで、時には客を威嚇することも必要である。客という立場に立てば、営業妨害もお構いなし店先で大声を出しさえすれば、どんなに理不尽な要求も受け入れさせることができる。そんな風に思い込んでいる人間には、まず、合理的な説明なんて通用しない。不思議なもので鈴木のような力で相手を屈服させようとする奴に限って、力に弱いものだ。こんな男には暴力の威嚇はきわめて有効なものである。

「あんた、Y組の笹塚って若い奴によく似ているよ」

長い沈黙の後、滝口さんがやっと口を開いた。

「Y組?」

鈴木がおびえたような小さな声を出す。

「まー、Y組っていっても、その下部組織なんだけどなあ」

Y組とは、もちろん神戸に本拠をおく広域暴力団のことである。O市がY組の支配下にあるという話は、お客さんから聞いたことがあるが、この街で、暴力団がらみの事件が起こったことはない。

「この辺りにもそのY組系の組事務所があったんだよ」

近所にY組の事務所があった? 滝口さんが組事務所なんて口にすると、確かにリアルに聞こえてはくるものの、このあたりには小学校もあるし、中学校まである。いわば文教地区のど真ん中に事務所を開く組組織なんてあるだろうか?

「まーねー、今でこそ、暴力団関係者の株取引は難しくなったけど、バブルの頃はやつらも株に手を出していてね。俺もよく、組事務所に顔を出させてもらったものさ。まだ、若いころだったが、親分さんにずいぶんかわいがってもらったもんだよ」

滝口さんはくわえたばこのまま、昔を懐かしむかのように話を続けた。

「そこの組にね、あんたにそっくりの奴がいたんだよ」

そこまでいうと、口にくわえたたばこを手に取り、身を乗り出すと、

「まだ、若い兄ちゃんだったけどね、負けずきらいで血気盛んな奴だった」

課長はそういって、不気味な笑いを浮かべた。


「それで、あんた、うちの田中に何されたんですか」

しかし、ここで滝口さんは、突然、話題を変えてしまう。

「エッ」

ここに来た、本来の目的を忘れてしまったのか、鳩が豆鉄砲を食らったような表情を浮かべたまま、鈴木には何もいうことができない。

「いいたいことがあるからここに来たんだろ、俺たちは忙しんだ。いいたいことがあるんだったらとっととといえよ」

「あー、はい」

つっけんどんな課長にうながされるように、鈴木はやっと口を開いた。

「実は、私はこの田中君とは中学時代の同級生でして……」

鈴木が僕のことを呼び捨てしなかったことがおかしかった。目の前の強面の男をおこらせたくないという彼の気持ちがよく出ている。Y組とのつきあいをそれとなくひけらかす滝口さんの眼光の前でこの男はすっかり縮みあがっているのだ。

…さっき、君は僕に一億円、弁償しろっていったよな、このやくざにも同じことをいってみろよ…

怯えたまま滝口さんを眺める、そんな鈴木の傍らで、僕はいじわるく心の底でそうつぶやいた。けれども……

「彼がすぐにでも値上がりするようなことをいうので、貯金をはたいて株を……」

鈴木という男も案外タフな奴だった。強面の男を前にしても彼はなおも話を作る。そもそも、彼は自分からこの店の門をくぐってきたのだ。しかも僕は、すぐに値上がりするなんて一言もいっていない。

「そういえば、そのY組の笹塚って若い男……」

しかし、この鈴木の話を遮るかのように、

「あいつも生きていたら、ちょうど三〇になっていたんだな」

と滝口さんはぽつりと、組組織にいたという、ある若い男のことを口にした。

「生きていたら？」

滝口さんの声に鈴木の身体がぴくりと動く。自分の話を無理に遮られたのに、鈴木は脅えたような表情を浮かべ、自分の話を中断してしまう。

「殺されたんだよ、歯がぼろぼろにおられて、両手首を切り落とされた状態で東京湾に浮いていたんだよ」

そういうと、この管理者は、またにやりと笑った。

「まー、俺には事情はよくわかんないよ。でもなー、奴はまだ若かったんだなー。やくざの世界にもそれなりの流儀ってもんがある。奴だって流儀さえ守てりゃあ、あの年で死ぬようなこともなかっただろうに」

滝口さんはそこまでいうと、今度は声をひそめ、

「実はね、俺は親分から聞いて知っているんだ。奴は組の命令で殺されったてことをね。奴はどうも外の組のしまを荒らして収拾つかなくしたらしいんだな。ほっとけば組同士の抗争になりかねねー、それで消されったってわけさ。そりゃー、本人は組のためにやったつもりなんだろうけどよ、血の気の多い奴だったから、親分の命令も聞かずに先走ってしまったんだな」

この話を聞いた後、鈴木は完全に声を失う。顔を硬直させ、まるで動かなくなってしまう。

「まー、あんたもせいぜい命を大切にするんだな、それで？」

「へっ」

鈴木の上ずった声が、応接室全体に響いた。その声に怒ったように、

「何度、言わせればわかるんだよ。あんた、いいたいことがあるからここに来たんだろ、俺たちは忙しんだ。いいたいことがあるんだったらとっととといえよ」

自分が話を中断させておいて、こんな言い草はないものだ。しかし、ここでも鈴木は、

「こっ、この田中君が必ず値上がりするといった銘柄を買って、私はそっ、損を……」

と、しどろもどろになりながらも話を続けようとした。

「エッ、損？」

滝口さんの表情が急激に険しくなる。

「お前が、損をした？」

と、彼はおどろいたような顔をすると、腹の底から、絞り出すような声で、

「あんた、この世界のことを何も知らねぇな」

と鈴木をにらむ。〝この世界〟という言葉が滝口さんの口から洩れた時、鈴木の顔色が変わる。

目の前の男は、人の命さえ闇に葬ってしまう人間たちとつながった男なのだ。

「お前がどんだけ損したんだ」

このやくざの腹の底から絞り出したような声はしだいに大きくなり、

「一万か二万か、エッ、はっきりいってみろよ」

雷のような滝口さんの大声が会議室全体にこだました。

「たかだか、五〇万しか持ってこなかったくせに、文句だけは一人前かよ」

滝口さんは、そう大声を出しながら、突然、立ち上がり、

「さー、はやく帰れよ。帰れっていってんだ」

と今にも鈴木につかみかかるような剣幕でそう叫んだ。

「俺達は忙しいんだ。お前みたいなけちな奴につきあってやる暇はないんだよ」

しかし、鈴木は立とうとしない。いや立つことができない。滝口さんの剣幕に腰が抜けてしまったのだ。

「帰れっていえば帰るんだよ、それとも何かい、お前は俺にこの世界の流儀ってものを教わりたいか」

この一言に鈴木が飛び上がる。恐怖の表情を浮かべたまま直立不動で席を立つ。

「さあー田中、お客様のお帰りだ。出口までお送りしろ」

こうして、滝口さんは鈴木を追い返した。その所用時間は長かったようでわずかに八分。べ

テラン証券マンはこの手の人間を追い返すのも手馴れたものだった。

Ｙ組の笹塚という若い男の話がほんとうかどうか僕にはわからない。しかし、もし、それがほんとうの話でなかったとしたら滝口さんはよほどの名優だ。彼が殺されたやくざの話をすれば、現場に立ち会ったかのような臨場感さえ醸し出される。そんな強面の男に鈴木が勝てるはずがなかった。そんなことは最初からわかりきっている。


さて、この後、鈴木はこわばった表情のまま、無言のまま出口に向かった。しかし、出口付近にたどり着き外の様子が見えた時、少しは落ち着いたのか、

「今日は有難うよ」

と口を開いた。

「今日のことを俺は絶対に忘れないからな」

そういうと彼は僕を睨みつける。それがこの男の最後のあがきだった。

「絶対に忘れないからなー」

精一杯、恐ろしい表情を作り僕を恫喝する鈴木。その姿を見て、腹の底から笑いが沸き起こってきた。滝口さんににらまれ、縮み上がり、それこそちびりそうにさえなっていた男から恫喝されて、だれが怖がるというだろう。いくじなしのくせに見栄っ張り。この男は昔とまるで変

わっていない。完膚なきまでに叩きのめされた男の虚勢なんて笑われるだけのことなのに、それでも虚勢をはろうとする。

「こちらこそ、今日はわざわざ足をお運びいただき、どうもありがとうございます」

彼の虚勢に、こちらは薄笑いをうかべて応え、

「また、御用の際には、いつでもお立ち寄りください」

そういって軽く会釈し、とどめを刺した。こちらのばかにしたような会釈にただ苦々しい表情を浮かべる鈴木。僕はもう噴き出しそうになっていた。この男に、再びここに現れるだけの勇気があるはずがなかった。この男に滝口さんへの畏怖を超えることができるはずがないのだから……しかし、この男が最後の台詞をはいた時、この男の捨て台詞が、僕の顔色を変えてしまう。

「山川みたいな思いをさせてやる。お前の大親友の山川と同じ思いを必ずさせてやるからな」

鈴木が最後に口にしたのは山川の名前だった。運動神経も成績も悪く、うすのろで何をやってもダメだったあの男の名前を。あのクラスでひどいいじめを受けていた男のことを。

「誠から、あなたの噂はよーきいてたんですよ。同じ九州出身の真面目な後輩が来たって。どうりで今日はほんとにご親切にしてくれたんですねぇ」

坂口さんのお母さんの最後の言葉がなぜか、僕のなかで蘇る。

…そういえば、あの男も坂口さんと同じような弱々しい微笑みを…

鈴木が、やっと、僕に背を向けた。出口の自動ドアを開いた時、強い風が支店になかにはいってくる。それは乾いた冷たい風だった。

…こいつも、あのことを忘れていたわけではなかったんだ…

記憶の底に封印し、二度と開くつもりはなかった一〇年以上も前のあの出来事。しかし、その封印を鈴木が解き放ってしまう。記憶の封印が解き放たれた時、爽快な気分は陰鬱なものに取って代わられる。

…なぜ、僕はこんな人間ばかりにまとわりつかれるんだ…

鈴木が後ろ姿を見せ、やっと支店を後にする。彼が再び、こちらをふりむくことはなかった。

この日のことを、滝口さんはその後何もいってこなかった。常識的な管理者なら、こういう場合、それでも少しは僕の非を責めただろう。

〈客とちゃんとコミュニケーションを取らなかったからいけなかったんだ〉だとか、〈客をコントロールできないお前がいけなかったんだ〉だとか、ほじくりだそうと思えば部下の非なんて、いくらでも出てくるものだ。そしてそのわざわざほじくりだした非を叱りつける。それが常識的な管理者というものだ。鈴木のような癖の悪い客と運悪く取引するようになった場合、どんなに注意しても、営業マンが無傷でいるのは難しい。管理者がどんな時でも営業マンを責めるのは、戒めのような意味があるのだろうか？　しかし、その戒めにも意味があるとは思えない。どんなに営業マンが努力してもいい客にめぐり合えるとは限らない。悪い客を避けることができるとも限らない。株の世界は運・不運の世界である。滝口さんはそのことをよくわかっていたのかもしれない。

「田中の奴、自分の友達を騙したみたいなんだぜ、アイツはそこまでするんだぜ」

そんな噂話を僕が偶然聞いてしまったのは、それから数日後のことだった。お茶を飲もうと給湯室まで足を運ぶと、給湯室にはすでにだれか入っている。狭い給湯室には二人、人が入ればいっぱいになってしまうから、中の人間が出てくるまで、外で待たなければならない。中にだれがいるのかなんてもちろん僕にはわからなかった。そんな僕の耳に息を押し殺したような声が入ってきたのだ。

「まあー、俺はアイツがそんな奴だって、前からわかってんだんけど。そういえば、田中のその友達、彼もいってってたみたいだけど、アイツは昔からずる賢くて、うそつきだったんだって」

それは内村さんの声だった。

…アイツ、またあんなことを…

「アッ、すいません」

二人の存在に気づかなかったかのように、僕が給湯室に入った時、そこにはデブ野郎と店の女の子が立っていた。何事もなかったように装ってはいるが、二人の驚きは隠せない。

「内村さん、それじゃー」

女の子が、その場をそそくさと立ち去った。

「あー、なんだ田中か」

一人残されたデブのほうも、何事もなかったように、そう声をかけると、

「あのさー、宮崎さんのお客さんが支店にケーキを差入れしてくれたんだって。冷蔵庫に入っているから、お前も食べれば」

というと、給湯室を出ていってしまう。

給湯室の噂話。それはＯＬ達の年中行事である。このＯＬたちの行事には通常、男性社員は参加しないものだ。そもそも、年中行事の担い手であるＯＬたちが男性社員の参加を嫌がるものだし、それ以上に男性社員のほうが、噂話なんて女々しい行為と忌み嫌うものだからだ。しかし、この支店の中には、なんら躊躇なくその女々しい行為に手を染める男性社員がいる。自称体育会育ちのデブ男は率先して、この行事に参加し、男性社員の噂を支店のなかに広げていった。坂口さんが、必要以上にダメ人間だと思われるようになったのも、ここで広げられる噂の

ためである。デブは、給湯室で噂話を話し続けた、坂口さんを孤独の淵に追いやるために。

…今度は俺を餌食にするつもりか？……

給湯室に一人取り残され、僕はただゆううつな気分になっていく。


小学校五年の終了式を終えた時、僕のあのS県での生活も終わりをとげる。親父の転勤のため中国地方のH県の学校に転校することになったからだ。しかし、そのH県の生活も二年間で終わり、中二の新学期には、東京のあの中学に通うことになった。

「たっちゃんは、中学校に入学したころから、口数が少なくなったのよ」

後年、母が僕にそう話した。実は、母のその記憶は僕の記憶とも一致している。H県を後にする頃、もう、うそをつくのはいやになっていた。うそをつくくらいだったら、黙っていた方がいい。


東京の中学に通うようになった頃、しかし、母は口数が極端に少なくなった息子にも、あまり違和感を覚えない。息子はもう中学生になっている。背も自分を抜き、鼻の下にはうっすらとひげも生え始めている。

「男の子なんて、何も話してくれないものよ」

あの頃の母は、お習いごとに励む毎日を過ごしていた。本社に転勤になった父の〈もう、転勤はない〉という言葉を信じ、前々からやってみたかったお茶やお花を習いはじめたのだ。母は、お稽古ごとで知り合った仲間たちとのつきあいにも積極的で、連日のように仲間たちを家に呼び、お茶とお菓子でおもてなしするようになっていた。そんな席で子供の話題が出てくると、母は必ず、

…男の子なんて、何も話さないものなのよ…

と口にした。リビングから聞こえてくる母の息子の話を耳にする時、僕は、しかし、胸をなでおろす思いがした。いい子を必死に演じなくなっても、自分の理解の及ばない男の子になったんだからしかたがない、母は、そう理解してくれている。それが僕を安堵させたのだ。

東京の中学に移った早々の僕は、しかし、うそをつく必要もなくなっていた。

「達也っていうんだろ……お前、H県から来たんだよな。H弁しゃべってみろよ」

だれも知らない教室のなかで、一人でぽつんとお昼を食べていた時、ある少年がそう声をかけてきた。顔をあげると、そこには、福島と数人の仲間がいつのまにか僕の回りを取り囲んでいる。

…方言から攻められる…

それが僕の経験した転校生が受ける洗礼のセオリーだった。

…もう、始まったのか…

怯えた表情を見せてはいけない。だからといって、相手をにらみつけるようなこともしてはならない。最初が肝心だった。決して弱い人間ではない、さりとて、気ぐらいが高くて鼻持ちならない人間でもない。彼らにそう感じさせなければ、いじめのターゲットになってしまう。何度も転校してきた僕には、この場合の最も無難な振舞い方というものを知っていた。それは入学試験のようなものだ。僕は試されている。しかし、この入学試験をパスする自信はあまりない。底意地の悪い奴らなら、マイナスポイントを必死にさがしてくるだろう。そのあら捜しをうまくかいくぐることができなければ、それで、この中学の生活が決まってしまう。

あの時、どんな言葉を発したのか、それはもう、覚えていない。しかし、僕が言葉を発した瞬間、福島が、そして彼の仲間達が腹を抱えて笑い始めた。

「おかしい、腹がいたい。H県人はそんな言葉で話してんの」

それは冷笑ではなかった。陰湿さもなければ,暗さもない。そこにいた中学生たちすべてが、もがき苦しむかのように、腹の底から笑っている。そこにあったのは少年たちの屈託のなさと明るさだった。

福島は奇妙な方言がよほど気に入ったのか、この僕を半ば強制的に〝福島組〟の組員にしてしまう。僕の灰色の少年時代のなかで唯一、明るい色を放ったあの中二の生活は、福島組の組員という名誉を福島が一方的に授けてくれたことではじまった。

確かに、あの中学も陰湿ないじめが横行していた。僕が、耳にするいじめの噂話も、日本最大の都市、東京だけあって、そのスケールが違う。東京の中学の教員達は、まるでやる気もないようで、一人の男子生徒が教室のなかで裸にされ、殴るけるの暴行を受けているのに、そ知らぬ顔で廊下を歩いていく。それがあの中学校の日常だった。しかし、福島のいたあのクラスだけは不思議といじめらしい出来事が起こらなかった。

「俺の子分になったら、親分の俺が命がけで守ってやるからな」

そんな中学にあって、福島が転校そうそうの僕にそういってくれた。それは、新参者のこの僕にはほんとうにありがたい話だった。ありがたい話ではあったのだが、しばらくして、福島組の組員でいるのも案外たいへんなことだということに気づかされた。この親分は常時、自分の回りに子分がいなければ気がすまない。お昼はどんな時でも、いっしょに食べなければならないし、昼休みは必ず校庭で野球をやらなければならない。トイレさえ、子分を引き連れて行かなければ気が済まない奴だった。

「今、行きたくないから」

といったところで、

「ダメだ、それが子分の務めだ」

といい返される。彼は組員にトイレにいかない自由さえ与えなかったのだ。

長期間学校が休みになる、夏休みさえ、ほとんど毎日親分と顔を合わせた。朝はやく家を抜け出し、中学生だけで行くことが禁止されていた千葉の海に福島組の面々と行った。それは僕の少年時代、最大の冒険だった。千葉の海に向かう朝早い総武線快速電車の車内のことを未だに覚えている。電車のいたるところに腰を下ろした、茶髪のサファー達にとって、この中学生の一群は奇異な存在だったに違いない。彼らは時に、こちらを睨みつける。臆病な僕には彼らの眼差しが恐怖そのものだった。しかし、親分の影に隠れると不思議と恐れは消えていく。

…俺が命がけで守ってやる…

当時の僕は、その福島の言葉を素直に信じていた。実際、彼には子分を命がけで守ったという前歴がある。彼が、まだ中一だったころ、子分の一人が中三の悪ガキ連中に取り囲まれ袋叩きにされるという事件が起こった。悪ガキ連中は体格も数段上で、多勢に無勢である。勝つ見込みはまずない。しかし、現場に一人で駆けこんだ、彼は約束通り、子分を救出したのだ。血だらけになり、傷を負いながらも、果敢に殴りかかってくる、この少年の姿に中三のお兄ちゃんたちが、恐れをなして逃げていったのだという。

僕の少年時代のなかで、あの一年だけは、光り輝いている。僕の最も少年らしい季節だった。全国から、仕入れてきた方言をおもしろおかしく聞かせると、親分はいつも腹を抱えて笑ってくれた。親分をそこまで笑わせることができたのは福島組の中で僕しかいない。それがあの頃の僕の名誉だった。

けれども、その最も少年らしい季節には、もう、あの山川の影がある。彼は福島組の組員の一人として、あの頃、すでに、僕の傍らにいた。

「達也君、お久しぶり。元気だった」

週末、久しぶりに優子に会った。待ち合わせ場所の御茶ノ水駅の改札で出会った時、優子はいつもの満面の笑みで僕を迎えてくれた。今日の彼女は遅刻しなかった。このあいだの喧嘩のことも忘れているのだろうか。しかし、僕は、この満面の笑みに、

「今日は行く宛てがない日だよ」

とつっけんどんに応えた。実際、どこに行くかなんて、今日の僕は、まるで考えていない。

「あら、いつも手回しがいい達也君にしちゃめずらしいじゃない、何かあったの？」

…石丸のことがばれたんだよ…

心のなかでそう意地悪くいう自分がいる。

……まだ、気づかないの？　それとも気づかないふりでもしているの？……

優子と石丸の噂なんて、あの事件の混乱のなかで、僕自身、すっかり忘れていたはずだった。しかし、こうして久しぶりに会ってみると、忘れていたその話が頭をもたげてくる。

「まっ、そんなこともあるわねぇ。達也君だって忙しいんだもん。達也君といっしょにいれば必ずどっかに連れて行ってくれるなんて、私はやっぱりあまえていたんだわ。ちょっと反省しなきゃね」

「反省する？」

「まっ、私の反省なんて三日も持てばいいほうだけど」

自分のいったことに、自分で笑う優子。その彼女の屈託のない笑顔を前に、こちらはもう意地悪なままでいることができなくなっていた。

「このあいだ、会社の先輩が火事で死んだんだ」

行く当てもないまま取り敢えず入った駅前の喫茶店で、話の口火を開いていたのは、結局、僕のほうだった。

「へー、達也君もたいへんだったんだ」

「人間の日常生活って、だれもが永久に続くと思っている。でも、必ず終わるんだ。今回の件で、僕はそのことが痛いほどよくわかった。ちょっと空しい気持になったのかな」

…空しい気持ち？…

自分のいったことなのに、自分がいったことだとは思えなかった。坂口さんの棺の前で、空しさを感じていたなんて、どうして、そんなことが自分の口から……

「いや、空しい気持ちというより……たぶん、それが……つまり、人間の死を前にした人間の気持ちというやつで……」

自分でも何をいっているかわからない。気になることを隠そうとすればするほど、何をいっているかわからなくなる。今の自分にはあの噂話のことしか頭にない。でも、その話を切り出してしまえば、自分が嫉妬していると思われてしまう。嫉妬するみっともない姿を、優子に見せるわけには……

「やっぱり、人の死に立ち会ったのは、初めてのことだったから……」

僕の胸中は複雑だった。しかし、ふと顔をあげたとき、そんな僕をなぜか優子がニコニコと見つめている。

「どうしたんだよ」

…優子は何を考えているんだ！　人の死が絡む話を笑顔で聞くなんて…

「ゴメンナサイ、ちょっと不見識だったかしら。でも、やっぱり達也君は他の人とちょっと違うなーって思ったの。同僚の死に日常生活の終焉を感じるなんて、達也君らしいじゃない」

…僕が、他の奴と違う…

〝日常生活の終焉〟なんて、中途半端な文学的な表現で、意味するところがまるでわからない。しかし、それが僕らしいいい方だと優子はいう。悪意でいっているわけではないことも、まぶしいものでも見るように僕を見つめるその眼差しでわかる。彼女は依然として、気づいてはいない。日常生活の終焉なんてきざなせりふを吐いたこの僕の頭のなかには、石丸とのあの噂話しかないことを。

〈優子と石丸がつきあっている〉吉岡のその話は、やはり根も葉もない話かもしれない。奴は嫉妬に狂う、僕の醜い姿を見るためにつくり話を聞かせたのかもしれない。


その日の優子は、ひどく綺麗だった。日夜勉強に励み、つかれているはずなのに、彼女には、そのつかれが出ていない。それどころか、何かをやり遂げようとする人間の眩しい光があった。そんな優子を僕は、どうして信じようとしないんだ。どうして素直に彼女の気持ちを受け入れようとしないんだ。

「やっぱり達也君は優しい人なんだねぇ、きっと先輩の死をいちばん悼んでいるのは達也君なんだと思う」

「坂口さんの死を悼んでいる？」

…他人が自分の前でいなくなったくらいでどうして泣かなきゃいけないんだ…

坂口さんの通夜の席で自分自身に言い聞かせていた、あの言葉が蘇っていた。僕は坂口さんを突き放した。通夜の席に臨んでも、彼の死を悼もうともせず、涙することもなく〈どうして泣かなきゃいけないんだ〉なんて、心の底でつぶやいていたのだ。そんな自分が、優しい人間のはずがない。


「石丸君の研究を手伝っているんだって」

優子にかまをかけみた。彼女が動揺することを期待して……

「あれ、達也君、その話、知っていたんだ。石丸君から聞いたの？」

しかし、優子は動揺する素振りを少しもみせようとはしない。

「あー、その話で思いだしたんだけど、石丸君が資料を集めたいっていうから、この間、二人で日比谷図書館に行ったのねぇ、ちょうど私も調べ物があったし。そしたらたまたま吉岡先輩に会っちゃったの。私も石丸君も吉岡さんって苦手じゃない。いっしょにお茶しようなんていうわれたら、どうしょうかと思ったわ」

そういと、彼女は声をあげて笑った。

「石丸君も、今年の論文コンクールに論文出すんだって。あっ達也君知ってたんだよねぇ、石丸君の〝地方行政の文化史〟ってテーマ、あれおもしろいと思わない？　私も今、試験勉強で忙しいからあんまり手伝えないんだけど、試験が終わったらまた手伝ってあげようと思っているんだ。ちょうど、達也君の時みたいに」

…ちょうど、達也君の時みたいに？……

石丸は地方行政の勉強をさらに深めるために大学院に進学するのだという。お父さんを支えたいという思いを胸に彼は研究者への道に果敢にチャレンジする、その一途に研究に励む彼の姿に僕は、自分の姿を見ていた。いや、自分の幻影を見ていたのだ。自分にはすべてをかけて研究者の道にチャレンジするなんて勇気はなかった。いや、それだけの資格が自分にはない。

石丸は時折、この僕に電話をくれた。しかし、大学を離れて二年にもなる、この先輩には、もう彼の研究上の相談には応えられない。石丸が尊敬した先輩も、今では、株や投信のことしか頭にないサラリーマンになっている。いや、客を騙して、毎日のしのぎを稼ぐ三流証券マン成り下がっているのだ。

「私は縁起者なの、私が手伝うと優秀論文賞が不思議と取れるんだよ」

そういうと、優子はまた笑顔を浮かべた。

論文作成が佳境に入った頃、彼女は僕のアパートで一晩中、論文作成を手伝ってくれた。この僕の優秀論文賞受賞を信じて。そして、僕は彼女が信じた栄光に向けて走り続ける。しだいに二人は先輩と後輩の一線を越えていく……優子は石丸のことも同じように手伝う気でいるのだろうか？　頭より身体が先に動く優子のことだ。たぶん、彼女は自分が言った通り、石丸の研究を手伝いはじめるだろう。ちょうど僕の時のように……

石丸と優子が二人きりで一夜を過ごしたなら、同じ目標に突き進む二人が一つ屋根の下で夜を共にしたら、二人の心には何が生まれるんだろう。二人は知らず知らずに惹かれあうようになる。時が経つにつれ、その情熱は意思の力ではどうにもならないものになっていくだろう。そして、二人はすべてのしがらみから解き放たれようとする。

…どうすればいいんだ…

自分はどうしたらいいんだろう。それでも優子の気持ちを信じていろというのか。優子が見ている僕の姿は、幻影に過ぎない。そのほんとうの姿は石丸の中にある。

「この学校の人間は腐っている。俺が信じられるのは、お前だけだ。だから山川のことはよろしく頼む」

中二の三学期、福島が突然転校することになった。彼の親父が家を新築し、そちらの学校に転校することになったのだ。親分を失う、福島組は解散される。三学期の終了式が終わった後、僕ら福島組の面々は、彼の自宅に集まり解散式に臨んだ。

「皆、今までよく俺についてきてくれたな。今日限りで福島組は解散になる。だけど、これからも皆仲良くやってもらいたい」

福島の最後の挨拶は、子分たちの目頭を熱くさせた。親分の家に集まった一〇人前後の子分の中には、あの感激やの矢島は、声をあげて泣き出すほどだった。たかだか転校するいうだけの話なのに、この男はこれほど多くの人間を悲しませる。それは、福島という男の偉大さを、改めて感じさせる場面だった。自分は過去何回転校してきただろう。多くの場合、通り一遍の〝お別れ会〟は開いてくれた。しかし、それは儀礼的なものに過ぎない。学校の外で、たとえば、家にまで押しかけられ別れを悼まれるなんて経験は、僕にはない。

しかし、その感動的な福島組の解散式の中にあって、悲しみとは違う、別の表情を浮かべる男が一人いる。それが山川だった。

「親分は、なんでアイツを福島組の組員なんかにしたんだ」

福島組の中でも、山川の評判は決してよいものではない。うすのろで、成績も悪いし、いっしょにいても楽しくない。しかも、彼は我々福島組の足を必ず引っ張った。隣町の中学の連中と野球をやった時も、頭の真上から落下してくるごく簡単なフライを落としてしまう。それが原因で福島組はあの生意気な隣町の中学の連中に負けてしまう。皆で千葉の海に行った時もこの男がおぼれかかって、予定よりも二時間もはやく楽しい海を後にしなければならなかった。けれども、福島はそんな山川をけっして邪険に扱うことはなかった。

「俺は親分だ、だれを子分にするかは俺が決めることだ。お前らに口出しさせない」

彼はそういって子分たちの不満に耳を貸そうとしなかったのだ。

解散式の山川には、もはや表情さえない。福島がいなくなる。自分を唯一保護してくれた親分がその力を自分に傾けることがなくなる。親分のいない、あの狂った中学で自分がどうなるか、それはだれにいわれなくても山川自身が一番よくわかっていたのかもしれない。

解散式が終わり、最後の別れの挨拶を親分と取り交わし、皆が三々五々自宅に帰っていく。そのなかにあって、親分が僕を一人呼びとめた。

「いいか、お前に一つ、頼んでおくことがある」

それは親分が僕だけに残した遺言だった。

「この学校の人間は腐っている。俺が信じられるのは、お前だけだ。だから山川のことは頼んだぞ」

あまりに重たい遺言だった。福島組のほかの組員とは違い、確かに僕は山川を邪険に扱わなかった。しかし、僕がそうしなかったのは〈山川を邪険に扱うな〉という親分の命令に従っただけのことである。親分の命令がなければ彼を邪険に扱わなかったとはいいきれない。

…なぜ、僕だけにそんなことをいうんだ…

親分のあまりに重い遺言。自分には山川を守るだけの力はない。

「わかった」

それでも、僕は親分の遺言を受け取ってしまう。山川を守る自信もなく、ましてや、いじめを根絶しようなんて理想もないくせに、最後の瞬間まで、僕は、親分に反抗しようとはしない。


その夜、二人は近くのファミレスで簡単に夕食を済ませることにした。

「試験まであとわずか、私、最後までがんばるわ」

優子が志望するN新聞社の試験日が迫っていた。彼女には、もう、あまり時間が残されていない。二人でゆっくりとディナーを楽しんでいる暇なんてなかったのだ。

「身体に気をつけて、自分の力を出しきるんだよ」

優子は、もう半年以上、猛勉強に励んでいた。一日七、八時間も机に向かい、採用試験直前まで頑張った。そんな彼女に、今更、冷水を浴びせるようなことがいえるはずがない。

「有難う達也君、達也君もやっぱり、私のこと応援してくれていたんだねぇ。私、達也君のことを信じていてよかった」

その日、二人は簡単に夕食を済ませるとお茶の水を後にした。

…もうひと頑張りするから、今日は我慢してね…

という優子に、僕のほうも、

…ううん、いいんだ、僕もここのところつかれていたから…

そう答えた。

…私、達也君のことを信じていてよかった…

帰りの電車のなかで、読み残しの経済新聞を広げた。しかし、新聞を広げてみても、頭のなかに文字が入らない。

…達也君のことを信じていてよかった…

その言葉だけが頭のなかを去来し、新聞の文字が宙を舞う。優子は僕の何を信じているというんだ。

吉岡から二人の噂を聞かされたということを彼女は知らない。平静さを装いながらも、内心は嫉妬に狂っていたことも知らない。優子の気持ちに疑いを持っていたことも知らない。優子が信じている自分はいつわりの自分だ。僕は彼女を欺いている。いや、騙している。

…僕は、君のほんとうの姿を知っているよ…

その時、自分の正面に立つ、彼の気配を感じた。

そこに、いつものあの弱々しい微笑を向ける彼がいる……

…君は多くのお客さんを騙している。彼女のことも同じように騙しているよね。僕だってお客さんを騙して商売してきた。僕はうそつきだし、薄汚れているし、最悪の人間だよ。でも、どうして僕だけがあんなにひどい目に合わなければならないんだい…

…だから、どうなんだ…

思わず声をあげそうになった。

…負けちゃいけなかったんだ。どんな時でも負けちゃいけない。あなたがひどい目にあったのは、負けたからじゃないか…

もう、彼の視線に耐えられない。僕は、新聞を閉じ、その視線に顔を向けた。しかし、そこには坂口さんの姿はない。そこには立っていたのは、見知らぬ男だった。目の前で広げられた新聞に目を落としていたこの男は、こちらが新聞を閉じた瞬間、なにごともなかったようにその視線を窓の外に向ける。

…坂口さんは、もう死んでいるんだよ…

僕は自分に向かって、そう話しかけていた。

…今更、後悔しても始まらないじゃないか…

今更、後悔しても始まらない。確かにそうだった。今更、何を悔やんでも、後の祭りだった。

第六章

証券各社が投信販売を積極化し始めていた。大手証券会社が鳴り物入りで売り出した、国内株式ファンドが話題を集めたのもあの年のことだ。その投信は兆に及ぶ設定金額の大きさもさることながら、そのポスターに運用担当者を起用するという広告戦略もちょっとした話題になった。過去、投信のポスターには、清純な女優が起用されるといったケースが多く、写真と実名が入った運用担当者が顔をそろえるポスターなんて見たこともない。元本割れ償還が続出し、だれもが儲かるという投信の幻想が失われつつあったあの当時、有名女優が顔を出したくらいでは、もう投資家の注目は集まらない。いかにビックネームの証券会社が設定した投信とはいえ、運用の責任がだれにあるかはっきりしなければ、投資家の信用は得られない。

運用担当者の素顔を前面に押し出すポスター。

あるいはそれが、営業担当者のセールストークに説得力を持たせることのできる、最後のポスターだったのかもしれない。

「今月は、お前らも待っていた、俺達の会社の国内株戦略ファンドが販売開始になる」

朝のミーティングで、滝口さんがそういった時、男子セールスたちは青くなった。

「会社側も今回の投信は力を入れている、俺達の割り当ても前回の三倍の一億五〇〇〇万だ。各人の割り当ては、これから決めるが、まー前回の三倍は割り当てられることを覚悟してもらいたい」

「エッ、三倍ですか」

ミーティングで思わず声をあげたのは古橋代理だった。

「そうだ、三倍だ」

「そんなのどうやって消化すればいいんですか」

彼は、そう、驚いたような声を上げた。その古橋さんの姿を見て、

…この人には恥も外聞もないのか…

と僕は思った。仮にも彼は、男子セールス筆頭の人間である。そんな立場にある人間が〈こんなの、どうやって消化するんだ〉なんてよくいえたものである。責任ある立場のある人間がそんなことをいいだしたら、下の人間へのしめしがつかない。武士は食わねど高楊枝というけれど、上席者たるものどんな状況にあっても動じてはならないはずだった。とはいえこの、〈どうやって消化するんだ〉という代理の声が、すべての男子セールスの思いを代弁するものであることに間違いはない。

「古橋、何いってんだ、それを考えるのがお前の仕事だろうが。大体、こんなにいい物が売れないはずがない」

…こんなにいい物が売れないはずがない？…

代理も代理なら滝口さんも滝口さんである。投信運用担当者を無能呼ばわりし、自分の運用なら子供と大人ほどの差をつけられるなんて、公言してはばからない彼が〈こんなにいいものが売れないはずがない〉なんてよくいえたものだ。

「まあー、冗談はさておいて……」

しかし、滝口さんと古橋さんの掛け合い漫才は、ここまでだった。この後、滝口さんの表情はいつもの空恐ろしいものとなり、

「今回の戦略ファンドには会社の命運がかかっている。お前らもそのことをよく肝に命じろ。今回の投信がうまくいかなければ、お前らも首をつなげていられるかどうかわからないんだからな」

と男子セールスをにらみつけた。彼は冗談をいっているわけでない。それが、その表情にはっきり表れていた。

「だからさあ、ここはちょっとお前に頑張ってもらってさあ」

ミーティングが終わった後の話である。皆が出ていこうとする会議室で僕は、古橋さんと内村さんに呼び止められた。

「だからさあ、今回の投信はお前に頑張ってもらってさあ」

他の営業マンと同じように、会議室を出ようとしていたのに、古橋さんは、僕をもう一度会議室のテーブルに座らせると、しきりにそう繰り返した。しかし、この人が何をいいたいのか、僕にはまるでわからない。

「このあいだも宮崎が一発大きいの取ってきて皆が楽になったじゃないか」

…皆が楽になった？…

自分のノルマを自力で達成させるために、僕のほうは必死に客先を回ったのだ。前回の投信が楽だったなんて僕は思っていない。

…楽したのは自分だけじゃないか…

代理は、前回、自分のノルマを三分の一も詰められなかった。仕事をサボってマージャンに興じるは、夜は夜で連日のように居酒屋通い。これじゃー数字を上げられないのも当然である。自分だけなら、まだしも、明け方近くまで若手を連れまわし、彼は、支店の足を引っ張りさえしたのだ。周りの人間にさんざん迷惑をかけておきながら、これっぽちの反省も見せようともせず、〈皆が楽した〉なんてよくいえたものである。

「だからさあ、お前も宮崎みたいに大きいの一発取ってきてさあー、皆を楽させてやってくれよ」

「一発、大きいの？」

「そうだよ、お前だったらできるだろう」

「そんなこといわれても、僕だってどうにも」

支店のホープ宮崎さんでさえ今回ばかりは一人じゃどうにもならないといっているくらいだった。僕一人でどうこうしろなんて、どだい無理というものである。

「そうか？　そうなのか？　お前、出し惜しみなんかしてるんじゃないか？」

「ハア？　なんですか、その出し惜しみって？」

出し惜しみなんていわれて、こちらはますますわけがわからなくなっていた。二人の会話が途切れた時、古橋さんでは埒が明かないとでも思ったのだろうか、

「代理はこいつのことといってんだよ」

と内村さんが、新聞の切り抜きをテーブルの上に置く。

「こいつが、お前の知り合いだって藤原がいってんだ。まー、確かにお前と同じ大学だし、ちょうど同学年だからな、知り合いっていっても別に不自然じゃないよな」

それは、このあいだ掲載された岡村隆太郎の例の記事だった。彼はいつのまにやら僕と岡村

の交友関係をつかみ、新聞記事を入手していたのだ。

「お前、友達だったら頼めるだろ」

新聞の切り抜きを前に、古橋さんがそういった。代理は最初から〈岡村に投信を勧めてみろ〉そういいたかったようなのだ。

「こいつ金持ちを騙くらかして、三億も引張ってきたんだろ。ちょっとくらい分けてもらえるよ」

…騙す？…

〝騙す〟というその言い方が僕を不愉快にさせた。岡村は、学生時代のすべてをかけてＥＣビジネスの構想を練り、その事業化資金を手にした。そこには、この中年男の想像を絶する努力がある。それを〈金持ち騙くらかす〉というなんて……

「なんだったら、俺がいってやったっていいんだぞ、俺がお前の代わりに頼んでやるからさあ」

「代理もこう言ってくれているんだ。ダメ元でいいからアポだけとってみろよ。もし、取れたらお前は支店で一躍ヒーローになれんだぞ」

二人が交互にそう畳み掛けてきた。

…こいつらは何もわかっていない…

岡村隆太郎は、努力を惜しまなかった。その努力は、こいつらの想像の及ぶようなものではない。想像を絶する努力の末に彼はやっと自分の夢を実現させる資金を手に入れたのだ。その大切な資金を、こんな奴らのために使わせるわけにはいかない。どうせ、この男達は、営業せずに済んだ浮いた時間を、酒を飲んで無為に過ごしてしまうだろう。そんなことのために岡村の金を使わせるわけには……

「しかし、もう、彼とは何年も会っていないし……」

「それじゃー、これを機会に友情の再確認ってことで、宴席でも設けたらどうだ。俺が酒の席を一席設けてやるから」

…酒の席?…

浴びるように酒を飲み、前後不覚となり、回りの女の子をさわりまくり奇声を発する、四十男のみっともない姿が目に浮かぶ。その代理の姿が、僕をぞっとさせる。

「彼は、酒をあまり飲まないんです」

「エッ、飲まないの、それじゃー、もっといいところに……」

「もっといいところ?」

怒りを抑えて、この身勝手な申し出をはぐらかそうとしているのに、古橋代理はこちらの意図に気づかない。

「そうだよ、男だったら女には興味があるだろう」

こちらの怒りに気付かないばかりか、代理はなおも、しつこくそういいよった。

「いえ、岡村は彼女一筋なので……」

「いつまで、うじうじしてるんだ、会わせろっていったら会わせるんだよ」

その時、代理が突然、大きな声を出した。

「お前、支店のことを考えて、この俺がここまで頭を下げているっていうのに、俺のいうことが聞けないっていうのか」

大声を張り上げるこの男の姿に、僕はただ唖然とするばかりだった。何が支店のために頭を下げている、だ。この僕に自分のノルマを押し付けようとしているだけじゃないか。次の投信で自分のノルマを落としたら、代理は降格されるかもしれない。いや、下手したら、リストラされる。支店の中では、そんな噂さえ広がていた。彼は、そこまで追い詰められているのだ。にもかかわらず他人にノルマを押し付けて、この場をやり過ごそうとする。しかも、ノルマを押し付けようとしている相手が入社二年目の人間なのだ。彼はどうして自分の惨めさに気づかないんだ。

「古橋さん、やめましょうよ」

そんな、古橋さんをいさめたのは、内村さんだった。いや、いさめるというよりは……

「岡村隆太郎が自分の知り合いだっていう話。やっぱりうそだったんですよ」

「エッ、うそ」

「だって、そうでしょう。友達だったら、会わせるのなんて簡単にできるはずですよ。ここまで、いやがるのは、こいつがうそついているからです」

「ほんとか田中、お前、俺達にうそをついていたのか」

古橋さんが、そう詰め寄った。

…こいつらは、何をいっているんだ…

僕は、別にうそなんかついていない。いや、仮に岡村隆太郎が知り合いでなかったとしても、この二人からうそつきなんていわれる覚えはない。岡村隆太郎と知り合いだなんて、二人には一言もいっていない。それは、彼らが藤原君から強引に聞きだしたことだった。

「古橋さん、こいつはそんな奴なんですよ、自分の友達を平気で騙すような奴なんですから。おおかた藤原にかっこいいとこ見せようと思っただけなんでしょ。こんな奴の知り合いに岡村隆太郎なんているはずがないんですよ」

それも、またいわれのない中傷だった。鈴木は友達じゃないし、しかも騙してもいない。僕は別に友達を騙してなんかいない。

「なーんだ、そうだったのかよ、そうだよな、こんな奴にそんな知り合いがいるはずないよなあ。あーあっ、こんな奴に期待した俺がバカだった」

この僕に期待をかけようが、かけまいが古橋さんはバカである。こんなバカに期待をかけられた僕のほうが迷惑だ。

「ほんとうにどいつもこいつも頼りになんないなあ」

代理はそういうと席を立った。内村さんも軽蔑の一瞥を僕に向けると、代理を追うように会議室を出ていった。

…なんで、僕がこんなことをいわれなきゃならないんだ…

そう思いながらも、こちらも彼らの後ろ姿を追った。営業時間まで、後わずか、もうあまり時間がない。セールストークを考える貴重なこの時間をこいつらに邪魔されたんだから。

中三になり、クラスがえになった。他の福島組の面子とはほとんどばらばらのクラスになったのに、山川だけが僕のクラスにいる。

…お前だけしか信用できない…

親分の遺言を忘れていたわけではない。しかし、親分の遺言をこのクラスで守るなんて、そんなこと僕には到底できない。

そのクラスにはN第三中学の最悪の男、中川がいた。鍵のかかった教室のなかで男子生徒十数人が、一人の男子生徒を裸にし、殴るけるの暴行を加え続けたり、いじめられっこに万引きを強要し、物品を奪ったり、この中学はいじめの噂に事欠かない学校だった。それはそれは、ひどい噂ばかりだったのだが、そこには必ず中川の影が見え隠れする。それは、生徒達には公然の秘密だった。しかし、彼が教師達から咎められたことはない。この悪魔が一度も尻尾を捕まれなかったのは、いじめ集団の構成メンバーがあまりに多すぎて、黒幕の存在に教師たちが気づかなかったからだ。中川は強暴な男ではあったが、粗暴な奴にはない、人間の操縦術をも併せ持っていた。彼はクラスの人間をあたかも魔術でもかけるように自分の意のままに操り、いじめに加担させていく。後に、僕がナチズムについて研究に励んだんのも、中川の姿にヒトラーを見たような気がしたからなのかもしれない。たかだか中学生だったとはいえ、僕は今でもあの男に恐ろしさを感じる。


中三になった早々の頃、中川は頻繁に他のクラスの悪ガキ連中と話し合うようになっていた。

「この中学ともお別れだし、最後にぱーっとおもしろいことやるぞ」

そんな、放課後の教室に集まった悪ガキ達の会合で、奇声を発する中川の声を聞いた。

…最後にぱーっとおもしろいこと?…

その声に何かぞっとするものを感じた。

しかし、頻繁に会合が開かれている割には、中川の動きは鈍い。夏休みまでの一学期間は、むしろ、今までになくおとなしくて、彼のいじめのうわさを耳にすることもほとんどなかった。

…アイツも受験で頭がいっぱいなんだ…

おとなしくなった中川を見て、僕はそう思った。そう思って安堵感さえ覚えた。

…アイツだって、自分の将来を考えれば、いじめばかりやっている暇なんてないんだ…

けれども、それは僕の希望的な観測に過ぎない。この男が人間として許せないとさえ感じさせたあの出来事を着々と準備しているなんて僕には知るよしもない。僕は、後にそのことを思い知らされることとなる。


担任教師もぼんくらだった。五十がらみのベテラン教員は、荒れた中学も教師達が厳しく締め付けさえすれば、平定できると信じていたのだ。目の前の自分の職場の状況さえ正確に理解できない、ひとりよがりなこの教師は、毎朝、朝のホームルームの時間に、クラスの生徒達に小テストを実施するといいだした。そのテストは、基礎学力を試すために実施されるものだったのだが、目的は、それだけではない。

「クラスの人間が助け合って、皆で向上していく、そのすばらしさを生徒たちに教えていきたい。また、そうすることで荒れた生徒の心を癒していきたい」

とあの教師は保護者会で語ったのだという。彼は、全員が万点を取れるまで、クラスを分割する班ごとに居残り学習をさせるといいだしたのだ。

中一、中二程度の問題が出題されるテストは、それほど難しいものではない。しかも、担任が勝手にやっているだけのことだから内申書にも無関係だった。しかし、それでも、このテストは、大きなお荷物だった。僕一人が背負いこんでしまった大きなお荷物。僕の一班には、鈴木がいた、そしてあの山川も……。山川のテストの点数はいつもゼロに近い数字だった。ほとんど全員が万点に近い点数をとっても、彼はいつも0に近い点数しか取れない。僕らの一班は、彼のためにいつも居残りさせられることになる。

「私、この後、塾に行かなきゃならないの」

「もう、受験だっていうのに、なんで学校に残らなきゃならないんだ」

連日のように居残りになってしまう状況に班員はしだいに嫌気がさしはじめていた。そんなある日、あの鈴木が、

「お前には奴の面倒を見る義務があるんだ、山川はお前の仲間なんだからな」

と山川を僕に押し付け帰ってしまう。彼はもう二度と居残りすることはなかった。他の班員も鈴木に習い、しだいに、居残りしなくなるようになっていく。放課後の教室には僕と山川だけが取り残されるようになっていた。教師も勝手なものだった。彼は居残りせずに帰る中学生に

まるで気づかない。そのくせ、教室に山川と僕しか残っていないことに気づくと、

「なぜ、君は皆を残そうとしないんだ。それじゃーこの小テストの意味がないじゃないか」

と、帰っていった班員ではなく、教室に居残ったこの僕をしかった。

皆で助け合うという美名を掲げながら、結局、教師がやったことは、中一の学力も十分身についていない山川を僕一人に、押しつけることだったのだ。


教室に取り残され、それでもなお、僕からテストの解答を必死に聞こうとする山川の姿を僕は恨めしく思った。


…俺はお前を信じているからな…

福島のその言葉さえなければ、僕だって山川を教室に置き去りにすることができたのだから。


「お前らわかってんのか、これは社運をかけた投信なんだぞ！　これを落として、首がつなげてられると思うのか」

滝口さんは連日のように激烈な声を張り上げた。投信販売に営業マン達の熱がいまいち入らない。それが、滝口さんには手に取るようにわかるのだ。滝口さんの激が掛け目なしであることも事実だった。当時、合従連衡が繰返されていた証券業界にあって、このM証券もまた、S

証券との合併が取り沙汰されている。合併といえば聞こえがいいが、S証券はM証券の数倍の規模を誇り、むしろ吸収されるといういい方の方が適切だった。この合併が現実のものとなれば、旧M証券側の人間からリストラされていくのは必定である。M証券がこの時期に無理をして大型投信を設定した背景にも、合併後少しでも事を有利に運ぼうとする経営陣の思惑がある。

「古橋、お前いつまで、酒飲んでられると思ってんだよ、かあちゃんと子供四人抱えて……みんなでホームレスでもするか」

古橋さんに向けられる滝口さんの激にも、もう遠慮がなくなっていた。食うか食われるかという状況の中で、相変わらず赤い目で出社する、彼のやる気のない姿を見せつけられれば、だれだって頭にくる。滝口さんの同期に対する遠慮にも限界があったのだ。

「お前さー、状況がわかってんのかよ、皆討ち死に覚悟でやってんだぞ」

その頃、夜遅くなると会議室から、滝口さんの声がこだまするようになっていた。

夕方のミーティングが終わると、男子セールスの主だった面々を集め、滝口さんは投信販売の対策会議を開くようになった。この会議には、僕ら若手の参加は求められなかった。どだい、若手の割り当ては知れているし、大口の金額を落としてくれる人脈があるわけでもない。滝口さんにはもう一刻の猶予もない。しかし、いくら会議を開いても現状を打破する決定打は出てこない。決定打が出ない会議は、滝口さんの血圧を必要以上に上げさせるだけだった。

「家を担保に借金して、お前が、この投信を買え」

会議室から滝口さんのそんな声がこだましはじめると、

「お前が、岡村隆太郎を紹介しようとしないからこんな風になったんだろう」

とデブ野郎が必ずそんな皮肉を耳打ちするようになっていた。

…なんで、僕だけのせいになるんだ…

岡村と知り合いだなんてうそに決まっているといったくせに、今度は岡村を出し惜しみして皆を苦しめているというのか！　結局、この男は僕を悪者にしないと気が済まないようだった。

「自分が救済されるかどうかは、生まれる前に決まっていて、どんなにこの世で努力してもその運命を変えることができない？　当時の人々はほんとうにそんな教えを信じることができたのかしら」

論文作成を手伝い、宗教改革時代の改革者・カルバンの思想を知った優子が、彼の教えをそう評した。エーリッヒ・フロムの『自由からの逃走』は、ナチスそのものに対する言及は実は意外に少ない。この本は人間の精神分析にかなりの誌面を費やしているのだが、人間心理の社会的変遷を分析するため、中世から近世に至る、宗教改革にはかなりのページを割いている。

そして、この本を読んだ、優子が特に関心を持ったのもカルバニズムへの言及部分だった。

「自分が救済される人間かどうかを試すためだけに信仰するなんて私には信じられないわ」

人間はだれもが天国に召される。そう考えた中世的な救済の前提をカルバニズムは、真っ向から否定した。だれもが皆、救済されるとは限らない。いや、救済とは限られた数の人間にしか与えられないものである。このキリスト教聖職者はそう説いたのだ。そもそも、人間の救済はこの世に生を受ける以前にすでに決められている。救済されないことが決められている人間がこの世でどんなに努力しても意味がない。自分の努力の如何に関わらず救済されない人間は地獄に落ちることが運命づけられているのだから。カルバンのとなえる神は、また、実に陰険で陰湿で……救済されるか、救済されないか、この世にいる人間には決してわからないように仕組んでいる。カルバンの教える信仰とは、魂を高めるものでも、ましてや現世利益を与えてくれるものでもない。それでも、時の人々がこの教えに従い、神が教える禁欲的な日常を送ったのは、救済される人間であるという証を見つけだすためだった。救済される人間はそもそも信仰心が厚く、そして努力を惜しまない人間としてこの世に誕生してきているはずだから。

「優子さー、そんなことあんまり真剣に考えなくていいんじゃない。だってカルバンなんて四〇〇年以上も前の人間だよ」

信じられるかどうかなんて考えること自体、バカバカしかった。カルバンの思想なんて、分厚い歴史書の片隅をひっそりと飾る、遠い昔の教えに過ぎない。カビの生えた四〇〇年以上前の教えに、この現代日本のだれが頭を悩ますだろう。優子の真剣に考える姿を前に、あの時の僕は、ただ笑うばかりだった。

近世ヨーロッパで起こったキリスト教分派の思想は、時代の変化に大きな影響を及ぼした。多くの研究者たちの関心はそこにある。宗教改革の時代は近代資本主義の準備期間だったわけだが、近代資本主義は中世的なものの考え方を否定しない限り成立しえない。中世ヨーロッパは俗に永遠の昨日が続いた時代といわれ、意外にのんびりした、また安定した時代だった。こうした時代背景のもと、当時の教会は、真面目に生きてさえいれば、死後、人間は必ず天国に行けると教えていた。しかし、この教えでは、近代資本主義を生み出す資本蓄積は計られない。天国にいけることが約束されていれば、目の前の収穫物を腹いっぱいに食べることもなく、将来のために備えるという発想も生まれてこないものだからだ。カルバニズムはこうした中世的なメンタリティーを否定し、人間の内側から近代資本主義の誕生を支える役割を果たした。カルバニズムの精神が近代資本主義に必要な資本蓄積を非常に強力に押し図ったのは彼が最後まで〃あなたは必ず天国に行ける〃とはいわなかったからなのだ。

「達也君やったわ、私受かったのよ、念願のN新聞社に受かったの」

〝人間は生まれる以前に天国に行けるかどうか決められている〟

優子の合格の知らせを電話で受けた時、僕のなかで、まず、そのカルバンの教えが蘇った。それは四〇〇年以上前のヨーロッパの一宗教家の教えである。

「お、おめでとう。よかったじゃないか」

信じるか信じないかなんて議論はバカバカしいといって笑った、その教えを笑った本人が信じていたなんて、あまりに滑稽な話だ。

千倍にも及ぶ、競争を勝ち抜いて合格したということは、それ自体奇跡だった。いや、むしろ優子がそう運命づけられていたと考えたほうがいい。〝運がよかっただけさ〟と他のマスコミ受験生から揶揄されたという話も優子から聞かされたのだが、彼女がマスコミ受験組の学生からやっかみを受けるのは当然だった。優子の準備期間は他の受験生と比べれば三分の一にも満たない、学業成績だって決していいわけではなかった。確かに優子は運がよかったのだ。しかし、それが彼女の天国まで続く運命でもある。

「優子が、その狂信的教団に潜伏するってのはどうだい?」

「そうそう、教団に潜伏した私は、教団内部の秘密兵器工場を発見するの」

「そうだなー、その教団は、世界征服を企んでいるんだ。教団は麻薬や人身売買で世界征服に必要な資金を稼いで、その金で秘密兵器の工場を建設したんだ」

「その工場で作られる兵器は一発で、そうね、東京を殲滅するくらいのものなのねぇ。そこで、私は教団の警備の目をかいくぐって工場に爆薬をしかけて……」

「爆薬！　それじゃー優子はスパイじゃないか。優子はスパイじゃなくてジャーナリストだろ」

「そうだわ、そうだったわねぇ。私はジャーナリストなのよね、だからペンの力で工場を破壊しなきゃならなかったんだわ」

投信販売の中日の土曜日、僕は久しぶりに昼間から優子と顔を合わせた。念願のN新聞社に受かったのだ、もう優子が週末にマスコミ予備校に行くことはない。待ち合わせ場所は、新宿の百貨店前。僕ら二人は、まず、百貨店に立ち寄った、合格祝いを買うためである。

「合格祝いを何か買ってあげるよ。それからイタリアンレストランで合格祝い。これでどうだい」

「うれしい！　私、前からちょっと買ってもらいたいものがあったのよ」

合格の一報の電話が、そのまま次のデートの打ち合わせの電話にもなった。新宿の百貨店を二人で歩き、優子がほしかったというテディーベアのぬいぐるみを買い、その足で渋谷のイタリアンレストランに入り、二人っきりのお祝い会。それが電話で話し合った、その日のスケジュールだった。

「そうねー、でも、国内の狂信的な教団に潜伏するより、海外のヤンキー国家に潜伏するほうがカッコいいかもしれない」

「たとえばK国？　あそこに入るためには、まず国内のK国のスパイに接触しなきゃ」

イタリアンレストランで、優子の空想話に久しぶりにつきあっていた。彼女の物語はジャーナリストの物語というよりスパイの物語といったほうがいい。けれども、そんなことにはお構いなし。自分の空想を思いつくままに話しているだけなのに、その話に乗ってくる。そんな僕の姿を見て優子がうれしそうに笑う。優子の話につきあわないわけにはいかなかった。彼女はスパイになるわけではない。しかし、ジャーナリストになるという話は、もう空想話ではない。

「K国のスパイのルートは僕がつけてやるよ」

優子は気がつかないのだろうか。僕がさっきからがぶ飲みしていることを。あまり酒を飲まないこの僕が、ワインを一本あけようとしていることを……

「どうやってルートつけるのよ」

「簡単さ、ネットで募集するのさ」

優子は、その日も綺麗だった。依然、ボーイッシュな雰囲気を漂わせながらも最近の彼女は大人の女性の香りも漂わせるようになっている。そんな優子がこの僕と〝スパイの空想話〟に興じている。飲まずにはつきあっていられない。飲まずには、彼女の顔を見ることさえできない。僕は、いつまでこうしていられるのだろう。優子の天国へ続く運命の道のりにこの僕は同伴できるのだろうか。いや、そんなことは……

「社会部に配属になったら、ほんとうに、女スパイ顔負けの活躍ができるかもしれないのよね。でも、私は経済部にまわされるかもしれないんだって」

パスタの皿をボーイがテーブルの上に置いた時、優子が突然話題を変える。

「ＯＧがいっていたのよ。女の子が社会部に配属される確率は低いんだって」

「そう」

「毎年、文化部か経済部にしか配属されないんだって、来年の新人は経済部に配属されるらしいわ」

ついていけるのは空想話までだった。僕が彼女の現実の話に、ついていけるはずがない。

「でも私、経済のことなんかまるでわからないの、だから達也君、いつものようにきちっと教えてね」

そういうと彼女はパスタにフォークをつけた。

…この僕に、いったい何を…

優子の現実を聞いた時、急に酔いが回ってくる。この僕が経済の何を教えられるというのだろう。天下のN新聞の記者に、僕ごときが何を教えられるというんだ。

「達也君、淋しかったでしょ」

レストランを出た時、優子が甘えるように僕の腕に腕を絡めてきた。

「でも、浮気なんかしていないよね」

二人はゆっくりと歩き始めた。スケジュール表には、イタリアンレストランを出た後の予定は記入されていない。けれども、最初から決められていたかのように、二人はある場所に向かって歩き始める。二人には暗黙の約束があった。めでたい日は冒険してお祝いするという約束。

僕と優子は、この後、冒険に向かうことになっていた。めでたい日は冒険してお祝いするなんて、考えてみれば変な話だった。

渋谷のとあるラブホテル。僕が大学を卒業した時も、優子が所属する子供と遊ぶボランティア団体がH市から表彰された時も、二人は、渋谷のそのラブホテルまで冒険の旅に出た。ちゃらちゃらしたところのない、どちらかというと地味なホテル。そこが、大切な日の記憶をより深く大切な思い出として刻み込んでくれる。

渋谷の街を歩きながら、優子はめずらしく何も話そうとしなかった。念願のN新聞社に合格した、今、彼女は何を思っているのだろう。

…あそこに初めて入ったのは、大学三年の秋、あの優秀論文賞授賞式典が執り行われた日のことだったんだ…

そんな優子を横目に、僕はふと四年前のあの日のことを思い出していた。

優秀論文賞の授与式典が終わった後、僕ら二人は、青木ゼミの模擬店に顔を出した。

優秀論文賞授賞式典の準備で忙しかった二人はそのさなかに開催される学祭の準備を、ほとんど手伝っていない。学祭で、青木ゼミは、おでん屋の屋台を出すことになっていた。その屋台製作で、ここ数日間、徹夜になったのだという。仲間たちがそこまで手をかけて準備した屋台なのに顔を出さないわけにはいかなかった。そこで二人は、授与式典のすべてのスケジュールが終了した後、校内の片隅に出店されたその屋台に顔を出すことにした。しかし、今にして思えば、あんな仲間たちに気を遣う必要なんてなかったのかもしれない。

「ひゃー、おめでとう、日本の将来を背負って立つ田中達也君のご登場だ」

仲間達は二人の登場をそんな風に大歓迎してくれた。けれども彼らの酔っ払い方は、もう……

「さーさー田中、それと優子ちゃん二人ともグイとグイと」

そういって、仲間が持ってきたのは、焼酎の一升瓶だった。コップもないのに一升瓶だけ渡されても、ほんとうにこれを飲めというのだろうか？　屋台に集まった仲間たちの酔っ払い方はもはや尋常なものではなかった。周りを見渡すと、屋台脇の芝生の上で、あの田口が大の字になって眠っている。しかし、狂ったように盛り上がる仲間うちの目には、田口の眠る、死んだような姿さえ入らない。

おでんやの屋台を出したからといって、彼らは営業なんてしていない。たぶん、昼間から仲間うちだけで集まり、店のものをつまみ食いし、酒盛りに興じていたのだろう。

「それじゃー私奴のヌードをご披露しまーす」

ゼミ生の一人、広瀬がそういうと夕方のやや寒くなりはじめたキャンパスで上着を脱ぎ、ズボンを脱ぎそして、パンツに手をつけた。

「ふー、やれやれ」

人前で裸になろうとしているのに広瀬はだれからも取り押さえられない。それどころか、だれもが、この酔っ払いヌードダンサーを大声ではやしたてる。昼から飲んでいるとすれば、彼らはもう八時間は酒付けになっている。そこまで飲めば完全に出来あがってしまうのは当然だった。

「ねー、ちょっと、ここ普通じゃないと思わない？」

そんな酔っ払い連中の狂乱のなかで優子が僕にそう耳打ちした。

「そうだな」

さっきまで、上品なレセプションに出席していた二人がこの乗りについていけるはずはなかった。スーツ姿にパーティードレス。男性ヌードショーの観客としては、二人のその姿も、あまりに不釣合いなものだった。

「フー、やれやれ」

酔っ払いたちの大歓声がまた沸き起こる。

「ねー達也君、ここ出ようよ」

大歓声のなかで優子が再び耳打ちし、僕の腕をつかんだ
「そうしようか」

こうして二人は、おでん屋をこっそり後にした。完全に出来上がっている仲間たちが、二人の蒸発に気づくことはなかった。

「フー、やれやれだねぇ」

「あんなところにいたら、私までストリッパーにされちゃったわ」

大学のキャンパスを離れ、二人は神保町の街に出た。しかし、大学を離れたといって、これ

からどこに行けばいいのかわからない。行くあてがないまま出たこの街の夜も、今日の二人には静か過ぎるものだった。

「このまま帰るのも、ちょっともの足りないよね」

人気の少なくなくなった街並を歩きながら優子がそう口にする。ゼミ仲間の異様な盛り上がりについていけなかったからといって、二人の授与式典の興奮まで冷めたわけではない。夜は、まだこれからだった。このまま帰ってしまうのも確かにもったいない。

「でもなー、今からどっかに行くっていっても、どっか行きたいところがある?」

「今日はおめでたい日なんだから、わくわくするような冒険をしたいと思わない?」

「わくわくする冒険?　それを今から?」

おめでたい日に冒険するというのは変な話である。それは、いかにも優子らしい発想だった。しかし、そんなことより、こんな時間から冒険に出るなんていわれても……冒険という言葉から僕が連想したのは遊園地に行くことだった。遊園地にはジェットコースターもあるし、おばけ屋敷もある。発想は貧弱だけど、最も無難な思いつきではある。けれども、大学の近くにある遊園地もあと三〇分で閉館の時間を迎える。

「冒険っていっても、今から冒険なんてどこに行けばできるかな?」

「昼間より、夜遅いほうが都合がいい冒険ってのもあるじゃない」

「夜のほうが都合がいい冒険？」

「達也君、わかんないかなー、私、前からラブホテルってところに行ってみたかったのよ」

「エッ、ラブホテル？」

「ラブホテルって、やっぱり夜のほうが感じが出るものでしょ」

それが、優子のいう冒険だった。まだ、あどけなさを残した、天真爛漫な優子の口から〝ラブホテル〟なんて単語が出てくる。それは純真で堅物だった僕の想像をはるかに超える事態だった。


人通りの少ないその通りに入った時、多くのカップルが人目をはばかるように足早で歩き始める。この薄暗い通りを堂々と歩くわけにはいかない。大騒ぎしながらはしゃいで歩くなんてもってのほか。ホテルの入口に着くまでは息を潜める。それが、この通りを訪れた、カップルの暗黙の了解というやつである。この通りを目立たせてはならない。世の中にはこの通りがなければ続けることができない関係だってあるんだから。

…もっと別なものをプレゼントすればよかったかな…

そんな通りを優子が、大きなぬいぐるみを抱えて歩いていた。その姿は〝私達は今ここにいます〟と暗に叫んでいるかのようにも感じさせる。けれども、ぬいぐるみを抱えた当の優子が、この通りの無言の圧力にもひるまない。通りを歩きながら、彼女は時折、はにかむような笑顔を向けた。その微笑みに、僕のほうも笑顔で応える。若いカップルの笑顔の会話くらい、この通りだって大目にみてくれるだろう。

…あの時の自分にこんな余裕があったかな…

薄暗い通りを優子と二人で歩きながら、僕はまた四年前の自分の姿を思い出していた。

無言の圧力を撥ね退けるだけの力？　あの時の自分には、優子の微笑みに微笑み返すだけの余裕なんてあるはずがなかった。

「キャー、このお部屋にはカラオケも付いているんだわ」

神保町のオフィスビルの一室にあるネットカフェで、優子は、もう完全に舞い上がっていた。

「このお部屋にはブランコがついているんだってよ、達也君」

青木ゼミの模擬店を逃げ出した後、二人は、まず、ネットカフェに入った。ラブホテルに行きたいと思っても、僕も優子も、そんなものが、この東京のどこにあるのか、まるでわからない。そこで二人は、まず、当時、その姿を見せ始めていたネットカフェに入った。めでたい日に出る冒険の地を現代の最大の発明、インターネットで探そうと考えたわけだ。

「でも、一万二千円は、ちょっと高いかな」

当時のネットカフェは、まだ、個室形式にはなっていない。だから、インターネットで何を検索しているかなんて周りの人間に簡単に盗み見されてしまう。

「別にカラオケなんてなくても、ラブホテルでやることってみんな同じなんだもんね。ねぇーそうよね、達也君」

「優子、声が大きい」

その上、こんなことを若い女が大きな声で話したりすれば、人目を集めないはずがない。スーツ姿にパーティードレス。二人の姿は、それだけで目立つのに……

「達也君、何怒っているの？」

「だからさー、もうちょっと小さな声でさあ」

「大丈夫よ、だれも聞いていないから」

優子には自分の声の大きさがわからないのだろうか？　だれが見ているかわからないのに、どうしてここまで無警戒でいられるのか……

「なーなー、今日はやっぱりやめとこーぜ」

周りの目ばかり気になって、僕は、もう完全に及び腰になっていた。そんな僕に優子は、

「達也君、今更、何をいってるのよ」

と譲ろうとしない。ネットを検索しながら、

「今日みたいな日は絶好の冒険日和なんだから」

と彼女は、ますます語気を荒くしていった。

あの日、インターネットで優子が選んだ冒険の地は渋谷だった。水道橋やお茶の水といった歩いて行ける範囲で選べばいいのに、都心の中で、神保町からは最も遠い渋谷なんてところを彼女は選んだのだ。

「達也君、今から楽しい冒険だっていうのに、何黙ってんのよ」

「そっ、それは」

ホテルに入ったら、コーヒーでも入れて、ちょっと話をして、気分が落ち着いたところで、まず肩に手をおいて……いや、そんな悠長なことをやっていたら、タイミングを逸してしまうから、部屋に入った瞬間にいきなり抱しめて、勢いをつけてことに臨んだほうが……なんて、渋谷に向かう電車のなかでは、ホテルに入った後の段取りばかりが思い浮かび、こちらは、もう何もしゃべれない。

…いきなり抱しめて、ことに臨む？　そんなことがこの僕にできるの？…

たぶん、お茶の水や水道橋であれば、緊張する間もなく目的のホテルに到着しただろう。けれども、渋谷に到着するには神保町から電車に乗り、途中で電車を乗りかえて、と長い時間がかかってしまう。そうこうしているうちに、余分なことばかり考えて、緊張感が否応なく煽られていく。

…なんで渋谷なんだよ…

心臓の鼓動がますます強くなっていくなか、僕は、ただ優子の選択をうらむばかりだった。

「ねー、黙ってないで何かしゃべれば」

スーツ姿の硬い面持ちの僕の隣では、パーティドレスの女の子が、なぜか陽気にはしゃぎまわっていた。

「これから楽しい冒険だっていうのに、何、重たい顔しているのよ。私なんてわくわくして、今にも浮かび上がりそうなのよ」

そんな優子を横目に、

…どうして、こんな風にノーテンキにはしゃいでいられるんだろう…

と思った。女というものは、この一大事にここまで肝を据えられるものなのか？

渋谷の人が多い駅を下り、この通りに入った頃には、僕の胸の高鳴りはいよいよ頂点に達していた。口から飛び出してくるんじゃないかと思うほど、心臓が、激しく鼓動を打つ。

…これじゃ、ホテルに入る前に心臓が止まってしまう…

そんな時だった。優子が僕の手を激しく握りしめる。そして、

「達也君、まずいわ、私たちつけられている」

と息を殺した。

「エッ、つけられている?」

つけられていたなんて、僕のほうはまるで気づかなかった。しかし、いったいだれが、何の目的でそんなことをしているんだ。ゼミの仲間が悪ふざけでやっているのか、それとも……

「そんな奴が、どこに?」

まずは、敵の正体をつかまなければ、そう思い、僕は、後ろを振りむこうとする。けれども、

「達也君、ダメ。振り向いちゃダメよ」

と優子が僕を引き留める。そして、

「とにかく、気づかないふりをして」

と肩に引き寄せた。

「エッ、なんでなんだよ」

「相手を油断させるのよ」

「油断させる?」

目線を正面に向けたまま、歩みを緩めようともせず、優子がそうささやいた。彼女が何を考

えているのか、僕には何もわからない。その時だった。

「達也君、今よ」

と僕の腕を激しくつかむ。そして、

「あそこに」

と走り始めた。

「エッ、どうして」

優子に引きずられるまま走ってみたものの、依然、こちらはわけがわかっていない。

「ふー、よかった。これで、まけたわ」

電柱の影に隠れると、彼女がそう小声で話しかけてくる。

…何がまけただ？…

電柱の陰に隠れたところで、相手をまけるはずがなかった。この細い電柱ではどう考えても、二人の姿を隠せるはずがない。

「なあ、なー優子」

よくよく見てみると、この通りには、人影もなかった。この時刻、この通りをちょうど歩いていたのは二人しかいなかったわけだ。二人が尾行されているなんてほんとうなの？　そもそも、なぜ二人が尾行なんてされなきゃならないんだ？

「俺たちは、いったいだれにつけられているっていうんだよ」

そんな僕に優子が
「たぶん、写真週刊誌の記者ね」

と真顔で応えた。

「写真週刊誌？」

「達也君は新進気鋭の政治学者なのよ。写真週刊誌が狙わないはずがないじゃない」

「僕が新進気鋭の政治学者？」

「私のほうは、そうねー、私は最近売り出した女優って設定でどう？」

優子のその一言に、僕にもやっと彼女がやっていることの意味がわかった。

「二人とも今売りだし中だからスキャンダルなんてもってのほか。二人は人目を忍ばなくてはならない関係なのね」

さっきから彼女は、二人がよくやる有名人ごっこに興じていたのだ。どちらか一方が、インタビュアーになり、有名人になったつもりの、もう一方にインタビューする。このカップルはそんなばかばかしい遊びによく興じるのだ。当時の優子はよく有名女優になった。新作で主演女優賞を受賞し､受賞式典に向かう赤じゅうたんの上でインタビューされる。そんなシチュエーションを彼女は好んだものだ。僕のほうは当選直後の有名政治家なんて設定。有名女性キャスターになったつもりの優子から今後の政治課題なんてテーマでインタビューされる。しかし、ラブホテルに向かう際中、写真週刊誌に狙われた有名政治学者と売出し中の女優なんて設定はこれが初めてである。

「なんか、すごくリアルな設定だね」

優子の意図に気づいた僕は、まずそんな声をあげてしまう。ラブホテルに向かう最中の有名人ごっこ。それはあまりにリアルすぎる設定だった。

「あー、今度はこっちからカメラが狙っている」

しかし、そんな僕におかまいなし、そういうと彼女は、また別の電柱の影に隠れ、有名人ごっこを中断しようとしない。

「さー早く、達也君、週刊誌の記者達をまいているうちに」

こうして、二人は鬼ごっこでもするかのように、そのホテルに入った。

「フウー、間一髪だった」

優子の有名人ごっこのおかげで僕の緊張はすっかり解けていた。

「スキャンダルはこれで発覚しないねぇ」

ホテルのロビーという異空間に入っても、優子に声をかける余裕が僕にはある。自分でも意外な話だった。

「そうね」

しかし、今度は優子のほうが浮かない表情になっていた。こちらが何をいっても彼女はそっけない反応しか示さない。ギリシャ彫刻の模造品がいたるところに置かれたホテルの廊下を二人で歩いている時も、彼女は一言もしゃべろうとしない。この局面に来ると尻ゴミする。大胆そうに見えて、優子もさすがに女の子だった。しかし、そんな彼女に、

「やっぱ、優子も緊張してるんだ」

と声をかけると、

「緊張なんかしてないよ、ただちょっと走りまわってつかれちゃっただけよ」

といつもの強がりをいう。その姿はほんとうに優子らしい姿だった。その部屋の扉の前でも、ドアの鍵を開こうとする僕の手を優子が、

「達也君、とりあえず私汗かいたから、先にシャワー浴びるけど、覗いちゃいやよ」

と握りしめる。

「わかったよ」

ドアの前の優子の表情には、同意しなければそのまま帰ってしまうんじゃないか、そう感じさせるほどのものがある。彼女のいうことに僕は素直にうなずかざるをえなかった。

しかし、僕は結局、優子とのその約束を守らなかった。いや守れなかった。部屋に入ってすぐ、優子が絶句したその表情を僕は今でも覚えている。その部屋はバスルームが中央部にガラス張りで設えてあって、部屋のどの位置からでも覗けるようにできているんだから。

「達也君、ゴメン、やっぱりダメだ。だって私、水着忘れちゃったんだもん」

「エッ、水着?」

「あら、達也君、お風呂に入る時の水着よ、普通の人はお風呂に入るとき、水着着るでしょ。まさか達也君素っ裸でお風呂に入るわけじゃないんでしょうねぇ」

あの時も優子は最後まで、そんな冗談を口にした。


…それが、四年前の二人の姿か…


その日、僕と優子が選んだ部屋も四年前のあの日と同じ部屋だった。中央部にガラス張りの浴室が設えられた構造はまるで変わっていない。家具も壁に掛けられた模造品の絵もベッドカバーの模様まで何一つ変わっていない。はやりすたりの激しい業界だというのに、この部屋は四年前と何も変わっていなかった。

その部屋の申し訳程度に設えられた、ソファに腰を下ろすと、優子が、

「私も、やっと夢をかなえられたのね」

とつぶやいた。しかし、二人の姿は四年前のものとは違う。四年前の彼女は彼氏の成功を彼氏以上に喜ぶ無邪気な女の子だった。けれども、今の彼女には、もう、あの頃の無邪気な女の子の面影はない。そのかわりに自分の夢を、懸命な努力の末にかなえた、何かを成し遂げてきた人間の輝きがある。

「ほんとうのことをいうと、自分でも、まだ、信じられないんだ」

そんな彼女の独り言のような話に傍らの彼氏はぼんやりと耳を傾けていた。しかし、この男にはもう、彼女のような輝きはない。現実に打ちのめされ、ずるさや狡猾さだけが身についた醜さしかない。

「でもね、私がここまでこられたのは、達也が支えてくれたおかげなの」

その時、優子が突然、ふりかえり、

「達也君、ほんとうにありがとう」

と僕の唇に軽く自分の唇を押し当てた。

…この僕が支えた?…

目を閉じることも、彼女の肩に腕を回すこともなく、僕はただ、呆然とするばかりだった。

自分がいったい、何をしたというのだろう？　どう支えたというのだろう？　新聞記者になりたいという夢をうちあけられた時から、この彼氏は〈そんなのは無理だ〉と思っていた。心のそこでは〈ちょっとは身の程をわきまえる〉なんて思っていたのだ。そんな彼氏に、彼女が〈自分を支えてくれてほんとうにありがとう〉という。

…自分は優子を欺いている…

そんな思いが胸をよぎる。その時、僕はめまいを感じた。

「ごめん、ちょっと、今日は飲みすぎたみたいだ」

「でも達也君、シャワー浴びなきゃ」

「僕、ちょっと休むから、優子が先でいいよ」

さっき飲んだアルコールが体のなかで悪さをはじめた。激しい頭痛と吐き気で僕を苦しめる。四年前の自分には、酒に飲まれるなんてことはまずなかった。だれかがついだ酒をなめる程度で、手酌で酒を飲むなんてことはなかった。あの頃の自分は酒なんて飲まなくても十分楽しかった。自分が自分であることへの不満なんてまるでなかった。しかし、今の自分は、酒がなければ受け入れることができない、そんな自分になっている。そして、優子は、そんな僕に欺かれている。

「そういえば、達也君、岡村さんと最近連絡、取っている?」

浴室隣の申し訳程度に設えられた脱衣室から、優子の声が聞こえていた。

「岡村？」

「そう、今度、達也君アポ取ってよ、私も経済部に配属されるかもしれないし、財界人とのコネも少しはもってなきゃいけないから」

…優子までそんなことを…

岡村は自分の夢の実現に向けて血眼な努力しやっと起業までこぎつけていた。しかし、僕はスタートラインにさえ立たなかった。今の僕は客を騙し、くだらない争いごとに血眼になる薄汚いただの証券マンだ。僕にはもう岡村に合わせられる顔はない。優子は、変わり果てた、彼氏の姿に気づいていない。


浴室から優子の鼻歌が聞こえくる。ベッドで横になりテレビを見るふりをしながら、僕の視線は知らず知らずのうちに、浴室の優子に向けられていた。シャワーを浴びる丸裸の彼女の姿が蒸気のなかにうつろに写る。そして、時折、優子の意外に豊満な胸が、そして薄い色の乳房が僕の目に入った。優子はもちろん水着なんかつけていない。この後、彼女は、何も身につけないまま、このベッド横たわり、そしてこの僕の腕に抱かれる。

…これが、自分の顔？…

ふと、ベッドの横に目を向けた時、ベッドの回りに設えられた鏡に、優子の裸を見つめる僕の顔が映し出されていることに気がついた。飲みすぎて青白くなっているのに、眼だけがギラギラと光る。自分でもおどろくくらいなんともあさましい顔。あたかも、それは地獄の底でもがく悪霊の顔のようだった。

また四〇〇年以上も前のあの聖職者の教えが蘇っていた。

人間はすでに生まれる前に天国に行ける人間と地獄に落ちる人間に分けられている。地獄に落ちる人間がどんなにこの世で外見を取り繕ったところでその運命を変えられることはできない。地獄に落ちる運命をかえることはできない。

「じゃー達也君、どうぞ」

「うん。もう少し」

浴室から出てきた優子に僕はただ見とれてしまう。すきとおるような白い肌に目鼻立ちがくっきりとした彼女のその姿が女神のように美しい。就職試験で忙しくて、一夜をともにするなんて、ここのところほとんどなかった。その彼女が、知らない間にこんなにもきれいになっている。しかし、僕には手出しができない。体のなかのアルコールが邪魔をし、身体が動かない。いや、その美しさが僕の醜さを拒絶している。

「どうしたの、達也君」

気遣ってくれているのか、そうでないのか、ベッドに横たわっている僕に彼女は言葉をかけるだけで水の一杯を持ってきてくれるわけでもなかった。たぶん、彼女は僕のこの苦しみに気づいていない。輝く未来が約束されている彼女には、僕の苦しみなんて目に入らないのかもしれない。天国に行くことが運命づけられている人間には地獄に落ちる人間の苦しみなんて理解できない。

「最近、私、お風呂上りにお肌のお手入れをするようになったの」

バスタオル一枚身にまとった優子が、ベッドの傍においてあるサイドバッグから化粧ポーチを取り出そうとする。

「私も、もう年なのね」

そういと彼女は何がうれしいのか楽しそうに笑う。彼女はやはり僕の苦しみに気づいていない。

ベッド脇に手を伸ばし彼女が化粧ポーチを取り出そうとした時、バッグのなかから一冊の本が落ちてくる。

「あっ、達也君、大丈夫」

激しい頭痛に襲われる中、それでも僕はなんとかベッドのうえに落ちてきた一冊の本を手にしていた。

「この本は?」

『地方行政学入門』それがその本のタイトルだった。

「石丸君の研究を手伝うのにも、基礎知識が必要でしょ。試験も終わって、これからが最後の学生生活になるでしょ。石丸君の研究手伝って学生生活の有終の美を飾ろうと思うの」

そういうと、優子がまた声をたてて笑った。その時ふと、僕の頭のなかで優子とよくやる有名人ごっこのシチュエーションが思い浮かんだ。優子が岡村のところに〝N新聞社の記者〟として現れる。有名な新聞記者が有名な起業家にインタビューするために。翌日には優子の書いた記事が岡村の顔写真とともに全国版の新聞紙面を飾るのだ。優子と岡村のことだ、たぶん、難しい経営問題のインタビューが終りに近づいた頃、二人の会話は学生時代の思い出話に変わっているのだろう。

「そういえば南さん、ボーイフレンド君は元気にしている」

しかし、自分が考えたシチュエーションなのに、このシチュエーションに自分を登場させることができない。僕の有名人ごっこの結末は、

「エー、彼は今大学の研究室で政治の研究に励んでいます」

という優子の言葉で終わりになる。そう答えた優子の頭には石丸のあの素直そうで純粋な目の

輝きが浮かんでいる。

…違う…

自分で考えた有名人ごっこのシチュエーションなのに、この結末に納得ができない。

…違う、そんな結末であってたまるか！…

僕は自分の姿を偽っていた。確かに今の僕は詐欺師のようなものだ。だから、この有名人ごっこには登場させられない。しかし、それでも優子を失いたくない。優子が離れてしまえば、自分には何もなくなってしまう。

「優子……」

僕は力をふりしぼり、激しい頭痛と吐き気で今にも崩れそうな身体をおこした。

「優子、こっちに……」

そして、ベッドの脇で手鏡を見ながら、顔の手入れをする優子の腕をつかむ。

「どうしたの、達也君」

優子が怪訝そうな声を出す。その声を無視するかのように、彼女を無理にベッドに引き込んだ。

「達也君どうしたの、とりあえずシャワーあびて」

優子の声を無視し、僕は彼女にしがみついていた。頭が割れるように痛い。それでも、力の限りその身体を抱きしめる。

…優子、どこにも行かないでくれ…

言葉にはならない声でそう叫びながら、

「いや、いやよ達也君」

しかし、優子は僕の求めに応じようとはしない。

「放して、お願いだから放して」

優子が激しく抵抗する、僕の腕から解き放たれようとする。

…どこにも行かないでくれ…

それでも、僕は彼女にしがみついていた。

「今日の達也君、変よ」

そんな僕に、彼女は言葉の抵抗を試みる。言葉の力で僕から離れていこうとする。

この言葉に耳を貸すわけにはいかなかった。もし、耳を貸してしまったら彼女が遠くにいってしまう。僕は彼女の顎をつかんだ。そして激しくその唇をもとめた。その時、

「今日の達也君は、私の知っている達也君じゃない」

彼女がそう叫んだ。

…私の知っている達也君じゃない?…

唇を激しく求めた時、僕から顔をそむける優子の姿がまるでスローモーションのようにゆっくりと目に入ってくる。

「ダメ、達也君、ダメ」

激しくいやがる優子の姿を目にした時、僕の中から急激に力が失われていった。

…私の知っている達也君じゃない？…

確かに、今の僕は、優子が信じたような男ではない。いや、そもそも僕は、彼女に信じてもらえるような男ではなかったのだ。自分は彼女を欺いていた。ずーっと欺き続けてきた。


鏡を見ると、そこにはまた、あの弱々しい微笑みを向ける坂口さんの姿があった。

「僕は知っているよ。ほんとうは君も僕の仲間だってことを」

その弱々しい微笑みが僕にそう訴えかけている。

…人間はすでに生まれる前に天国に行ける人間と地獄に落ちる人間に分けられている。地獄に落ちる人間がどんなにこの世で外見を取り繕ったところでその運命を変えることはできない。地獄に落ちる運命を変えることはできない…

僕の中で、また四〇〇年以上前のある聖職者の教えが蘇っていた。体内のアルコールが、益々激しく悪さをはじめる。もう少しも動くことができない。そんな僕には、もうこの教えに抵抗するだけの力は残されていない。

ベッドの脇には、優子のために買ったぬいぐるみが転がっている。そのぬいぐるみに僕は妙な空しさを感じた。


月曜の朝のミーティングのことである。

「お前ら、わかっているのか、これができなかったら、ここにいる全員が御陀仏なんだぞ」

営業マンに向けられる滝口さんの大声は激烈を極めていた。

「いいか、お前ら、今日御陀仏になるか、一〇日後に御陀仏になるか、どっちでもいいから自分で選べ。お前らはどっちにしたって死ぬんだ」

投信販売の締めきりは一〇日後に迫っていた。しかし、進捗状況がはかばかしくない。滝口さんがいらだつのは当然だった。しかもその日は、さらに悪いことに、数人の営業マンが遅刻してきている。それが、滝口さんの頭に必要以上に血を上らせていた。

けれども、やはり、僕も営業マンサイドの人間だった。営業マンの気持ちもわかる。自分に与えられた、絶対に達成不可能と思われる数字は、営業マンをただ呆然とさせるばかりだった。しかも、その数字が達成できなければ、それで御陀仏になってしまう。こんな状況に立たされたら、古橋さんじゃなくても酒でも飲まなければやってられない。飲みすぎて、朝、起きられなくなるのもわからないわけではなかった。

「あんなものが売れると思うか、あんなもの売り出した会社の神経が俺には理解できない。だいたい滝口なんかはよー、会社の上の人間ばっか見ているから、商品価値がわからなくなるんだよ」

そういうと古橋さんは水割りのグラスを手に取った。しかし、もうかなり飲んで、フラフラになったこの酔っ払いにはグラスをしっかりつかめない。

ガチャン

グラスは彼の手からすべり落ち、床に落ちて割れてしまう。しかし、割れたグラスを前にしても、

「おい、ママ、酒がないぞ」

と彼は、なお、アルコールを要求した。

…やはり、僕も営業マンサイドの人間だ…

といってはみたものの、古橋さんのその姿を目の当たりにすると、滝口さんの肩を持ちたくなるのはどうしてだろう。昼間っから酒臭い男が〈これは必ず儲かります〉といったりしたら、商品のほうまでたちまち胡散臭いものに見えてしまう。売れない商品が悪い商品だとするなら、

古橋さんにかかればどんな商品だって悪い商品になってしまうだろう。問題は投信のほうにあるのではなく、古橋さん自身にある。彼と同じ現場に立っているとはいっても、やはりこの僕も、古橋さんには組する気にはなれない。

その夜も、若手を強制招集し、彼は性懲りもなく、盛り場に繰り出していた。近場の居酒屋で大騒ぎしながら、生ビール四杯、チューハイ六杯を飲み、完全に出来上がって、もう歩くこともできなくなっているくせに、それでも、彼はもう一軒行くといって聞かない。こうして、この御一行は、とあるスナックに足を踏み入れることになった。

「はやく、いつものやつを持ってこい」

箒とちりとりで、ママが割れたグラスを片付けるその脇で、古橋さんが、なおもそう叫んだ。

「古橋さん」

たとえ、常連客といっても、ここまでわがままな客にだまっているわけにはいかない。

「もういい加減にしなさいよ」

とママが、怒ったような声をだした。しかし、

「うるさい」

と古橋さんはママの苦言にも耳を貸そうとしない。

「これが飲まずにいられると思うか」

この酔っ払いには悪びれた様子もない。

「こまった人ね」

この態度に、さすがのママもただ、あきれるばかりだった。

ママが古橋さんを無視するかのように、カウンターを後にする。彼女は常連客らしい陽に焼けた中年男が座るテーブルに腰を下ろすと、グラスに氷を入れ、この客のお相手を始めた。けれども、店の女の子に目配せし、古橋さんに新しいグラスとお手拭を出すようにとの指図を出すことも忘れない。彼女はこんな迷惑な客さえ邪険には扱わなかったのだ。


テーブルが二つしかない、その小さなスナックは古橋さんのつけがきく店だった。

「バブルの頃はなー、この街の店なら、ほとんど支払いは月末でOKだったぜ」

と古橋さんは、よく僕らに自慢した。当時の彼はとにかく金周りがよかった。毎日のように顔を出しても、月末には必ず大金を落としてくれるんだからつけで飲んでいただくのも問題はない。この街の夜の店も、この上客をやすやすと手放そうとはしなかったわけだ。しかし、それは昔の話である。古橋さんにつけで飲ませる店は、しだいに少なくなり、今となっては、もうこの店くらいになっている。つけで飲ませる店がなくなった程度ならまだしも、お出入り禁止になっている店のほうが多いくらいだ。今の彼は、いつまで首をつなげていられるのかわからないリストラ予備軍の中年男に過ぎない。しかも、虚勢は並じゃないし、酒癖も極端に悪い。そんな客につけなんかで飲ませたら、取立てがたいへんになるだけのことである。

「あらあら、古橋さん寝ちゃったのねぇ」

いつのまにか古橋さんが鼾をかき、眠りについていた。ママが戻ってきたのは、ちょうどそんな時だった。

鼾をかく中年男の傍らで所在なく座る二人の若い男に、

「あなたたちも苦労が多いわねぇ」

とママが声をかけた。この店のママはどんな客にも気遣いを忘れない。こちらは、わがままなだけの客の連れなのに……

「こんな先輩の面倒を見るのもたいへんでしょ」

古橋さんがうつぶせになって眠るカウンターには、この店には不釣り合いな高級スコッチの瓶が置かれていた。その瓶を手にすると、

「今日、やっと手に入ったものなんだけど、さー、古橋さんが寝ている間に飲んでごらんなさい」

そういって、ママが僕と内村さんの空っぽになったグラスに琥珀色の液体を注ぐ。

「ママ、こんなに高いもの」

内村さんが、驚いたような声を出した。そのスコッチは若い男が口にできるような代物ではないらしい。酒が好きな彼にはその価値がわかるようだった。しかし、ママは、そんなこと少しも気にするそぶりを見せず、

「気にしないで、これは私のおごりだから」

と笑顔を浮かべた。

「ママ、そんなおごりなんて」

それでもなお、恐縮する内村さんに、

「いつも苦労させられているあなたたちへの私からのねぎらいよ」

とママが応えた。

…この人がなぜ僕らをねぎらってくれるんだ…

僕は、その時、もう一〇年を超えるというママと古橋さんの二人の関係を考えていた。

古橋さんより二つ三つ若いのだろうか？　ママはあでやかな和服が板に付いていても、夜の女特有の狡猾さやずるさを感じさせない、色白のどこか翳りのある女性だった。もともと彼女は平凡な主婦だった。しかし、ご主人を交通事故で失った後、この世界に足を踏み入れたのだという。彼女は時折翳りのある微笑みを浮かべる。この店を切り盛りし、一人で生きた彼女の一〇数年

は苦労の連続だったにちがいない。

…わざわざ、こんな商売を選ばなくても、もっと楽な道もあったのではないだろうか…

彼女が翳りのある微笑みを浮かべるとき、僕はいつもそう思った。

「人生にはつらい時期ってものがあるものよ。今はよくないけど、古橋さんだって良くなることもあると思うわ」

グラスを差し出しながら、ママが微笑みを浮かべた。

「だから、面倒をかけるけど、古橋さんのこと、よろしく頼むわね」

…これから先、古橋さんが良くなる?…

差し出されたグラスを受け取りながらも、僕には、彼女のいうことに同意することができない。今の自分を変えない限り、彼は早晩、リストラされるだろう。職を失い、家族とともに路頭に迷うことになるかもしれない。しかし、彼にはもう自分を変えようとするだけの気力が失われている。

このスナックも、どこかくたびれていた。客がキープしたウィスキーや焼酎の瓶が整然と並べられてはいるものの、装飾も古びているし、椅子やテーブルにはほころびが出ている、改装でもしなければ、たぶんこの店はもう持たない。

…今のままじゃ、この店だってだめになるのに…

「なーママ、いつまでそんなところにいるんだ」

他の客を相手にしているのに、先ほどの陽に焼けた中年男が大声で割って入ってくる。

「こっち来て相手してくれよ」

この店の常連客にはいい客があまりいないようだ。

「ごめんなさいね」

ママが三人の席から離れた時、カウンターにうつ伏せになって、鼾をかく古橋さんの姿が僕の目に入った。

…いつまでこんな男に入れあげているんだ。はやく切ってしまえばいいのに…

…こんな男、はやく切ってしまえばいいのに、か…

ママがくれた水割りを口にした時、自分のいったその言葉が耳鳴りのように響いた。

…そうだよな、こんな男、はやく切らなきゃ…

頭の中で、優子の顔が浮かんでいた。

…幸せになりたければ、こんな男はやく切ったほうがいいんだ…

ママがくれた水割りを僕は、いっきにのみほした。優子の笑顔を振り払うかのように……

「あーあー、もうちょっとまともな後輩がいれば、古橋さんだってこうはならなかったのに」

鼾をかく古橋さんの傍らから、内村さんのぼやきが聞こえてきた。

……そんなに自分を卑下しなくても……

古橋さんに尽くしているのは、何もママだけではなかった。内村さんだって、このおじさんにはずいぶん尽くしている。しかし、どんなに尽くしたって、どうにもならないこともある。

結局、本人の問題なんだから……だから、自分を責める必要はない。

「別にそんな風に思う必要はありませんよ」

内村さんをめずらしくこの僕が励まそうとしていた。

「古橋さんの問題はやはり古橋さんの問題なんですから」

人にはそれぞれ人生というものがある。このおじさんのことを他人の僕らが思い悩んだところで、どうなるわけではない。これも古橋さんの人生なのだ。

「古橋さんの問題？」

しかし、僕のいったことに彼は、

「お前、何いってんの」

とあきれたように応えた。

「お前、わかってんの？　俺はお前のことをいってんだよ。お前がもう少しまともな人間だったら、俺達はこんな風にならなくて済んだんだよ」

…僕がもう少しまともな人間だったら？…

僕には彼のいうその意味が理解できない。

「お前はさー、自分のことしか考えない奴だからわかんないんだろうけど、お前が岡村隆太郎を紹介しさえすればこんなことにはならなかったんだよ」

そんな僕にデブ野郎が吐き捨てるようにそういった。

「ほんとうにお前は人間として最低の奴だよ。どうせお前は岡村のところに転職するつもりなんだろ。岡村にいい顔みせたいから、俺達を紹介できないんだ、でもなー、言っとくけどお前みたいな奴、岡村隆太郎だって引き受けられないよ」

…岡村に引きうけてもらうために、紹介できなかっただって…

いわれのない中傷だった。僕は岡村に自分の転職を頼んだことはない。いや、彼の会社に行きたいと思ったこともない。アポを入れようとしなかったのは、岡村にこんな奴らを引き合わせたくなかったからだ。こいつらは、岡村が命を削って集めた大切な資金さえ飲んで使い果たしてしまうだろう。だれが自分の友人にそんな奴らを引き合わせたいなんて思うだろうか。

しかも、なぜ、こんな男から〈岡村はお前を引き受けない〉なんていわれなくてはならないんだ。岡村とは一度も会ったことがないこの男に何がわかるというんだ。そもそも、お前は、岡村が知り合いだということさえうそだと決めつけていたではないか。

…そうだよな、お前は彼の会社のホームページを見たんだよな…

僕と岡村が知り合いだったということを、この男は、もうとっくにつかんでいる。彼の会社のホームページにはあのレセプションの席でこの僕と肩を抱き合う岡村の写真が掲載されていたのだという。写真のキャプションには、〝第二六回優秀論文賞受賞者仲間といっしょに〟と書いてある。そのキャプションを読んで驚く姿を、彼は藤原君に目撃されていたのだ。しかし、この男からはうそつき呼ばわりしたことへの詫びの言葉はない。

「お前には、人の道ってものがなんだか、まるでわかってないからな。お前みたいな人間、いずれ地獄に落ちるさ」

それでも、デブは、また人の道という説教を垂れる。確かに、僕は立派な人間ではない。だからこそ、最低の人間であるにも関わらず綺麗ごとを並べ立て、立派な人間かのように振舞うこの男を許すことができない。

「なー七海ちゃん、聞いてくれよ」

そこまでいうと、デブはカウンター席の前で洗い物をする店の女の子に声をかけた。

「こいつ、自分の友達を騙して損させたんだよ。確かに我々の商売はどっか人を騙すようなところがあるけど、だれが、自分の友達を騙すと思う、やっぱこいつ人の道を踏み外しているよな」

第三者を味方につける。それがこの男の常とう手段だった。第三者に自分のうそを聞かせれば、それだけでことを有利に運べる。第三者には、それがうそかほんとかわからない。しかし、うそも口にした瞬間、疑念だけは植えつけることができる。デブはそんな言葉の魔力を知り抜いていた。

「先輩の面倒を見させてもらうのは当然だけど、後輩の面倒を見るのは大変だよ。特にこいつみたいな腐った後輩の面倒はね」

デブ野郎はなおも続けようとする。僕は、その時、完全に切れていた。

「内村さんさー、あんた、友達を騙すか殺されるかどちらか選択しろっていわれたら、どっちを選ぶ？」

デブ野郎が驚いたように僕の顔を見た。

「なんだって」

「友達騙すか、殺されるかどっちは選ぶかって、聞いているんだよ」

場が修羅場と化していく、そのただならぬ雰囲気に、困惑したような表情を浮かべると、七海ちゃんは奥のキッチンに逃げるように消えていく。しかし、僕にはもう自分を抑え込むことができない。

「そりゃー、きっ、決まってるじゃないか」

こちらのただならぬ様子にさすがのデブも驚いたような表情を浮かべた。二人の勝負はいつも後輩が泣き寝入りすることで決着がついていた。しかし、簡単にまかせるはずだったこの後輩が予想外の反撃に出たのだ

「決まってる？　それじゃーわからん。どっちなんだ」

デブ野郎がこちらの気迫に負けている。それがますます僕を勢いづかせる。

「殺されるほうを選ぶ」

「ちがう。あんたは友達騙すほうを選ぶ」

「きっ、貴様、いわせておけばいい気になりやがって。後輩の分際でよくそんなことが……」

「後輩、後輩うるさいんだよ、何が後輩のくせにだよ、あんただって俺と同じ人の道を踏みはずした最低の人間じゃないか」

マグマが、突然、噴き出していた。デブ野郎にはこのマグマを、もう、抑え込むことはできない。

「今度の投信で、俺は絶対、あんたを追いぬいてやる。後輩に追いぬかれてあんたがどんな顔をするか、絶対に見てやるからなー。その時、あんたも自分が友達騙すような人間だって認めざるをえなくなるよ」

負けてはならなかった。この男に勝つためだったらなんでもやってやる。そう自分自身に言

い聞かせていた。自分は、坂口さんのようにだけはなるわけにはいかない。こんな奴らに負けた坂口さんのようには……

デブ野郎が、この時、初めて、僕に怯えたような表情を見せていた。しかし、この男にも撤退は許されない。〈僕は絶対に負けない〉深夜のスナックで古橋さんが鼾をかき始めている。その鼾に僕は自分の勝利を誓った。

中三の二学期。新学期が始まって何日か過ぎた日のことである。

「中川が動きはじめたみたいだぜ」

鈴木が僕にそう耳打ちした。ある男子生徒が夏休みが終わっても学校に現れない。この森川という生徒の登校拒否の裏には中川一派の新しいお遊戯が隠れていたのだ。しかし、夏休みが終わって、もうだいぶたっているというのに、教員たちは、生徒の家に足を向けることも、他の生徒から事情を聞くわけでもなかった。生徒たちの間ではすでに公然の秘密になっているというのに、教師たちは、いつまでたっても中川のお遊戯に気づかない。

…あの男はやっぱり、おとなしくしているような奴じゃなかったんだ…

受験勉強にかまけていたわけではなかったのだ。一学期から、入念に新しいお遊戯の準備をし、そしてそれを実行した。

「どうも、森川でシャモを試したみたいだ」

悪魔のような中学生はそのお遊戯を〝シャモ〟とネーミングしたのだという。シャモ、それは二人のいじめられっ子を、いじめられっ子同士で殴り合わせる儀式である。中川はいじめられっ子同士の足を縄でしっかりとつなぎ止め、たがいから逃げられないようにしたのだという。そして、敗者には悲惨な罰を与える。狡猾なあの男はこの一大イベントの存在を表ざたにしないための工作も忘れない。儀式の餌食にされたいじめられっ子が、その事実を大人たちに訴えないことは、彼にはわかっていた。いじめられっ子もまた、自分がいじめらっれ子だということを知られては困るのだ。あの男は長年の経験からこのいじめられっ子特有の心理に気づいている。しかし、たとえ、いじめられっ子が口をつぐんでも、大人達に感づかれてしまうことがあるかもしれない。同時期に、三人も四人も生徒が登校拒否をおこしたなら、あのやる気のない、ぼんくら教員達もその原因究明に乗り出さなければならなくなるだろう。夏休み、他の中学の悪ガキの協力を得て、中川がそのお遊戯のもう一人の餌食に隣町の中学生を選んだのはそんな理由によるものだった。森川一人くらい、登校拒否を起こしたくらいで、学校全体が動くはずはない。そして、その中川の計算は見事に的中した。

「でもなー、森川はリハーサルなんだってさ、本番はこれからなんだぞ」

鈴木はくどいくらい〈これからが本番だ〉と繰り返す。

「本番は秋だってさ」

鈴木はどこで情報入手したのか、中川が事に乗り出す次の時期まで知っていた。夏休みのシャモはあくまでリハーサルだったのだという。秋の本番をよりおもしろくするためのリハーサルにすぎない
「やっぱ、友達同士にやらせたほうがおもしろさがちがうって、中川はいっていたんだぜ」

鈴木はそういうといやらしく笑った。

…友達同士？…


その日、僕は狂ったように投信営業に取り組んでいた。

「T通信は利を取りましたから，ここでちょっと投信に乗り換えて、株はしばらくお休みしましょ」

あの老人に僕はまた電話を入れた。野々山さんのT通信を売却させ、その売却資金で投信を購入させる。それが、僕の営業戦略だった。

「K製鉄ですか？　K製鉄はもう少し待ったほうがいいんじゃないでしょうか」

K製鉄が黒字見とおしを正式発表したという話はこの電話ではしなかった。株はタイミングである。このタイミングでK製鉄を買戻せば、野々山さんの資金は半年以内に二倍になるだろ

う。地味な銘柄ではあったが七年ぶりの黒字化のニュースは市場にその程度のインパクトを与えるのは間違いない。いや、もっと長くもっていれば三倍から四倍になることだってあるかもしれない。けれども、そんなことを話すわけにはいかなかった。そんなことを話してしまえば、野々山老人が売却資金でK製鉄を買ってくれというのは目に見えている。今の僕には、投信のノルマを達成させることのほうが大切だった。野々山さんが儲けようが、儲けまいが、僕には関係ない話だ。野々山さんが儲けたところで、投信のノルマから解放されるわけではない。

「今日、お勧めする投信は国内のＩＴ銘柄を中心に組み入れますので、この投信を買いさえすれば時流に乗ることができるんです」

〝時流〟それは、証券マンに都合よくできたアイテムだ。どんな時でも経済には流れがある。その流れを時流なんて意味深な言い方で表現すれば、頭を抱えてセールストークを考える必要はない。証券マンならだれでも一ヶ月のうちに二つも三つも時流を作り出すだろう。深みも新鮮味もない、ただ証券マンに都合のいいだけのアイテム。そして、その程度のセールストークで自分を信頼してくれる数少ない客に投信を買わせようとしている自分。

「ハイ、わかりました。有難うございます。それでは明日にでも受け渡しにうかがいます」

…これで三五〇万だ…

そして、その程度のセールストークに野々山さんはまた、乗せられてしまう。

僕が勧めたT通信で野々山さんは確かに儲かった。しかし、それはお孫さんに小遣いでもあげれば跡形もなく消えてしまう程度の儲けに過ぎない。わずかな儲けで喜ばせ〝今の時流〟なんて口車にのせる。そして、ほんとうの大もうけのチャンスを奪ってしまう。お客さんは、証券会社に儲けるためにやってくる。しかし、自分は、野々山さんを儲けさせようなんてしていない。僕は、ただノルマを達成させることしか考えていない。

…こんなことといつまで続けるんだ…

「あっ、桜井さんですか、どうもご無沙汰しています。株も本格的に上昇局面に入ったみたいなんですが、本日はこの時流に乗った投信を……」

しかし、考える間もなく僕は次の客に電話を入れていた。悩んでいる暇はなかった。いや、自分はもう悩んだりはしない。今更悩んでどうすんだ。悩んだところで自分のおかれた状況を変えられるわけじゃない。

山川の小テストの点数は一向に上向かなかった。

「田中君、この英文の訳を教えてくれないか」

放課後の教室には二学期になっても相変わらず、僕と山川だけが取り残されていた。二人っきりになった教室で、この男は僕からテストの答えを懸命に引き出そうとする。この男には頼る相手が僕しかいない。

…中川のあの噂をこいつは知らないのか…

それは、考えるまでもないことだった。このクラスで、彼は皆から無視されている。唯一コミュニケーションがあるのは僕くらいのものだ。彼が噂を耳にするはずがない。

「なんで、この程度の訳ができないんだよ」

その噂を聞いた後、僕の彼に対する態度は露骨なまでに冷ややかなものになっていた。親分と山川を守ると約束したからといって、もしもの時に親分が助けに来てくれるわけではない。

…この男の仲間だと思われたら僕はどうなるんだ…

秋にはもうあまり時間がなかった。

「いいから、自分の力だけで訳してみろよ。いつまでも僕を頼りにしないでくれ」

「でも……」

「いいから、その英文、訳してみな」

その日の小テストは英文和訳のテストだった。

この男は五問の問題のうち、一問しか解答できていない。

「昨日の夜、雨が降り始めた時、私は夕食を食べて……、……」

「ちがう、ちがうよ。どうしてこんな簡単な問題がわからないんだ」

I had been eating supper when it was rain last night.

しかし、そういいながらも、彼が、意外にわかっていることに僕は驚いていた。

「ここは過去完了進行形なんだ、夕食を食べたと訳すんじゃなくて、夕食を食べているところだったと訳さないと×なんだよ」

たぶん、英語の教員が採点しても、山川の解答は○にはならない。しかし×にはならなかっただろう。彼は過去完了進行形の微妙な日本語のいい回しがわからなかっただけなのだ。

「なんで、この程度のことがわからないんだよ」

僕は、それでも、山川を怒鳴りつけていた。わかっていることが許せなかった。僕にとって彼はダメな人間でなくてはならなかった。山川は僕の仲間ではない。僕の仲間じゃない奴が過去完了進行形なんてわかるはずはないのだから。

「この頑張りじゃー足りないんだ。これじゃー、まだ死刑台から生還できん」

投信の販売金額が急速に伸び始めていた。営業マン達が、投信募集期間、最後の一週間になってやっとがんばりを見せはじめたからだ。しかし、支店に割り当てられた一億五〇〇〇万円のノルマ達成には、まだ手が届かない。

「死にたくなければ、鬼にでも蛇にでも何にでもなれ！」

投信販売の締めきりが迫っている。滝口さんの激には緊迫感が滲みはじめていた。その頃、僕の販売数字も順調に伸びはじめていた。当初、絶対に達成不可能の思われた、自分の割り当てを全達することも不可能ではないかもしれない。しかし、ノルマなんて僕にとってどうでもいい問題だった。僕にとって問題なのは、どうやってデブ野郎の数字の上をいくかということにある。後輩に抜かれて、自分もまた地獄に落ちる人間だとわからせることにあった。

「なあー田中、今日ちょっとお茶しない？」

僕の数字が、急速に伸び始めた時、デブがすりいるようにお茶のお誘いをかけてきた。

「いやー、この間は俺も悪いことをいったと思ってな」

この男が僕に詫びをいれるというのだ。

…何を今更いってんだ…

この男から出る、詫びの言葉なんて聞きたくもなかった。下の人間に後輩のあり方なんて説教を垂れておきながら、その一方で〈社会人としての振るまいがなってない〉と、先輩を叱責する。影でこそこそいやがらせをしておきながら、坂口さんの死に際しては、この男がだれよりも多くの涙を流したのだ。その詫びの言葉もまた、涙と同じようにその場限りのものに決まっている。この男は心にもない言葉をいくらでも吐き出すことができる。言葉を口にすることは涙を流すより簡単なことなんだから。

「いえ、今日は忙しいので」

「まー、そういわずにさー」

「内村さんもご存知のように、僕は今日の午後客先を回る予定ですから」

「お前、先輩の俺がここまでいってんのに、いうこと聞かないのか」

また、この男の〝先輩の説教〟が始まった。

「はい、あなたとサボっている暇はありません」

大きい声を出すデブ野郎を逆に僕が睨みつけていた。その目に殺気がある。それが自分でもよくわかる。その殺気を恐れたのか、デブは、

「まー今日はいいけど、ちょっと考えておいてくれ」

そういうとすごすごと引き下がった。

…いつまで、〝自分は先輩だ〟なんて呪文にひかっかると思っているんだ…

自分の机に戻るデブ野郎の後ろ姿をにらみつけながら声にはならない声で、そう叫んだ。

…僕は坂口さんなんかじゃない、お前の呪文は効かないんだ…

「そうそう、それがねぇ、近々娘が孫を連れて里帰りしてくれることになったのよ」

それは、その日の午後のことだった。僕は結局、あの老人の家に出向いていた。

「それはよかったですね」

「でもね、来年からは、孫に会う機会も少なくなるの」

テーブルの上に、いつものようにお茶とお菓子を並べながら、

「孫も来年、幼稚園に通うようになるんだけど、そうなるとそうしょっちゅうこちらには来られなくなるのよね」

と菅沼さんは、話を続ける。今日の茶飲み話の口火は、お孫さんの話題で開かれていた。お茶の話題から始まらない彼女の茶飲み話は、これが初めてだった。

僕が、その日、菅沼さんの家に足を向けたのは、もちろん投信を買ってもらうためである。お孫さんの話に区切りがつけば、

…今回はちょっと思い切って二〇〇万でいかかですか…

そんな風に話を切り出すつもりだった。しかし、菅沼さんのこのお孫さんの話がなかなか終わらない。

「そういえば、入園祝いをどうしようかしら。いっしょに住んでいるわけじゃないから、何を買ってあげればいいかわからなくて……でも、お金だけ渡すのもそっけないわね。何を買ってあげれば喜んでくれるかしら」

菅沼さんのお孫さんはまだ四歳だった。たかだか四歳の女の子を喜ばせるくらいのことで、半年も前から、頭を抱えて悩むなんて、僕には、ばかばかしいとしか思えない。

「いい知恵があれば、教えてくれないかしら。田中さん、まだ、お若いから孫の気持ちが私よりわかるんじゃないかしら」

「若い？」

いくら若いといっても、四歳児の気持ちまでわかるはずがない。

「若いっていっても、さすがに四歳の女の子の気持ちまでは……」

彼女は話す相手を間違っていた。未婚の若い男に、孫のことで頭を悩ます老人の気持ちなんてわかるはずがない。

「キャラクターの入ったお弁当箱なんてどうでしょう」

それでも僕は、それなりの答えを示した。それも、証券マンの仕事の一つだった。

「キャラクター入りのお弁当箱？　そうねぇ。それだったらゆうかも喜ぶかもしれないわ」

僕のアイディアが彼女の琴線にふれたようだ。納得したような表情を浮かべる彼女を見て、僕は安堵した。これでセールスを開始できる。

二〇〇万円。それは、彼女に出せない金額ではなかった。二年前にY銀行に預けた金額がちょうど二〇〇万円。その定期預金が、今月、満期を迎える。菅沼さんの金の動きを、この僕は、粗方つかんでいるのだ。

「こんな話を聞かせてごめんなさいねぇ。でもねえ、孫ってほんとうにかわいいものなのよ、田中さんがおじいさんになるのは、随分先の話になると思うけど、結婚でもして、お子さんでもできれば、お母さんはほんとうに喜ぶと思うわ。お母さんが喜ぶ顔を見れば、私の気持ちも少しはわかるんじゃないかしら」

「私の母？」

この初老の未亡人にまた、危ない橋を渡らせるようとしていることを改めて思いだしていた。前回の投信が終わった時、〈次は菅沼さん抜きでなんとかする〉なんて誓いを立てたはずだった。これ以上、この老人に危ない橋を渡らせてはいけないと。しかし、僕は性懲りもなく、またこの家に顔を出し、老人に危ない橋を渡らせようとしている。前回に比べて三倍になったノルマは菅沼さんの協力なしには達成できない。その現実の前に自分に立てた誓いさえ僕は忘れさっている。

…今更、何をいっているんだ、ここで躊躇したら数字はあがらないんだぜ…

その時、僕は、Tという詐欺集団の総帥の最後の姿を思い出していた。彼は、マスコミ連中の衆目監視のなか、右翼の男に日本刀で滅多切りにされ絶命した。男の屍をたまたま家にあった写真週刊誌で見てしまった幼かった僕は、それが、悪いことをした人間の末路だったと思った。

　……いや、それはちがう、あの男は悪いことをしたからあんな殺され方をしたんじゃない。もともとあんな悲惨な殺され方をする運命だったんだ。あんな悲惨な殺され方をする運命だったからこそ淋しい老人達を騙すことができたんだ……

「ところで、菅沼さん、今月、またいいやつが出たんですよ」

　菅沼さんの表情がにごっていく。僕は、しかし、その表情の変化を無視していた。

「お前ら、若手三人にももうひと頑張りしてもらわなけりゃならないんだ」

　滝口さんが、僕ら三人を呼出したのは、宮崎さんが三五〇〇万円の大口約定を取りつけてきた後のことである。支店に割り当てられた、一億五〇〇〇万円のノルマも、大口約定が取れたことで、締め切り前に達成される。いや、今回は、営業マン一人ひとりが必死に頑張り、宮崎さんが大口約定を取り付ける前に、そのほとんどが自分の割り当てを消化させていた。締め切り前のノルマ達成という快挙に結びつけたのは営業マン一人ひとりの努力だったのだ。ノルマが達成されたことで、支店の中には終了ムードが蔓延し始めていた。投信の募集期間はまだ三日も残されているというのに、支店の中の重苦しい空気が失われ始めている。しかし、それでも、滝口さんはなぜか販売終了宣言を出さなかった。

「お前らも知っての通り、俺達の首都圏第二ブロックのK支店がノルマを大幅に落とすのが確実な情勢になっている。そこで、彼らが落とす分を同じブロックの我々で受け持つことになったんだ。我々の支店の受け持ちは二〇〇〇万円。お前達にももうひと頑張りしてもらわなきゃならん」

内村さんが、その時、不満げな表情を浮かべた。

「内村、お前なんか文句があるのか！」

「いえ、何も……」

内村さんは何もいわなかった。彼のノルマは一六〇〇万円、しかし、その実売金額は一二〇〇万円に留まっている。彼は自分のノルマを達成させていない数少ない営業マンの一人だったのだ。不満を口にできるはずがなかった。

「どうだ、田中やってくれるんだろうな！」

そういうと今度は僕を滝口さんが睨みつけた。

「はっ、はい、やります」

「そうか、わかった、よろしく頼むぞ」

一二〇〇万円のノルマを誰よりもはやく達成させたのに、こうして僕は、不満もいえず、半ば強制的にノルマを上積みさせられる。

支店からも、そう遠くない居酒屋でのことである。

「なー、あの話、ひどいと思わないか」

と内村さんが二人に同意を求めた。その話に、

「そうですよねぇ、これ以上やれっていわれても、もう限界ですよ」

とビールを片手に藤原君が相槌を打った。

「ほんとうにひどい話です」

二人に促されるように僕もそう応えた。成り行き上、デブのいうことに同意せざるをえなかったのだが、この僕がデブのいうことに素直に応えるはずがない。実際、彼らに相槌を打ちながらも、心の中では、この男の真意をつかみとろうと躍起になっている。

…こいつのほんとうの狙いは、どこにあるんだ…

若手三人で居酒屋に入るのは、初めてのことだった。若手三人は決して仲がいいわけではない。僕ら二人もデブのほうも、そんなことは重々承知している。だから、三人だけで飲みにいこうなんて、言い出しづらい空気があった。しかし、今日、デブがその空気を無視し、三人だけで飲みに行こうといいだしたのだ。

「今日、飲みに行こうって、内村さんに誘われたんです。田中さんもごいっしょしませんか?」

この話に僕を誘ったのは藤原君だった。

「内村さんと飲むの？」

デブのいうことには何か必ず罠がかくれていた。そんな見え透いたお誘いに乗る気にはなれない。しかし、藤原君はなぜか、

「田中さん、この際、敵とも手を握る必要があると思うんです」

と積極的だった。実は、藤原君と内村さんの間には、もう、すでに密約が出来あがっていたのだ。滝口さんに投信の追加販売を約束させられたものの、ほとんどの営業マンは弾を使いはたしている。それは若手といえども例外ではない。特に今回、八〇〇万円という新人にしては重すぎるノルマを達成させた藤原君にはより深刻な問題だった。そんな藤原君に内村さんが若手三人が結託して、投信の追加販売をエスケープしようと持ちかけた。三人が三人とも数字をあげなければ、滝口さんの激は分散される。内村さんはそう藤原君に説明したのだという。

「でもなー、デブがいうことだろう」

三人の密約とやらに裏を感じた。デブの陰謀が見え隠れする。この僕がそんな話に乗るわけがなかった。しかし、

「いや、内村さんだって状況は同じはずです。この場合、彼のいうことを信じてもいいんじゃないでしょうか」

それでも、藤原君は引こうとしない。彼にしてはめずらしくしつこいほどだった。

「そうはいっても、古橋さんが来たら、相談にならないだろう」

藤原君の苦境は理解できても、デブを信用することはできない。だから、この誘いはなんとかはぐらかさなければならなかった。幸いなことに、あの男の夜には荒れた酔っ払いの影が付きまとう。荒れた酔っ払いが顔を出したらまとまる話もまとまらなくなってしまうだろう。

「だいじょぶです。内村さんが、古橋さんは誘わないって確約してくれました。」

「エッ、今晩みたいな日に？」

僕を説得する藤原君の姿は、真剣そのものだった。三人のうち一人でも抜ければダメになる。そのデブの話を彼は、完全に真に受けてしまったのだ。


「これを機会に」

藤原君がほろ酔いかげんになった時、デブは満面の笑みを浮かべ、

「今後は若手三人で結束してやっていこう」

とまでいいだした。満面の笑みを浮かべるデブを見て、反吐が出る思いがする。こちらの動きをストップさせるというデブの思惑ははっきりしていた。ノルマを達成させた僕に対し、デブは、依然、自分のノルマを達成させていない。それでも、追い上げてくる後輩と同額の一二〇〇万円までなんとか積み上げた。勝負は引き分け、先輩としての面目を保つぎりぎりの

水準だ。しかし、もし、これ以上、後輩が数字をあげるようなことをしたら、先輩としての面目がつぶれてしまう。

おそらく、彼もこの僕を動かすことはできないと読んだのだろう。そこで、藤原君を抱え込む。藤原君を動かすことで、和解の席に引きずりだし、こちらの動きを抑え込もうとする。この男の思惑がそんなところにあるのは明らかだった。

「そういえば内村さん、古橋さんはどうなるんでしょうねぇ」

藤原君が内村さんにそう尋ねたのは、投信販売エスケープが三人の間で一応の合意を見た後のことだった。

「あー多分、最悪の事態だろうな」

「最悪の事態？」

会社の命運をかけた投信販売でも、勤続二〇年のベテラン証券マンは、二年生証券マンの半分の数字もうめてこなかった。その結果、彼は、社員の立場を守る術を失ってしまう。

彼は、翌週には、この支店から転勤になる。人事部付きという辞令を受け本社勤務になるというのだが、人事異動の季節でもないこの時期にそんな辞令で転勤した人間のその後の消息を聞くことはない。彼はおそらく一、二ヶ月後にはリストラされることになるだろう。

「最終決断を下したのは滝口課長だったんだってさあ。あいつは自分の同期でも売るような奴なんだ」

ビールを片手に、デブが吐き捨てるようにそういった時、僕は、ただ唖然とするばかりだった。

…自分だって見捨てたくせに…

古橋さんが転勤の内示を渡されたのはその日の午後のことだった。辞令書を手に支店長室から出てきた時、彼は顔面蒼白状態になっていた。その辞令はサラリーマン人生の破滅を意味している。いかにノーテンキな古橋さんだって、それくらいのことはわからないはずがない。

「内村、今晩、つきあってくれ」

だれかにそばにいてもらいたい夜。彼の長いサラリーマン生活のなかでも今晩は最も痛切にそう感じる夜だったはずだ。もはや、彼にはその相手はこの男以外にはいない。

「いつもの店で七時でどうだ」

そういって内村さんを誘う、古橋さんの姿を僕が目撃したのは、彼が支店長室を出た直後のことだった。しかし、デブは、その夜のお誘いを、

「いえ、今晩は用がありますから」

とあっさり断ってしまう。

「用？　何だよ用ってのは」

「なんだっていいでしょ、いちいち説明しなくても」

盟友が人生最大の苦しい夜を迎えるというのに、連日連夜、二人でへべレケに酔っ払うまで飲んでいたのに、時には仕事をサボりマージャンに興じた仲だというのに、その夜に彼は同席しない。古橋さんはもう用済みなのだ。長い時間を共有しても、用済みになってしまえば、簡単に見限ってしまう。それが、内村という男だった。おそらく、古橋さんが転勤するまでのこの一週間、彼の夜のおつきあいはなくなるだろう。利用価値のなくなった人間のために、この男が無駄な時間を費やすはずがない。

三人に酔いがまわり、そろそろお開きという頃合を見計らうかのように、

「どうだ、これから定期的に若手三人で会合をもたないか」

とデブがいった。

「滝口課長に立ち向かっていくためには若手が結束する必要もあるしな」

デブの思惑はそう単純なものではない。僕はふとそう思った。この男が、せっかくの機会をこちらの動きを牽制するだけで終わりにするはずはなかった。藤原君と連携してデブに対抗するというこちらの体制は依然磐石だった。その一方で、彼の体制は、古橋さんの後ろ盾がなくなる以上、もう今までのようなわけにもいかない。いや、放っておいたら生意気な後輩から寝首をかかれるかもしれない。彼なら、たぶん、そう考えるだろう。

「この約束は絶対に守るんだぞ、しかし、この三日間は滝口さんの手前、やっているようにはみせかけろ」

「やっ、やっているように見せかけるんですか？」

酔いが回ったのか、ろれつが回らなくなった藤原君がデブにそう尋ねた。

「そうだよ、三人が三人とも、動こうとしなかったら、俺たちの密約がばれてしまうだろ」

……三人が三人とも動こうとしない？……

僕は、その時、このデブ野郎の真意をつかんだような気がした。

「今日はこれでお開きにするが、どうだ藤原、これからソープに行ってみないか」

「ソープ？　いいですねえ、前から一度行ってみたかったんですよ」

藤原君は相当酔っ払っているようだった。


不良少年グループは信頼関係を強固なものにするために、罪を共有しようとする。そんな記述が学生時代に読んだ社会学の本の中にあったのを思い出す。

デブは町の歓楽街の片隅にあるその店に僕ら二人を迷うことなく案内し、待合室に堂々と入っていく。初めて入る店の前で、ただ、おどおどする僕ら二人に、

「お前らもはやく入れよ」

と彼は、普段と変わらぬ声をかけてきた。自称体育会育ちのデブ野郎は、罪を共有することが人を結束させるということも、罪つくりに女が最も便利だということも熟知している。男にとって女というのは手っ取り早い罪だった。やや高額ではあるが、簡単に買うことができる。それは、罪のなかでも最も安直な罪だった。

「お前ら、こんなところ初めてなんだろ」

「えー、わくわくしてますよ」

待合室のソファに深く腰掛けた、相変わらずほろ酔いかげんの藤原君はデブの問いかけに答えにならない答えを返した。

「お前、大丈夫か」

中年の店員が運んできたおしぼりを開き、藤原君に手渡すと、

「冷たいので顔を拭けば、少し落ち着くぞ」

とデブが優しい声を出す。今日のデブは藤原君の前ではいい先輩の顔を見せている。その傍らで、僕はテーブルの上の湯飲みをひったくるように取り、生ぬるい緑茶をイッキに飲み干した。藤原が騙されても、この僕は騙されたりはしない。

ここは、初めて来る人間に、甘い罪の意識を植え付けてくれる場所だった。三人はその罪を共有したことになる。いっしょに罪なことをやったのだという思いが三人を縛り付ける。しか

し、それがデブの狙いだった。数字をうわのせすることが仲間をうらぎることだ。そう思い込ませる。それは、デブの呪文のようなものだった。

デブ自身は、この程度のことを罪として認識するはずがない。もてない男は、この種の店を知り尽しているものだ。何度も足を運んだ店にもう一度、足をはこんだくらいのことで、罪に感じるはずはない。

この男は、もう自分の数字の算段をつけているのかもしれない。数字をあげさせないように相手を牽制する一方で自分一人だけ数字を上積みする。後輩がこの密約を守り、数字をあげようとしなかったら、滝口さんの激は後輩に集中することになるだろう。滝口さんの激を集中させることに成功すれば、生意気な後輩はさらし者になり、勝負の決着もつけられる。デブは完全な勝利を手にすることになるのだ。

この男は、後輩から攻められることも想定しているはずだ。しかし、その時のために、

「あんな約束、お前信じていたのかよ、お前も甘い奴だ。世の中は、そんなに甘くはないんだぜ」

という台詞まで準備しているかもしれない。いくら〝裏切り者〟とののしられても恐れる必要はない。さらし者の負け犬がどんなに吠えても怖がるものはいないのだから。

「お前が一番最初でいいからな」

待合室でデブ野郎は、ソープ嬢の順番をこの僕に譲るといいだした。体育会の世界では順番

は神聖なものでさえある。その順番をこの僕に譲るというのだ。

「いえ、内村さんこそお先に」

…そんな、ことくらいでこの僕を欺けると思っているのか…

どだい、藤原君は新人に過ぎなかった。滝口さんは、新人ごときを血祭りにするような管理者ではない。最初から彼には血祭りに会う心配はないのだ。

…そんなことくらい、あんたも僕も十分、心得ているよな…

内村流の固めの儀式なんて、あまりにばかばかしかった。彼は古橋代理を見限った。こんな風にいともたやすく仲間を見限ってしまう男との固めの儀式？　そんなものをだれが信じるというんだ。


それは、中三の晩秋のことだった。あの日は午前中からどんより曇り、太陽が一日中、顔を見せない。窓ガラスに北風がぶつかる音が聞こえる。東京の武蔵野にあるN市は、晩秋になると、冷たく強い風が吹き荒れる。武蔵野の乾いた土が舞いあがり、北風には黒っぽい色さえついているかのように見える。その風の色が僕の気分を暗くさせた。

「いい加減にしてくれよ、自分で少しは勉強しろよ」

その日も山川は、一問も解答できなかった。授業が終わった後のいつもの試験で、中一程度の簡単な方程式五問の問題の一問も解答できない。

…こんな奴のために今日も居残りかよ…

「だいたい、いつまで人の力ばかり頼ってられると思っているんだい。もう、君だって子供じゃないんだ、少しは自分で勉強しろよ」

僕はいつになく厳しく、山川をしかりつけていた。あの時、彼は頭を下げ、そして、

「僕もいつも君には悪いと思っているんだよ」

と僕の叱責に答えた。振りかえって考えてみれば、それが、僕が聞いた山川の最後の声だった。


山川の姿がない。帰りのホームルームが終わり、僕がトイレに立ったすきに山川が教室から忽然と姿を消してしまったのだ。彼は、この僕にしかられながら、テストのやり直しをしなければならないはずだった。彼が勝手に帰るはずがない。

…今日があの日だったんだ…

その日が中川のいった秋の本番の日だったことに僕はやっと気づいた。中川グループがこの教室から山川を連れ出したのは明らかである。まだ、それほど時間は経っていない。すぐに追いかければ間に合うかもしれない。おそらく親分なら追いかけるだろう。けれども、僕は……

…友達同士でやらせたほうがおもしろい…

だれもいない教室のなかで僕は、鈴木がいったその言葉を蘇らせていた。その言葉が蘇った時、頭のなかの山川の姿が消えていく。

…はやく逃げなきゃ…

階段を駆け下り、僕は、下駄箱に向けて一心不乱に走っていた。一刻も早く学校を抜け、家に帰る、そして自分の身を守る、自分の身だけを守る。トイレに立ったことは、むしろ幸運だったのだ。この僕に、逃げだすチャンスを与えてくれたんだから。

「田中、お前を探していたんだぜ」

しかし、この逃走は下駄箱付近に立つある男によってせき止められてしまう。

「今日は全員参加の儀式の日だってわかっているだろ、お前を逃がすわけにはいかないんだ。お前も今日の主役の一人なんだからな」

鈴木はそういうと、僕の首根っこをつかんだ

「さー、はやく靴履けよ、会場がお前を待っているんだから」

そういうと鈴木は不気味な笑いを浮かべた。

「田中、昨夜はいい思いしてきたんだろ」

翌日の朝のミーティングのことである、滝口さんが彼にしてはめずらしくにやけた口調を僕

に向けた。

「エッ！　いい思い？」

「どうなんだ？　俺はちゃんと知っているんだぜ」

なぞの情報ソースを握っていることが、滝口さんの恐れられる理由の一つだった。しかし、若手三人以外、だれも知らないこの話がどうして漏れているのか。さすがの僕も昨日の今日の話が、もうばれているなんて思ってもいなかった。

「いいえ、別に昨日は何も……」

「ほんとうにそうか？　いい思いをしたんだろう？」

藤原君が驚いたような顔を僕に向けていた。滝口さんに夕べの行動がつかまれていたことは、彼にとっても衝撃である。しかし、管理者だからといって、会社の外でやったことまで、報告する義務はない。いかに滝口さんといえどもこちらのプライベートにまで、口出しできないんだから。けれども、僕はつい口をすべらせてしまう。昨日の僕のほんとうの気持ちを……

「はい、決していい思いではありませんでした」

初めて行ったソープランドで、僕はいい思いなんてしていない。あんなところにどうして行ったのか悔やんでいるくらいだ。

ソープランドの一室は、僕が想像していたものより、はるかにみすぼらしいものだった。蛍光灯に巻かれた赤いセロハンのせいで、部屋にあるすべてのものが毒々しいピンク色で照らし出されている。その安っぽい照明がこの空間を返ってみすぼらしいものにしていた。みすぼらしさは照明だけではない。

「カトレアです。今晩はよろしくね」

と、その一室に現れたソープランド嬢にも、この部屋同様のみすぼらしさがあった。ピンク色にライトアップされた彼女の姿からはその年齢を正確に推し量ることができない。しかし、浴室で彼女がその胸を押し付けた時、この女が相当な年齢だということがわかった。彼女の胸には、はりというものがまるでない。浴室で、脱衣室のような部屋にぽつんとおかれたソファーの上で、この女は派手なうめき声をあげた。しかし、そのうめき声にも安ぽっさを感じる。別に、その気にならなければ、終わらせればいい、この女は金で買った女なのだ。

しかし、ソファの上で激しく体を上下に動かす彼女に〈もう、いいよ〉と言った時、このソープ嬢は
「エッ」

と唖然としたような表情を浮かべる。そして、

「あなた、若いのにどうしたのよ」

と若いお客に詰め寄った。この年増女にもプライドというものがあるらしい。

…あんたじゃ無理だよ…

なんて応じようと思ったが、別に彼女のプライドを傷つける必要もなかった。

「仕事のストレスのせいかもしれないなー」

「仕事のストレス？」

「まー社会人には色々とあってね」

しかし、この女は何を勘違いしたのか、

「何、若いのにうじうじいっているのよ、悩みがあるんだったら、ここで私に話してごらんなさい」

と悩みを告白しろと迫ってきたのだ。

…あんたに気を遣っただけなのに…

分厚い化粧をした年増女の裸を見ながら、何でこんなところに来てしまったんだろうと、僕は改めて思った。年増のソープ嬢に悩みを打ち明けるほど、こちらは落ちてはいない。

「お前は何を考えているんだ」

滝口さんが大声を出したのは、それからすぐのことである。

「まだ、投信販売は終わったわけじゃないんだぞ、何を浮かれているんだ。たかだか一二〇〇万ぽっちのノルマを達成させたってちっとも偉くないんだ」

僕がソープランドに行っただなんて滝口さんは、どこでつかんだんだろう。しかし、彼のつかんだのは片手落ちの情報だ。

「いいか田中、今、M証券って船は沈没しかかっているようなものなんだ。そんな状況の船の上で自分の持ち場の仕事は終わったなんていってられると思うか」

ごもっともな話だった。しかし、そんなこと、僕にばかりいわなくても……

滝口さんと僕のやり取りをデブ野郎が、他人事のように眺めている。おどおどとこちらを見る藤原君とは対照的にその表情にはむしろ僕を責めるような色がある。

…お前が一番いけないんじゃないか…

「それで、田中、今日はいくらやるんだ」

「エッ」

「何を寝ぼけているんだ、今日の販売目標だよ」

さすがの僕も、支店の目標金額を達成した、この期に及んで、空を振ることになるなんて思ってもいなかった。空の数字は、いずれ必ず埋めなければならない数字である。他の支店を助けるためになぜそこまでしなければならないのか？

「気張った数字をだしてくれるんだろうな」

それでも滝口さんは容赦はしない。けれども容赦なく責められたところで、僕にはもう宛がない。

「それは……」

滝口さんの前で冷汗をかく僕の目に、その時、また、薄笑いを浮かべながらこちらを眺めるデブ野郎の姿が入った。

…お前は、やっぱり…

滝口さんが片手落ちの情報をつかんでくれたおかげで、ストーリーには若干の狂いは出ているものの、事態は彼の思惑通り動いている。僕には、そうとしか思えない、彼はやはり僕をはめようと……

「なんだ、田中、お前はそんなに内村先輩のことが気になるのか」

僕の視線の先の存在を滝口さんも見落とさなかった。

「そうだよな、先輩たちが涼しい顔しているのに、自分だけが責められるんじゃ、納得できないよな。お前の気持はよーくわかった」

会議室で管理者は大声を出した。視線が心の動きを物語っていた。彼はその視線に僕の心を読んだのだ。

「それじゃー、まず内村から聞こうか。内村、お前の目標は」

その声にはっとしたような表情を浮かべるデブ野郎。

それは、想定外の事態ではあったが、この僕が激を分散させたのだ。いや、滝口さんの激をデブ野郎に向けることに成功したのだ。この状況で、涼しい顔なんてしていられるわけがない。激が僕一人に集中しているからといって、安心していた彼がバカなのだ。しかし、この事態にデブ野郎は
「はい、私は一〇〇万円販売します」

と声高に宣言することで応えた。

…エッ、一〇〇万円…

今更デブがそんな数字をあげられるはずがなかった。支店の販売目標が達成したというのに、彼には自分のノルマがうめられなかったのだ。そんな彼が今更一〇〇万円なんて上積みできるはずがない〈もう、俺にも弾はない〉夕べの居酒屋で自分だってそういったじゃないか。

「一〇〇万円? 締め切りまでにあまり時間がないが、ほんとうにやってくれるんだろうな」

「はい、ちょうど作田さんが株で儲けたので、売り代金を投信に回すようにお願いします」

その話にはうそがなかった。ちょうど三日前に作田というデブのお客さんがかなりの利益を出しJ運輸株を売却している。あの儲けの一部を投信に回すなんて簡単な話だった。しかし、作

田さんとのそのやり取りは、三日前には終わっていたはずだ。

…やっぱり、お前は僕をはめようとしていたのか…

自分の弾を準備したうえでこちらの動きを抑え込み、滝口さんの激を集中させる。僕の推察は一〇〇%当たっていたのだ。固めの儀式なんて小細工にすぎない。この男はやはり、信用ならない、この男は人をはめるためだったらどんなに卑怯な手もいとわない。

「さー田中の番だ、内村先輩が一〇〇万もやってくるっていっているんだ。お前だってできるよな」

僕の前には何事もなく涼しい表情を浮かべるデブの姿があった。もう、滝口さんなんて目にも入らない。

「私は、三〇〇万円販売します」

大きな声で僕がそう宣言した時、営業マンからどよめきの声が漏れた。支店の目標は残り二〇〇〇万円、何も入社二年目の人間がその一割を超える金額を販売する必要はない。しかし、この入社二年目の証券マンはあえて、そう宣言したのだ。

「よーし、そーだ、よくいってくれた」

デブ野郎との勝負に決着がついていたわけではなかった。僕は、この男に自分も地獄に落ちる人間だとわからせようとしていたのだ。

「入社二年目の田中が三〇〇万もやるっていってるんだ、田中よりも上の奴、その金額を下回るような数字で済むと思うなよ」

滝口さんは他の営業マンをそういってにらむと、もう何もいおうとはしない。こうして僕とデブとの戦いが再開される。固めの儀式の効力はたった一晩で終わりになったのだ。


「田中さん大丈夫ですか」

ミーティングが終わった後、心配そうに藤原君が声をかけてきた。

「なんか宛でもあるんですか？」

「いや、別に宛は……」


「何、それじゃーあんたの悩みは投信ってやつが売れれば解消されちゃうの？」

藤原君の前で、僕は、また、昨夜のソープランドの情景を思い出していた。

「まー、そういうことになりますねぇ」

悩みを打ち明けろと迫るカトレアに、僕は、しかたなく、それらしい話をつくっていた。自分は証券マンであること。投信のノルマに苦しめられていること。そんな話を適当に織り交ぜながらこの女の前で、悩める青年の姿を演じたわけだ。なぜ、こんなことをしているのだろう。

この商売女のプライドを守ってやるために、どうして僕がここまでやってやらなきゃならないんだろう。

「なーんだその程度の話なんだ」

しかし、僕の名演技にも、場末のソープ嬢は感動しない。彼女と僕とでは生きている世界が違いすぎる。この女に僕の名演技がわかるわけがなかった。けれども……

「それじゃー私が買ってあげるわ、三〇〇万くらいだったら、すぐに準備できるから」

この女のほうが突然そういいだしたのだ。

「エッ」

もちろん、こんな話すぐには信用できなかった。店を訪れた初めての客に三〇〇万円もの金を出すソープ嬢なんて、この世にいるだろうか?

「心配しなくてもいいわよ、こんな仕事しているくらいだから、少しはお金を持っているのよ」

半信半疑な僕に、それでもカトレア
「まっ、明日にでも電話してよ」

と自分の電話番号を差し出した。それが昨晩のソープランドの一室での顛末である。

「まー適当に誤魔化すよ」

僕は、藤原君にそう答えた。こんな話、いかに藤原君といえども打ち明けるわけにはいかなかった。けがれた女とのあぶない話。こんな話に乗るような人間だと藤原君には思われたくない。僕は、依然として、あの女を信じているわけではない。あの女が三〇〇万もの金をほんとうに準備するとも思えなかった。しかし、僕にはもうこの危ない橋を渡る以外に道は残されていない。デブとの勝負に決着をつけるためには……

東京は緑が多い。幼かった頃から様々な都市を渡り歩いてきた僕は、その意外な事実を肌身で知っている。中二の頃、初めて訪れた東京郊外のN市は人口の密集地域であるにもかかわらず、至るところに雑木林が残されていた。これだけの緑が日本の都市のどこに残されているだろう。しかし、緑は必ずしも人の心を癒さない。そんなことも、僕はN市で知ることになる。

シャモの儀式は中学から二〇分ほど歩いたところにある落窪神社で執り行なわれることになっていた。その神社は雑木林の奥深いところにぽつんと立っている。街灯がない神社周辺は、夕方になると、薄暗くなり、人通りがほとんどなくなってしまう。神社に行くには雑木林の中の真っ直ぐに伸びた一本の道を通るしかない。冷たい小川を抱えた一本の長い道。逃げ道は他にはなかった。

鈴木が僕の腕をつかみ、落窪神社への道のりをひきずって歩いていた。

「おとなしくしろよ、お前の運命はもう決められているんだからな」

鈴木が、そう脅す。こちらも当初は激しい抵抗を試みていた。しかし、その力はしだいにおとろえていく。当時、鈴木の力は僕よりやや勝っていたかもしれない。けれども、必死に抵抗すれば彼の腕を振りきるくらい簡単なことだった。

…僕は別にシャモの儀式の生贄ではないんだ…

そのことが、僕には、もうわかっていた。まわりには中川一派の姿がない。僕の腕をつかんでいるのは、鈴木一人である。そもそも、あの中川がもう一人の大切な生贄を、この鈴木に任せるはずがないのだ。この男は中川グループの人間ではない。彼は、ただ、中川グループの周辺をうろうろし、その一員であるかのように見せかけていたに過ぎない。この男だってあの悪魔の魔の手がいつ及ぶかわからない、そんな心配をしなければならない人間の一人なのだ。

…この男は、僕に呪文にかけていたんだ…

数ヶ月前から、この男はそれとなく僕に呪文をかけていた。〈友達同士の方がおもしろい〉そんな話を聞かせ、もう一人の生贄が僕だと思いこませようとしていたのだ。

…もしかしたら…

鈴木は自分の手を振り払い、この僕が逃げ出すことを望んでいるのかもしれない。いや、そう望んでいるのは間違いない。もしシャモの儀式の会場に行き、自分が生贄でなかったことを知ったら、この男の呪文の効き目がなくなってしまう。

「手はなせよ、ちゃんと行ってやるからさ」

僕が鈴木にそういった時、鈴木は驚いたようにこちらを見た。僕の推察はあたっているようだった。


その日の夜も僕は、ソープランドの一室に足を踏み入れていた。二日連続で店に現れた、この客を店員たちはどう思ったのだろう。

「今日、判子忘れちゃったんだけど」

「それじゃー、集金にうかがった際にいっしょに捺印もいただきます」

しかし、ソープランドの一室で結局僕がネクタイをはずすことはない。ここに来たのはカトレアに投信の契約書を記入させるためである。別に遊びにきたわけではない。

予想通り、カトレアはすんなり三〇〇万円を出すようなことはしない。

「もしもし、M証券の田中です」

朝のミーティングが終わった後すぐに、彼女から教わった電話番号に僕は、電話をかけてみた。

「あら、ほんとうに連絡してきたのね」

半信半疑でかけた電話だったのだが、受話器から女の声が聞こえてくる。その声は紛れもなくカトレアのものだった。電話番号がうそじゃなかったこと自体、奇跡的なことである。

「昨日の話なんですが、締めきりも迫っていますので、今日、明日にも契約させていただければと思うんですが」

もう、あまり時間がなかった。そこで、僕は、さっそく投信の話を切り出すことにした。しかし、

「それは、そっちの都合でしょ。とにかく、今日も店に来てよ、話はそれからしましょう」

と店に来るよう僕にいう。案の定、カトレアがすんなり金を出すことはなかったのだ。確かに、電話番号がうそじゃなかったことは、奇跡である。しかし、これじゃ、どっちが客かわかったものではない。客としてその店に入ると、僕の財布のなかから、また数万円飛んでいくことになる。僕には割りの悪い話だ。

「わかりました」

この女との接点があの店しかないのも事実だった。けれども、こっちだってばかじゃない。

「そちらまで契約書類をお持ちします」

こんな話、一回限りにしてもらわないと、こちらの身が持たない。一回の契約を取るのに、何度もソープランドに通うようなことになれば、僕はたちまち破産してしまうだろう。そこで、

僕は店に契約書類を持ち込むことにした。契約書類に記名捺印させて取引を既成事実化する。

そこにはそんな思惑があった。

「取り敢えず、こちらにお名前を書いてもらって……」

「本名を書くの？」

「当たり前です。こんなところに源氏名なんて書く人はいません」

ソープランドの一室でユニフォームのネグリジェを着たカトレアがしぶしぶ、自分の本名を契約書に書き入れ始めた。けれども、彼女が記入欄に書き入れた名前は「扇　蘭」。

…なんと、うそくさい名前だ…

「宝塚女優みたいですねぇ」

「そう?　そうなのよ、私の母がねぇ、宝塚が好きだったのよ」

「じゃーこちらに住所を」

「エッ住所も書くの」

「そうです」

そういわれて、カトレアはしかたなく住所を書きはじめた。しかし、その住所を彼女は意外なほどすらすらと書きいれ、

「はい、これでいいでしょ」

と契約書を差し出した。その住所は、日頃から、見込み客リストをつくり、この近辺の住所に詳しくなった僕にも見覚えのあるものだった。

「それじゃー、同じことをこの書類にも書いてください」

「えー、また同じこと書くの」

証券会社は契約書類の枚数だけは多い、カトレアには事前に何枚書類を書かなければならないかを教えていない。彼女は、仕方なく住所と名前を書き始めた。名前は扇蘭、住所は先ほどとまったく同じものだった。

名前がうそであることは明白だった。しかし、この住所にはまちがいがない。僕はそう確信していた。名前は書きなおさせればいいことだった。そもそもこの契約書は正式なものではない。僕がそれでも書類に記入させたのは、この女に契約してしまったと思わせるためである。同時に、住所をつかんで逃げられないようにするためだった。

「それじゃー、私がご自宅に集金にうかがいます。必ず三〇〇万円は準備しておいて下さい」

投信の簡単な説明をし、契約書を書かせる、そして受け渡しのための訪問時間を決める。この間約二〇分。

「あら、もう帰っちゃうの」

部屋を出ようとする僕にカトレアがそう声をかけてくる。カトレアがユニホームのネグリジェを脱ぐ姿なんて見たくもなかった。彼女のたるんだ体なんか気色悪いだけである。僕がここに来たのは仕事のためで、それ以上の何ものでもない。

カトレアの住所をつかむことに一応成功したものの、店を出ると、それでもやはり不安になった。

…あの女にほんとうに三〇〇万なんて準備できるのか？…

捺印させたわけではない。契約書にサインさせたからといって、それは、ただの口約束程度のもので、拘束力はない。しかし、その口約束を得るために、僕は、すでに数万円に及ぶ出費をしている。あの女が三〇〇万円の受け渡しを店でするなんていってきたら、こんな契約のために一〇万を超える出費をすることになる。それは僕の給料の手取半分を超える額だった。なぜ、こんな話に乗ってしまったのだろう。そもそも、自分はなぜ三〇〇万もの数字をこなすなんていってしまったのだろう。よく足を運ぶお客さんから、小口の金をかき集めれば後三〇万か四〇万なら、なんとか数字を積み上げることもできただろう。それで十分、滝口さんは納得してくれたはずだ。

…彼の場合、保険屋のおばちゃんだったんだ…

駅に向かう、道すがら、坂口さんがよく向けた、あの弱々しい微笑みがまた蘇っていた。僕はふと、今のこの状況はあの時の彼と変わりないものだったのかもしれない。そう思った。坂口さんは、保険屋のおばちゃんに半ば騙され、事実上、生活を破綻させてしまう。その始まりも、今のこの状況と同じものだったのではないだろうか。そして彼は、あの悲しげな弱々しい微笑みをうかべたまま、短い人生を終わらせる。

…ちがう、僕は坂口さんなんかじゃないんだ…

夜の駅前通りで、僕は、そう心の中で叫んでいた。

「田中、お前、今日中に絶対三〇〇万円売ってくるんだぞ」

投信販売最終日の朝、滝口さんが僕に激を向ける。支店全体の二〇〇〇万円の割り当ては比較的順調に消化されているのに、滝口さんのトーンは相変わらず激しかった。いや、ここのところ、滝口さんはなぜかこの僕に集中砲火を浴びせていた。割り当てを順調に消化しているといっても、まだ満額達成されていたわけではない。気を抜くわけにはいかないのはわかる。しかし、なぜ、僕ばかりを攻撃するんだ。確かに、僕は、空を振り、依然、実数を詰めていない。だからといって、何も一応支店のノルマを達成させている僕を標的にする必要はないはずだ。デブ野郎は滝口さんとの約束通り一〇〇万円ほど数字を上積みした。もちろん、三人の密約を破ったことの説明はない。一〇〇万円ほど数字を上積みしたとはいっても、それでも、このデブ野郎は当初のノルマを三〇〇万円もショートさせている。二〇〇〇万の数字なんて、自分のノルマを達成させていないデブ野郎のような営業マンにやらせればそれで終了してしまうのに。

「いいか、お前が今日の夕方までに三〇〇万売ってこられなかったら、俺がお前を殺してやるから、絶対に夕方までに首を洗って戻って来い」

「はー」

その日、僕と藤原君は株の売買を許された。終日、外に出て客先を回り、投信販売するように命じられたのだ。証券マンが場中に外に出るということは滅多にないことである。若手とはいっても二人も証券マンが外に出る。それだけのことで、支店の緊迫感は刺激されていた。

「まっ、せいぜい頑張ってこいよ」

支店を出る時、デブ野郎が僕に性懲りもなくそう声をかけてきた。この男は僕が数字を上げられず、しかたなく、午前中から外に出されたとでも思っているのだろうか。

…自分が地獄に落ちる人間だと必ずわからせてやる…

しかし、もし、僕が三〇〇万円の金をもって帰ってきたら、地獄を見るのはこの男のほうだった。この男は後輩から抜かれてさらし者になる。もう、後には引けなかった。

…絶対に三〇〇万円分捕ってくる…

僕は、自分自身にそう言い聞かせていた。

落窪神社に、僕と鈴木が到着した時、会場にはすでに中学生達が三、四〇名も集まっていた。この儀式をよりおもしろくするため、中川が中学生に動員をかけたのだ。落窪神社はすでに薄暗くなっていた。しかし、冷たい風の黒っぽい色だけは、なぜかはっきりと僕の目に写った。

「さー皆、中学生生活最後の一大イベントだ、回りを取り囲め」

中川が会場に集まった中学生にそう号令をかけた。神社にある小さな広場には学校の体育館から調達したらしい石灰で白の円陣がかかれている。儀式は、その円陣の中で執り行われる。今日の生贄はどこにいるのだろう。山川は姿をまだ現さない。もう一人の生贄がだれなのかは、まだわからない。けれども、集まった中学生の面々のうち見慣れない顔が半分もいるところをみると、もう一人の生贄が他の中学の奴だということは、はっきりしていた。

「僕が主役の一人だったんじゃなかったのかなー」

中学生の円陣なかで、僕はそう鈴木に耳打ちした。

「うるさい、お前も地獄に落ちるさ、今にわかるさ」

その耳打ちに鈴木は悔しげにそう応える。僕は薄笑いを浮かべた。

…何が地獄に落ちるさだ、この期に及んで、まだ、自分の呪文が効くと思ってんのかよ…

中学生達が高揚した表情を浮かべながら円陣を取り囲み始めた時、中川のスタッフが中学生にビニールの包みを渡しはじめる。中には泥団子が入っていた。僕にはその泥団子の意味がわ

からない。泥団子のビニールを来場者に一通り、渡し終わったとき、このショーの演出家、中川が舞台に姿をみせた。そして、

「儀式を執り行う前に、まずは本日の生贄をご紹介しよう、生贄Aは我がN第三中学の薄のろでバカの山川健一君。彼は生きている価値のない蛆虫だ。しかし、彼こそが選ばれた人間だ。この儀式の生贄になることが、生まれる前から定められていたからだ」

「うーっ」

すでに狂喜に高揚しはじめた中学生達が中川の講釈に歓声をあげた。その声が黒く冷たい風にこだまする。薄暗くなった森林の奥深いところにあるこの神社は、中学生達の密閉された空間になっている。大人達は決してこの空間に入ってこない。この空間には、善悪の判断が入りこむ余地はない。異次元の世界では心の奥深くにしまい込まれた悪魔的な欲望が目覚めるのをだれも押さえることができない。狂喜のステージに夕暮れ時の落窪神社を選んだのには、中川の、そんな冷静な計算があるのかもしれない。

「さて、お次に生贄Bをご紹介しよう。N第一中学の神田靖君。彼は山川健一君の小学生時代からの蛆虫仲間だ。山川健一君と似たりよったりのうすのろでバカな奴で、本日の儀式の生贄になるためだけに生まれてきた奴だ」

…小学校時代の仲間…

鈴木がいったことは必ずしもそうではなかった。学校の数の多い東京では指定される学校もまた複雑に入り組んでいる。東京では、同じ小学校を卒業しても同じ中学に編入されるとは限らない。

「いよいよ生贄のご登場だ。観衆の諸君、蛆虫連中の友情と憎しみの入り混じった一大ドラマを篤とご覧あれ。さて、蛆虫登場の前にここでこの儀式のルールをご説明しておこう。ルールはごく簡単。蛆虫君二人にこの場所で格闘してもらう。地獄までの無制限の勝負だ。しかし、二人ともいっしょに地獄に落とすのは、この中川も心が痛む。そこで諸君、この勝負に勝った蛆虫は地獄の底に突き落とすのだけは許してやることにしようじゃないか。もちろん蛆虫君の二人はこの命がけの勝負から逃れることはできない。これが蛆虫の現実だからだ。そこで二人に決して逃げられないことをわからせるために互いの足をしっかりと結びつけておくことにした。さーて諸君、まずは蛆虫がどんな姿で登場するか、じっくりと見てやってくれ」

中川の長い講釈が終わった時、冷たい風が吹き荒れ、木々の葉が激しくゆれた。

「僕が、いつ地獄に落ちるんだよ」

相変わらず、僕は鈴木の耳元で皮肉を繰返していた。

「うるさい」

鈴木はそう一言いうともう何もいおうとはしなかった。

「ヒャー」

神社の祭壇から、山川と彼の小学校時代の友人、神田が姿を現した時、中学生達の激しい歓声が上がる。二人は中川の仲間にこづかれながら円陣に向けて歩いてくる。山川と神田はパンツ一枚の姿にさせられていた、彼らは中川がいった通り、お互いの足をロープで縛り付けられている。いやそれどころか腕も後ろ手に縄で縛られ、目隠しさえされていた。

「これでも食らえ！」

どこからともなく、さっき中川の仲間が配った泥団子が二人めがけて投げられる。投げられた泥団子に足を取られて神田が転ぶ、神田とロープで足を縛れた山川もそれにつられて転ぶ。

「アッハッハッハッ」

会場に中学生達のヒステリックな笑いの渦がおこる。

「アッハッハッハッ」

立ちあがろうとする二人には泥団子の攻撃が容赦なく続けられた。

「お前もはやく投げろよ」

この狂った集団の一員になれと傍らの鈴木がせかした。

「何やってんだ、はやく投げろよ」

「アッハッハッハッ」

冷たい風の音に混じって、中学生達のヒステリックな笑いが響いた。

…自分は何をやっているんだ…

泥だらけになりもがきあう二人の生贄の姿が、儀式の片棒を担いでいる自分の姿をはっきりと照らし出していた。自分は傍観者ではない。もう、すでに狂った中学生の一人だった。

…なぜ、こんなことをしなくてはならないんだ…

僕は、ただ、鈴木が押しつけようとするいじめられっ子というレッテルを拒んでいただけだった。ここまでひどい思いを山川に味わせたかったわけではない。なのに、どうしてこんなことまで。

…そうだ、逃げよう…
三、四〇人もいる中学生の中から一人くらい逃げ出したところで、だれも気づきはしないだろう。ここから今逃げ出せば、少なくともこの犯罪的な行為に加担するということから免れることができる。
「もう遅いんだよお前、まだ逃げられると思っていたのか。これからが地獄の始まりなんだからなー」

そういうと、鈴木が僕の腕をつかんだ。この男は僕の逃走を予期していたのだ。

教えられた住所には古びたアパートがあった。築何年になるのだろう。玄関先には、どの部屋にも洗濯機がおかれている。このアパートには室内に洗濯機を置くスペースが備えられていないようだ。

…少しはお金を持っている…

とカトレアはいった。しかし、三〇〇万もの現金を右から左にぽんと出せるような人間が、こんな安アパートに住むだろうか？　カトレアが書類に書いた住所には、林荘というアパート名までは書かれていなかった。だから、彼女が何号室に住んでいるのかがわからない。そこで僕は一階の階段付近に備えられた郵便ポストを探すことにした。しかし、扇蘭という名前が見当たらない。

…やっぱり、あの女…

やはり騙されたんだと思った。

…いや、名前は…

あのソープランドの一室で契約書類を書かせた時から、その名は偽名だということくらいわかっていたではないか。しかし、この住所は……

…カトレアは絶対にこのアパートに住んでいる…

彼女が書いた住所をさがして、このアパートにたどり着いたのだ。住所にうそがあるはずがない。

…もし、売れなかったら、俺がお前を殺してやる…

その時、僕の頭の中に滝口さんの声が蘇った。殺してやると脅かされてみても、取るべき手はもうここしかない。

…どうしても、あの女を捕まえなければ…

僕は、そう気を取りなおし、携帯を取りだした。とにかくあの女に電話をしてみよう。

しかし、カトレアは、電話に出ない。この時間に行くということは事前に話していたはずなのにあの女は電話にも出ようとしない。

…あの女は、僕をまた店に…

カトレアは落ち目のソープ嬢だった。よほどマニアックな趣味の持ち主でもない限り、あんな年増女に入れ揚げることはないだろう。あの女は保険屋のおばちゃんと同様、見せ金で客を釣って、自分の商売に励んでいる。そうでもしない限りあのソープ嬢に客はつかない。僕が、夕方にでも、もう一度、電話をしたら、あの女は、今度は受話器を取り、また店に来ることを要求するだろう。なんやかやとはぐらかし、その度ごとに店に来ることを要求する、そして、僕からしぼりとるだけしぼりとり……

遠くから電話のベルが聞こえてくる。その電話のベルが自分の携帯がならしていることに気づくまでにはたいした時間はかからなかった。

…そうだ、こんな方法が…

その安アパートは壁が薄く、部屋の中の音が筒抜けになっていたのだ。

僕は、そのベルの音を伝わって、カトレアの部屋を探した。そして、そのベルが２０２号室から漏れていることを発見する。

「片岡さん、片岡さん」

２０２号室の住民の名が片岡直子であることを郵便ポストで確認し、２０２号室の玄関を叩いた。しかし、片岡直子は出てこない。ドアに耳を当てなかの様子を盗み聞いてみても、そこから音らしい音は漏れてこない。

…やはり、外出しているんだ…

しかし、僕は諦めなかった。諦めるわけにはいかなかった。もし、ここで帰れば、僕には地獄が待っている。あのデブ野郎が見ている前で、僕は自分が地獄に落ちる人間だということを、地獄に落ちるような人間だということを認めさせられることになる。あのデブ野郎は僕のその姿を嘲り笑うに決まっているのだ。そのアパートの近くに、幸いなことにぽつんと一件、喫茶店があった。僕はそこでカトレアの帰りを待つことにした。あの女から三〇〇万円を分捕ってこない限り僕には地獄が待っている。

「さーて、生贄のご登場だ、いよいよ、これからが儀式の本番、どちらが地獄に落ちるか、観衆の諸君と楽しみながら観戦させていただくことにしよう」

泥だらけになった二人が円陣に到着した時、中川がまた講釈をはじめた。その間、中川のスタッフが二人をしばった縄と目隠しをはずしていく。それは、入念にリハーサルでもやっていたかのような手際のよさだった。目隠しがはずされた時、半泣きの状態だった神田の目に三、四〇人にも及ぶ中学生たちの姿が目に入る。彼は、自分が血走った凶暴な少年たちに取り囲まれていることを知り、涙をからせ、恐怖の表情を浮かべた。しかし、もう一方の山川には涙の跡がない。恐れの色もない。

「さー、お前ら、これからが本番だ、地獄に落ちたくなければ命がけで戦え、相手を殺したって構わないぞ、わかったな」

中川は観衆に訴えかけるのとは違う、残忍な声で二人にそういった。神田は半泣きの怯えたような表情をうかべながらも、何かを決意したように中川の話にうなずいた。しかし、山川には依然、表情がない。恐ろしい表情を作る中川の顔を石でも眺めるように無表情に見つめていた。

「さー、命がけの戦いの開始だ」

二人の戦いを中川が宣言した。

「ひゃー」

そう、叫びながら、神田がこぶしをふりあげ山川に殴りかかった。

「やれ！　やれ！」

中学生達の歓声があがる。しかし、山川は飛び掛ってくる敵が眼前に迫っても無表情をくずさない。

「ウッ」

彼は、無表情のまま、防御さえしようとせず、神田のパンチをもろに腹に受けてしまう。

「どうした山川、お前、負けたら地獄に落ちるんだぞ」

どこからともなくそんな声があがる。しかし、彼はそれでも応戦しようとはしない。

そして山川めがけてまた泥団子が投げつけられる。

…君は…

山川のその姿を僕は、ただ呆然と眺めるだけだった。

それから三時間が過ぎていた。しかし、カトレアが戻ってきた気配はない。

…あの女、何やっているんだ…

喫茶店の店員が水を取り替えコーヒーカップをさげに来る。

「コーヒーお代わりして下さい」

「エッ、まだお飲みになるんですか？」

店員が怪訝な顔で、そう聞きかえしていた。彼女が怪訝な表情を浮かべるのも無理はない。僕はもう、六杯もコーヒーを飲んでいる。そのうえ、さらにお代わりなんて、普通では考えられない。カトレアはやはり僕を騙したのだ。あんなみすぼらしいアパートに住む女が三〇〇万円なんて大金を出せるはずがない。

…なんで、僕はあんな女を信用してしまったんだ…

見せ金で釣られてくる男から搾り取れるだけ、搾り取ろうとする。あの女の魂胆は最初からわかっていたはずだった。僕は、彼女が作り出すあり地獄に自分から飛びこんでしまっていたのだ。なぜ、そんなところに自分から飛び込むようなまねなんか……

…そういえば、あの時、坂口さんも…

投信販売の最終日、宮崎さんが大口注文を取ってきた後も、彼は決して自分の数字を修正しょうとはしなかった。古橋さんが我先に手を上げ、ノルマから解放されたのとは対照的に、彼は最後まで自分の数字を達成させようとした。しかし、その使命を果たすことができないまま、火の中に消えていく。

…なぜ、坂口さんは、そこまでしなければならなかったんだ…

頭の中で、また、坂口さんのあの弱々しい微笑みが蘇っていた。

…違う、違うんだ…

その姿を振りはらうかのように激しく頭をふる自分。

…違う、違うんだ…

…他人が自分の前からいなくなったくらいでどうして泣かなきゃならないんだ…

坂口さんの死を前にしても、僕はなお、そんな風にうそぶいていた。彼を嫌っていたからではない、彼を人間として軽蔑していたわけでもない。僕は、ただ、坂口さんの仲間というレッテルを怖れていた。自分は最低の人間だった。弱虫で意気地なしで卑怯な奴で、親にさえうそをつき通すような人間。そして、一旦、坂口さんの仲間というレッテルを貼られてしまえば、内村のような人間が、自分が最低の人間であることを、自分がうそつきだということを、卑怯者だということを風潮し歩き、自分が罪深い人間だということを白日のもとにさらそうとするだろう。坂口さんは、会社が、あの内村のような人間が付きつける、とうてい実現できない要求をなんとか達成させようとしていた。そんな要求に応えられる人間なんて、どこにもいない。僕には、それが内村のような、人をダメにしなければ気が済まない人間が作り出す罠だということがわかっていた、会社が暴利を貪るために社員を縛り付ける呪文だということもわかっていた。

……いや、それは、僕が付きつけた呪文だったんです。僕自身を騙すための……僕自身にあなたの仲間なんかじゃないと信じさせるための呪文だったんです……

それでも、彼はその要求に応えようとする。

……不甲斐ない仲間で、僕はずーと君には悪いと思っていたんだ……

僕は、その弱々しい微笑に、坂口さんの声にはならない声を感じていたのだ。

……そうだ、そうだったんだ……

僕は、その時、それが、山川が僕にいった最後の言葉だったということに、初めて気がついた。

……そうだ、山川も、あの時………


「山川、お前に待っているのは地獄なんだぞ、なんで戦おうとしないんだ」

中川がそう叫んだ。生贄の山川はそれでも、動こうとはしなかった。半狂乱になった、神田はこぶしを握り、そのこぶしを山川の顔に、腹に、振り下ろし続ける。

「ぎゃー」

こぶしをふりおろすたび、神田のほうが泣き叫ぶ。

「山川、応戦しろよ、お前と神田がどっちが蛆虫か、どっちが地獄に落ちるかそれで決まるんだぞ」

観衆は、不甲斐ない山川の態度に苛立ち、彼めがけて泥団子を投げ続ける。しかし、山川はそれでも動かない。半狂乱の神田の攻撃をかわすことはごく簡単なことなのに、山川は動こうとしない。むしろ動かないことで、方向すら定まらない神田の攻撃にその的をはっきり定めてやっている。〈さー焦らないで、僕の顔をめがけてこぶしを振り下ろすんだ〉そう神田に語りかけているかのように。神田に殴られ、時に小石が混じる泥団子を投げつけられ、山川は一瞬、痛みで顔を歪めることがあった。しかし、その顔には表情がない。いや弱弱しい微笑が……その表情には、恐れも、屈辱に歪められることも、憎しみの色さえない。彼の表情にあるのは、ただ、自分の運命を素直に受け入れようとする、あきらめに似た悲しい微笑があるだけだった。

…なぜ、諦めようとするんだ、なぜ、君は攻撃しようとしないんだ…

「お前もはやく投げろ」

中学生達の狂った歓声が響き渡る中、鈴木が僕にそう大声を出す。僕に渡されたビニールの袋の泥団子は、まだ一発も投げられていない。

「何やってんだよ、お前も儀式に参加してるんだぞ」

僕が、どうしてこの泥団子を投げつけることができるんだ。僕が、なぜそこまでしてこの儀式に参加しなければならないんだ。僕は親分のいいつけを守らなかった。いや、親分を最悪の形で裏切っている。親分と彼の大切な子分を守ることを約束していたのに、その大切な子分を最悪の形ではずかしめるこの儀式に加担している。僕は自分の仲間をはずかしめている。

「神田、もっと泣けよ、もっと激しくもがけよ、お前には地獄が待っているんだぞ」

中学生達の間でそんな歓声が上がった。泥団子の砲撃はしだいに神田の方に集中するようになっていた。

「ぎゃー」

目に泥団子が命中した時、神田は悲鳴を上げた。目の前が見えなくなり、狂乱状態になった神田は、悲鳴を上げながら、それまでにもまして激しくこぶしを振り下ろしはじめた。

「アッハッツハッツハッ」

中学生達のヒステリックな笑いが起こる。それがいじめる側の心理だった。彼らは勝負を楽しんでいるわけではない。人間がもがき苦しみながら、地獄の底に落ちていくその姿を楽しんでいるのだ。そして、その姿は、神田に具現された。中学生達のすべての視線が、神田に集中しはじめた時、山川の回りに一瞬の沈黙が走った。そして、彼ははじめて円陣を取り囲む中学生達の姿を見渡しはじめる。

「ちくしょう、これじゃー儀式にならねーじゃねーか。俺が見たかったのは、ゆがんだ友情と憎しみなんだ。片っ方にあんなに悠然とされちゃあショーが台無しじゃないか」

傍にいた、中川のぼやく声が僕の耳に入った。山川はゆっくりとあたりを見渡していた。そして、その視線の先に僕を発見した時、彼の動きはとまった。

…山川が僕を僕を見ている…

山川はそしてゆっくりと弱々しいあの微笑を僕に向ける。

…なんで君は、僕をそんな目で見るんだ、どうして責めようとしないんだ…

「どうする中川、なんか別の手を考えるか」

中川とそのスタッフのそんなやり取りが聞こえてくる。

…僕を、見ないでくれ、そんな目で見ないでくれ…

その時だった。鈴木が、僕の腕をつかみ、その腕を上げた。

「おーい皆、山川がこいつに助けを求めているみたいだぜ」
三、四〇人もいる中学生の視線が神田に向けられている時、この男だけは山川を見ていた。
「こいつはN第三中学で山川の唯一の仲間なんだ。このリングに出してやろうぜ」

山川が僕に微笑むさまを鈴木に気づかれる。この男が円陣のなかに僕を送りこもうとしている。神田と同じように、山川と同じように僕を地獄の底に突き落とそうとしている。地獄に落ちる人間だと僕自身に思いこませようとしていた。

「なー皆聞いてくれよ、こいつは山川の仲間なんだ」

中学生達の神田に向けられたヒステリックな歓声のなかで、鈴木のその声はかき消されていた。しかし、この男はしつこくしつこく同じことを叫ぶ。

その時、狂った集団の狂喜の表情が僕の目に入った。

…このままでは、僕まで…

…山川は僕の仲間なんかじゃない。なのに、なぜ、僕がそんな目に合わせられなければならないんだ…

僕は、鈴木の手を振り払った。そして泥団子を初めて握り締めた。

「お前は僕の仲間なんかじゃない」

そう叫んで、僕は、山川めがけて握り締めた泥団子をなげつけた。

「お前は僕の仲間じゃない、他人なんだ、ただの他人なんだ」

そう叫びながら何発も何発も泥団子を投げつけていた。僕の目には涙が浮かんでいるようだった。しかし、自分の涙にも気づかない、気づかないまま泥団子を何発も山川に投げ続けていた。山川が悲しそうにこちらを見つめていた。悲しそうに僕を見つめるだけで、そこには憎しみの色もいかりの表情もない。

…不甲斐ない仲間でゴメンね、僕は、君にはほんとうに悪いことをしたと思っているんだよ…

神田が体勢を立て直し、山川攻撃を再開していた。神田は激しく山川の顔を腹を殴った。神田のパンチが山川の顔に命中した時、山川の額には真っ赤な血が流れ始めた。神田のパンチが腹に入った時、山川はついに倒れた。山川は神田の狂った攻撃をただ一人受け続けていたのだ。彼にはもう神田の攻撃に耐える体力は残っていない。

…山川…

「さー、これで勝負はついたようだ」

山川が円陣の中に倒れた時、中川がまた講釈を始めた。

「今日のシャモの儀式はいまいち盛り上がりにかけたが、実はこれからが本番なんだ、これから生贄を地獄に突き落とす儀式にはいる。シャモの儀式に入る前に、勝負に負けた生贄を地獄に突き落とすことを俺は約束していた。そこでここでまず敗者を発表しなければならない」

山川は、その時、円陣の中で倒れていた。彼にはもう立ちあがる体力さえない。

…この山川に中川は、まだひどい思いをさせるというのか…

僕は、そう思った。しかし、そう思っても身動きができない。

「さーて、敗者だが、本日の敗者は神田靖君だ」

「フウー」

その時、中学生達からまた歓声が上がった。

「何で俺なんだ、なんで俺なんだ」

神田がこの世のものとは思えない叫び声をあげる。

「アッハッハッハッ」

中学生のヒステリックな笑いが起こった。地獄に落ちまいと必死に戦かわせる。しかし、戦いそのものには何の意味もない、地獄に落ちたくない一身で懸命に戦い、その戦いに勝ちぬいた人間を地獄に落とす。それがこの儀式の最大の見所だったのだ。そもそもこの儀式は勝負を楽しむためにもよおしたものではない。人間がもがき苦しむさまを楽しむためにもよおされていたのだから。

「さー、神田、素直に地獄に落ちろ」

神田は、中川のスタッフによってパンツを引きずりおろされる。そしてバケツに汲まれた水をぶちかけられる。

「ギャー」

その時、冷たく黒い風が吹いた。神田は丸裸にされ、中川のスタッフ一〇人に両手両足を抱えられ、裸のまま円陣から連れ去られていく。

「何で俺なんだ、何で俺なんだ」

神田はそう泣き叫びながら、森林の奥にある小川に引きずられていた。円陣を囲んだ中学生達も、その最後の儀式を見物するため、中川のスタッフの後に続いた。

儀式は終わった。気がついた時、円陣には僕と仰向けになった山川だけが取り残されていた。僕は山川のその姿を、ただ、呆然と眺めていた。

「ギャー」

「アッハッハッ」

冷たい風が吹きすさび、木々の葉がカサカサ音をたてる、その木々の葉音とともに暗い森林の向こうから、地獄の底の声がこだましていた。神田が小川に丸裸のまま突き落とされ、首根っこをつかまれ顔を水につけられ、泥をなげられ、この世のものとは思えない苦しみにもがいている。聞くに堪えなかった。もうこんなところにいるのはいやだ。しかし、体が動かない。どうしても体が動かない。その時だった、泥だらけになって仰向けになった山川が目を開ける。山川は、自分の傍らにただ一人立っている僕の存在に気づいたのか、僕の顔をしばらく見つめていた。彼は何もいおうとしない。けれども、彼はあの弱々しい微笑みを浮かべる。あの微笑を彼はなおも、この僕に……

「ギャー」

「アッハッハッ」

地獄の声がこだまする、その神社の一角で、僕はもう堪えられなくなっていた。堪えられなくなって逃げ出していたのだ。

……なんで、君は僕を責めないんだ、なんで君は僕をそんな目で見るんだ……

僕は、そう叫びながら、走りだしていた。山川を見捨てて、彼を助けようともせず、自分の犯した最低の行為を、最低の人間であるということを覆い尽くしてくれる日常生活に向け、逃亡していたのだ。

ふと、窓の外を眺めると、買い物袋を下げた、中年女性があの安アパートに入っていく、その姿が僕の目に入った。

……あれが、もしかしたらカトレア？……

買い物袋を下げたやぼったいその中年女性がソープランド嬢のカトレアだとは思えない。しかし、背格好がよく似ている。もうこれ以上、その喫茶店にいることもできなかった。あの中年女性からカトレアの手がかりをつかむことができるかもしれない。とにかく僕は、その女の後を追うことにした。

「扇蘭さんですよねぇ」

しかし、その中年女性がやはり……202号室の鍵を開け、部屋に入ろうとする女に、そう声をかけた時、彼女が驚いたように振り向いた。この女は確かに、扇蘭という名に反応した。

けれども、こちらに向けられたその女の顔を見た時、僕はただ愕然としてしまう。

…なんだ、この女は…

すっぴんの女の顔は色あせ、いたるところにシミができている。これでは、どうみても水田の農婦だ。その顔からはピンク色の光でライトアップされたネグリジェ姿のカトレアの姿は想像できない。

「何よあんた、私、あんたのことなんか知らないわよ。へんなことするようだったら大きい声だすわよ」

農婦がそう声を発する。しかし、その声がまぎれもなくカトレアのものだった。

…僕は、こんなおばさんと…

ショックのあまり声が出ない。自分は母親よりちょっと若いくらいのこんなおばさんとことに及んでしまったのだ。しかし、僕は、すぐに気をとりなおしていた。この女から三〇〇万円集金しなければならない。

「わかりました、いいですよ、好きなように大きい声を出しなさい。でも、あなたが大きい声を出せば、僕も近隣の皆さんにあなたのご職業を大声で叫びことになりますけど」

カトレアは仕方なく、僕についてくることを承諾した。

「それで、用はなんなのよ」

カトレアを連れて、僕はまた、あの喫茶店に入った。店に入った時、店員が驚いたように僕の顔を見る。しかし、僕の方は気にならない。この喫茶店の店員に変な奴だと思われたところで、困ることは何もないからだ。おそらく困るのは、そんな変な男に連れられてこの店に入った、近隣に住むカトレアのほうだろう。しかし、たばこの煙をふてぶてしくはきすてるこのカトレアが自分の不利な立場を理解しているようにも思えない。

「用は何って？　あなた、今日三〇〇万円準備するって、僕と約束したでしょ」

「私知らないわー、なんで私があんたに三〇〇万も渡さなきゃならないのよ」

「あなたねぇ、あなたも子供じゃないんだからちゃんと契約書だって……」

「私、契約書なんて書いた覚えはないわ。それに私は扇蘭なんて名前じゃないし……」

「片岡直子さんでしょ。そういえばカトレアさんともおしゃってましたっけ？」

僕が、そういった時、カトレアはおどろいたように僕を見る。この女もやっと、自分の置かれた立場を理解したのかもしれない。そして、

「何よ、あんただっていい思いしたんだから、それでいいじゃない」

と今度は身を乗り出し、小声でいった。

「僕はいい思いなんてしていません」

こちらも身を乗り出し、小声でそう応える。

「だいたい、こんな話に騙されるあんたのほうが悪いのよ。あんただっていい大人なんだから、男と女の騙しあいくらい理解しなさいよ」

「あなたねぇ、あなたみたいな人生の大先輩と私のような子供の間の男と女の騙し合いなんて成立すると思っているんですか？」


そんな小声の会話が二、三〇分続いただろうか。堂堂巡りのその会話にも嫌気がさしはじめていた。


…もう、やめよう…

この女が三〇〇〇万もの大金を持っているはずはなかった。ここでどんなに粘ったところで、タイムリミットの夕方までに三〇〇〇万なんて分捕れるはずはない。

…もう、終わたんだ…

滝口さんは僕を自分で殺してやるといった。滝口さんは、ほんとうに僕を殺すつもりでいるのだろうか。僕は結局、デブ野郎との勝負にも負けた。あの男の屈辱的ないじめを受け、完全な奴隷に成り下がってしまうのだろうか。しかし、もうどこにも逃げ出すことができない。

「ところで、扇蘭さん、あなたはほんとうはいくつなんですか。契約書には二八ってなってましたけど、どう見てもそんなに若くはありませんよね」

「エッ」

「もう三〇〇万は結構です。でもあなたも一つくらい僕にほんとうのことをいったらどうですか」

「あんた、何がいいたいのよ」

「どんなにうそをいっても、自分さえごまかしたつもりになっても、結局、逃げ切れないものってあると思うんですよ」

「あんた、何いってるのよ」

僕は、もう逃げるのはよそうと思った。自分がたとえ地獄に落ちる人間だとしても、自分が三流の証券マンであったとしても、自分が弱虫でうそつきで卑怯者であっても、もう逃げたりはしない。逃げたところで結果は同じなのだから。


支店に戻ったのは夕方六時を過ぎた頃だった。支店に営業マンの姿がない。しかし、部屋に置かれたホワイトボードには〝投信販売満額達成、ご苦労さま〟と大きく書かれていた。その〝ご苦労様〟の一文を僕は、ただ、あっけに取られたまま眺めた。ホワイトボードをよく見てみると販売金額一覧の田中達也の欄が一二〇〇万円になっている。今朝まで、そこは一五〇〇万円という数字が書き込まれていたはずだった。

「田中、戻ったか」

だれもいないと思った、部屋のなかから、僕の名を呼ぶ声が聞こえてくる。部屋の片隅におかれたソファにだらしなく腰掛け、たばこを吸いながらスポーツ新聞を広げる声の主は、

「あっ滝口さん」

皆が帰ったというのに、滝口さんが一人居残っていたのだ。

「滝口さん」

数字を上げられなければ、殺すとまでいった。しかし、たとえ、殺すといわれても、今となっては、もう、逃げ出すことはできない。

「滝口さん、僕は……今回のノルマを……」

僕にできることといえば、ソファまでかけより、頭を下げることだけだった。しかし、そんな僕に滝口さんは、

「おそいじゃないか、飲みに行くぞ。とっとと帰る準備をしろ」

と、こちらの話を聞こうともせず、新聞をたたみ、たばこの火を消した。

滝口さんが、こんな店の常連だなんて、まるで知らなかった。その店ははげあがったおやじが一人で切り盛りする小さな居酒屋で、八人腰掛ければいっぱいになってしまうカウンターが

一つしかなかった。繁盛しているようには見えなかった。僕と滝口さんが暖簾をくぐった時も、カウンター席には客が一人も座っていない。夜の店のそろそろかきいれ時だというのに客が入ってくる気配もなかった。おやじも開き直っているのかテレビのナイター中継を見入り、

「大将、どうだい調子は」

と滝口さんが声をかけても、

「いやー相変わらずだよ」

と一言だけ答え、またテレビに目をやる。客が来たというのに、おやじはお通しさえだそうとしなかった。しかし、滝口さんもカウンターに腰を下ろし、テレビに目を向ける。そんなおやじを怒るわけでもなかった。

　その試合は関西が地盤のH球団と関東の名門K球団の伝統の一戦だった。試合はその時三回裏のH球団の攻撃だったのだが、四対〇とH球団が負け越している。三回の裏の攻撃でもすでに二アウトを取られ、依然ランナーが出ていない。

「今年もダメだねぇ」

　滝口さんがふとそう口にした時、

「まったくその通りだ」

とおやじが相槌をうった。

「大将、今日は何がある？」

「あー今日は、さばを仕入れているよ。塩焼きにでもするかい」

おやじが身体を動かし始めたのは、六回裏のＨ球団の攻撃が終わり、ナイター中継がコマーシャルに切り替わった時だった。

滝口さんはおしぼりを広げ、顔をふき、無言のまま、僕のコップにビールをそそいだ。そして、そのまま自分にもビールをそそぐ。

「フウー、うまい」

コップの中の液体をイッキに飲み干すと、彼は腹の底から声を出した。

「滝口さん、僕は……」

数字をうめられなかったことを報告しなければならなかった。

「はあー」

滝口さんがこちらに顔を向ける。ノルマを達成できなかったことを自分の口から報告しなければならなかった。それがけじめというものだ。しかし、滝口さんがこちらに顔を向けた時、ボリュームがいっぱいになっていたテレビの音声がコマーシャルから試合を中継するアナウンサーの声に切り替わる。滝口さんはあわてたようにテレビに顔を戻すと、

「大将、ピッチャー変わったぞ」

と大声を出した

「だれに？」

それっきり、滝口さんがこちらに顔を向けることはなかった。

僕は滝口さんに怒鳴られるとばかり思っていた。自尊心を叩きのめされ、自分の存在さえ否定したくなるような激しい激にぶち当たらなければならない。恐ろしい険相を浮べた滝口さんは、僕に平手打ちの一発くらい食らわせるだろう。それは、仕方のないことだ。山川はあの時、三、四〇人の人間から罵詈雑言を浴びさせられたのだ。言葉だけならまだしも泥団子まで投げつけられ、ロープでつながれた神田から激しく殴られた。その攻撃に山川は最後まで一人で耐えたのだ。あたかも変えることのできない運命に従うかのように。もし、僕が彼の仲間であるなら、僕がもし同じ運命を背負っているとするなら、僕もいずれおなじような目に出会わなければならない。いや、もっと悲惨な目に会わなければならないだろう。同じ運命を背負った仲間を裏切ったのだから。僕はそう信じていた。しかし、滝口さんの横顔には激しいものがない。いや、ビールを飲みながらナイター中継を見る滝口さんの横顔には、普段の恐ろしい顔からは想像さえできない安らかさがある。こんなにも安らかな表情を浮かべる滝口さんを見たのは、それが初めてだった。

「田中君、今日は居残りせずにすんでよかったなー」

あの事件の翌日、ぼんくらの担任教師が何の気なしに、僕にそう声をかけた。教師達が、前日の事件のことをまるでつかんでいないことが、教師のその態度が物語っている。山川は、その日、学校を休んだ。学校を休ませる事情を、山川の親御さんはどう説明したのだろう。

山川は翌日も学校を休んだ、その翌日も休んだ。それでも、ぼんくら教員は動こうとはしない。けれども、彼が一週間以上、いやもっと長期に渡って学校に来なかったら、いかに、ぼんくらとはいえ、この教師だって、事情を調べ始めるだろう。夏休み明けに一人、晩秋に一人、二人もの生徒が登校拒否を起こしたとなると、その関連についても調べなければならないだろう。そして、教師たちは暗い森林のなかで執り行われた、あの儀式にたどりつく。

しかし、教室のなかでそんな心配をする人間はだれもいなかった。彼らは何事もなかったように授業に出席し、休み時間には大声で笑う。この教室のあの儀式に参加したすべての生徒が日常生活に戻ってきている。まるで、何事もなかったように。あれから鈴木は僕に何もいってこなくなった。中川もあの神社で見せた悪魔の姿から普通の中学生になり代わっていた。彼の顔にも心配の色はない。

…お前らは犯罪行為に加担したんぞ…

そんな、彼らに声にはならない声をぶつける自分。彼らが山川を地獄に突き落としたのだ。

深い傷を負い、ずたずたにされ、彼は、もう二度と学校に戻ることができないかもしれない。にもかかわらず、彼らだけが日常に戻ってきている。どうして、そんなことが許されるんだ。どうして自分たちだけが何事もなかったように日常に戻ることができるんだ。しかし、僕は結局、大声を張り上げるようなことをしなかった。僕自身、日常に戻ってきたんだから。日常に向けて我先に逃げ帰ってきたのだから。考えてみれば、最も卑怯な奴は僕だったのかもしれない。平然と仲間を生贄に差し出し、犯罪行為に加担しながら、我先に逃げ帰る。しかも、事件の発覚をだれよりも恐れている。この僕に他人を責め資格があるはずがなかった。

「たっちゃん、お父さんがまた転勤になったんだって」

山川が休み始めて一週間がたつかたたないかの頃だ。学校から帰った僕に、母が驚いたようにそういった。

「エッ、もう転勤はなかったんじゃなかったの?」

東京に転勤になった際、父は〈もう転勤はない〉といっていたはずだった。

「それが、今回は特別なんだって」

母にいわれなくてもその人事異動が特別なものであることくらい僕にだってわかる。そもそも晩秋のその時期は人事異動の季節ではない。その時期に辞令が発動されるなんてよほどの事情があったとしか考えられない。小さな時から転校を繰返し、転校するのはいつも春。そんなことが身体に染みついていた僕には、事情がわからなくても、父の今回の転勤がいわくつきのものであることくらいわからないはずがなかった。

その夜、父と母は長い間、電話していた。銀行の転勤は、社員に殺人的スケジュールをつきつける。父は四日後には赴任地のK市に赴かなければならない。新しい勤務地に赴任するまでのわずか数日の間に、本社の仕事を引き継がなければならない。そのために、その日は徹夜になるのだという。

「それで、ワイシャツは五枚くらい準備していればいいのねぇ」

父と母の会話は当座の父の生活用品やら、赴任地での住居まで広範囲なものだった。しかし、二人にとって最大の問題は、やはり僕の進学問題のようだった。父の会社は息子の進学問題にさえ電話でのわずかな相談の時間しか与えてくれなかったのだ。あの日、父との長い会話の後、母が僕に電話に出るようにといった。父がめずらしく僕と直接話すといいだした。

「とりあえずお父さんは単身赴任するつもりだが、お前が中学を卒業した後のことなんだが……」

父は、自分が転勤になったことを手短に話すと、電話口の向こうから、一人東京に残り、寮のある高校に進学するようにといった。晩秋の高校受験の迫ったこの時期に転校すると著しい負担がかかることになる。将来のことを考えると、東京に一人残ることを考えたほうがいい。父は、取引先の高校を紹介しようともいった。けれども、あの時僕は、

「いや、僕もそっちに行く」

そうめずらしくはっきりと応えた。電話口で様々な理由を思いつくままに話した。小さな時からK市には行ってみたかっただとか、高校に進学しても寮には入りたくないだとか。

しかし、それがすべてうそだということは僕が一番よくわかっていた。僕の心にあったのはただ〝これで逃げ切れる〟という思いだけだったのだから。この時期に転校できるなんて思ってもいなかった。今、あの中学を後にすれば犯罪行為に加担したということも、親分との約束を破ったということも、山川のあの弱々しい眼差しもすべて封印することができる。だれにも気づかれないまま、自分の記憶の奥深いところに隠しこんでしまうことができる。あんな中学にはまるで未練はない。明日にでも転校したって構わない。いや、そちらのほうがいい。儀式の存在が発覚する前に、山川が学校に現れる前に、一刻もはやくあの学校を後にしなければならない。

「家族と離れるのは嫌だよ」

父を動かした決定打は僕のその一言だった。電話口の向こうの父の顔がほころぶのがわかる。

それまで、僕は父にはあまりうそはつかなかった。いやほとんど会話がない父にうそをつく必

要もなかった。しかし、この時、僕はその父にまでうそをついたのだ。

「お前、××高校知ってるか?」

「ハッ」

「この選手の出身校だよ、お前K市出身なんだろ」

「別に出身というわけではないんですが」

ナイター中継を見ながら、滝口さんが話しかけてきた。しかし、声をかけてきたといっても、彼はテレビから目を離そうとしない。

…滝口さんも僕がK市の出身だと思っていたんだ…

K市は出身地ではない、中学・高校時代の三年半住んだだけの場所だった。出身地・故郷・田舎、そんな単語を並べられると、まず、戸惑いを覚えるのは僕だけなのだろうか。

その電話の後、一家は急遽、四日後の父の赴任に合わせてK市に引っ越すことになった。

〈達也がその気ならはやいほうがいい〉というのがその理由である。K市に引っ越すまでの数日間、僕は何をしていたんだろう。学校には行ったのだろうか。それとも休んだのだろうか。N市最後の数日間の記憶は僕の頭の中から完全に消失している。一年半の短い期間だったとはいえ、東京での生活をわずかな間に片付けK市に引っ越す。それは僕にも殺人的スケジュールをつけたのかもしれない。その忙しさが、すべてを忘れさせたのだ。しかし、ただ一つ、再び山川健一に会うことがなかったことだけははっきりしている。僕は、もう、あの男の顔を二度と見ることはなかった。

卒業までの数ヶ月間を過ごしたK市の中学のことも不思議なくらい覚えていない。新しい土地で高校を受験する。著しく不利な条件で高校受験に臨まなければならない。数ヶ月しか過ごさない中学の人間に溶け込むために時間を費やすなんてばかげている。そんなことに時間を費やすくらいだったら一ページでも多く参考書を繙いた方がいい。いやそうしなければならない。僕はただひたすら受験勉強に励んだ。すべての記憶を忙殺の向こうに追いやってしまうために……

K市に移った後、父と過ごす時間が多くなった。それまでの父は僕とほとんど顔を合わせることもなかった。僕が目を覚ます前には出社し、夜遅く帰宅しても部屋にいる僕に声をかけてくることもない。休日でさえ、朝はやくから接待ゴルフに出かけてしまい、家族といっしょに食事する時間も作ろうとしなかった。K市への転勤は、いわゆる左遷だったのだ。あの頃、父は夕方六時には家に戻り、休日もほとんど家族と過ごすようになっていた。K市での父は仕事らしい仕事もなく、ゴルフのお誘いもなく、暇を持て余していたのかもしれない。

そんな父に、けれども僕は戸惑いを覚えた。何を話していいかわからない。どう接していいかわからない。僕にとって父は見知らぬおじさんに過ぎない。いや、ただ恐ろしいだけの男だったのだ。考えてみれば、僕は父から怒鳴られたことも、殴られたこともほとんどない。忙しい父には自分の息子を怒鳴ったり、殴ったりする時間もなかった。しかし、僕は小学校四年のあの事だけは鮮明に覚えている。いや父との記憶らしい記憶といえばあの事しかないくらいだった。

あの頃、父は僕に妙に迎合するようになっていた。頼んでもいないCDを買ってきて、

「達也、このグループは好きだっただろ」

と聞いてくる。

「いや、僕はロック系はあまり好きじゃないよ」

「そうだったか」

おそらく父はロック系といってもなんのことだかわからなかったのだろう。それからしばらくたって父はまた同じようなロック系バンドのCDを買ってきて、

「このグループは好きだろ」

と聞いてきた。僕も諦めてしまい、

「あー好きだよ」

と同意してしまう。父は僕のその答えを聞いて、

「やっぱり達也はこの系統の奴らが好きだったんだな」
と満足げな表情を浮かべた。そんな父の顔を見ながら、自分の好きな演歌のCDを買ってくればいいじゃないか、と思ったのを覚えている。

週末には、高校生にもなった僕を連れだし、父はよく出かけるようになった。K市は観光の名所だけあって見物するところも多い、そんな観光地を一ヶ所一ヶ所潰していくように、父は週末ごとに家族を連れて外に出た。

…お前K市出身なんだろ…

周りの人間から、僕はよくそういわれる。能登半島の観光名所だけは妙に詳しい僕がそう思われるのは仕方のないことだった。東北から九州まで日本全国を僕は父とともに渡り歩いた。しかし、僕には能登半島以外の観光名所に足を運んだ思い出はあまりない。それが、僕と父とが過ごした時間の正確な記録のようなものである。観光地を回った週末の夜は、必ず外食だった。あの頃の父は〈お母さんも疲れているから、外食にしよう〉と母にまで気を遣うようになっていたのだ。外食に連れ出した、そんな夜の父はひどく饒舌だった。レストランで、料亭で、まずしかった幼少時代の思い出や学生運動に熱中した若かった頃の話を好んで口にした。だまっていることに馴れきった僕は、いつもほとんど何をいわず、そんな父の話にぼんやりと耳を傾けていた。耳を傾ける僕の姿を見るにつけ酒の入った父も益々饒舌になっていく。

「お父さん、もういい加減にしたら」

母が横からそういっても、父はやめようとはしない。息子のだまりこんでいる姿が自分の話を聞いている姿に見えたかもしれない。だが、あの頃、父が僕に語って聞かせたその話をどれだけ覚えているだろうか。残念なことに、もうほとんど何も覚えていない。

「そういえば、そろそろ運動会の季節だな」

晩秋のそんな夜のことだった。父がめずらしく学校のことを口にした。

「運動会?」

「いやーお父さんもたまには達也の運動会を見学に行こうと思ってな」

…運動会を見学する!…

親父は今更何を言っているんだと思った。そもそも、高校では運動会なんて言い方はしない。高校では体育祭という言い方をするのだ。その体育祭に親父は呼んでもらえるとでも思っているのか。父兄を呼んで体育祭を開催する? そんな高校、聞いたこともない。両親を呼んで町のお祭りのような騒ぎになるのは小学校の運動会くらいのものだ。僕が小学生だった頃、親父は一度でもその運動会に顔を出したことがあったか? 僕にとって運動会とは母と二人で弁当箱を開くというのが恒例行事のようなものだったのだ。

「もう遅いよ」

寡黙な僕が、そういった。

「運動会なんて、もう五年前に終わっているよ」

…達也、そんな情けないことでどうするんだ、敵がなんでもやるってことはわかりきっているんだ。お前も同じことをやれ。とにかく負けちゃいけないんだ。どんなことをやっても勝たなきゃいけないんだ、わかったか…

僕の頭には、その時、父のいったその言葉が蘇っていた。

父のその言葉を忘れていたわけではない。あの時打たれたほほの痛みも覚えていた。失われた時間は決して取り戻すことはできない。父がどんなに家族との時間を取り戻そうとしてもそれはかなわぬ思いだ。父のその言葉は僕の心にほほの痛みとともに深く刻み込まれ、そして、それが世の中に、現実の姿になっていた。僕は、父が見せた現実の世界の中でもがき、苦しみ、そしてあんな犯罪行為にさえ加担してしまったのだ。

「もう遅いよ」

僕は、その頃、父を惨めな敗残兵くらいにしか思っていなかった。自分が教えた現実の世界に自分自身が破れた老兵……老兵にはもう戻るところなんてない。

高校時代の自分は、ほんとうに暗い奴だった。友達も作ろうとはせず、親以外のだれとも出かけることもなく、ただひたすら本を読む。これから戦っていかなければならない厳しい現実の世界で、どうやったら生き延びていくことができるのか、どうやったら惨めな敗残兵にならずに済むのか、考えあぐね、その答えを求めて本を読んだ。フロムの『自由からの逃走』を何度も読み返したのは、これから自分の前に必ず登場してくるだろう敵の実態をつかむためだったのかもしれない。そして、そうすることによってあの山川の弱々しい微笑みを記憶の底に封印しようとする。それが僕のK市での三年半だった。K市は僕の出身地ではない。故郷でもない。しかし、多くの知人は勝手に僕をK市出身者にする。

「ちぇっ、負けちまったよ」

試合は結局、滝口さんが応援するH球団の惨敗に終わった。その後、H球団はK球団に二点も追加点を許しながら、一点も獲得できないまま六対〇で終わってしまう。

「この監督はデータ重視の戦略だっていうんだけど、データで人間が動かせるはずはないよなー」

滝口さんが僕に同意を求めるかのようにそういった。

「はー」

しかし、それは、僕にはどうでもいい話である。

「まっ、今回はお前もよく頑張ったよ」

「ハッ？」

「まっ俺も怒鳴ってばかりじゃないでたまには部下を褒めてやらなきゃな」

僕はまたあっけに取られてしまう。

…僕がなんで褒められるんだ…

自分の手で殺してやるとまでいった部下を今度は褒めてやると、彼は言うのだ。

「そういえば、お前、内村に無理に連れられて行ったソープは、ほんとうはどうだったんだ」

やはり、滝口さんは僕が内村さんに連れられてソープランドに行ったということを知っている。しかし、滝口さんはそんな情報をどこで入手したんだろう。

「でも、滝口さん、だれからそんなことを聞いたんですか？」

「ハッハッハッ」

その時、滝口さんが突然大声で笑い始めた。

「俺がそんなこと知るはずないだろ、お前は俺のかまにまた引っかかったってわけさ」

「かま？」

「そう、かまだよ、あの内村だったら後輩巻きこんで仕事サボろうとするだろうと思って、かまをかけてやったのさ」

〈内村さんが後輩を巻き込んで仕事をサボろうとした〉まったく、その通りだった。けれども、滝口さんはそれを直感していたに過ぎない。確実な情報を入手していたわけではなかったのだ。しかし、それにしても滝口さんはなぜ、僕ばかりを攻撃してきたのだろう。本来であれば仕事をサボらせようとした張本人を責めるべきではないだろうか。

「そこが、お前の未熟なところよ。お前あの狡猾な内村がそうやすやすと尻尾を出すと思うか？尻尾を出させるんだったら、お前みたいなバカ正直な奴をたたかなきゃ」

…僕がバカ正直？…

「それが俺の人間のコントロール術でわけよ。くだらねぇー社員の仲間意識に上手に楔を打つ、それがコツだな。まっ、今回はお前が俺の予想以上に頑張ってくれたおかげで社員の士気が断然あがったしな、俺の狙い通りになったたってわけさー」

そこまでいうと滝口さんはコップのビールをいっきに飲み乾し、

「俺がH球団の監督だったら簡単に優勝させてやれるんだけどな」

とぼやいて見せた。滝口さんはもうかなり出来あがっているようだった。

その滝口さんの傍らで、僕はふと、

…自分はいったい何をやっていたんだろう…

と思った。ここ数日間、僕はひたすら走っていた。自分は、何を恐れて走り続けたのだろう。何のために走ったのだろう。

　滝口さんは支店の士気をあげさせるために僕を走らせたのだという。けれどもそれは……ほんとうにそうだったのか。

　僕はそう自問自答せざるをえなかった。しかし、もしそうでなかったとしたら滝口さんに僕を走らせるどんな理由があったというのだろう。給料をもらうために仕事をし、その給料で家族を養う。滝口さんもそんなサラリーマンの一人に過ぎない。学生時代からつきあっていた奥さんと結婚し、二人の子供に恵まれた彼は、家に帰れば実にいいお父さんなのだという。そんな話をだれかに聞いたことがある。彼だって、普通のサラリーマンだった。そしてごく普通の家庭人だった。

　コップの中のわずかに残されたビールを飲み乾した時、滝口さんが突然、

「まー、今年は相場が上向いてきたからいいようなものの、株なんていつ下落しはじめるかわかったもんじゃない。そん時、俺たちはまた、やくざだの詐欺師だのってののしられるようになるんだろうな」

　そう、しみじみといった。

その日、店には滝口さんと僕しか客はこなかった。H球団ファンの店は東京ではやはりあまり客をつかめないのかもしれない。

エピローグ

後にネットバブルと呼ばれることになる一大相場が日本の株式市場を席巻したのは、世紀末のごく短い期間のことだった。この一大相場が終焉した時、日本の証券業界は構造調整の波に襲われ、多くの証券マンが深く傷ついたまま、業界を後にすることになる。しかし、この時期、彼らの多くが依然として、ネットバブルの崩壊が秒読み段階に入っていることに気づいていない。朝七時半に出社し、新聞に目を通した後、朝のミーティングを済ませ、客先に電話を入れる。そんな日常をなんの疑いもなく過ごしている。

僕もまた、そんな証券マンの一人だった。あの頃の自分もこうした日常が永遠不変に続くかのように、日々を過ごしていた。重苦しい決断の時期が間近に迫っていることも知らず……

「H通信は、携帯電話の販売で現在、急激に売上を伸ばしている注目企業ということは知っていると思うが……」

そんなある日のことである。営業課の朝礼に、めずらしく支店長が顔を出していた。営業課の朝のミーティングに支店長が顔を出すなんてめったにないことである。

「君たちも知っての通り、当社も先だってのH通信の売出に副幹事として参画し、多くのお客さんに儲けてもらうことができた。H通信はIT関連の代表的な銘柄として市場から注目されており、今後も力強く成長していくことが期待されている」

直立不動の姿勢で男子セールスに向き合い、長々と語り始めた支店長のその姿には、なぜか緊迫感さえ漂っていた。

ネットバブルの終焉が目前に迫ったあの頃、株式市場ではH通信の株価の動向が注目を集めていた。携帯電話が急激に普及し、その販売が爆発的な伸びを示していた当時、販売台数でナンバーワンを誇るH通信が業界関係者を驚かせるほど業績を伸ばしていた。だがその業績以上に、市場関係者を驚かせたのは、H通信株価の高騰だった。ストップ高を何日も繰り返しながら、H通信株価は値上がりを続け、一向に値を下げる気配を見せない。時代のあだ花となるH通信株は、あの頃、株の原則を無視し、永遠に上昇を続けるかのような幻想を多くの市場関係者に感じさせていた。

「そこで、このように、たいへん有望な銘柄であることから、当社はH通信を全社的に推奨することとした」

「エッ」

その時、ミーティングの場にどよめきが走る。
…こんな銘柄を、まだ推奨する?…

会議室に集まった面々は、そんな言葉にならない声を上げていた。H通信の株価は、すでに、半年前の四倍近くに値上がりし、その頃、二〇万円台の大台乗せも視野に入っている。多くの市場関係者が幻想を抱いているとはいえ、この会社の株価がこれ以上大きく値上がりすることはない。そう考えるのが常識的な判断だった。しかも、一単元一〇〇株のその銘柄を購入するためには二〇〇〇万円近くの資金が必要になる。最低単位一〇〇株二〇〇〇万円もする銘柄。そんな銘柄をどうやって客に売りつけろというのか?

「この銘柄を推奨するためなら私も協力を惜しまない。客先への同行が必要なら遠慮なく申し出てくれ、都合をつけて、必ず同行するようにする」

しかし、支店長は会議室のどよめきを無視するかのようにそう続けた。

その頃、M証券はS証券との合併交渉を進めている。だが、M証券の数倍の規模を誇るS証券との交渉は難航を極め、少しでも良い条件を引き出すために経営陣は躍起になっていた。そんな時に飛び込んできたのが、H通信株式売出への参画である。IT銘柄の代表的銘柄として株式市場の注目を集めていたH通信の引き受けシンジケート団に参加できたことでS証券との交渉が有利に運びはじめていたのだ。M証券としてみれば、このまま、一気に話をつけたいところだが、そのためには、H通信との関係を更に強化しておく必要がある。そこで、経営陣は、営業部員にノルマを課し、その扱いを拡大することで、H通信との関係を深めようとしたわけだ。経営陣のこの決断が、支店長の緊迫感をあおったのは間違いない。S証券との合併後、自分のポジションどころか、交渉の行方しだいでは、自分の名がリストラ名簿の筆頭を飾ることになるかもしれない。証券会社の人間にしては、物静かなこの支店長が営業マンにここまで発破をかけるのにはそうした背景がある。もちろん、彼の頭の中に客を儲けさせようなんて考えは、これっぽちもない。

…それじゃー、自分はどうなんだ…

支店長の長い話を聞きながら、僕はふと、そう思った。S証券との合併交渉なんて、末端の自分にはどうでもいい話である。経営者が変わり、上司が変わり、あるいは別の支店に転勤することになっても、自分の生活は何も変わらない。たとえS証券と合併することになっても、入社二年目の自分が特段の差別待遇を受けることもないだろう。たぶん、午前九時から三時までの場中、株式ボードを眺めながら客に電話を入れ、三時以降は、投信のセールスに出る。日々、ノルマに追われ、神経をすり減らし、家に帰っても死んだように眠る。そんな日常に変化はないだろう。

…何も変わらなければ、何をやっても同じことじゃないか…

その時、僕の胸の中でそんな言葉が去来する。

…何も変わらない日常のために、なぜ必死になってH通信なんて手がけなければならないんだ？…

…何も変わらなければ、何をやっても同じこと？…

だが、その時、僕は自分の中の別の声の存在にも気づいていた。

…結局、自分は何も変わらない日常生活の中に逃げ込もうとしているんじゃないのか…

実は、何の変わりがないように見える僕の日常にも、変化はあった。優子と顔を合すことがなくなったという大きな変化が……

週末の夕方、優子と食事をするのがつい最近までの僕の日常の風景だった。しかし、もう随分、長い間、彼女と会っていない。就職試験も終わり、大学を卒業するまでの最後の自由な時間。会おうと思えばいくらでも会えるのに。仕事に追われているとき、電話してくることもメールしようともしない優子にイラだっている自分に気づくことがあった。彼女には十分時間があるはずなのに、どうしてメール一本、出そうとしないんだなんて思いながら……だが、それは自分のほうだって同じことだった。こちらも、随分長い間、電話もメールもしていない。どんなに忙しくたって、メールの一本を送るくらいの時間はあるはずだった。

自分は結局何も変わっていない。結論を先延ばしにし、だらだらと日々を過ごし、決定的な場面を避けようとする。そして、何も変わらない日常生活の中に逃げ込む。日常生活を疎ましく思いながら、結局、そこから抜け出そうとはしない。自分は随分長い間、そうやって日々をやり過ごしてきた。そして、そんな自分は今も何も変わっていない。

たぶん、自分は優子との関係に、なんらかのけりをつけなければならないのだろう。次に顔を合わせる時、その結論が出る。

「内村、お前、さっきからあくびばっかりしやがって」

支店長が一通り話を終え、会議室を出ていった後、滝口さんが声を荒らげた。

「いつになったら、その人をなめた態度が直せるんだ。お前、M証券は今、生きるか死ぬかの瀬戸際の状況にあるんだぞ」

滝口課長は、八つ当たりでもするかのように、内村先輩を怒鳴り散らした。課長も支店長の今朝の話にイラだっているのだろう。ここでH通信を推奨することがいかに無謀なことか、それが、証券市場の最前線にいる課長にはよくわかっているのだ。

…それにしても、相変わらず、滝口さんは内村さんを目の敵にしているな…

考えてみれば、何も変わっていないように見える、僕の日常にも、色々なところで、案外、大きな変化が起きていた。僕とデブの力関係の変化もその一つだ。ここのところ滝口さんは、デブにばかり激を向ける。管理責任者がこんな風にデブばかりを攻撃するものだから、支店の中のデブの力は地に落ちてしまう。古橋さんの転勤に合わせて、藤原君との結束に楔を打ち込もうとしたり、滝口さんの激を集中させようとしたり、スケープゴードのポジションをこの僕に押し付けるために、デブは様々な工作を重ねたわけだが、ここまで管理者に目の敵にされちゃー元も子もない。結局、当の本人がスケープゴートのポジションを引き受けさせられることになったのだ。ちょっとでも目立つようなことをすれば、滝口さんから容赦なく激を向けられるようになった、その頃デブは、この僕や藤原君を君付けで呼ぶようになり、先輩面した説教も垂れなくなっていた。二人を刺激し、告げ口されるようなことをしてしまえば、滝口さんに怒鳴られるのが目に見えているのだから。しかし、世の中、そう甘くはない。そんなことくらいで彼の平和な生活が守られるはずがなかった。こうしたことに藤原君は意外にあざとく、この機に乗じて、デブの先輩のいままでのご厚意へのお返し作戦を開始していた。

朝のミーティングが終わってすぐのことだった。

「内村さん、こんなことといいたくないんですけど、もう少ししっかりとスケジュール管理をしてもらえませんか」

と藤原君がどこかで聞いたことのあるそんな台詞を内村さんに吐きかけた。、

その日の午後、内村さんは、車でなければ片道二時間もかかる客の下に足を運ばなければな

らなかった。だが、営業車は藤原君が抑えている。そこで営業車を回してくれと頼んだところ、間髪入れずに藤原君にそう返されてしまう。用もないのに営業車のスケジュールを抑え、後輩連中が車を使えないようにするというのは、そもそもデブお得意の技だったわけだが、まさか、同じ技で自分が苦しめられるなんて想像さえしていなかったに違いない。

これも、つい最近の話である。デブの先輩が力を失いつつあった頃、藤原君が堂々と〈内村さんが用もないのに営業車のスケジュールを抑えるから迷惑している〉と滝口さんに訴えた。その訴えに滝口さんは

「わかった。それじゃー内村が車を予約するには、俺の許可を必要とするってことにしよう」

と即決で応える。内村さんの話なんかこれっぽちも聞こうとはせず、藤原君の言い分を一方的に取り入れた、この判断が妥当だったどうかは別にしても、この課長判断によって、デブの車抑えの技は封印されることになった。

もちろん、藤原君の反撃が、単に相手の技を抑え込むというところに留まるはずはない。滝口さんへの事前申請というペナルティを課せられた内村さんには車のスケジュールを人より早く抑えることができない。そうした事情を十分承知している藤原君はデブのスケジュールを事前に察知し、先回りして自分の名前で営業車の予約を入れる。この後輩君は昔年の恨みを先輩が使ったまったく同じ技で晴らしはじめていたわけだ。

「なーそういわずに、頼むから車を回してくれよ。この客の受け渡しを今日中に終了させなきゃ困ったことになるんだよ」

「だったら、今からすぐに出ればいいじゃないですか！　今から電車に乗れば、夕方には戻ってこれますよ」

「そんなこといわれたって、場中に出るには課長の許可がいるし……」

「だから、さっきからいっているでしょ、自分がちゃんとスケジュール管理しないのが悪いんだって」

デスクに戻っても、相変わらず二人のそんなやり取りが続いていた。今日の内村さんはよほど困っているらしく、弱々しくも引き下がろうとしない。

……藤原君もちょっとやり過ぎだよなー……

確かに、これは、デブの先輩が脈々と続けてきた悪習である。しかし、これ以上デブいじめを続けるのも……これは仕事が絡む話なのだから。そもそも、今日の藤原君には車を利用しなければならない用はない。だったらこの場合、たとえ相手がデブの先輩であるにしろ車を回してやるべきだ。

「なー、藤原君、今日のところは内村さんに車を回してやったら」

結局、僕は二人の仲裁に入ることにした。

「田中さん、でも……」

藤原君が不満げな表情を僕に向ける。

「これは、仕事が絡む話なんだから、今回は容赦してやってよ」

「田中さんがそこまでいうんだったら」

不満げではあるが、藤原君はポケットの中からキーを取り出し、

「これからは、ちゃんとスケジュール管理お願いしますよ」

なんてわざとらしいことをいい、内村さんに手渡した。しかし、一方の内村さんは、そのキーを無言のまま受け取り、すばやく自分の席に戻ってしまう。その間、僕への礼の言葉は一言もない。

「あいつ、どういう奴なんだ」

怒ったのは藤原君のほうだった。

「ありがとうの一言くらいいえっちゅうの」

デブの後ろ姿にそんな言葉を吐きかける藤原君を横目に、僕も自分の席に戻った。

もともと、デブの先輩の礼の一言なんて期待していない。だが、気分はやはり悪い。

…まー、こちらを貶めようとしなくなっただけましか…

そう思いながら、僕は机の戻り顧客カルテを手に取った。今日という今日はH通信を販売しなければならない。どの客に勧めるか、どんなセールストークで取引まで持ち込むか、考えることは山のようにある。デブには頭にくるが、余計なことに気を取られる時間もない。

時計を見ると、八時五〇分を回っている。後一〇分で場が開くというのに、セールストークを何一つ考えていない。そんな自分に焦っていた。

レセプション会場には、あの時と同じように、大学の教職員をはじめ、他大学の研究者やマスコミ関係者、財界で活躍するOB連中や政治家達が集まっていた。三〇周年ということもあり、会場は、例年以上の混み合いを見せ、お世話になった教授や職員の顔を見つけだすこともできない。そんな会場のなかで、僕はただ一人、水割りのグラスに口をつけていた。

その土曜日、僕が母校の校門をくぐったのは夕暮れ時のことである。久しぶりに訪れた大学は、学祭期間中ということもあり、多くの学生たちでにぎわっていた。キャンパスには、模擬店が立ち並び、出店側の学生と客側の学生が入交り、まだ、夕暮れ時だというのに、完全に出来上がった連中たちで大騒ぎになっている。そんな喧騒の中、僕はあの日のことを思い出していた。二人で青木ゼミの模擬店に顔を出し、そして二人してこっそり抜け出したあの日のことを。完全に出来上がった仲間たち、広瀬のストリップショー、そんな喧騒の場から、優子と僕は二人だけの世界に向かって逃走する。

模擬店が並ぶ喧騒の通りを、一人ほくそえみながら歩く僕の姿。スーツ姿もこの通りには似つかわしくなかった。しかし、それも当然の話だった。学祭見物が今日の目的ではないのだから。僕の手には、ある招待状が握られていた。大学の名物にまでなっている論文コンクール優秀論文賞受賞式典は昔からこの喧騒の日に開催されてきた。そして、ちょうど三〇周年を迎えた今年の式典には、歴代の受賞者にも招待状が送られていた。


人が多い分、今年の会場は狭苦しく感じられた。いや、単に人が多いだけではない、記憶の中にある会場よりも小さく見えた。父親より年配のお歴々たちと水割りのグラスを片手になれない大人の会話を取り交わす優秀論文賞受賞者の姿を目にしても、自分の四年前の姿を重ねることができない。彼らはあまりにも幼く見える。あの時の自分はもっと大人びていて、堂々としていた。そんな風に思えた。

あの頃の自分は光り輝いていた。大学の仲間たちは、特別な存在としてこの僕を扱い、その扱いに僕自身、違和感を覚えなかった。だからといって僕は、周りの人間に自分のやったこと以上の評価を求めたわけではない。自分がこの会場の主役の一人になれたのは、図書館に缶詰になり、朝から晩まで参考文献を読み漁ったからだ。担当教授の厳しい指導にもめげることなく、全体主義に魅了されていく時のドイツ人の心理を分析し、ナチスの情報操作のメカニズムを解き明かそうとしたからだ。そして、その論文が選考委員に認められ大賞を授与される。多くの仲間たちが、この僕を特別な存在として扱うのは当たり前の話だった。僕は二千人のなかから栄冠を勝ち取った一人なのだから。いや、その努力をやり遂げたのだから。

その時、僕の前を、石井教授を通り過ぎる。

「あっ、石井先生」

パーティー会場で、僕は、初めて来場者に声をかけた。石井教授は国際政治論や外交史のほか、原書講読を受け持ち、僕も三年に亘って、教授の講義を受けた。四年前のこの会場でも〈私の講義に必ず出席しているから、君の顔は良く覚えている。そんな学生が優秀論文賞を受賞できたことは私にとっても名誉なことだ〉と声をかけられたのを覚えている。しかし、

「石井先生、お久しぶりです」

とこちらから挨拶しても、教授は一瞬、不思議そうな眼差しを浮かべ、

「えーっと、君は……」

と応える。教授には、僕がだれだかわからないらしい。

「四年前に、政治経済学部の優秀論文賞を受賞した田中です」

「田中君？　あー田中君だったね。どう元気にしているかね？」

……えー元気にしています……

教授の問いかけに、そう応えようした時、教授は他大学の関係者らしき人物に声をかけられる。そして、そのまま僕の前から立ち去ってしまう。教授は、もう僕に顔を向けることさえなかった。

……これが、優秀論文賞を受賞した人間に対する扱いなんだ……

二千人の中から選ばれた一人の人間。そういえば確かに聞こえはいい。しかし、それが何だというのだろう。どんなに偉そうなことをいっても、それは、たかだか学生の論文コンクールに過ぎない。

ゼミの後輩の石丸は、結局、論文コンクールに応募しなかったのだという。そんな話をゼミ仲間から聞いたのはつい最近の話だ。彼には、三年もたてば忘れ去られてしまう優秀論文賞なんて名誉より、研究を続けることのほうが大切だったようだ。石丸は、地方行政の研究を続けていくために大学院への進学を決意したのだという。これからも地方行政についての研究を続けていく彼にとって、学部学生の時代の論文投稿には、それほどの意味はない。

……自分はなぜ、あんな論文を書いたのだろう……

会場の中で僕はそう自問自答していた。あの論文をなぜ書いたのか、そんなことすら今の自分にはわからなくなっている。著者本人が、そこで訴えようとしたものまで忘れさった論文。それはリサイクルされなければ、ただのゴミとなる、単なる紙の束だった。

自分は、今やしがない証券マンに過ぎない。優秀論文受賞者とはいっても、老人や無知な主婦を相手にいい加減なセールストークで株を売りつけることで生計を立てる、薄汚れた人間であることに変わりはない。この会場に足を運んだところで、この穢れが消えてなくなるわけではない。


「おい、田中君」

岡村龍太郎が僕に声をかけてきたのは、そんな時だった。

「久しぶりだ、大学を卒業して以来だね」

岡村は僕と同じ年に理工学部推薦の優秀論文賞を受賞した、いわば同期のような存在だった。人懐っこい彼は、他学部のこの僕とも親しく接し、学生時代にはよく二人で連れ立って飲みに行ったものだ。しかし、そんな彼とも、大学を卒業以来、顔を合わせていない。

「君は証券マンになったんだって」

「そう、今やしがない証券マンさ。個人客相手の商売に励んでいるよ」

僕は投げやりにそう応えた。これ以上、この話を続けたくない。しかし岡村は、

「俺は君が大学院に進学し、政治学者を目指すとばかり思っていたんだぜ。どんな心境の変化で証券マンになったんだい」

そう続ける。僕は答えに窮していた。そんなことを一言で話せといわれても……

「僕なんかのことより、君、会社を設立したんだって。君はやっぱりすごいよ」

彼が、二五歳にしてベンチャー企業を興したという新聞記事を読んだのは、もうだいぶ前の話だった。大学時代から研究に励んでいたＥＣビジネス関連の会社を興した彼は、学生時代の夢を早々に諦めた僕とはまるで違う。しかし、彼は、

「全然、すごくなんかないよ。社員五人の会社なんて、だれにでも立ち上げられるさ。新聞にも取り上げられて有頂天になっていた時期もあったけど……でもね、現実はやはり厳しいよ。俺の会社もいつまでもつかわかったもんじゃない」

と暗い表情を浮かべた。

「まー、今はＩＴ革命とやらで大騒ぎしているけど、インターネットが広がったからといって世の中が急激に変わるわけじゃない。今は次から次にＩＴ企業が誕生しているけど、三年後に残っている会社なんてごく一握りだろうな」

「ごく一握り？」

市場関係者である僕にとってその話はかなり気になる話だった。

「でもさー、僕の会社なんてＩＴ、ＩＴって大騒ぎしているけどね、今もＨ通信を会社をあげて推奨しているところだよ」

「Ｈ通信！」

その時、岡村が驚いたように声を上げた。

「あそこは、やめといたほうがいいな。あの会社の株価は異常だよ。ＩＴ企業なんていっているけど、そもそも、あの会社は携帯電話の販売会社に過ぎないだろ。その携帯電話だって、爆発的に普及して、一人一台を手にするようになったんだから、これ以上大きく伸びるはずがない。株価も早晩、調整が入るだろうね」

「Ｈ通信が調整？」

僕は、その時、昔を懐かしむ優秀論文受賞者ＯＢから証券マンに戻っていた。

…Ｈ通信株価が調整局面なんてことになったら、たいへんなことになる…

「まあー、それでも俺は頑張るけどね。そういえば、今日は、あのかわいい子はいっしょじゃないんだ」

話を変えたのは岡村のほうだった。

「過去の受賞者の招待状は一人分だからね」

そのパーティーで、同伴者が認められるのは、論文大賞の受賞者のみである。優子をこの会場に連れてくることはできない。

「残念だな、あの子に会えないなんて」

もっとも同伴者を連れて来ることができたとしても、優子が来てくれるかどうかはわからなかった。


パーティー終焉時間が二〇分後に迫っていた。今日の主役たちの最後の紹介が終了し、パーティー会場正面中央に設えられた檀上から、優秀論文賞授与者が降壇していく。式次第は、総長の閉会の挨拶を残すのみとなっていた。

恩師に会ったのはそんな時だった。

「田中君じゃないか」

混み合う会場の中で、声をかけてきたのは青木教授のほうからだった。

「大学を卒業して以来、ちっとも顔を出さないから心配していたんだぞ。どうかね元気にしていたかね」

教授の姿は二年前とまるで変わらなかった。その姿が学者になろうとしていたあの頃のことを呼び起こす。自信にあふれる教授の姿を重ね合わせながら、教壇に立つ自分の姿を想像していたあの頃のことを。しかし、それは遠い昔の話だった。

「ほんとうにご無沙汰しております。私のほうはなんとかやっています。先生のほうはいかがですか？」

「私かね。私は相変わらずだよ。ここのところ、学会で発表する論文の執筆に追われる毎日を過ごしているよ。今、私は福祉国家観について研究しているところなんだよ」

そういうと、教授は、彼が今、取り組んでいる研究テーマについて語り始めた。

「私はね、ジョン・ロールズという学者が書いた『正義論』という著作を基に、私なりに正義というものを体系づけ、最近不人気の福祉国家観に新たな息吹を……」

昔の教え子を前にしているというのに、教授はその話の手を緩めようとはしない。その姿にも、やはりいつもの自信がみなぎっている。

…僕なんかに教えても意味はないのに…

特別講義の聴講生は、しかし、教授が熱く語れば語る程、教授のもとから離れていく自分を感じていた。たぶん、彼はこの二年間、僕がどんな生活を送っていたかをまるで知らない。彼の頭にあるのは、自分の研究のことだけだ。おそらく、卒業した教え子のことなんか、関心すら持っていない。この人はそんな人だ。

「いやー悪かった」

自分の話に一区切りついた時、教授はそういうと初めて水割りのグラスに口を付け

「君もよく知っての通り、私はすぐに熱くなってしまうんだよ。誰彼かまわず、自分の思いつきを話してしまうのが私の悪い癖だ」

と穏やかな笑顔を見せた。

「ところで、今の私の話、君はどう思うかね」

そういえば、教授は誰彼かまわず、自身の学説を語り、こんな風に誰彼かまわず意見を求めてきた。厳しい一面をもっているものの、こんな時の教授は一学生の意見にも素直に耳を傾け、そして学生の意見に対して真面目な考えで応えた。

…だが、今の僕には…

今の僕には、教授の問いかけに、何も返せない。この人は世界が認めた政治学者だった。そんな教授の話に薄汚れた証券マンがどんな意見をさしはさむことができるというのだろう。

「あー、これはまた悪い癖が出てしまった。君はもう私の学生ではなかったんだね」

何も返そうとしない僕に向かって教授はそういった。

「つい、昔のことを思い出してしまってね、君が学生だった頃のことだけどね。実をいうと私は君と話をするのを楽しみにしていたんだよ」

それは、意外な話だった。

「君の政治現象に対する視点はすばらしかった。今だから白状するが、君の意見はあの頃の私の研究にも大いに参考になったくらいなんだよ」

「私の意見が先生の研究の参考になった？」

その話はにわかには信じられないものだった。

「ほんとうは、君には大学に残ってもらいたかったんだが……だがね、政治学の研究者なんて何の役にもたたないものだからね、私のほうからは無理強いできなくて……」

教授は今更、何をいっているのだろう。あの時、教授は僕の研究を信仰のようなものといって揶揄したはずだった。そういわれたことで、自分は研究者の道をあきらめたのだ。


その時、会場で大きな拍手の音が響き渡る。総長が閉会の挨拶をするために登壇したのだ。

「えーこのたびはたいへんお忙しいところ論文コンクルール三〇周年記念式典に足をお運びいただき、ありがとうございました。この論文コンクルールは学生の学業振興を目的に……」

総長の挨拶が始まり、会場は静まりかえる。パーティー出席者のだれもが総長の最後の話に聞き耳を立て、来場者に〈何もしゃべるな〉という無言の圧力をかけてくる。

…私のほうからは無理強いできなくて…

そんな中、僕の耳には、教授のいった、その一言が耳鳴りのように響いていた。

…私のほうからは無理強いできなくて…

総長の話が終わった時、来場者は一斉に出口に向けて、移動を開始した。肩を押され、足を踏まれ、出口に向かう人の波にのまれた時、そこにはもう恩師の姿はなかった。

月曜日、営業課の朝のミーティングにはまたしても支店長が姿を見せていた。

「君たち、H通信はどうなっているんだ」

営業課員の前に立つと、支店長はいきなり声を張り上げる。

「これは、社運のかかった銘柄なんだぞ」

支店長は、普段、めったなことで声を荒らげない。その支店長にここまで大声を出させるほど事態は切迫していたのかもしれない。H通信が推奨銘柄になったというのに、この支店のH通信の扱い高は一向に上向かない。ここのところ、毎日のように各セールスのミーティングに顔を出し、H通信の推奨を強く訴えているにも関わらず、支店全体の数字は一向に進捗しない。

「君たち個人の将来を握っているといっても過言ではない銘柄なんだからな、どうして命がけで取組もうとしないんだ」

しかし、いくら支店長がいきりたっても、H銘柄の販売が困難なことには変りはなかった。何しろ一株二〇万円台の大台に乗った銘柄である。一株二〇万円の銘柄なんてそうあるものではない。市場では一株五〇万円まで行くなんて声も出ていたが、証券市場の歴史のなかで、そこまで値上がりした銘柄なんてあるのだろうか？　しかも、この銘柄を購入するには、最低二〇〇〇万円もの資金が必要だった。

「滝口君も、滝口君だ。現場の人間を、もっとしっかり管理したらどうだ」

そういわれて、滝口さんはただ頭を下げた。皆が見ている前で支店長に怒鳴られる滝口さん。そんな姿を今まで見たことがあっただろうか？　実際、ここまで数字が進捗しない状況は、滝口さん仕切りの現場では初めてのことである。しかし、この支店長の激に、滝口さんは、

「支店長がここまでおしゃっているんだ、今日はH銘柄を中心に営業活動をするように。今日はこれで解散」

と一方的に朝のミーティングを終了してしまうことで応える。支店長がまだ会議室に残っているというのにだ。

確かに、H通信販売に対する滝口課長の管理はあまいものだった。普段、鬼の滝口なんて影で揶揄されながらも、与えられたノルマは絶対に落とさなかった彼が、今回の件に関しては、一向に動こうとしない。〈今日はH銘柄を中心に営業活動を展開させます〉なんて、支店長の前ではいうものの、この銘柄に関しては、その進捗状況の報告を各課員に求めるようなこともしていない。

…これじゃー現場の士気が上がらないのは当然だな…

滝口さんのやる気のなさを横目にそう思った。その甘い管理のお蔭で楽させてもらっているというのに。


…私のほうからは無理強いできなくて…

電車の中で、教授のいった、その一言が蘇っていた。

…なぜ、そんなことを今更…

教授のその一言には、僕の大学院進学を教授自身が望んでいたような響きさえある。

しかし、それなら、なぜ、教授はあんなことをいったのだろう。大学四年の夏の研究室で、教授は僕の研究を信仰のようなものと揶揄したはずだった。〈もう、私の指導に期待しないでくれ〉と冷たく突き放し、ドアの方角を指差したのだ。

あの時、教授がこの僕を受け入れてくれていたら、僕の悩みに素直に耳を傾けていてくれたら、僕の人生はまるで違うものになっていただろう。日々、ノルマに神経をすりへらす、こんな生活を送っていなかったはずだ。

その時、電車が止まり、ドアが開く。

…あっ、ここで…

開いたドアの向こう側に　B町と書かれた駅名標がなければ、乗り過ごすことになっただろう。僕のその日の夕方の予定は野々山老人のご自宅を訪問することだった。

「あー田中君か、こんなところまで、よく来てくれたね」

庭先で僕の姿に気づくと、老人は、そう声をかけ、

「今から、こいつらを家の中に入れるから、悪いがしばらく待ってくれるか」

と微笑みを浮かべる。その広い庭には、手入れが行き届いた盆栽の鉢がいくつも並んでいた。陽の光に当てるために、老人は朝五時には盆栽の鉢を庭に運びだし、水を与え、時には一日中、手入れをし、夕方になると、家の中に運びいれるのだという。盆栽いじりに興じる、その老人の姿が、なぜか、僕に孫と戯れるおじいちゃんの姿を連想させた。老人には子供がいない。当然、孫もいない。しかも数年前に奥さんにも先立たれ、天涯孤独の人になっている。盆栽は今や、老人にとって唯一の肉親のような存在だった。


僕が野々山老人の家を訪ねたのもH通信株がらみの話だった。支店長があれだけ、いきりまいている以上、自分たち営業マンは、その命令に従わざるをえない。滝口さんの管理がいくら甘くても、いずれH通信株の具体的なノルマが営業マンに課せられるだろう。

だが、二〇〇〇万円もの金を右から左にポンと出せるよう客なんてそうそういるものではなかった。僕の場合も、そこまで金を持っていそうなお客さんは、この老人くらいのものである。

数日前のパーティーの席で、岡村から聞かされた〈H通信の業績はもう伸びない〉という話を忘れていたわけではない。しかし、それでも僕は、この老人の家の門をくぐった。重い足を引きずるかのように。

老人は、O市内に複数のマンションや賃貸ビルを所有する資産家で、その資産総額は数百億に及ぶのだという。

焦りは、投資に禁物だ。我慢の時期に耐えなければ、大きな儲けにたどり着かない、それが老人の持論である。数百億にも及ぶ資産を一代で築き上げるまでには老人にも長くてつらい我慢の時期があったのだという。

彼の資産は不動産投資によって築かれている。その昔、水道屋だったという老人には、水道工事で各地をわたり歩いた経験から、土地を見る目にちょっとだけ自信があった。もちろん、その自信は、本人も認める通り、単なる思いこみに過ぎない。小金を貯めて、なんとか手に入れた土地も、そのほとんどが買った直後に値下がりし、塩漬け状態になっていた。この土地道楽のお蔭で、老人には、四〇になるまで、二束三文の土地以外、資産らしい資産は何もなかった。それどころか、光熱費にも事欠く極貧生活が続き、奥さんともめて離婚の危機に襲われることも何度もあったのだという。老人はそれでも、幹線道路から遠く離れた住宅地や商店街の奥地の奥地にある猫の額ほどの商用地といった自分の稼ぎで手が出せる範囲の土地をこまめに買い続ける。
老人の状況を一変させたのは八〇年代後半のバブル景気だった。土地や株が異常な高騰を見せたバブル景気によって、彼の購入した土地のすべてが一〇倍に、いや、土地によっては一〇〇倍以上に値上がりし、老人の預金通帳にも一〇ケタを超える金額が記載されたのだ。

こうした不動産投資の経験からか、老人は、株式投資でも短期で儲けようとしなかった。株式投資に際しても、老人が気にかけるのは、こちらのセールストークに筋が通っているかどうかという点だけである。僕が連絡を入れると、彼は必ず〈何かおもしろい話を聞かせてくれるのかね〉と聞き返してくる。老人の問いに、株価上昇の筋の通ったストーリーで納得させることができたなら、老人は、まず売買注文を出してくれる。納得ずくで買うのだから、たとえ株価が下落しても、クレームをつけるようなこともしない。

…H通信なら、資料は万全だ…
H通信を推奨する資料は、会社が何通りも準備してくれていた。会社が総力を結集して作った資料である以上、そのシナリオに筋が通っていないはずはなかった。

「せっかく来てくれても、何もないいんだが」

老人が座卓の上にお茶を出す。その香りが部屋全体に広がっていた。老人の家は、まるで高級料亭のようなたたずまいだった。

「それで、今日はどんなおもしろい話を聞かせてくれるのかね」

そういうと、老人自身が座卓に並べた茶碗を手に取った。

…ここが勝負だ…

「はーっ、今、会社が自信を持ってお勧めしている銘柄がございます。今日は、是非お話しだけでも聞いていただきたくて」

そう応えると、僕は鞄から取り出した資料を座卓の上に広げ、

「会社が自信をもってお勧めしているのは、このH通信です。ここは……」

と畳み掛けるようにセールスを開始した。H通信の資料を基に、この会社がいかに有望であるかを力説するために。しかし、

「会社が自信をもってお勧めする銘柄ね」

老人は、そういうと、気のない表情を浮かべる。そして、

「君が会社の推奨銘柄を持ってきたのは初めてのことだね。君がそこまでいうのだったら、一応、話だけは聞こうか」

と静かにいった。

……一応、話だけは聞く？……

老人のその一言が僕の勢いを殺いでいく。野々山さんと僕とのつきあいは、一年以上になる。しかし、こんな風に気のない表情を浮かべる老人を見たのは、これが初めてのことだった。

……会社の推奨銘柄を勧めたのは、今日が初めてだったのか？……

考えてみれば、確かに僕は、今まで会社の推奨銘柄を野々山さんに勧めたことはなかった。この家には僕だけではなく、内村先輩も足を運んでいたという。しかし、老人はデブではなく、この僕の顧客になることを選んだ。老人が僕を信頼し、お抱え証券マンに選んだ以上、この僕が納得できない銘柄を勧めるわけにはいかない。様々な思惑が絡む会社の推奨銘柄を勧めるなんてできるはずがない。老人が口座を開設したその日から、僕には、そんな思いがあったのだ。

……その思いを僕はすっかり忘れ去っている……

確かに、この老人に対して常に誠意ある態度で接してきたなんて、僕には、冗談にもいえなかった。日々のノルマに追われ、値上がり確実な株を売却させて手数料を稼いでみたり、その売却資金を投信の購入資金に充ててみたり。誠実とはいえない応対を何度も重ねてきたのも間違いなかった。だが、H通信の推奨は、今までの不誠実な態度と根本的に違っていた。岡村が言うとおり、H通信の業績の伸びが止まれば、急激に高騰した株価は、その反動で大暴落することになるだろう。大損することがわかっているような銘柄を買わせようとする。それは、不誠実の域を超え、詐欺の領域に足を踏み入れるようなものだった。

……しかし、それが会社の命令だ……


「あの絵は、どなたが……」

……一応、話だけは聞く……

そういわれた後、次の一言がどうしても出てこない。そんな僕の目に一枚の絵が目に入る。

障子の上の天井近くに飾られたその絵は、額縁は立派だが、決して芸術的といえるような代物ではない。高級料亭のようなたたずまいのこの座敷には不釣り合いなものだった。

「あーこの絵かね」

老人は、白髪の男性の顔だということだけがやっとわかるその絵を見上げ、

「家によく遊びに来てくれる近所の子が描いてくれたんだよ。敬老の日の贈り物だといってね、私を描いたそうだ」

とうれしそうに笑った。老人は、その絵がよほど気に入っているらしく、何が嬉しいのか耳まで裂けた口を大きくあけて笑う自分の絵にしばらく見入っていた。

おそらく、近所の幼稚園児が描いたのであろう絵が大切そうに飾られた高級料亭のようなた

たずまい。その不釣り合いな部屋の様子が老人の特徴を端的に表していた。バブル長者というものは、往々にして貪欲なものだ。営業マンをバカにし、営業マンの発する一言一句をけなしながらも、営業マンのもっている情報を取れるだけ取ろうとし、千万単位で儲けているにもかかわらず、わずか数万円の手数料を値切ろうとする。しかし、野々山老人には、バブル長者特有のこうした貪欲さというものを感じたことがない。この老人からは、貪欲な人間特有の冷やかさではなく、むしろ温かさや優しさがにじみ出てくる。

実は、老人はもう二〇年以上前に、土地道楽を卒業していた。今は、バブルで儲けた金で買った複数のマンションや賃貸ビルの賃貸収入以外、不動産で金儲けはしていない。株式投資についても、その投資額は彼の資産の百分の一にも満たない金額で、老人にしてみれば遊びの域を出るものではなかった。

…金なんてものは、もちろんあれば便利なものだが、人生の中でそれほど重要な意味を持っているものじゃないんだよ…

老人は、時にそんなことを口にした。その思いは、バブル長者の一人になった直後、最愛の奥さんが癌におかされ、医者から余命を告げられた時に出来上がった老人の悟りのようなものだった。

奥さんが癌に侵されたことを知った直後、老人は土地道楽はおろか水道屋の仕事からも手を引き、奥さんの看護に専念するようになったのだという。その痛みを抑え、癌の増殖を抑え、少しでも長く生きてもらうために。奥さんの残された生涯をより豊かなものにするために、老人は全力を尽くす。その必死の看護のかいがあって、余命一年といわれていた奥さんは、その後、五年も生きながらえることになる。

…あの五年間が私の生涯の中で最も充実した時期だった…

と老人は時折、そんな風に振り返ることがあった。気を許せる数少ない人間の一人に、老人は、この僕を数えてくれているのかもしれない。

「それで、そのH通信の話を聞こうじゃないか」

静まり返った部屋の中で、黙り込んでいる僕に代わって老人のほうが話を切り出した。

「H通信？」

僕は思わず、老人に顔を向けた。

…私のほうからは無理強いできなくて…

僕の中で、教授のいった、その一言が、また、なぜか蘇っていた。

あの夏の研究室で、教授は僕の思いを試していたのかもしれない。研究者の道は茨の道だった。その茨の道を乗り越えていくには、強い思いがなければならない。あの時、教授はそれでも食らいついてくる僕の姿を期待していたのかもしれない。

研究者の道をあきらめたのは、結局、僕自身の決断以外の何物でもなかった。僕は、今までその決断の責任を教授に押し付けようとしていたに過ぎない。後悔の念をだれかの責任に押し付けることで、現実から目を背けようとしていたに過ぎない。


「田中君、どうかしたのかね？　H通信の概況を説明してくれるのではないのかね」

無言のままでいる僕に向かって、老人がそう繰り返していた。

僕の中でいかりの炎が燃え盛り始めていた。合併交渉を有利に進めるためだけに社員にH通信を販売させようとした会社に対して、顧客に損をさせてまで自分の保身を図ろうとする支店長に対して、そして、老人の信頼を平気で裏切ろうとしていた自分自身に対して……

たとえ、会社の命令であったとしても、みすみす損をさせるような銘柄をなぜ、勧めなくてはならないのだろう。集団詐欺の片棒を担ぐようなまねをなぜしなければならないのだろう。もう僕には、だれかの責任にすり替えて現実から目を背けるなんてことはできない。これは、僕自身の問題なんだ。

「すいません、H通信がこれからも値上がりを続けるなんて考え方は、私の本意ではないんです」

僕は、その時、そう口を滑らせてしまう。しかし、まずいという気持ちはこれっぽちも起こらない。

「携帯電話がここまで普及したからには、H通信がこれ以上、業績を伸ばすこともないと思うんです。業績がこれ以上伸びないとわかれば、ここまで過熱した株価は大暴落するのは間違いありません」

この時、老人は初めて微笑みを浮かべた。そして、

「そのうえで、君は私を儲けさせてくれる手立てを知っているというのだね」

そういうと声を立てて笑った。


翌日の朝のことだった。新聞に目を通しながらも、その文字がまるで頭に入ってこない。どんなに新聞に集中しようとしても、意識は別の一点に向かってしまう。

「株取引には、株価が下落しても、利益を取れる売買手法があります」

「ほうーそんな方法があるのかね」

「H通信株価が暴落するとするなら、この手法を使うことで大きく儲けることができます」

昨日の夜、野々山老人の家で僕は、そんな話をしていた。株式売買には信用取引という取引手法がある。これは、一定の担保を積むことでその約三倍の額まで株式売買が許される取引のことである。信用取引を利用すれば、株式の購入ばかりではなく、持ってもいない銘柄を売却することもできる。いわゆる空売りというこの取引は、特定銘柄の株式を借り入れ高値で売却し、その株式が市場で安値になったところで買い戻して決済するというものである。高値で売った時に入った売り代金と安値で買い戻した時の買代金の差額が利益になるわけだが、倒産が噂されるような、暴落することが確実だと思われる銘柄で、よく使われる手法である。もし、二〇万円を超えたH通信株価が大暴落することになれば、このタイミングの空売りで大儲けは間違いなかった。

「是非、その空売りとやらをやってみようじゃないか」

野々山老人は、空売りという手法に驚くくらい関心を示し、この申し出に即決で応えた。

「ただ、これは、H通信が暴落するという前提にたって初めて成立する話で、もし、H通信株価がこれ以上、値上がりするようなことになれば大きく損をすることに」

しかし、自分から話しておきながら、野々山老人の尋常ではない関心の示し方に、僕のほうが狼狽し、成立しかかった話に思わずブレーキをかけてしまう。

「株で損をすることがあることくらい十分わかっているよ。私にとって一〇〇〇万や二〇〇〇万の損くらい、どうってことはないよ。別に大儲けしたいわけじゃないんだ、ただ、私は、その空売りとやらをやってみたくなったんだよ」

こうして、僕は野々山老人からH通信の空売り注文を受注することになった。

…だが、そんなことをしてしまえば…

新聞に目を落としながら、僕の意識はその一点に向かっていた。昨日の自分には勢いがあった。客のことなんかこれぽっちも考えようとしない会社に対する強い憤りが、勢い余ってH通信の空売りに行き着いてしまったわけだが、やはり、一晩過ぎると躊躇する気持ちが出てきてしまう。支店長の言葉を借りればH通信は、社運を賭けた銘柄だった。そんな銘柄をこのタイミングで空売りするなんて、やはり社命に反する行為だ。会社の命令は、あくまでH通信株式を買うことにある。現物の売りどころか空売りをかけるということはその命令に背くどころか、挑戦するようなものである。こんなことが、ばれてしまえばなんらかの処分を受けることになるかもしれない。営業マンの売買注文は日々、営業課長がチェックしているから、おそらく、この挑戦状は確実に会社に届くことになるだろう。そして、この一件で、もし、首という処分を会社が下せば、たちまち自分は路頭に迷うことになる。

…どうしたものだろう…

しかし、H通信の空売りは野々山老人と交わした約束だった。自分には野々山老人との約束を反故にし信頼を裏切るようなこともできない。

「田中さん、H通信の大量の売り注文が出ているみたいですよ」

そんな時だった。朝のミーティングが終わった後、藤原君が僕にそう声をかけてきた。

「いよいよH通信もおしまいですかね、これで僕たちへの買い圧力も弱まればいいんですが」

彼は、場が始まる直前のわずかな間に、H通信の売りが相当数出ているという話を情報端末から仕入れてきていた。二〇万円台の大台に乗ってもH通信への買い注文は途絶えることはなかった。もちろん、ここまで値上がりした株式である以上、かなりの売り注文も出てはいるが、そうした売り注文さえ旺盛な買い注文に消化され、その株価は二〇万円台を維持している。だが、突然の数十万株もの売り注文は、売り圧力と買い圧力のバランスを崩すきっかけになるには十分な量だった。

…これで、H通信株価が下げに転じれば…

もし、H通信株価が大きく下げに転じることになれば、会社だって、これ以上、H通信の買い圧力をかけてくることはなくなるだろう。一旦、その株価が下げに転じれば、いくらH通信の将来性を訴えたところで、肝心のお客さんが納得するはずがなかった。そうなれば、会社だってH通信の買い推奨を取り下げざるをえなくなる。もし、この買推奨を近々に会社が取り下げれば、今日、H通信の空売りをかけたところでその責任を問われることもないはずだ。

この見とおしが、僕の背中を押した。僕は後に、この見通しがあまりに楽観的過ぎるものだったということを知ることになる。

薄暗い〝男爵館〟という喫茶店。夕闇迫るその時刻、僕はクラシック音楽が流れる中二階のテーブルに座っていた。

「お前は裏切り者だ、最低最悪の人間だ！」

正面にはデブの先輩が座り、唸るような声を出し続けていた。しかし、彼の言葉は僕の耳には届いていない。

…不甲斐ない仲間で、僕はずーと君には悪いと思っていたんだ…

その時、僕の頭の中では、山川が最後にいった、その一言だけがなぜか響いていた。

あの時、自分は山川を助けようともせず、自分の犯した最低の行為や自分が最低の人間であるという事実をすべて覆い尽くしてくれる日常生活に逃げ込んだのだ。

…自分はあの頃と何も変わっていない…

こちらをにらみつけるデブの姿を見ながら僕はそう思った。

…なぜ、自分は日常に逃げ込もうとするんだ。なぜ、自分は日常から抜け出そうとしないんだ…

それは、ある午後のことだった。その日、昼食から帰った僕を、机の上の一枚のメモが待っている。

〈話したいことがある、後場が引きたら男爵館に来い〉

そう書かれた、裏紙のメモには名前が入っていない。だが、だれが残したかなんて、考えるまでもないことだった。〝男爵館〟は、学生運動華やかなりし、一九六八年に開店したといわれる、中世ヨーロッパの貴族の館を模した喫茶店だった。薄暗く、欧州製の古道具がいたるところに飾られ店内には、重厚なクラッシクが、鳴り響き、人の心を重苦しくする。新人だったころ、デブは時折、僕を強引に連れ出し、この店の門をくぐった。そして、先輩づらした説教を垂れ〝人の道〟についてなんて、傍からみれば恥ずかしいくらいお粗末な講釈を後輩相手に打った。〈先輩として一言いっておかなければならないことがある〉そういわれてしまえば、先輩社員への幻想を信じていた、入社間もないあの頃の僕にはどうしても拒むことができなかったのだ。

しかし、それは一昔前の話である。今の自分にとって、デブは後輩社員に説教を垂れる資格を失った男だった。滝口さんに睨まれれば、怯えた表情を浮かべ、後輩社員の反撃にも打つ手がない。もはや、デブのいうことには何の説得力もなかった。そんな男から〝男爵館に来い〟なんて命令口調のメモを渡されたからといって、なぜ、のこのこ出向かなければならないのだろう。だが、……もしかしたら、あのことが?……

野々山老人の空売り注文を出したのは数日前のことである。H通信はあの朝、出ていた数十万株の売り注文を消化し、引き続き二〇万円台の株価をキープしていた。僕が期待したH通信株価の値崩れは依然として起こっていない。支店長も毎朝のように、営業マンのミーティングに顔を出し、H通信のを販売するよう営業マンを締め上げていた。だが、不思議なことに、自分の空売り注文がとがめられることはなかった。支店長はおろか、滝口課長すら会社の命令に反した僕のH通信空売りに気づいていないかのように。

「やっぱり、来たか」

〝男爵館〟に入ったのは、その日の午後四時ごろのことだった。その時刻、すでにデブは店に入り、中二階の席で僕を待っていた。

「お前とここで、こうして会うのは久しぶりだな」

こちらがテーブルに腰を下ろすのを見届けると、デブがにやけた視線を向ける。その視線を避けるかのように、僕は一階フロアーに目を向けていた。その席からは店全体の様子が見渡せる。

……この席がデブお気に入りの場所だったな……

一階フロアーを見渡しながら僕は、ふとそう思った。

〈困ったことがあったら、まず、内村に相談しろ〉かつて、デブは支店のホープ宮崎さんから、そんなことをいわれるくらい〝いい奴だ〟と思われていた。どんな無理難題にも笑顔で応えようとする彼が宮崎さんには、〝いい人間〟に見えたのは無理もない。しかし、この男の力のない人間に対する冷酷さを知っていれば、宮崎さんだって、内村はいい奴だなんて口が裂けてもいわなかっただろう。この中二階の席に座ると、入り口付近の客の出入りが良く見える。仮に突然、会社の人間が店に現れたとしても、この席に座っていれば、瞬時に把握することができた。先輩社員や上役に〝いい奴だ〟と思わせ続けるためには、暗い喫茶店で陰険な表情を浮かべ、汚い言葉を後輩に吐きかける自分の姿を見られてはいけない。しかし、この席であれば、自分のほんとの姿を見られてしまう心配はなかった。もし、先輩社員が突然店に現れたとしても、この席に来るまでには時間がかかる。その間に、陽気な表情で明るい声をあげる面倒見のいい先輩に変身することができるからだ。豹変するデブの姿。僕はその姿を何度も目にしていた。陰険な表情を浮かべる陰湿な男から、明るい声を上げる陽気な男に瞬時に変身するデブの姿を。その姿を何度も目にするうちに、僕はこの男を恐れるようになっていく。人間がここまで、不正直になれるんだという恐れ……しかし、それも、また昔の話だった。

「まー、お前も立派に成長したよ、ここんところお前は結構いい営業成績を上げているし、特に滝口さんの受けもいいみたいだからな」

テーブルの上にコーヒーカップを並べ、ボーイが二人の座る席から立ち去ると、デブがゆっくりと、そう口を開いた。〝先輩が後輩に向ける口調〟ここしばらく、僕はデブからこんな風に先輩口調で話しかけられたことはない。支店の中で、デブは今や、かつての坂口さんと同様、スケープゴートの立場に貶められている。僕のことを君付けで呼び、余分なことをいっさいいわず、今の彼は、そうやって日々を乗り切り、決定的な攻撃から身を守ることだけに神経をすり減らしていた。しかし、そうした涙ぐましい努力を続けたところで、かつての栄光の日々が戻ってくるわけではない。後輩連中に恐れられ、気持ちよく説教を垂れていたかつての自分に。けれども、この喫茶店であれば、ここには、後輩連中から恐れられたかつての栄光が刻まれている。

…この男が先輩面できるのは、もうこの店くらいなのか…

そう思うと、僕はなにやらおかしくなった。

「そんなお前を今日わざわざよびだしたのは、先輩として見過ごせないことがあったからなんだ」

デブは、この後ため息をつき、やや間をおいて、

「お前もわっかているよな、今回の件がどれだけ重要なことかってことを。俺だって、お前が

あんなことをするとは思ってもいなかっただんだぞ」

と話し始める。先輩が後輩に教え諭すような、優しげな口調で……

…この口調で、まだ僕を騙せると思っているのか?…

僕はこのデブの作られた優しさに何度も騙されていた。かつての純真な後輩は、この先輩の優しげな態度に騙されすべてを告白し、自分の立場をさらに悪くしてしまったのだ。

「はっ、何のことでしょう」

この作られた優しさに僕は、しらをきることで応えた。もはや僕は純真な後輩ではない。こんな手垢のついたやり方に乗せられたりはしない。何かをつかまれたからこそ呼び出された。それが間違いない以上、僕だって、もちろん、しらを切り通せるなんて思っていたわけではない。だが、何をつかんでいるのか、はっきりしない。ここは、まずデブがどこまでつかんでいるのか見定める必要があった。おそらく、デブはまだ確実な証拠を何もつかんでいない。もし、この男が確実な証拠をつかんでいるとすれば、こんな風に回りくどい言い方はしないはずだ。たぶん、デブは甘い言葉で僕の告白を引き出し、僕がやったであろうことの裏を取ろうとしているにちがいない。

「ふざけんじゃないよ。何を今更いってんだ、俺が先輩としてここまで心配してやっているというのに。なんだよ、お前のその態度は」

しらをきる僕の態度に逆上するかのように、デブが突然、大声をあげる。

「よーしわかった、お前がそんな態度を取るんだったら、俺にも考えがある。覚悟はできているんだろうな。いいか、よーく聞け、俺はお前を懲戒免職にだってしてやれるんだぞ」

しかし、その声は店内で鳴り響く重低音のクラシックにかき消されていた。

…これも計算のうちだな…

これもまた手垢のついたやり方だった。大きな声は人を動揺させるものだ。不意打ちであれば、その効果はさらに強まる。おそらく、デブは自分の突然の怒りを前に動揺し、僕が尻尾を出す、そんな計算を働かせているのだろう。しかし、尻尾を出すどころか……この時僕は、デブが未だ確実な証拠を何もつかんでいないことを確信するまでになっていた。たぶん、デブは僕の机の中のメモを読んだのだろう。それは例の信用取引注文を出す前に、僕が計算した取引税などのメモで、そのメモを見れば、野々山老人にH通信株の信用売りをかけさせようとしていたことがすぐわかる。この男は人の机の中を漁るぐらい平気でやってのける奴なのだ。しかし、あんなメモがH通信の信用売りをかけたという確実な証拠になりえるはずがなかった。客にすすめる銘柄のポイントをメモし、セールストークをまとめるなんてことは、証券マンならだれもがやることだ。だが、セールストークがどんなにおもしろくても、客の琴線にふれなければ、こちらの意向通りの注文が取れるわけではないのだ。

「あんた、何をわけのわからんことをいってんだ」

デブの大声に、僕はそれ以上の大声で返した。

「懲戒免職だかなんだかしらないけど、この僕が何をしたっていうんだ。はっきりいってみろよ」

こちらの大声に、デブが怯えたような表情を浮かべる。突然の怒りに動揺したのはデブのほうだった。

確実な証拠もないのに、こちらをやり込めるなんてできるはずがなかった。確かに一昔前のデブならそれもできたかもしれない。だが、力関係が完全に逆転し、支店の中で立場を失った今の彼には、もうその力は失われている。この男は、自分の立場を十分理解していない。切っ掛けさえあれば、かつての自分に返り咲ける。未だにそんな風に信じる、ほんとうに浅はかな奴だった。この場合、確実な証拠とは、僕が出したH通信信用売りの注文履歴以外にない。だが、M証券の一般社員にはその入手が困難だった。この種の情報は、情報端末をたたくだけで簡単に入手できるというのが当時の業界の常識だったわけだが、M証券ではシステム導入が遅れ、社員の取引を把握できるのは滝口さんくらいのものだった。まず、デブなんかにつかめるはずがない。

「さーいってみろよ、この僕が何をしたか、はっきりいったらどうなんだ」

こちらの大声に、デブは汗をぬぐい、口ごもる。

「こっちは忙しんだ、はやくいえよ」

そんなデブに、僕はわざとらしくあきれたような表情を作り、また大声をだす。

「おっ、お前は、野々山さんにH通信を信用売りさせただろ」

「H通信の信用売り！」

口ごもるデブに僕はわざとらしく驚いて見せ、

「あんた、そんな情報どこから仕入れたの？」

と逆質問を投げた。僕の机を漁ったなんて決していえないことを知りながら……

「……………」

…勝負ありか…

答えに窮するデブを見ながら、僕はそう思った。

結局、デブもこの程度のものだった。H通信信用売りという疑惑をつかんでいながら、煙に巻かれて逃げられてしまう。それどころか、自分の力が地に落ちていたことを痛感させられ、恥をかかされる。その姿は〝無様な〟の一言で十分言い表せるものだった。

一昔前、こんな男をなぜ、恐れたのか、もう今の自分にはわからない。

過去の栄光が刻み込まれたこの店であれば、昔のように後輩をひざまずかせ、スケープゴートの立場からも、決定的な攻撃から身を守ることだけに神経をすり減らす毎日からも解放される、そんな風に信じていたこの男。今の自分には、そんなデブに憐みしか感じない。

「内村さんさー、もう用はないみたいだから、僕はもう帰るけど、最後に一言だけ言わせてもらうよ」

口ごもり続けるデブに向かって、僕のほうから口を開いた。

「あんたさ、人の机漁るの、いい加減やめなよ」

デブが驚いたようにこちらを見る。この男が僕の机を漁ったのは間違いないようだった。

「前からあんたが人の机の中を漁っていることは気づいていたけど、そんなことやっているってことがばれたら大変なことになるよ。会社の倫理委員会に訴えられでもしたら、それこそ、懲戒免職処分だってありえるんだからな。今回の件は黙っていてやるけど、今度やったらこっちにも考えがあるよ」

……これでデブは二度と口を開かない……

僕は、そう思った。僕が最後にそんなことをいったのは、デブに二度、H通信の件を話させないためだった。こちらもたたけば埃が出る体であることに間違いはない。昔のように陰でこそこそいわれるようなことをされれば、こちらの身も安泰でいられるはずがないのだから。

デブは、悔しそうにこちらを見つめていた。平社員の机を漁ったくらいのことで懲戒免職処分なんて受けるはずはないし、デブのほうだって〝人の机を漁った〟という確実の証拠がつかまれているわけでもないのに、それでも、彼には、もう何もしゃべれない。しかし、

「それじゃー」

そういって席を立とうとする僕にデブが、

「このことを滝口さんに話してもいいんだな」

と、最後の反撃に出たのだ。

「滝口さんに？」

それはこちらの急所を打つ攻撃だった。確かに滝口さんに告げ口され、彼が調査に乗り出すようなことになれば、事は一発で露見する。

「やってみれば」

しかし、僕は涼しい顔でそう応えた。

「でも、内村さん、滝口さんが調査しても何も出てこなかった時のことを先に考えたほうがいいと思いますよ。そもそもあの人は告げ口って嫌いみたいだし、特にあんたみたいな要注意人物の告げ口って大嫌いだと思うんですよ。何も出てこなかったら、あの人、何しでかすかわかりませんよ」

今のデブには自分のほうから滝口さんに話しかける勇気はない。僕にはそれがわかっていた。

今のデブには、滝口さんに告げ口するなんてあまりに危険な話である。自分の身を危うくしてでも僕を貶める。デブが、そこまでの根性が据っているとは思えない。

二人の勝負は決していた。敗北者にこれ以上時間を与える必要もなかった。僕は、腕時計に目をやり、市内の客の家に行く道順を考えはじめていた。

「お前が坂口さんを死に追いやったんだ」

そんな時だった、デブが唸るよう声を上げる。

「エッ?」

デブが何をいっているのか、僕にはまるでわからない。

「俺は知っているんだ、坂口さんにとって、お前が唯一の支えだったことをな。だけど、お前は坂口さんを最後に突き放した。それが坂口さんを死に追いやったんだ」

「…………」

僕は、その時、言葉を失っていた。

「この間、お前は藤原との間に立って、社用車を回してくれたなー。でも、勘違いするなよ、俺はお前に感謝なんかしていない。あの時、俺は虫唾が走るような思いがした、お前みたいな人間に親切にされてな」

この後、デブは僕への誹謗中傷を滔々と唸り続けた。デブは、自分が負けたことを知っている。それはいわば犬の遠吠えのようなもので、負け惜しみのようなものなのだろう。だが、その話が僕の心の闇をついてくる。

「正義感ぶって、だれに対しても思いやりがあるようなふりをしながら、その実、お前は、自分のことしか考えていない。いや、とんでもなく冷淡で残酷な奴なんだ。お前は坂口さんの葬式で涙一つ見せなかった。俺はその姿をみて驚いたよ。お前は人が死んでも悲しまないんだ。お前は人間じゃない。お前の血は氷でできているんだ」

…貴様にそんなことがいえるのか！…

そう、叫んでやりたい衝動が沸き起こる。なぜお前が坂口さんのことを語るのだ、お前が坂口さんを苦しめ、窮地に追いやったんじゃないか。お前には坂口さんを語る資格はない。この僕が坂口さんを死に追いやったなんて、お前にいわれる覚えはない。しかし、その衝動も〈他人が自分の前からいなくなったくらいのことで、どうして泣かなきゃいけないんだ〉と斎場でつぶやいた、その一言が蘇った瞬間、崩れ去る。

「今回の件だってそうだ、皆がどんな思いをしてH通信を売ろうとしていると思ってんだ、そんな皆の苦しみから抜け駆けして、自分だけ儲けようとしている、お前は裏切りものだ、最低の人間だ」

…不甲斐ない仲間で、僕はずーと君には悪いと思っていたんだ…

その時、僕の頭の中では、山川が最後にいった、その一言が蘇っていた。

デブがここでどんなに吠えたところで、おそらく、状況は何も変わらないだろう。この男の力は地に落ちている。会社の同僚どころか、若い女子社員でさえ、この男との関わりを避けようとしているくらいだった。そんな男がどんなに吠えたところで、耳を貸すものはいない。心配であれば、藤原君と組んで明日にでもきついお灸をすえてやればいい。そのお灸に懲りて、デブは、もう二度とこんなこともいわなくなるだろう。それで、僕の日常は守られる。しかし、それでは……

…自分はあの頃と何も変わっていない…

こちらをにらみつけるデブの姿を見ながら僕はそう思った。あの時、自分は山川を助けようともせず、自分の犯した最低の行為や自分が最低の人間であるという事実をすべて覆い尽くしてくれる日常生活に逃げ込んだのだ。そして、あの頃の自分と今の自分は何も変わっていない。

唸るような声を上げ続けるデブを睨みつけると、僕は席を立った。デブは僕のにらみに怯み、口を閉ざす。デブの犬の遠吠えもそれまでだった。過去、後輩連中に恐れられた栄光の日々が刻まれた〝男爵館〟というデブの神殿。しかし、この神殿の力をもってしてもデブのパワーは戻らない。この男には、もはや席を立つ僕の姿をただ茫然と眺めることしかできなかった。

…自分は何を恐れていたんだ…

中世ヨーロッパの貴族の館を模した建物から出ようとした時、僕はふとそう思った。

…いや、自分は何を恐れているんだ…

神殿の化けの皮がはがれたにも関わらず、その重苦しい疑問は消えることがなく、むしろ、その重みを増していた。


「やあー田中さん、やっぱりあんたの目は確かだね。H通信の粉飾決算の噂が出ているんだって？　そんなものが出てきたら、こんな高株価、維持できるはずがないよな」

野々山老人の電話が、僕の心臓を激しく高鳴らせた。

「これは、もしかしたら想定以上の儲けになるかもしれないなー、儲かったら、あんたも知っているだろう、H幼稚園。あの幼稚園にジャングルジムと滑り台のいいやつを買ってあげられるかもしれないねー」

老人は嬉しそうに話し続けるが、電話口の嬉しそうなその声が漏れるのではないかと、それだけが気にかかり、話の内容がほとんど耳に残らない。

「ジャングルジムも滑り台も、子供たちが前からほしがっていてね、この間、園児におねだりされて、つい買ってやるっていってしまったんだが、これが案外高いんだ」

H通信は、引き続き、二〇万円代の高値をキープしている。この状況で、なぜ老人が大喜びできるのかわからない。確かに株価は二〇万円代で張り付き、それ以上、上に行く気配はない。その株価を維持するために、多くの証券会社が苦労して買い支える状況を感じさせた。だが、値崩れがほんとうに起こるかどうかなんてだれにもわからないことだった。H通信の粉飾の噂がながれていることくらい、もちろん僕だって知っている。しかし、この会社の粉飾の噂は、今に始まったことではなかった。度重なる噂にも関わらず、金融庁から告発されたことはない。

「やー子供たちが喜ぶ顔が目に浮かぶよ」

十分な資産を保有する老人には、これ以上、資産を増やすという発想そのものが失われているようだった。老人はいつも、株の儲けのほとんどを、いやそれ以上の金額を、市内の様々な団体に寄付していた。その中でも特にご執心なのがH幼稚園だった。絵本の寄付から始まった支援活動は、園内の遊具や楽器にひろがり、昨年は園の大規模改修の全額を負担していた。その総額はすでに億単位に迫っている。今の老人の楽しみは、園の運動会やお遊戯会に理事として出席することだった。運動会やお遊戯会で園児たちのかわいらしい姿に触れるのが、彼の生きがいになっている。

「田中さん、君はそれで値崩れの時期は何時ごろだと思っているのかね」

「はっ」

老人の問いかけに、心臓が止まったかのような気持ちになる。

「宮崎君、この客には勧めたのかね」

ちょうど、その時刻、支店長が宮崎さんの顧客カルテを手にしていた。ここのところ、支店長は一向に上向かないO支店のH通信株販売に業を煮やし、こんな風に営業現場で自ら陣頭指揮を取るようになっていた。

「何？　まだ勧めていない！　宮崎君ほどのセールスがいったい、今まで何をしていたんだ」

支店のトップセールス、宮崎さんの顧客カルテに目を通し、H通信株を売り込む相手を直接指示する、そのやり方はやり過ぎの感がある。しかしその分、支店長の切迫感が伝わってくる。

「だから宮崎君、H通信の将来性を訴えれば、それでいいんだよ。君ほどのセールスがなぜわからないんだ」

滝口さんが、うんざりした表情を見せる傍らで、支店長の大声が鳴り響いた。

「どうしたんだね田中さん、聞いているのかね？」

電話の向こうの老人の声に、僕はふと我に返っていた。

「はっ、その話は今日、お宅に伺いますので、その時に……」

…自分程度の人間が、なぜ、こんな大胆のことをしたんだ…

老人の電話を切り、ほっと一息ついた時、僕の中でそんな思いが去来した。支店は、蜂の巣をつついたような騒ぎになっていた。H通信株販売高が、首都圏の支店の中でもワーストワンを競い、不甲斐ない滝口課長をわきに置いて支店長自らが陣頭指揮に立つような状況なのだ。

…H通信は必ず暴落する…

その見通しに、僕は確信をもっている。おそらく、会社の人間の多くが僕と同じ意見をもっているはずだった。それなのに、会社は、そのH通信を自らの顧客に売りつけようとしている。たかだか、合併交渉を有利に運ぶためだけに、多くの客たちに損失を被らせてまでして、なぜ野々山老人のような善良な人々がそんなことのために、騙されなければならないんだ。

老人の家で、僕は純粋にそう感じたはずだった。

しかし、支店の蜂の巣をつついたような状況を前にした時、なぜ、こんなことをしてしまったのだと、後悔する自分がいる。支店長は今日、宮崎さんの顧客カルテを手にとった。仮にH通信の販売が、この後も、伸びなければ、いずれ彼は、入社二年目の僕の顧客カルテにまで手を伸ばすだろう

…そうなれば、野々山さんのH通信信用売りがばれてしまう…

支店長にいわせればH通信はこの会社の明暗をかけた銘柄なのだという。その全社を挙げた買推奨に、僕は一人反旗を翻している。

…自分程度の人間が、なぜ、そんな大それたことを?…

僕は、ただ、そう自問するだけだった。

…これが、ばれれば懲戒免職だってありえるのに…

そうなった時、自分はどうなるのだろう。不況風がおさまらないなか、職を失なえば路頭を迷うことだってありえる。

…そうなれば、自分は?…

デブがいつものように暗い表情を浮かべながら、顧客カルテを捲っている。彼のその姿は、おとなしい子羊のようにさえ見え、他人に牙をむくようには思えない。

…いや、油断してはいけない。奴は信用ならない男だ。いつ豹変するともかぎらない…

デブの姿が、胸の高鳴りをますます強く鳴り響かせていた。

「田中さん、お電話です」

そんな時だった。僕に一本の電話が入ってくる。

「もしもし、田中ですが」

「なに気取った声をだしているんだよ。俺だよ、俺、福島だよ」

「福島?　あっ親分?　親分なの!」

考えてみれば、その日、胸の高鳴りを僕が忘れたのは、親分の声を聴いた、その瞬間だけだった。

「やあー達也、なんだちゃんと証券マンやってんじゃないか」

スーツ姿の僕を見て、福島がそういった。

「なんだよ、福島組の親分ともあろうものが一人でブランコかよ」

支店の近くにある児童公園。福島はその公園のブランコに乗って僕を待っていた。大の大人が一人でブランコ……しかし、Gパンを履いた親分には、その姿が様になっている。

久しぶりに目にする親分の姿。その姿が、あの頃のことを呼び覚ます。少年時代の中で唯一輝きを放った一年。親分と過ごしたあの中二の一年間は僕にとってまさにそんなひとときだった。

「お前も乗れよ」

「このスーツ姿で？」

福島がブランコに乗るようにいってくる。児童公園のブランコに乗ったスーツ姿のサラリーマン。その姿は、どこか変だった。そう感じた僕は、ささやかな抵抗を試みる。しかし、

「いいから、乗れよ」

その親分の一言で、僕の抵抗も終わりになってしまう。親分に抵抗するなんて、最初から無

理な話だった。中二のあのクラスで、子分たちに彼はトイレに行かない自由さえ与えなかったのを思い出す。彼はなにかにつけ子分連中に指図した。指図に従わなければ烈火のごとく怒り出したものだ。しかし、彼の言うことにいやいや従ったという覚えもない。

「達也、中二の夏休みに千葉の海に行ったのを覚えている？」

ブランコをこぎながら、親分がそう尋ねた。

「よく、覚えているよ」

こちらも、ブランコをこぎながらそう応えた。

「あの時のお前の姿をよく覚えているよ。早朝の電車の中で、何が怖いのか、お前は俺のそばにべったり張り付いて離れようとしなかったんだぜ」

「あーそのこと、あの電車は恐ろしいところだったよね、だって、茶髪のサファーたちが僕たちを睨みつけていただろ、奴らに何されるかわかったもんじゃないし」

「お前、そんなことを怖がっていたんだ！　お前もバカな奴だったんだな。よーく考えてみろ、あのサファーたちが中学生なんかに手を出すなんて考えられない話だぜ」

そういうと親分は声をあげて笑った。

…バカな奴か…

確かに、自分はバカな奴だった。単にサーフィンを楽しみたいだけのサファー連中がなぜ中学生に暴力をふるう必要があるのか？　ブランコをこぎながら、声をたてて笑う、親分の姿を横目に、僕はただ、苦笑するだけだった。

……そうか、あの時も自分は親分にべったり張り付いていたのか？……

彼のそばには、それまで感じたことのない安心感があった。年上の先輩連中数人を相手にただ一人で戦いを挑み、血まみれになりながらも子分を奪還した親分。我がままなところはあるものの、子分たちを守るために、少しくらいの怪我なんて厭わない。そんな彼の下で、僕は頑なだった心を解放し、少年らしい自分を取り戻していたのだ。

しかし、光り輝く僕の少年時代は短い。中二が終わる頃に、親分がよその街に移り住んだ頃、僕の少年時代は再び闇に包まれる。

ブランコをこぐのやめると、親分は改まったようにこちらに顔を向け、

「悪かったな、職場に電話なんかして、ちょうど近くに来る用ができて……」

と、大学院の指導教授に頼まれ、このあたりにある小さな法科大学に参考資料を届けに来たことを話しはじめた。そして、

「お前がなかなか会ってくれないから、俺が出向いて来たってわけよ。親分がわざわざ会いに

来てやったんだ、ちょっとくらい感謝しろよ」

そういうとはにかむように笑った。

……僕がなかなか会おうとしない？……

福島が冗談のようにいったその一言が、僕の心に重く響く。彼のいうことに間違いはなかった。社会人になって以来、僕は彼に連絡さえ取ろうとしていない。あたかも彼を避けるかのように……

「指導教授に頼まれって？」

話題を無理に変えるかのように、僕は、そう口を開いた。

「親分は、もうちょっとで大学院も卒業するじゃーなかったっけ？」

その大学院を、彼はこの春卒業するはずだった。卒業間近の大学院の教授のおつかい？　院には、まだ多くの在校生がいるのに、彼がなぜその役割を引き受けたのか？

「今年で大学院は修了するんだけど、司法試験はまだ受かってないし……俺、もうちょっと大学院に残ることにしたんだよ」

そういうと親分はまた、笑顔を浮かべた。

近年、試験制度が大きく改正され、その難易度も幾分緩やかになったと聞いているが、当時の司法試験は〝現代の科挙〟とまでいわれるほどの難関試験で、合格するまでには、長い人で一〇年を超える歳月を要した。彼は、あの頃、弁護士を目指してその司法試験に挑んでいる。大学院に進学したのも、その受験勉強のためだった。

「そうなんだ」

彼にはもちろん、就職という選択肢がないわけではなかった。事実、いくつかの会社から内定ももらっていた。彼ほどの人物だから多くの企業が入社を懇願したのだろう。しかし、それでも彼は司法浪人を選択する。後、何年かかるかわからない、しかも、何度受験しても合格するとは限らない、その困難な道のり。しかし、どんなに困難な道のりを前にしても、彼は笑顔を忘れることがなかった。その姿が、彼と僕との間の深い溝を感じさせた。

…自分はこんな風にはなれない…

今の自分ときたら、意気込んでかけたH通信の空売りの件がばれるんじゃないかとびくびくし、自分のやったことを後悔さえしている。何をやっても中途半端な人間。臆病で、最終的には自己保身しか考えていない人間. 自分は昔からそんな人間だった。そんな人間だから、政治学の研究者への道も簡単にあきらめてしまったのだ。親分と自分の間にある深い溝、その溝を乗り越えることなんてできそうにもない。

「達也は信じないかもしれないが、俺だってちょっとは悩んだんだぜ、いい年して親がかりの生活を送るんだからな。でもなー弁護士になりたいって夢あきらめきれないんだ」

そういうと、親分は照れ隠しでもするかのように、ブランコを強くこぎ始めた。

「親分だったら、その夢、実現できるよ」

僕の口から、ふと、そんな言葉が漏れる。それは、溝のこちら側の人間が、向こう側の人間に送った励ましの言葉だった。そんな言葉にはなんの意味もない。それは自分でもよくわかっている。たぶん、僕のこの声もブランコをこぐ音にかき消され、溝の向こう側には届かないだろう。

しかし、その声がなぜか……僕の目の高さにいる親分が、

「そうか、達也がそんな風に俺のことを信じていてくれるから俺もがんばれるんだ」

と声を上げる。そして、

「お前は俺が一番信用する子分だからな」

と叫ぶような声をあげた
…一番信用する子分？…

彼のその一言が、僕を闇に突き落とす。自分はあの時、親分と交わした約束を破り、山川を見捨て、それどころか泥団子さえ投げ付けた人間なのだ。しかも、我先に逃げ出し、事件の発

覚を誰よりもおそれ、そして何年にも亘って親分を騙し続けてきたのだ。

…そんな人間をどうして…

「自分はそんな人間じゃないよ」

その時、僕の口から別な言葉が漏れた。

「自分は最低の人間なんだ」

自分は溝のこちら側の人間だった。親分はそのことに未だに気づいていない。しかし、もうこれ以上、親分を欺き続けることができない。

「親分は何も知らないんだ、僕がやったことも、僕がどんな人間かってことも」

溝のこちら側の薄汚れた最低の人間。そんな人間が親分のような溝の向こう側の人間に示せるただ一つの誠意は、そのほんとうの姿を見せることだった。僕は、その時、あの日の出来事をすべて告白していた。山川の泥団子を投げつけたことを、そして、息も絶え絶えになった山川を置き去りにし、我先に逃げ帰ったことを。

自分が犯した罪が親分に知られてしまう、親分は烈火のごとく怒りはじめるだろう。だが、僕にはもう恐れはなかった。僕の中にあったのは、ただ悲しみだけだった。あの輝く中二の一年間の思い出を自分はもう語ることができない、最も頼りにした親分の下から去らなければならない。

その時、ブランコの動きが止まる。そして、

「もう、いいよ」

という穏やかな声が響いてくる。

「お前もやっと話す気になってくれたんだ。それだけで、もう十分だ」

「エッ？」

「俺が、何も知らないとでも思っていたのか？」

あの儀式のことを福島はかなりはやくからつかんでいたのだという。頻繁にN市に足を運び、福島組の面々と旧交を暖め続ける、そんな彼に山川が学校に行かなくなったことくらいわからないはずがなかった。

「確かに俺もショックだったよ、俺の子分が、あんなことをしでかすなんて」

山川がなぜ学校にいかなくなったのか、その事情を探るうち、あの出来事にたどり着く。福島組の元組員たちの多くもあの儀式に参加していたことが分かった時、彼には打ちのめされたような怒りを越えた虚脱感があったのだという。だれよりも子分たちを大切にし、声を荒らげることはあっても、手を上げるようなことは一度もしなかったのに、その自分の子分たちが、自分の子分を辱め、痛めつけた……

「あの儀式にお前がいたことも聞かされた。確かに他の奴は、この俺が十分お仕置きしてやったよ。でも、お前をお仕置きする気にはなれなかったんだ」

「なぜ?」

胸につかえていたものをすべて吐き出した後、親分の話に耳を傾け続けていた僕が、その時初めて口を開いた。

「お前が一番苦しんだからだよ。あの中川相手じゃ、お前じゃどうにもならない。そんなことはわかっていたよ。でも、お前はそれでも最後まで俺との約束を守ろうとした。山川がいっていたよ、最後まで自分のことを見捨てなかったのはお前だってね」

「山川が?」

「あーそうだ。山川本人がね、山川がいっていたよ。お前には悪いことをしたってね、自分が不甲斐ないばっかりにお前には迷惑ばかりをかけったたってね」

「エッ」

…不甲斐ない仲間で、僕はずーと君には悪いと思っていたんだ…

それは、この僕に一〇年以上つきまとってきた言葉だった。そして、その言葉が蘇る時、自分が醜い人間であることを、穢れた人間であることを思い知らされていたのだ。忘れようとしても忘れることができなかった、逃げようと思っても逃げることができなかったこの言葉。しかし、それが山川の本意だったことを聞かされた時、氷のような僕の心が温められ、涙がこみ上げてくるのがわかる。僕は思わず顔に手を押し当てていた。とめどなく、ただ涙だけが流れていく。

「それに、お前はこの一〇年近くの間、ずーっと悩み続けていた。俺のところにもあんまり顔を出さなかったけど、俺に見せる顔なんてなかったからだろ?」

それもまた事実だった。大学進学を機に東京に戻ってきた時、親分に会いたいという衝動に似た強い気持ちに駆られ、僕は自分から親分に連絡をとった。再会を果たした時の親分の喜びようを今でも覚えている。僕を抱きしめ、抱え上げ、肩を組み、そうやって親分は再会の喜びを示してくれた。しかし、そんな親分の姿を前に、自分の犯したあの裏切り行為が脳裏を過る、そして罪悪感だけがひろがっていった。

それでも、大学時代の僕は、年に数度、親分と顔を合わせた。それまでとは打って変わった、楽しかった僕の学生時代。あの記憶も薄らいでいた。年に数回、酒を飲み、ボーリングをするくらいなら、親分の姿を前にしても、あの記憶が甦ることはなかった。しかし、社会人になってからは……僕の中でその記憶が今までにもまして、むしろ鮮明に蘇ったのは、ここ一、二年のことだった。

「特に許せなかったのは矢島だな。福島組の解散式で大泣き泣いていたあの矢島がけろっとしていて、まるで悪びれない。自分が悪いことをしたとは思っていないんだ。だけど、お前は明らかにほかの奴とは違ったのさ。俺の顔を見ても心の底から笑っているように見えなかった。俺に罪悪感があったからだろ」

親分はそこまでいうと、ブランコから腰をあげ、

「まっ、お前の告白を聞いて、俺の胸のつかえも取れた」

そういうと、笑顔をうかべ、

「全部、昔の話だ、お前はもう十分苦しんだよ」

と僕の肩に手をかけた。

夕暮れ時の児童公園の砂場に一人の幼児がかけてくる。その時、

「翼ちゃん、もうおうちに帰る時間よ。お砂場は、また明日にしよ」

と母親らしき若い女性が声をかけた。

福島の話によると中川はある事件を引き起こし、現在服役中なのだという。彼がいかに狡猾な人間でも、大人になって引き起こした犯罪行為までは隠し通すことはできなかったのだ。僕はそのことに安堵感を覚えていた。

福島は最後に、

「なー達也、一度、山川に会ってみないか」

といった。彼は今、パン屋で懸命に修業に励んでいる。福島はそんな山川と時折連絡を取るのだという。

「それは……ちょっと」

しかし、僕には、まだ彼に会うことはできない。山川にどんな顔をすればいいのだろう。僕には、まだまだ乗り越えなければならない山がある。その山をすべて乗り越えない限り彼には会うことができない。

「そうか」

親分にしては珍しく無理強いすることはなかった。福島は僕のことをわかってくれている。そして、僕のことを許してくれた。彼は、たぶん険しい山を乗り越えようとする僕の姿を見守ってくれるに違いない。


時計を見ると、もう夕方五時を回るころだった。会社に帰らなければならない時間である。だが、その日の僕にはゆううつさがなかった。晴れ晴れとした気分で会社に戻るなんて、入社以来初めてのことだった。

決断の時とは、いつも突然、訪れるものなのかもしれない。それは、依然としてH通信株価が二〇万円台に張り付き、上にも下にも動こうとはせず、何も変わらない日常生活が続く、そんな風に感じるさせる、ある日のことだった。

その日の夕方、営業から帰った僕の目に、トイレ掃除をするデブの姿が飛び込んできた。裏口から営業課に向かう、廊下沿いのトイレの扉を開け閉めしながら、モップを握るデブの姿を見てしまったのだ。

「なんで、アイツがトイレ掃除なんかしているの?」

机に戻ると、僕はすぐに隣の藤原君にそう尋ねた。本来、トイレ掃除なんて社員がやるような仕事ではない。この支店にも毎朝、ちゃんと業者さんが入っている。

「さっき、滝口さんに怒鳴られていたんですけど、また、なんかやらかしたんですよ。その罰当番みたいなもんでしょ、でも、デブがトイレ掃除をする姿は壮観ですね」

そういうと、にやついた表情を浮かべる。

「罰当番ね」

ちょうど、その時、掃除を終えたデブが戻ってくる。罰当番のトイレ掃除という屈辱的な姿に、藤原君が冷笑を向けていることに気づいたのか、デブの目には明らかな怒りの色が浮かんだ。しかし、その視線が隣の僕に向けられた時、その表情に薄笑いが……僕にはそう見えた。

「こりゃー、おもしろいや」

相変わらず、藤原君は、にやついた表情をうかべながらも、笑いを必死にこらえようとしていた。会社のなかで声をあげて笑うわけにはいかない。さすがの藤原君もその程度のことはわきまえているようだった。

…あの薄笑いはなんだったんだ…

笑いを必死になってこらえようとする藤原君の脇で、しかし僕の方は、そのことだけが気にかかり、笑いさえ出てこない。

「田中、滝口さんが呼んでいるよ、会議室まで来いってさ」

そんな時だった。営業課に戻ってきた宮崎さんがそういうと僕の肩をたたき、自分の机に戻っていく。

「滝口さんが僕を会議室に呼んでいるんですか?」

…営業課長から会議室に呼び出される?…

そもそも会議室は朝のミーティング以外、よほど重要な話でもない限り利用されない場所だった。確かに課長の呼び出しは日常茶飯事ではあるが、しかし、呼び出されるのは営業課の机までである。課長が会議室にこの僕を呼び出したことは一度もない。

……いったいどんな用があるんだ？……

席を立った時、ふと振り返ると、そこにはデブの視線がある。デブが僕の様子を眺め、今度は明らかに不敵な笑いを浮かべていたのだ。

……こいつ、最後の賭けに！……

デブの不適な笑いが意味することは明らかだった。

……これで、自分もおしまいなのか……

そう思いながらも、僕は毅然と会議室に向かった。あんな奴にこちらの狼狽を悟られてたまるか。そう思いながら……


その会議室には窓がない。かつて鈴木を恫喝し、追い返したのもこの部屋だった。ここで滝口さんが凄みを効かせれば、ヤクザの事務所の一室に監禁でもされたかのような錯覚を覚える。そこは、そんな場所だった。

「失礼します、お呼びでしょうか？」

平静を装いながら、会議室に入ったものの、僕はもちろん動揺している。足ががくがく震え、滝口さんの席まで向かう、その方向が定まらない。それでも、なんとか彼の前に立ったのに、肝心の滝口さんが無言のまま、何やら書類に目を通し、こちらに視線を向けようともしない。

…奴がここまでやるとは…

滝口さんの姿を前にした時、僕の脳裏にそんな思いがよぎる。デブ野郎がほんとうに密告するとは思ってもいなかった。なぜ、奴はここまでの僕を苦しめるんだ。この僕が奴に何をしたというのだ。奴は僕を逆恨みしているに過ぎない。その逆恨みのために一社員の首さえ取ろうとしている。それは、到底まともな社会人のやるようなことではなかった。

…あんな奴のために、自分がなぜ処分されなきゃならないんだ…

だが、不思議なことに〝処分〟という言葉が浮かんだ瞬間、僕の中から恐怖感が消えていく。貯金もあまりないから、会社を首になったら、今のままの生活を続けられるのはせいぜい三ヶ月程度だろう。その間に次の就職口を見つけられなければ　僕は路頭に迷うことになる。三ヶ月で就職口をみつけるなんて至難の業だ。だが、

…それがどうしたというんだ…

そんな声が自分の内側から響いてくる。

…それが、自分の現実なら乗り越えていくしかないじゃないか…

「お前……」

その時、初めて滝口さんが口を開いた。そして凄みを効かせた眼差しを向け、

「俺が呼び出したわけがわかっているよな」

と重低音の声を響かせる。

「はい、あらかたわかっています」

僕は堂々とそう応え、滝口さんにしっかりと視線を向けた。その視線を跳ね返すかのようにこちらをにらむ滝口さん。二人のにらっめこは一、二分続いただろうか？

自分はいけないことをしたとは思っていない。であるなら、たとえ懲戒免職という辞令が出されたとしても、堂々と受け取ろう。堂々と辞令を受け取り、笑顔でこの会社を去る。そうすることが、今の自分にできるデブに打ち勝つ唯一の方法なのだ。

しかし、次の瞬間、

「ばれちまったんだよ」

と、鬼の課長が笑みを浮かべた。

…これは、いったい？…

唖然としたまま立ちすくむ僕に課長は「腰を下ろせ」と静かにいった。

滝口さんは場が引けた後、この会議室に、二時間近くも閉じこもっていたのだという。部屋には、たばこの煙が充満している。彼が絶えずたばこを吸い続けた様子がうかがえた。この部屋には、さっきまで宮崎さんもいたらしい。宮崎さんもまたヘビースモカーだった。

「俺もお前の相場観は正しいと思うよ」

たばこの煙を吐きながら、滝口さんがなぜか感慨深げにそういった。

「よくて後三週間、下手すれば二週間でH通信は暴落するな」

滝口さんが何をいっているのか僕には依然としてわからなかった。この部屋に呼ばれたのは処分を受けるためだとばかり思っていた。会社に反旗を翻し、なぜH通信の信用売りなんてかけてしまったのか。その間の経緯を事細かく聞かれ、自己批判させられ、死ぬほど怒鳴られ、そして最後に懲戒免職の通知を受ける。そう思っていたのだ。しかし、滝口さんは激を向けるそぶりを一向に見せようとしない。こんな風に感慨深げにただ語り続けるだけだった。

「そうなったら、この会社はどうなると思う」

姿勢をこちらの方角に向きなおして、滝口さんがそう尋ねた。

「どうなるっていわれても……」

僕にはまるでわからない。

「まっ、対等合併どころの騒ぎじゃなくなるのは間違いないだろうな。下手すりゃM証券の管理職全員の首がぶっ飛ぶな」

さっきまで宮崎さんとどんな話が取り交わされていたのか、その様子が僕にも少しずつ読めはじめていた。滝口さんはなんらかの筋からH通信が暴落するという情報をつかんだのだろう。

あれだけ肩入れしたH通信が大暴落するようなことになれば、この会社の屋台骨が揺るがされることになる。課長は、その時の事後対策を宮崎さんと話し合っていたのだ。しかし、対策といっても……

「でもなー俺たちがいくら頑張ったって、もうどうにもならないんだ。支店長はあの通り目の前のことしか見ようとしない大うつけだし、もともと、うちの経営陣にはあほしかいないからな」

そういうと課長はまた、たばこの煙を吐き出した。

そもそも滝口さんはH通信買には大反対だったのだという。実際、滝口さんが危惧する事態にまっしぐらに突き進む状況を迎えているわけだが、それは、課長が当初から予測する事態でもあった。

「俺もな、何やかやとはぐらかし、お前らにH通信には極力手をつけさせねーよー頑張ってきたんだが、一支店の現場監督ができるのは、それが限界だったわけだよ」

…こういうことだったんだ…

確かに、H通信に関しては、課長はまるでやる気を示さなかった。鬼の滝口とまで異名をとった課長がなぜ、ここまでやる気がないのか？　滝口さんのその不自然な態度は、ここしばらく続いた僕の大きな謎でもあったのだ。

「お前にこんな愚痴をこぼしてもしょうがないな」

その時、突然、課長が声のトーンを変え、

「今日、俺が呼び出した理由はあらかた見当ついているんだろ。だったら手短に済ませようか」

といった。

…手短に済ます?…

ここでも、僕はまた驚かされていた。一社員の首がかかった話を手短に済ませようとするなんて……

「察しの通り、お前のH通信信用売りの件だ。あの注文を見た時、お前も大胆なことをやる奴だと思ったんだが、その話が内村にばれちまったんだよ」

…あの注文を見た時?…

滝口さんのその一言が引っかかった。それは、あたかも、僕が注文を出した直後から、H通信の信用売りを知っていたかのような言い方である。

「課長はご存じだったんですか?」

「ばっか、俺が知らないはずがないだろう」

この会議室で課長の大声を聞いたのは、それが初めてのことだった。

「俺が隠ぺい工作しなけりゃ、お前のやったことなんて一発でばれてたよ」

「隠ぺい工作？」

課長は、僕が売り注文を出した、その瞬間から、この事実を知っていた。むしろ、課長が僕のやったことを素早く察知し、どんな手を使ったかは知らないが、早々に隠ぺいしてくれたからこそ、この一件は発覚しなかったのだ。考えてみれば、社員の取引を把握していない証券会社なんてありえない。

「でも、勘違いするなよ、俺がそんなことまでしたのはお前のためじゃない。この支店のためだ。M証券はもうだめだ。だがな、俺はこの支店だけは守りたかった。このあたりで有名な金持ちの野々山のじいさんを今回の件で儲けさせて、信頼を勝ち取れば、少なくとも、この支店の再生への道しるべになる。あのじいさんだったら四、五〇億くらいは軽く引っ張ってこれる、俺はそう見ていたんだ。たとえM証券がどっかの証券会社に吸収されるようなことになっても、儲かっている支店まで閉鎖するようなことはしないはずだからな」

滝口さんは、そこまで一気にいうと、

「だがな、その俺の策略をあのバカがぶっ潰しやがった」

と声を荒らげた。

「あいつにしてはめずらしく強い口調で、お前がH通信株の空売りをかけているから首にしろっていってきたんだ」

…奴のことを、甘く見ていたか…

滝口さんのその話を聞いて、僕は、そう痛感せざるをえない。

「もちろん、俺は奴を恫喝してやったよ。まず、何だその口の聞き方は、それが上司に対する口の聞き方か、なんてお定まりの言い方をして、その罰として便所掃除を言いつけた。それでも奴は引き下がらねー〈トイレ掃除でもなんでもするから、この話を聞き届けてくれ〉ってな」

…そういう事情だったのか…

その時、初めてデブのトイレ掃除の意味がわかる。

「もちろん、俺は奴が他人の机を机をよく漁っていることも知っていたよ。最後に俺はそのカードを切ったさ〈お前が田中のやったことを知っているのは、机の中を漁ったからだろ。そのことがばれたらお前もただじゃすまされないぞ〉ってね。それでも奴は引き下がらなかった。奴はよほどお前が憎いらしいな。でもなー、このまま放っておけば、奴は支店長にだって告げ口しかねない。そうなったら万事休すだ。だからなー、この俺様があんな奴に折れたわけだよ。この件について調査するってね」

〝鬼の課長〟滝口をも動かしたデブの執念。僕は、その執念に敬服さえした。その執念は、確かにおぞましかった。しかし、恐さを感じることはない。

…これが、あいつの最後のかけだったわけだ…

滝口さんが、陰で守ってくれているなんて、もちろん僕自身知らなかったわけだが、僕を訴追するために、その守護神にお願いするなんてとんまな話である。

「まー安心しろ、奴は必ず始末してやる。俺にここまではむかったわけだからな、来月の異動で四国の山奥の閉鎖直前の支店にでも送ってやるさ。その支店の閉鎖と同時に、奴にもリストラの運命が待っているってわけさ」

デブの最後のかけは滑稽でさえあった。

滝口さんは、そこで話を区切ると、沸き起こるデブに対する怒りを鎮めるかのように、たばこの煙を深く吸い込み、ゆっくりと吐き出した。そして、

「だがな、お前もこのままじゃすまされないぞ」

その表情が真剣なものに変わる。

「さっきも言ったが、俺がこのまま放っておけば、デブは必ず支店長に告げ口するだろう。あの支店長のことだ、そうなったらなんやかやといってお前を免職処分にするのは間違いない」

…やはり、免職なのか…

さっきまであれほど意気込んでいた僕の気持ちが萎えているのがわかる。やはり、ここで免職され、いきなり無職になってしまえば、自分はどうなるかまるでわからない。

「だけどな、俺はあんな支店長に、自分の部下をみすみす免職処分させるようなまねはしたく

ねー、だからなお前には特別に選択肢を与えてやることにした」

「選択肢？」

「二つに一つの選択肢だ。どっちを選ぼうが俺は文句はいわねー、お前が好きな方を選べ」

萎えた気持ちに、滝口さんの言葉が突き刺さる。

……決断とはこんな風に突然迫れるものだったのか？……

体全体に苦味がひろがっていくような気がする。滝口さんが示す、二つの選択肢。僕はそのどちらかを選ばなければならない。決断とは苦渋を味わうことだったのだ。僕の人生は、この苦い決断で決まってしまうのだ。

「一つ目の選択肢はここ数日中にH通信を決済することだ。内村が支店長に告げ口する前に決済すれば、お前のH通信売りはなかったことにしてやれる。お前は晴れて無罪放免お咎めなしとなり、内村はうその告げ口をしたかどで、この支店から放逐されるわけだ」

〝H通信の決済〟

しかし、ここで決済なんてしてしまえば、僕は、また、野々山老人からみすみす儲けのチャンスを奪うことになる。儲かった金で幼稚園のジャングルジムと滑り台を買おうとしている老人の期待をまたしても裏切る。それでは、自分がやってきたことを意味のないものにしてしまう。

「俺としては、まー、さっきはどっちを選ぼうが自由にしろといった手前、偉そうなことはいえないが、俺はこっちの道を選んでもらいたいんだ。おそらくM証券はなくなるだろう、俺たち管理職の首が全員ふっとぶ可能性も高い。だけどな、お前たち若手は、まず首を切られることはない。M証券の名が消えても、M証券のかなりがどっかの証券会社に吸収されることになる。お前らは結局、新しい証券会社で再スタートを切れるわけだ」

滝口さんは、その時、突然、席を立ち背中を向けた。そして、

「俺なー、実はお前のことが好きだ。バカ正直なところはあるが、お前のそのなんでもまっすぐなところが信用できるからな。俺の今の望みは、そんな人間に俺たちのDNAを引き継いでもらいたいということだ。そりゃー二〇そこそこで入った、この証券会社には俺だって思い入れはある。ここ何年間かはひどかったが、それでも愛想がつきたわけじゃないんだ。だからな、お前みたいな人間に一人でも多く次の証券会社に移ってもらいたいんだよ」

…滝口さんが、ここまで自分のことを…

滝口さんが、ここまで自分のことを考えていてくれているなんて思ってもいなかった。僕は今までそのことに気づきもせず、ただ、恐れるばかりだったのだ。その滝口さんが、この会社に残れという。

しかし、次の瞬間、滝口さんが、

「まー今の話は聞かなかったことにしてくれ」

と声のトーンを変え、

「俺はお前の人生に責任は持てん。こんなこと、風前の灯の証券会社の一課長がいえるようなことじゃないよな」

背中をむけたまま、そういった。その姿勢からでは、彼が照れ隠しの笑いをうかべているのか、それとも部下を守りきれない自分のふがいなさをなげているのかわからない。


会議室にはしばしの沈黙があった。滝口さんが何もしゃべらない。僕はただ彼の背中を眺めるだけだった。その時だった、背中を向けていた滝口さんが突然、振り返り、

「あっそうだ、もう一つのほうだったな。もう一つのほうは、このまま放ったらかしにしてしまうという選択肢だ。そうすれば、H通信は大暴落、そしてお前は自分の相場観が正しかったことを実感し、望み通り、あの爺さんに大儲けさせることができるわけだ」

その口調には今までとは打って変わった明るさがある。しかし、そこにはどことなくわざとらしさもあった。

「もちろん、その場合、この件は支店長の耳に必ず入る。こうなったら、俺ももうお前を守れない。いつまで続くわからないが、俺もこのM証券が消えてなくなるまでは何とか自分の席を

守らなきゃならないわけだからな。悪いがその場合、俺は知らぬ存ぜぬを貫くつもりだ。後、二、三週間でH通信はおしまいだ、暴落が始まった後で支店長の耳に入れば状況は変わる可能性は否定しないが、あの支店長のことだ、そうなった場合でも、最後の力を振り絞って、お前を免職処分にするだろう。あの、おっさん、アー見えても案外執念深いんだ。まー誰だって自分の首をかけた戦いに、陰でこっそり反旗を翻してたなんてことを知れば、絞め殺したくなるのは当たり前の話だけどな」

会議室で滝口さんは、最後に、いつもの凄みを効かせた眼差しを向け、

「ただし、その場合、お前にそこまで覚悟ができているか、それが大きな問題だがな」

といった。

長く続いた何も変わらない日常生活、そして、突然迫られた決断。僕は腰かけたまま滝口さんの眼差しを見つめていた。僕にはもう、日常生活に逃げだす道は残されていない。滝口さんの鋭くも暖かな眼差しを見つめながら、僕はただそう感じるだけだった。

あれから何年が過ぎたんだろう。御茶ノ水駅前で、優子と待ち合わせしていた、あの頃の自分。つい最近のように思っていたけど、あの頃の自分は、遠い昔の自分になっている。

数日前、十数年ぶりに訪れた、御茶ノ水駅前の風景が僕の記憶を鮮明に蘇らせてくれた。あ

の頃とあまり変わらない景色に接し、ついうっかり遠い昔の思い出に浸ってしまったわけだけど、こんな僕の話を、だれが聞いてくれるというのだろう？

気がついてみれば、あれから、世の中は大きく変化した。今では、個人相手に悪戯な商売にいそしむ証券会社の話も耳にすることはない。個人投資家の多くがネット取引に移行してしまった現在、昔から続いた相対取引そのものが消えつつあるからだ。そういえば、滝口さんは、今、どうしているのだろう。その後、彼の名前を聞くことはなくなっている。あの後、H通信は滝口さんの読み通り、大暴落を開始する。その値下がりは凄まじいもので、一時二〇万円台の大台に乗せていた株価がわずか半年の間に数千円台にまで値下がりしたのだから……このH通信の暴落によって、M証券の名が業界から消えていった。なんとか対等合併に持ち込もうとしていた経営陣の思惑はもろくも崩れ、彼ら自身が業界を後にしなければならなくなる。ただ、唯一、野々山老人だけは、H通信大暴落で大儲けすることになった。H幼稚園児にジャングルジムと滑り台を買っても、まだ、おつりがくるほどの儲けだったのは間違いない。大儲けに気をよくした老人はそのあまったお金で、H幼稚園の隣の空き地を購入し、小さな体育館を建てるといいだし、教職員を驚かせたのだという。こうした老人の助力の結果、H幼稚園は今では、市内で最も設備の整った幼稚園になっている。体育館建設費用は莫大なものだったにちがいない。老人はあの時も、株の儲け以上の金額をH幼稚園のために費やしたのだ。

H通信暴落の影響は予想外に大きく、ネットバブルを一挙に破裂させるだけではなく、日本社会そのものに大きな打撃を与えることになる。そして、出口の見えない暗い時代にいざなっていった。

そんな時代を、この僕がどう生きてきたか、その話はまた別の機会に譲ることにしよう。

さて、僕の思い出話もそろそろ終わりになるわけだけど、最後に、あの日の思い出をお話しすることにしよう。それは、御茶ノ水駅前で待ち合わせをした優子との最後の一日のことだ。彼女を呼び出したのは、僕の方からだったような気がする。数週間後に優子の社会人生活が始まる、そんな時分の出来事だった。

あの時も、

「達也君久しぶり、元気してた?」

なんて、僕に声をかける、普段と変わらぬ陽気な優子が改札口から現れた。

駅前で緊張気味な表情を浮かべ、経済新聞を広げていた僕は、その陽気な優子の姿に拍子抜けさせられ、

…優子は、今日会った意味がわかっているの…

なんて思ったのを覚えている。

春の日差しが暖かな、日曜の昼過ぎのことだった。

「あのね、達也君。N新聞社の内定をもらって以来、私だらけきった生活を送っていたのよね」

駅前で優子はそんな風に明るくしゃべり続けていた。その姿を眺めながら僕はふと、

…変わったのは自分のほうだったんだ…

と思った。

「石丸君は結局、論文コンクールには参加しないって言い出すし、学生時代最後の有終の美を飾る予定だった石丸君の論文作成のお手伝いができなくなったんだけど、それ以外やることが思いつかなくて……」

飾り気のない優子。初めて出会ったときから、何一つ変わっていない彼女の陽気な姿。N新聞社から内定をもらったという話を聞いて以来、僕の中で優子はよそよそしく、どこか冷たい存在になっていた。しかし、久しぶりに接する彼女を前にしても、よそよそしさも、冷たさも感じない。

「それで結局、私ここんところ普通の女子大生してたのよ。スキーにいったり、バイトしたり……でも案外、普通の女子大生の生活も楽しかったわ」

しかしそれでも、二人が昔のような関係を続けられるとは思えなかった。僕はもう、昔の僕

ではない。いや、それは違う。僕は、昔から今の自分だったのだ。もう僕は他人を、僕自身を欺けなくなっている。決断に迫られた今、僕はだれの助けも借りず、ほんとうの自分自身と向き合わなければならない。ほんとうの自分自身を素直に受け入れられるようになるために……それはおそらく、長く苦しい戦いとなるだろう。その長い僕の戦いに優子をつきあわせるわけにはいかない。優子は気づいているのだろうか、僕のこの思いを。

「久しぶりに朝日食堂に行ってみようよ」

駅前で一折、近況報告を終えた優子が、なぜか〝朝日食堂〟の名を口にする。

「朝日食堂？」

その店の名を聞いて、僕は言葉を失っていた。

「だって、あそこは……」

朝日食堂は、随分前に閉店になっているはずだった。

「まー、いいじゃない。それじゃー、いい方を変えて、朝日食堂跡地を最後に見学するってのじゃ、どおー？」

朝日食堂は二人の思い出がつまった店だった。そして、閉店になったその店の跡地を二人で訪ねる。それは、二人で過ごすこの日曜の意味を、優子が十分理解しているということを示していた。

朝日食堂のある神保町方面に向かって歩く二人には、長い沈黙があった。駅前であれほど陽気だった優子が何もしゃべろうとはしない。彼女は神保町の景色をしっかりと記憶に刻み込もうとするかのように見渡し、そして、時折足を止める。僕はもう速足で歩いて、優子を置いてきぼりにしたりはしない。その歩みが止まるたびに、彼女が眺める方向に視線を合わせた。確かに二人は、同じ時間を過ごしてきた。しかし、同じ時間が終わりを告げようとしているこの時、優子を置いてきぼりにして、何の意味があるのだろう。彼女の中に刻みこまれた僕の記憶は、おそらくもう変えることができない。いや、僕自身が彼女の中に新しい自分の記憶を刻み込みたいとは思っていない。今の僕の願いはただ、ともに過ごした時間の記憶が彼女にとっていい思い出になっていくことだけだった。

楽器店を見入っていた優子が、

「私ねぇ、今日は達也君に謝ることがあるんだ」

そういうと、また、その歩みを再開する。

「謝ること？」

「そう、私、達也君にうそをついていたの」

「うそ？」

「達也君は〝人間なりたいものなら何にでもなれる〟なんてほんとはいわなかったの。それは私の思い込みだったの」

　今さら優子は何をいっているんだと思った。彼女はこの春、新聞記者になる。それは、もう夢物語ではない現実の話だった。夢を現実にすることができたのは〝人間、なりたいものなら何にでもなれる〟そう信じたからではないのだろうか。そう信じることができたからこそ、つらい受験勉強を乗り切ることもできたのではないだろうか？

「でもね、達也君。この話は、全然うそってわけでもないんだよ。やっぱりその源は達也君なんだ」


　朝日食堂がその奥にある、せせこましい路地に入った時、二人はある異変に気がついた。朝日食堂から二人が見なれたあの女将さんが出てきたのだ。そして、閉店になっていたはずの朝日食堂の店先が開いている。

「あっ、女将さん」

　優子が女将さんにかけよりそう声をかけた。

「あら、あなた、店によく来てくれたお嬢ちゃんねぇ」

「女将さん、お店閉店になっていたんじゃないんですか？」

そして二人は、学生時代によく通った思い出の食堂のテーブルに座った。閉店になったはずのあの朝日食堂の暖簾を再びくぐったのだ。

「お茶くらいしか出せないんだけど」

二人のために女将さんがお茶を入れ、テーブルまで運んでくれた。しかし、テーブルの上にはメニューはない。あたりを見渡しても食器一つ見当たらない。この店はやはり閉店になっている。いや、土地の売却先も無事みつかり、数日後にはこの店も跡形もなく取り壊される。

「もっとはやく片付けておけばよかったんだけど。でもねぇ、四〇年も続けたお店をそう簡単に片づけられなくて」

女将さんは今日、取り壊し前の後片付けのために、この店にやってきたのだという。

「何にもないけど……」

彼女には、やるべきことが山ほど残されているようだった。思い出話をいつまでも続けることができない。

「ゆっくりしていってちょうだい」

彼女は、そういうと二人のテーブルを後にした。

「すごい幸運だよねぇ」

女将さんが立ち去った後、優子がそうつぶやいた。確かに幸運だった。数日後に無くなる思い出の場所。その最後の姿を目にすることができたのだから。

「そうだねぇ」

しかし、僕にはこれが幸運だったとは思えない。この店には色々な思い出が詰まっている。その思い出の場所が跡形もなく消えてしまう。二人の関係も朝日食堂が取り壊しになると同時に……


女将さんが立ち去った後の二人のテーブルには陰鬱な空気が漂っていた。そんなテーブルで、あの時も優子が、

「私、達也君がなぜ大学院進学を断念したほんとうは知っていたんだ」

と話の口火を開いた。

「僕が大学院をあきらめたわけ？」

「答えが見つからなかったんだよねぇ。フロムの〝……への自由〟っていう言葉の答えが」

彼女のいう通りだった。僕はこの〝……への自由〟いう言葉を厳密に定義づけるためにフロムの本を何冊も読んだ。しかし、その答えをどうしても発見できない。発見できないまま、証券会社に就職してしまったのだ。

「実は私ねぇ、達也君があんなに悩んで結局みつけられなかった答えを私流に勝手に解釈して

いたの」

「勝手に解釈？」

「達也君の話を聞いてねぇ、私は〝……への自由〟って言葉を〝なりたいものなら何にでもなれる〟そう信じることが大切なんだって解釈したの。私のこの性格じゃない、それが信じるって言葉がいつの間にか消えて〝なりたいものなら何にでもなれる〟になっていたの」

優子は、よく〝なりたいものなら何にでもなれる〟と口にした。それは僕がいったことだとさえいった。〈達也君がいったのよ〉そういわれる時、いつも苛立ちを感じたものだ。しかし、その源はやはり僕自身にあったのだ。

「でも、これだけは信じて、私、この言葉を信じることができたから受験勉強を頑張りぬくことができたんだよ。私だってわかっていたよ。自分の成績じゃ奇跡でも起こらない限り絶対合格できないってことくらい。でも私は達也君も同じように信じてくれているって信じられたから、頑張りぬくことができたんだ」

優子はそこまで一挙にいうと、今度は声のトーンを下げ、

「でも、やっぱり私は今でも、達也君のこと信じているよ」

と静かにいった。僕はあの時、フロムのいった〝……への自由〟という言葉の意味が初めてわかったような気がした。何かに向かう自由。なりたいものなら何にでもなれる。そう信じなけ

れば、人間に何ができるというのだろう。僕はこの世を独り善がりにも汚れたものだと思いこんでいた。僕が見ていたその汚れた世界には悪魔の手先が徘徊し、地獄にひきずりおろす隙をうかがっている。僕は、この悪魔の手先たちの存在ばかりに拘泥し、結局、最も大切なことを見落としてしまっていたのだ。なぜ世界がそんなに汚れているんだろう。いやなぜ汚れた世界しか見ようとしないんだろう。最初から世界は汚れてなんかいない。ただ汚れた部分が存在するだけなのだ。その部分に拘泥するあまり世界のすべてが汚れていると勘違いしていた。そして、そのために信じるということを忘れてしまっていたのだ。この世界の可能性を、自分自身の可能性を……

会話が途切れがちな二人のテーブルに女将さんが再び現れたのは、それからしばらく経ってのことだった。

「お昼にって思って家で作って持ってきたんだけど……」

彼女はそういうと肉じゃがを盛ったお皿をテーブルに並べ、

「よかったら食べてみない」

そういうと、また二人のテーブルを後にした。

決しておいしくはない、けれども懐かしい味がする肉じゃが。あの時、二人はその肉じゃがを前に互いを見つ合っていた。けれども、しばらくして、二人の間に微笑みが浮かぶ。
「せっかく、女将さんが準備してくれたんだもん。ありがたくいただきましょ」
二人は、その肉じゃがに箸をつけた。決しておいしくはない、けれども懐かしい味がする肉じゃが。その肉じゃがをゆっくりと口にした。

あれから何年が過ぎたんだろう。振り返れば、あの頃の自分は遠い昔の自分になっている。ネットバブル崩壊以来、日本は苦難の日々が長く続く。僕の道のりも決して平たんなものではなかった。しかし、それでも僕は、あの時つかんだ〝信じる〟という信念を手放すことはなかった。僕は、今でも、可能性を信じている。そして、自由に向かって歩いている……

（完）

著者　伊東　良（いとう　りょう）

　福岡県生まれ　バブル期の証券会社に入社。その後、調査会社、ＩＲマガジン「ジャパニーズインベスター」副編集長などを経て、公開企業の投資家向け広報（ＩＲ）担当などに従事。

自由《じゆう》からの逃走《とうそう》

著 者　伊東《いとう》 良《りょう》
発行日　2015年12月14日　第1刷発行
発行者　田辺修三
発行所　東洋出版株式会社
〒112-0014　東京都文京区関口1-23-6
電話　03-5261-1004（代）
振替　00110-2-175030
http://www.toyo-shuppan.com/
印刷・製本　日本ハイコム株式会社

ISBN 978-4-8096-7818-9
定価はカバーに表示してあります。